本书为山西省2018年度哲学社会科学规划课题，课题号为2018B152

本书由运城学院院级重点学科"中国语言文学"经费资助

本书为运城学院2017年度院级科研项目，项目编号（HY——2017006）

先唐河东作家著述及事迹丛考

XianTang HeDong ZuoJia ZhuShu JI ShiJi CongKao

高胜利 编著

百家文库

中国书籍出版社
China Book Press

图书在版编目（CIP）数据

先唐河东作家著述及事迹丛考/高胜利编著.—北京：中国书籍出版社，2018.9
ISBN 978－7－5068－7007－8

Ⅰ.①先…　Ⅱ.①高…　Ⅲ.①作家评论—山西—古代
Ⅳ.①I206.2

中国版本图书馆CIP数据核字（2018）第216861号

先唐河东作家著述及事迹丛考

高胜利　编著

责任编辑	张　文
责任印制	孙马飞　马　芝
封面设计	中联华文
出版发行	中国书籍出版社
地　　址	北京市丰台区三路居路97号（邮编：100073）
电　　话	（010）52257143（总编室）　（010）52257140（发行部）
电子邮箱	eo@chinabp.com.cn
经　　销	全国新华书店
印　　刷	三河市华东印刷有限公司
开　　本	710毫米×1000毫米　1/16
字　　数	244千字
印　　张	14.5
版　　次	2019年1月第1版　2019年1月第1次印刷
书　　号	ISBN 978－7－5068－7007－8
定　　价	78.00元

版权所有　翻印必究

前 言

河东文化源远流长,不仅产生了许多蜚声中外的优秀作家,而且留下了浩如烟海的著述。这些河东先贤,有的声名远扬,诸如"史学三裴"、柳宗元,司马迁等,有众多的学者对其进行深入研究;还有的作家诸如郭璞、王通、王绩、王勃等人,学术界也关注颇多。但也有更多的先贤著述及其事迹却被埋没在古代文献之中,没有引起人们的重视。因此,对先唐时期的河东作家著述及事迹进行细致爬梳,是河东文化研究一项迫切需要进行的工作。所以,本课题的选题有以下五个方面的价值与意义:

第一,本课题侧重于梳理先唐河东作家著述及其事迹,确定其著述存佚情况,可以为河东文化的深入研究提供目录学方面的支持,也便于更好地了解该时期河东作家的生存情形,以求知人论世之效果。

第二,本课题通过对先唐河东作家著述及其事迹进行梳理、考证,有助于宣扬河东文化的辉煌成就,增进人们对古代河东这一具有鲜明地域特色的文化的了解。

第三,本课题考证并整理先唐河东作家著述及其事迹,可以发掘曾经被忽略的古代河东文化名人,再结合当地的古迹遗址,把二者密切联系起来,为本地的文化旅游建设提供史料方面的支撑,做到有理有据。

第四,本课题作为一种断代史的研究,对先唐时期的河东作家著述及其事迹进行辑佚、梳理、考证,能够为其他相关的河东文化研究提供借鉴与思路。

第五,本课题搜集整理先唐河东作家著述及事迹,侧重于著述的辑佚与整理以及作家事迹的梳理,虽然尽力考证,但难免诸多不足之处。只是因为其他学者从事这方面的研究较少,本书的撰写作为一种尝试,以求抛砖引玉,不妥之处,敬请各位方家指正。

迄今为止,只有一部著作对河东著述作了梳理和考证,即是李如冰副教授的

《河东著述考》(人民出版社,2017年版),这部著作著录了先秦到清代河东先贤的近900部著述,并对著者生平、著述内容及书目著录、版本流传情况予以了考证,较为全面但不够系统,因为是侧重于目录学,且涉及朝代较多,难免不够细致,更缺乏作家事迹的记录。运城学院河东文化研究中心韩起来先生曾对河东现存古籍进行过整理,编制了《河东地区现存古籍联合目录》(运城卷)(三晋出版社,2012年版),为学者在河东本地查找古籍资料提供了线索。河东文学之研究、河东文献之整理,韩先生筚路蓝缕之功绩不可磨灭,但该书尚不能反映出具体的先唐时期的河东作家及其著述情况。李文先生编著的《河东地区书院碑刻辑考》(山西人民出版社,2014年版),该书第一次对运城地区的书院作了较为全面的阐释,并将其现存和文献收录的碑刻予以整理,且概述其记述的主要内容。在全面把握运城地区历史、地理的基础上,通过文物、文献、田野考察、碑志检索和实录、民间采访,阐明了运城地区古代书院从草创到成熟到停废的文化进程。为书院研究者提供了珍贵资料,也为运城地区教育史研究者提供了可贵资料,同时也对河东地方文化的研究有重要的价值与意义。

在我们河东这片热土上曾经有过多少作家及著述,他们的事迹是怎样的,又有多少作品流传了下来,流传下来的是否经过了系统的整理,都无从知晓。因此,必须对先唐时期的河东作家著述及其事迹进行细致考证,厘清其学术发展的脉络,为进一步系统而周密的河东文化建设提供文献方面的支撑和依据。本课题侧重于系统而完整地辑佚先唐河东作家的著述及事迹,并进行细致辨析,力求能够成为研究先唐时期河东作家及著述的集大成之作,为后来学者进一步深入研究河东文化奠定基础。

本课题拟对从先秦到隋朝的河东作家及其著述进行细致梳理、考证和研究。河东,其涵盖的地理范围而言,"今天所言河东,一般仅指运城市所辖之13个县(市区),包括盐湖区、河津市、永济市、万荣县、新绛县、稷山县、临猗县、绛县、闻喜县、垣曲县、夏县、平陆县、芮城县。"① 本课题所涉及到的河东作家及其著述,就是指籍贯属于河东(今运城市所管辖的大致区域)或长期居住在河东的作家及其作品。这些作家及其著述共同构成了河东文化的主体部分,是古代河东文明的具体展现,也是后世学者深入研究河东这一特色地域文化的重要文献来源。本课题主要研究的内容涉及以下几个方面:

一是依据《汉书·艺文志》《隋书·经籍志》《旧唐书·经籍志》《新唐书·艺

---

① 李文《河东疆域变迁考》,《运城学院学报》,2012年第4期,第17页。

文志》等文献的著录，以及相关地方志、清代学者所补史志目录等有关文献记载，梳理出从先秦到隋朝的河东籍作家著述及其事迹情况，考证并确定其著述存佚情况。

二是在充分考证的基础上为每个作家写出概述文字。概述内容主要包括作者生平仕历、著作类型以及存佚等情况，并附以作家的传记材料。

三是根据对先唐时期河东作家著述及其事迹梳理、考证的结果，为河东文化的深入研究提供可行性建议，比如对已经散佚的河东作家著述进行辑佚工作，对尚未整理的河东作家作品集进行系统整理，对现存的河东作家碑刻、墓志等文献资料进行拍照，保存原始文献，便于进一步地深入探讨与研究等。

本课题研究主要是采用文史结合的方法，既注重对文本(作家著述)的分析与解读，又注重史料的运用，从有关文献入手，爬梳别抉，找出先唐时期河东作家著述的线索，结合其他文献资料进行考证分析，进而得出结论。本书按照河东作家所归属地域编排，作者名下有概述文字，涉及作家的生平、著作、地方志著录(依据作家所在地方志记录文字，原文誊写)等情况。本书以(光绪)《山西通志》以及河东各府志、县志等经籍著录为主要线索，以清代学者所补史志目录等资料作为辅助，按语部分对先唐河东作家的著述及事迹进行细致考辨，力求得出客观公允的结论。

本课题研究方法：

一是遵循传统目录学的方法。充分利用现有史志目录、相关地方志以及清代学者所补史志目录等有关书目记载，查找先唐河东作家著述线索，进行分析辩证。

二是运用文史互证的方法。对先唐河东作家的生平仕历、著述等情况，结合相关文献记载，进行考证、辨析，进而得出合理的结论。

三是总结归纳法。把文献记载的先唐河东作家著述的情况联系历史背景和地域特点进行总结归纳，以期找出河东作家著述的家族性特点及创作模式。

目 录
CONTENTS

闻 喜 ·· 1

裴启　1

程本　2

裴秀　3

裴頠　7

裴邈　12

裴楷　12

郭璞　15

裴松之　27

裴骃　31

裴子野　32

裴景融　36

裴伯茂　37

裴宣　39

裴敬宪　40

裴庄伯　41

裴藻　42

裴政　42

毌丘俭　45

裴佗　48

裴让之　49

裴诹之　51

裴泽　52

裴昭明 53

裴延俊 54

裴凤 56

裴矩 57

裴邃 62

裴之横 65

智称 67

裴汉 68

安 邑 ………………………………………………………………… 70

卫觊 70

卫瓘 71

卫恒 75

卫展 79

卫铄 79

猗 氏 ………………………………………………………………… 81

王蔚 81

王接 81

王愆期 83

樊深 85

乐逊 87

樊逊 90

解 县 ………………………………………………………………… 95

风后 95

柳世隆 96

柳惔 101

柳忱 103

柳憕 104

柳恽 105

柳崇 108

柳楷　109

裴侠　109

柳虬　111

柳鷟　113

柳庆　113

柳弘　116

柳敏　118

柳玄达　119

关朗　120

柳庄　123

荣　河 126

薛憕　126

薛慎　128

薛寘　129

薛聪　131

薛孝通　132

薛道衡　136

薛庆之　142

薛孺　142

薛迈　143

薛德音　144

夏　县 145

巫咸　145

杜挚　146

永　济 147

张华　147

乐详　152

裴瑜　153

柳昚　153

芮 城 155
  芮良夫 155
  李悝 156
  陈奇 158

万 泉 160
  皇甫谧 160

河 津 166
  王通 166
  王绩 172
  王隆 175
  王伯华 176
  王度 176
  王述 177
  王宇 177
  王玄则 178
  王焕 178
  王虬 178
  王彦 178
  王杰 179
  王亥 179
  卜商 179
  毌昭裔 181

临 猗 183
  昌延 183

新 绛 187
  陈叔达 187

平 陆 **189**
　　傅说　189
　　焦先　190

其 他 **192**
　　孙博　192
　　姚平　192
　　关康之　193
　　裴景仁　194
　　荀卿　195
　　支遁　196
　　京相璠　199
　　卫隆景　200
　　柳彦询　200

主要参考文献 **201**

著者索引 **206**

著述索引 **209**

后 记 **213**

闻　喜

裴启

裴启,名荣,字荣期。东晋时河东闻喜(今山西省运城市闻喜县)人。有才华,好议论古今人物。据《世说新语·文学篇》记载:"裴郎作《语林》,始出,大为远近所传。时流年少,无不传写,各有一通。"刘孝标注云:"《裴氏家传》曰:'裴荣,字荣期,河东人。父槻,丰城令。荣期少有风姿才气,好论古今人物。撰《语林》数卷,号曰《裴子》。'檀道鸾谓裴松之以为启作《语林》,荣傥别名启乎?"①事迹见《世说新语·文学篇》及注引、《世说新语·轻诋篇》及注引。

据《山西通志·经籍》著录,裴启的著述有《语林》十卷,注曰:"内二部无卷数,并见注文,一书玉函山房有辑本。"裴启的《语林》属于志人小说,已经亡佚。此书的残存文字除了出现于《世说新语》及注引处之外,在诸如《艺文类聚》《北堂书钞》《初学记》《太平御览》《太平广记》《续谈注》《类说》等典籍中也经常出现。另,据《隋书·经籍志》子部小说类附注记载:"《语林》十卷,东晋处士裴启撰,亡。"裴启《语林》原书已经亡佚,后世较为常见的辑佚本有《裴启语林》一卷,元代陶宗仪辑《说郛》本,运城市盐湖区图书馆藏有此书。清代学者马国翰辑佚有《裴子语林》二卷(运城市盐湖区图书馆藏有此书),收入《玉函山房辑佚书》子编小说家类,《玉函山房辑佚书》序云:"裴子《语林》久亡,从诸书所引辑录。其有数引不同,并据删补,厘为二卷。文笔清隽,刘义庆作《世说新语》,取之甚多,则亦小说之佳品也。"《玉函山房辑佚书》较为通行的是据光绪九年(1883)琅嬛仙馆本影印的,1990年上海古籍出版社出版的此书较为常见。此外,民国学者吴曾祺辑录《裴子语林》十则,载于《旧小说》(甲集),有商务印书馆1957年排印本。鲁迅先生亦

---

① (南朝宋)刘义庆撰,(南朝梁)刘孝标注,余嘉锡笺疏《世说新语笺疏》,中华书局1983年版,第269页。

辑录有《裴子语林》一卷，收入其《古小说钩沉》中。此书最早编入1938年版《鲁迅全集》中，后来出有单行本，人民文学出版社1951年版的较为通行。今人周楞伽先生有《裴启语林》辑注本，由文化艺术出版社1988年出版，此辑注本在前人研究成果的基础上，进行了校对、辨伪，是目前比较完备的辑注本。

程本

程本，字子华，晋人也。晋自顷公失政，政在六卿，赵简子始得志，招徕贤俊之士，为其家臣。子华子生于是时，博学，能通坟典丘索，及故府传记之书。性闿爽，善持论，不肯苟容于诸侯。聚徒著书，自号《程子》，名称藉甚，闻于诸侯。孔子遇诸郯，叹曰："天下之贤士也。"简子欲仕诸朝而不能致，乃遣使者奉缗币聘以为爵执圭。是时简子杀窦犨及舜华，孔子为作《临河之操》，子华子亦逡巡不肯起。简子大怒，将胁之以兵，子华子去而之齐，齐景公不能用也。子华子馆于晏氏，更题其书曰《子华子》。简子卒，襄子立，子华反于晋，时已老矣，遂不复仕以卒。事迹见《庄子》《列子》《吕氏春秋》等典籍。

据《山西通志·经籍》著录，程本的著述有《子华子》十卷，注曰："宋人伪托。"原书已经亡佚。西汉学者刘向整理有《子华子》十篇。今存。主要版本有：子书百家本，清光绪元年（1875）湖北崇文书局刻本，运城市临猗县图书馆藏有此书；《四库全书》本。《四库全书总目提要》以为是后世伪作，四库馆臣云："《子华子》，二卷（两江总督采进本）。旧本题晋人程本撰。按程本之名见于《家语》，子华子之名见于《列子》，本非一人。《吕氏春秋》引《子华子》者凡三见，高诱以为古体道人。是秦以前原有《子华子》书。然《汉志》已不著录，则刘向时书亡矣。此本自宋南渡后始刊版于会稽。晁公武以其多用字说，指为元丰后举子所作。朱子以其出于越中，指为王铚、姚宽辈所托，而又疑非二人所及。周氏《涉笔》则据其神气一篇，指为党禁未开之时，不得志者所为。今观其书，多采掇黄、老之言，而参以术数之说。《吕氏春秋·贵生篇》一条今在阳城渠胥问篇中，知度篇一条今在虎会篇中，审为篇一条则故佚不载，以掩剽剟之迹，颇巧于作伪。然商榷治道，大旨皆不诡于圣贤。其论黄帝铸鼎一条，以为古人之寓言，足正方士之谬。其论唐尧土阶一条，谓圣人不徒贵俭，而贵有礼，尤足砭墨家之偏。其文虽稍涉曼衍，而纵横博辨，亦往往可喜，殆能文之士发愤著书，托其名于古人者。观篇末自叙世系，以程出于赵，眷眷不忘其宗，属其子勿有二心以事主，则明寓宋姓。其殆熙宁、绍圣之间,宗子之怀时不仕者乎?诸子之书,伪本不一。然此最有理致文采,辨其赝则可,以其赝而废之则不可。陈振孙谓其文不古而亦有可观,当出近世能言之流,实为公论。晁公武以谬误浅陋讥之,过矣。"《全上古三代秦汉三国六朝文》辑录有程本文章一篇,《子华子》五则。

附一　(清)《闻喜县志·人物志》

程本,字子华,晋人。反自郯,遇孔子于途,倾盖而语,孔子命子路赠以束帛。韩魏争侵地,子华见昭僖侯,侯有忧色。子华子曰:"今使天下书铭于君前,曰左手攫之则右手废,右手攫之则左手废,然而攫之者必有天下,君攫之乎?"侯曰:"寡人不攫也。"子华子曰:"甚善,自是观之,两臂重于天下也,身亦重于两臂。韩之轻于天下亦远矣,今之所争,其轻于韩又远,君因愁身伤,生以忧戚,不得也。"侯曰:"善哉!子华子可谓知轻重矣。"著有《子华子》,卒于曲沃,葬龙头山,即县东龙头堡。《平阳府志》载《人物》。①

裴秀

裴秀,字季彦,河东闻喜(今山西省运城市闻喜县)人。经度辽将军毌丘俭推荐,被大将军曹爽辟为掾属,又世袭父裴潜爵位为清阳亭侯,迁任黄门侍郎。曹爽被诛杀,裴秀因是其故吏而被罢免。不久后,出任廷尉正,历任司马昭的安东将军及卫将军司马,参与谋划军国之政。后迁散骑常侍。在平定诸葛诞叛乱时为司马昭出谋献策,事后,因功转任尚书,进封鲁阳乡侯。曹奂继位,进爵鲁阳县侯,迁任尚书仆射。咸熙初年,负责修改官制,提议恢复五等爵制,恢复五等制后,裴秀被封为济川侯。又建议司马昭立司马炎为晋王世子。司马炎继位晋王,拜裴秀为尚书令、右光禄大夫,开府,加给事中。司马炎建立西晋时,加其为左光禄大夫,封爵钜鹿郡公。泰始三年(267),升任司空,任内对时政多有建言。泰始七年(271年),卒。谥曰元。事迹见《晋书》卷三十五《裴秀传》。

据《山西通志·经籍》著录,裴秀的著述有《易论》《乐论》以及《裴秀集》三卷。除此之外,裴秀还考订《禹贡》,作《禹贡地域图》十八篇。裴秀的著述还有《春秋土地名》(一说为裴秀门客京相璠所作),文集三卷。其中,《易论》《乐论》《春秋土地名》已经亡佚。《禹贡地域图》十八篇也已经亡佚,《晋书·裴秀传》著录了此书

---

① (清)李遵唐纂修《闻喜县志》,(清)乾隆三十年刊本,第338—339页。

的序言部分。据《隋书·经籍志》记载:"晋著作郎《成公绥集》九卷,残缺。梁十卷。又有《裴秀集》三卷,录一卷,亡。"据《旧唐书·经籍志》记载:"《裴秀集》三卷。"据《新唐书·艺文志》记载:"《裴秀集》三卷。"由此可见,《隋书·经籍志》记载《裴秀集》已经亡佚,而《旧唐书·经籍志》《新唐书·艺文志》均著录三卷,可能是唐朝开元年间广征天下典籍时复得古本。《裴秀集》,今已经亡佚。除此之外,据《史记》卷二十八《封禅书》记载:"自齐威、宣之时,驺子之徒论著终始五德之运,及秦帝而齐人奏之,故始皇采用之。而宋毋忌、正伯侨、充尚、羡门高,最后皆燕人,为方仙道,形解销化,依于鬼神之事。"索隐曰:"裴秀《冀州记》云'猴山仙人庙者,昔有王乔,犍为武阳人,为柏人令,于此得仙,非王子乔也'。"据此可知,裴秀还著有《冀州记》,此书已经亡佚。据《北堂书钞》卷九十六《艺文部二》"方丈图"条云:"《晋诸公赞》云,司空裴秀以旧天下大图用缣八十匹,省视既难,事又不审,乃裁减为《方丈图》。以一分为十里,一寸为百里,从率数计里,备载名山都邑,王者可不下堂而知四方也。"由此可知,裴秀作有《方丈图》,此图已经亡佚。据(北魏)郦道元《水经·谷水注》云:"京相璠与裴司空彦季(乃季彦之误)修《晋舆地图》,作《春秋地名》,亦言今太仓西南池水名翟泉。"由此可知,裴秀还曾编绘《晋舆地图》,此图已经亡佚。裴秀的作品今存文章四篇,载于《全上古三代秦汉三国六朝文》之《全晋文》中;今存诗歌三首,载于《先秦汉魏晋南北朝诗》之《全晋诗》中。

附一 (民国)《闻喜县志·名贤传》

裴秀,字季彦,河东闻喜人也。祖茂,汉尚书令。父潜,魏尚书令。秀少好学,有风操,八岁能属文。叔父徽有盛名,宾客甚众。秀年十余岁,有诣徽者,出则过秀。然秀母贱,嫡母宣氏不之礼,尝使进馔于客,见者皆为之起。秀母曰:"微贱如此,当应为小儿故也。"宣氏知之,后遂止。时人为之语曰:"后进领袖有裴秀。"毌丘俭尝荐秀于大将军曹爽,爽乃辟为掾,袭父爵清阳亭侯,迁黄门侍郎。爽诛,以故吏免。顷之,为廷尉正,历文帝安东及卫将军司马,军国之政,多见信纳。迁散骑常侍。

帝之讨诸葛诞也,秀与尚书仆射陈泰、黄门侍郎钟会以行台从,豫参谋略。及诞平,转尚书,进封鲁阳乡侯,增邑千户。常道乡公立,以豫议定策,进爵县侯,增邑七百户,迁尚书仆射。魏咸熙初,厘革宪司。时荀𫖮定礼仪,贾充正法律,而秀改官制焉。秀议五等之爵,自骑督已上六百余人皆封。于是秀封济川侯,地方六十里,邑千四百户,以高苑县济川墟为侯国。

尝言于文帝曰:"中抚军人望既茂,天表如此,固非人臣之相也。"由是世子乃定。武帝既即王位,拜尚书令、右光禄大夫,与御史大夫王沈、卫将军贾充俱开府,加给事中。及帝受禅,加左光禄大夫,封钜鹿郡公,邑三千户。久之,诏以秀为司空。

秀儒学洽闻,且留心政事,当禅代之际,总纳言之要,其所裁当,礼无违者。又以职在地官,以《禹贡》山川地名,从来久远,多有变易。于是甄摘旧文,疑者则阙,古有名而今无者,皆随事注列,作《禹贡地域图》十八篇,奏之,藏于秘府。秀创制朝仪,广陈刑政,朝廷多遵用之,以为故事。在位四载,为当世名公。服寒食散,当饮热酒而饮冷酒,泰始七年薨,时年四十八。诏赐秘器、朝服一具、衣一袭、钱三十万、布百匹。谥曰元。初,秀以尚书三十六曹统事准例不明,宜使诸卿任职,未及奏而薨。其友人料其书记,得表草言平吴之事,封以上闻。诏报曰:"司空薨,痛悼不能去心。又得表草,虽在危困,不忘王室,尽忠忧国。省益伤切,辄当与诸贤共论也。"咸宁初,配享庙庭。著有《易论》《乐论》《春秋土地名》,文集三卷。二子:浚、𬱟。浚嗣位,至散骑常侍,早卒。浚庶子憬不惠,别封高阳亭侯,从子邈有隽才,官太傅从事中郎,假节监中外营诸军事,散骑侍郎,谥曰简,有集二卷。①

附二 《晋书》卷三十五《裴秀传》

裴秀,字季彦,河东闻喜人也。祖茂,汉尚书令。父潜,魏尚书令。秀少好学,有风操,八岁能属文。叔父徽有盛名,宾客甚众。秀年十余岁,有诣徽者,出则过秀。然秀母贱,嫡母宣氏不之礼,尝使进馔于客,见者皆为之起。秀母曰:"微贱如此,当应为小儿故也。"宣氏知之,后遂止。时人为之语曰:"后进领袖有裴秀。"

渡辽将军毌丘俭尝荐秀于大将军曹爽,曰:"生而岐嶷,长蹈自然,玄静守真,性入道奥;博学强记,无文不该;孝友著于乡党,高声闻于远近。诚宜弼佐谟明,助和鼎味,毗赞大府,光昭盛化。非徒子奇、甘罗之俦,兼包颜、冉、游、夏之美。"爽乃辟为掾,袭父爵清阳亭侯,迁黄门侍郎。爽诛,以故吏免。顷之,为廷尉正,历文帝安东及卫将军司马,军国之政,多见信纳。迁散骑常侍。

帝之讨诸葛诞也,秀与尚书仆射陈泰、黄门侍郎钟会以行台从,豫参谋略。及诞平,转尚书,进封鲁阳乡侯,增邑千户。常道乡公立,以豫议定策,进爵县侯,增邑七百户,迁尚书仆射。魏咸熙初,厘革宪司。时荀𫖮定礼仪,贾充正法律,而秀改官制焉。秀议五等之爵,自骑督已上六百余人皆封。于是秀封济川侯,地方六十里,邑千四百户,以高苑县济川墟为侯国。

初,文帝未定嗣,而属意舞阳侯攸。武帝惧不得立,问秀曰:"人有相否?"因以奇表示之。秀后言于文帝曰:"中抚军人望既茂,天表如此,固非人臣之相也。"由是世子乃定。

---

① (民国)余宝滋修,杨钹田等纂《闻喜县志》,成文出版社1919年版,第352—354页。

武帝既即王位，拜尚书令、右光禄大夫，与御史大夫王沈、卫将军贾充俱开府，加给事中。及帝受禅，加左光禄大夫，封钜鹿郡公，邑三千户。

时安远护军郝诩与故人书云："与尚书令裴秀相知，望其为益。"有司奏免秀官，诏曰："不能使人之不加诸我，此古人所难。交关人事，诩之罪耳，岂尚书令能防乎！其勿有所问。"司隶校尉李憙复上言，骑都尉刘尚为尚书令裴秀占官稻田，求禁止秀。诏又以秀干翼朝政，有勋绩于王室，不可以小疵掩大德，使推正尚罪而解秀禁止焉。

久之，诏曰："夫三司之任，以翼宣皇极，弼成王事者也。故经国论道，赖之明喆，苟非其人，官不虚备。尚书令、左光禄大夫裴秀，雅量弘博，思心通远，先帝登庸，赞事前朝。朕受明命，光佐大业，勋德茂著，配踪元凯。宜正位居体，以康庶绩。其以秀为司空。"

秀儒学洽闻，且留心政事，当禅代之际，总纳言之要，其所裁当，礼无违者。又以职在地官，以《禹贡》山川地名，从来久远，多有变易。后世说者或强牵引，渐以暗昧。于是甄摘旧文，疑者则阙，古有名而今无者，皆随事注列，作《禹贡地域图》十八篇，奏之，藏于秘府。其序曰：

图书之设，由来尚矣。自古立象垂制，而赖其用。三代置其官，国史掌厥职。暨汉屠咸阳，丞相萧何尽收秦之图籍。今秘书既无古之地图，又无萧何所得，惟有汉氏《舆地》及《括地》诸杂图。各不设分率，又不考正准望，亦不备载名山大川。虽有粗形，皆不精审，不可依据。或荒外迂诞之言，不合事实，于义无取。

大晋龙兴，混一六合，以清宇宙，始于庸蜀，采入其岨。文皇帝乃命有司，撰访吴蜀地图。蜀土既定，六军所经，地域远近，山川险易，征路迂直，校验图记，罔或有差。今上考《禹贡》山海川流，原隰陂泽，古之九州，及今之十六州，郡国县邑，疆界乡陬，及古国盟会旧名，水陆径路，为地图十八篇。

制图之体有六焉。一曰分率，所以辨广轮之度也。二曰准望，所以正彼此之体也。三曰道里，所以定所由之数也。四曰高下，五曰方邪，六曰迂直，此三者各因地而制宜，所以校夷险之异也。有图象而无分率，则无以审远近之差；有分率而无准望，虽得之于一隅，必失之于他方；有准望而无道里，则施于山海绝隔之地，不能以相通；有道里而无高下、方邪、迂直之校，则径路之数必与远近之实相违，失准望之正矣，故以此六者参而考之。然远近之实定于分率，彼此之实定于道里，度数之实定于高下、方邪、迂直之算。故虽有峻山钜海之隔，绝域殊方之迥，登降诡曲之因，皆可得举而定者。准望之法既正，则曲直远近无所隐其形也。

秀创制朝仪，广陈刑政，朝廷多遵用之，以为故事。在位四载，为当世名公。服寒食散，当饮热酒而饮冷酒，泰始七年薨，时年四十八。诏曰："司空经德履哲，体蹈儒雅，佐命翼世，勋业弘茂。方将宣献敷制，为世宗范，不幸薨殂，朕甚痛之。其赐秘器、朝服一具、衣一袭、钱三十万、布百匹。谥曰元。"

初，秀以尚书三十六曹统事准例不明，宜使诸卿任职，未及奏而薨。其友人料其书记,得表草言平吴之事,其词曰:"孙皓酷虐,不及圣明御世兼弱攻昧,使遗子孙,将遂不能臣;时有否泰,非万安之势也。臣昔虽已屡言,未有成旨。今既疾笃不起,谨重尸启。愿陛下时共施用。"乃封以上闻。诏报曰:"司空薨,痛悼不能去心。又得表草,虽在危困,不忘王室,尽忠忧国。省益伤切,辄当与诸贤共论也。"

咸宁初,与石苞等并为王公,配享庙庭。有二子:浚、颁。浚嗣位,至散骑常侍,早卒。浚庶子憬不惠,别封高阳亭侯,以浚少弟颁嗣。

裴𬱟

裴𬱟,字逸民,河东闻喜(今山西省运城市闻喜县)人。太康二年,徵为太子中庶子,迁散骑常侍。惠帝即位,转国子祭酒,兼右军将军。累迁侍中。𬱟曾奏修国学,刻石写经。迁尚书,侍中如故,加光禄大夫。𬱟深虑贾后乱政,与司空张华、侍中贾模议废之而立谢淑妃,竟不能行。迁尚书左仆射,侍中如故。八王之乱,为赵王伦所害。伦诛,追复本官,改葬以卿礼,谥曰成。事迹见《晋书》卷三十五《裴𬱟传》。

据《山西通志·经籍》著录,裴𬱟的著述有《冠仪》《裴𬱟集》十卷,注曰:"《梁志》作九卷。"除此之外,裴𬱟的著述还有《崇有论》《辩才论》(未成)。又,据《三国志·魏志·裴潜传》裴松之注引《文章叙录》云"𬱟理具渊博,赡於论难,著崇有、贵无二论,以矫虚诞之弊,文辞精富,为世名论",可知裴𬱟的著述有《崇有》《贵无》二论,《崇有论》收录在《晋书》本传中,可惜《贵无论》没有流传下来。

另,据《隋书·经籍志》记载曰:"晋尚书仆射《裴𬱟集》九卷。"据《旧唐书·经籍志》记载曰:"《裴𬱟集》十卷。"《新唐书·艺文志》亦记载曰:"《裴𬱟集》十卷。"由此可见,《旧唐书·经籍志》与《新唐书·艺文志》所记载的《裴𬱟集》卷数比《隋书·经籍志》记载的多出一卷,这可能是唐朝开元年间广征天下典籍时所得的古本。《裴𬱟集》,今已经亡佚。裴𬱟的作品今存有篇目十五篇,载于《全上古三代秦汉三国六朝文》之《全晋文》中,其中一篇《贵无论》有目无辞,其中一篇《辨才论》未完成。

附一 (民国)《闻喜县志·名贤传》

裴𬱟,字逸民,秀子。弘雅有远识,博学稽古,自少知名。御史中丞周弼见而叹曰:"𬱟若武库,五兵纵横,一时之杰也。"贾充即𬱟从母夫也,表"秀有佐命之勋,不幸嫡长丧亡，遗孤稚弱。**颀**才德英茂，足以兴隆国嗣。"诏**颀**袭爵，**颀**固让，不许。太康二年，徵为太子中庶子，迁散骑常侍。惠帝初，转国子祭酒，兼右军将军。

初，**颀**兄子憬为白衣，**颀**论述世勋，赐爵高阳亭侯。以诛杨骏功，当封武昌侯，**颀**请以封憬，帝竟封**颀**次子该。**颀**苦陈憬本承嫡，宜袭钜鹿，先帝恩旨，辞不获命。武昌之封，己之所蒙，特请以封憬。该时尚主，故帝不听。时天下暂宁，**颀**奏修国学，刻石写经。皇太子既讲，释奠祀孔子，饮飨射侯，甚有仪序。**颀**通博多闻，兼明医术。荀勖之修律度也，检得古尺，短世所用四分有余。**颀**上言："宜改诸度量。若未能悉革，可先改太医权衡。此若差违，遂失神农、岐伯之正。药物轻重，分两乖互，所可伤夭，为害尤深。古寿考而今短折者，未必不由此也。"卒不能用。乐广尝与**颀**清言，欲以理服之，而**颀**辞论丰博，广笑而不言。时人谓**颀**为言谈之林薮。

颀以贾后不悦太子，请增崇太子所生谢淑妃位号，仍启增置后卫率吏，给三千兵，于是东宫宿卫万人。迁尚书，侍中如故，加光禄大夫。**颀**与司空张华、侍中贾模议废之而立谢淑妃。华、模不同，谋遂寝。**颀**旦夕劝说从母广城君，令戒喻贾后亲待太子而已。迁尚书左仆射，侍中如故。**颀**虽后之亲属，然雅望素隆，四海不谓之以亲戚进也，惟恐其不居位。俄复使**颀**专任门下事，固让，不听。**颀**上言："贾模适亡，复以臣代，崇外戚之望，彰偏私之举。后族何常有能自保，皆知重亲无脱者也。然汉二十四帝惟孝文、光武、明帝不重外戚，皆保其宗，岂将独贤，实以安理故也。昔穆叔不拜越礼之飨，臣亦不敢闻殊常之诏。"又表云："咎繇谟虞，伊尹相商，吕望翊周，萧张佐汉，咸播功化，光格四极。暨于继体，咎单、傅说，祖己、樊仲，亦隆中兴。或明扬侧陋，或起自庶族，岂非尚德之举，以臻斯美哉！历观近世，不能慕远，溺于近情，多任后亲，以致不静。昔疏广戒太子以舅氏为官属，前世以为知礼。况朝廷何取于外戚，正复才均，尚当先其疏者，以明至公。汉世不用冯野王，即其事也。"表上，皆优诏敦譬。

时以陈准子匡、韩蔚子嵩并侍东宫，**颀**谏曰："东宫之建，以储皇极。其所与游接，必简英俊，宜用成德。匡、嵩幼弱，未识人理立身之节。东宫实体凤成之表，而今有童子侍从之声，未是光阐遐风之弘理也。"愍怀太子之废也，**颀**与张华苦争不从，或说**颀**辞病屏退，**颀**慨然久之，而竟不能行。

颀深患时俗放荡，不尊儒术，何晏、阮籍素有高名于世，口谈浮虚，不遵礼法，尸禄耽宠，仕不事事；至王衍之徒，声誉太盛，位高势重，不以物务自婴，遂相仿效，风教陵迟，乃著《崇有》之论以释其蔽，王衍之徒攻难交至，并莫能屈。又著《辩才论》，古今精义皆辨释焉，未成而遇祸。初，赵王伦谄事贾后，**颀**甚恶之，伦数求官，**颀**与张华复固执不许，由是深为伦所怨。伦又潜怀篡逆，欲先除朝望，因废贾后之际遂遇害，年三十四。二子嵩、该，徙带方；伦诛，追复本官，改葬以卿礼，谥曰成。祀乡贤，著有文集五卷。

嵩嗣爵，为中书黄门侍郎，荀绰称其有父祖风。该出后从伯凯，为散骑常侍，并为乞

8

活贼陈午所害。**颀**从子天明,咨议参军,并州别驾。子双虎,魏河东太守,赠雍州刺史,谥曰顺。①

附二 《晋书》卷三十五《裴頠传》

頠字逸民。弘雅有远识,博学稽古,自少知名。御史中丞周弼见而叹曰:"**頠**若武库,五兵纵横,一时之杰也。"贾充即**頠**从母夫也,表"秀有佐命之勋,不幸嫡长丧亡,遗孤稚弱。**頠**才德英茂,足以兴隆国嗣。"诏**頠**袭爵,**頠**固让,不许。太康二年,徵为太子中庶子,迁散骑常侍。惠帝即位,转国子祭酒,兼右军将军。

初,**頠**兄子憬为白衣,**頠**论述世勋,赐爵高阳亭侯。杨骏将诛也,骏党左军将军刘豫陈兵在门,遇**頠**,问太傅所在。**頠**绐之曰:"向于西掖门遇公乘素车,从二人西出矣。"豫曰:"吾何之?"**頠**曰:"宜至廷尉。"豫从**頠**言,遂委而去。寻而诏**頠**代豫领左军将军,屯万春门。及骏诛,以功当封武昌侯,**頠**请以封憬,帝竟封**頠**次子该。**頠**苦陈憬本承嫡,宜袭钜鹿,先帝恩旨,辞不获命。武昌之封,己之所蒙,特请以封憬。该时尚主,故帝不听。累迁侍中。

时天下暂宁,**頠**奏修国学,刻石写经。皇太子既讲,释奠祀孔子,饮飨射侯,甚有仪序。又令荀藩终父勖之志,铸钟凿磬,以备郊庙朝享礼乐。**頠**通博多闻,兼明医术。荀勖之修律度也,检得古尺,短世所用四分有余。**頠**上言:"宜改诸度量。若未能悉革,可先改太医权衡。此若差违,遂失神农、岐伯之正。药物轻重,分两乖互,所可伤夭,为害尤深。古寿考而今短折者,未必不由此也。"卒不能用。乐广尝与**頠**清言,欲以理服之,而**頠**辞论丰博,广笑而不言。时人谓**頠**为言谈之林薮。

頠以贾后不悦太子,抗表请增崇太子所生谢淑妃位号,仍启增置后卫率吏,给三千兵,于是东宫宿卫万人。迁尚书,侍中如故,加光禄大夫。每授一职,未尝不殷勤固让,表疏十余上,博引古今成败以为言,览之者莫不寒心。

頠深虑贾后乱政,与司空张华、侍中贾模议废之而立谢淑妃。华、模皆曰:"帝自无废黜之意,若吾等专行之,上心不以为是。且诸王方刚,朋党异议,恐祸如发机,身死国危,无益社稷。"**頠**曰:"诚如公虑。但昏虐之人,无所忌惮,乱可立待,将如之何?"华曰:"卿二人犹且见信,然勤为左右陈祸福之戒,冀无大悖。幸天下尚安,庶可优游卒岁。"此谋遂寝。**頠**旦夕劝说从母广城君,令戒喻贾后亲待太子而已。或说**頠**曰:"幸与中宫内外可得尽言。言若不行,则可辞病屏退。若二者不立,虽有十表,难乎免矣。"**頠**慨然久之,而竟不能行。

迁尚书左仆射,侍中如故。**頠**虽后之亲属,然雅望素隆,四海不谓之以亲戚进也,惟

---

① (民国)余宝滋修,杨钹田等纂《闻喜县志》,成文出版社1919年版,第355—359页。

恐其不居位。俄复使頠专任门下事，固让，不听。頠上言："贾模适亡，复以臣代，崇外戚之望，彰偏私之举。后族何常有能自保，皆知重亲无脱者也。然汉二十四帝惟孝文、光武、明帝不重外戚，皆保其宗，岂将独贤，实以安理故也。昔穆叔不拜越礼之飧，臣亦不敢闻殊常之诏。"又表云："咎繇谟虞，伊尹相商，吕望翊周，萧张佐汉，咸播功化，光格四极。暨于继体，咎单、傅说、祖己、樊仲，亦隆中兴。或明扬侧陋，或起自庶族，岂非尚德之举，以臻斯美哉！历观近世，不能慕远，溺于近情，多任后亲，以致不静。昔疏广戒太子以舅氏为官属，前世以为知礼。况朝廷何取于外戚，正复才均，尚当先其疏者，以明至公。汉世不用冯野王，即其事也。"表上，皆优诏敦譬。

时以陈准子匡、韩蔚子嵩并侍东宫，頠谏曰："东宫之建，以储皇极。其所与游接，必简英俊，宜用成德。匡、嵩幼弱，未识人理立身之节。东宫实体凤成之表，而今有童子侍从之声，未是光阐遐风之弘理也。"愍怀太子之废也，頠与张华苦争不从，语在《华传》。

頠深患时俗放荡，不尊儒术，何晏、阮籍素有高名于世，口谈浮虚，不遵礼法，尸禄耽宠，仕不事事；至王衍之徒，声誉太盛，位高势重，不以物务自婴，遂相仿效，风教陵迟，乃著《崇有》之论以释其蔽曰：

夫总混群本，宗极之道也。方以族异，庶类之品也。形象著分，有生之体也。化感错综，理迹之原也。夫品而为族，则所禀者偏，偏无自足，故凭乎外资。是以生而可寻，所谓理也。理之所体，所谓有也。有之所须，所谓资也。资有攸合，所谓宜也。择乎厥宜，所谓情也。识智既授，虽出处异业，默语殊涂，所以宝生存宜，其情一也。众理并而无害，故贵贱形焉。失得由乎所接，故吉凶兆焉。是以贤人君子，知欲不可绝，而交物有会。观乎往复，稽中定务。惟夫用天之道，分地之利，躬其力任，劳而后飧。居以仁顺，守以恭俭，率以忠信，行以敬让，志无盈求，事无过用，乃可济乎！故大建厥极，绥理群生，训物垂范，于是乎在，斯则圣人为政之由也。

若乃淫抗陵肆，则危害萌矣。故欲衍则速患，情佚则怨博，擅恣则兴攻，专利则延寇，可谓以厚生而失生者也。悠悠之徒，骇乎若兹之衅，而寻艰争所缘。察夫偏质有弊，而睹简损之善，遂阐贵无之议，而建贱有之论。贱有则必外形，外形则必遗制，遗制则必忽防，忽防则必忘礼。礼制弗存，则无以为政矣。众之从上，犹水之居器也。故兆庶之情，信于所习；习则心服其业，业服则谓之理然。是以君人必慎所教，班其政刑一切之务，分宅百姓，各授四职，能令禀命之者不肃而安，忽然忘异，莫有迁志。况于据在三之尊，怀所隆之情，敦以为训者哉！斯乃昏明所阶，不可不审。

夫盈欲可损而未可绝有也，过用可节而未可谓无贵也。盖有讲言之具者，深列有形之故，盛称空无之美。形器之故有征，空无之义难检，辩巧之文可悦，似象之言足惑，众听眩焉，溺其成说。虽颇有异此心者，辞不获济，屈于所狎，因谓虚无之理，诚不可盖。唱而有和，多往弗反，遂薄综世之务，贱功烈之用，高浮游之业，埤经实之贤。人情所殉，笃夫名利。于是文者衍其辞,讷者赞其旨,染其众也。是以立言藉于虚无,谓之玄妙;处官不亲所司,谓之雅远;奉身散其廉操,谓之旷达。故砥砺之风,弥以陵迟。放者因斯,或悖吉凶之礼,而忽容止之表,渎弃长幼之序,混漫贵贱之级。其甚者至于裸裎,言笑忘宜,以不惜为弘,士行又亏矣。

老子既著五千之文,表摭秽杂之弊,甄举静一之义,有以令人释然自夷,合于《易》之《损》《谦》《艮》《节》之旨。而静一守本,无虚无之谓也;《损》《艮》之属,盖君子之一道,非《易》之所以为体守本无也。观老子之书虽博有所经,而云"有生于无",以虚为主,偏立一家之辞,岂有以而然哉!人之既生,以保生为全,全之所阶,以顺感为务。若昧近以亏业,则沈溺之衅兴;怀末以忘本,则天理之真灭。故动之所交,存亡之会也。夫有非有,于无非无;于无非无,于有非有。是以申纵播之累,而著贵无之文。将以绝所非之盈谬,存大善之中节,收流遁于既过,反澄正于胸怀。宜其以无为辞,而旨在全有,故其辞曰"以为文不足"。若斯,则是所寄之涂,一方之言也。若谓至理信以无为宗,则偏而害当矣。先贤达识,以非所滞,示之深论。惟班固著难,未足折其情。孙卿、扬雄大体抑之,犹偏有所许。而虚无之言,日以广衍,众家扇起,各列其说。上及造化,下被万事,莫不贵无,所存金同。情以众固,乃号凡有之理皆义之埤者,薄而鄙焉。辩论人伦及经明之业,遂易门肆。**頠**用矍然,申其所怀,而攻者盈集。或以为一时口言。有客幸过,咸见命著文,摘列虚无不允之征。若未能每事释正,则无家之义弗可夺也。**頠**退而思之,虽君子宅情,无求于显,及其立言,在乎达旨而已。然去圣久远,异同纷纠,苟少有仿佛,可以崇济先典,扶明大业,有益于时,则惟患言之不能,焉得静默,及未举一隅,略示所存而已哉!

夫至无者无以能生,故始生者自生也。自生而必体有,则有遗而生亏矣。生以有为己分,则虚无是有之所谓遗者也。故养既化之有,非无用之所能全也;理既有之众,非无为之所能循也。心非事也,而制事必由于心,然不可以制事以非事,谓心为无也。匠非器也,而制器必须于匠,然不可以制器以非器,谓匠非有也。是以欲收重泉之鳞,非偃息之所能获也;陨高墉之禽,非静拱之所能捷也;审投弦饵之用,非无知之所能览也。由此而观,济有者皆有也,虚无奚益于已有之群生哉!

王衍之徒攻难交至,并莫能屈。又著《辩才论》,古今精义皆辨释焉,未成而遇祸。

初,赵王伦谄事贾后,**頠**甚恶之,伦数求官,**頠**与张华复固执不许,由是深为伦所怨。伦又潜怀篡逆,欲先除朝望,因废贾后之际遂诛之,时年三十四。二子嵩、该,伦亦欲害之。梁王肜、东海王越称**頠**父秀有勋王室,配食太庙,不宜灭其后嗣,故得不死,徙带方;惠帝反正,追复**頠**本官,改葬以卿礼,谥曰成。以嵩嗣爵,为中书黄门侍郎。该出后从伯凯,为散骑常侍,并为乞活贼陈午所害。

裴邈

裴邈,字景声,裴頠从父弟,河东闻喜(今山西省运城市闻喜县)人,西晋著名书法家。邈有隽才,为太傅司马越从事中郎,假节监中外营诸军事。事迹见《三国志》卷二十三《魏书·裴潜传》注引。

据《山西通志·经籍》著录,裴邈有文集二卷。据《隋书·经籍志》记载:"晋太傅从事中郎《庾敳集》一卷,梁五卷,录一卷。又有太子中舍人《阮瞻集》二卷,录一卷;太子洗马《阮修集》二卷,录一卷;广威将军《裴邈集》二卷,录一卷。亡。"《旧唐书·经籍志》记载:"《裴邈集》二卷。"《新唐书·艺文志》亦记载:"《裴邈集》二卷。"按,《隋书·经籍志》云《裴邈集》亡,而《旧唐书·经籍志》与《新唐书·艺文志》均著录《裴邈集》二卷,由此可见,应当是唐朝开元年间广征天下典籍时复得古本。《裴邈集》,今已经亡佚。裴邈的作品今存有《文身剑铭》《文身刀铭》,载于《全上古三代秦汉三国六朝文》之《全晋文》中。

附一 《三国志·魏书·裴潜传》注引

(裴)頠从父弟邈,字景声,有隽才,为太傅司马越从事中郎,假节监中外营诸军事。

裴楷

裴楷,字叔则,河东闻喜(今山西省运城市闻喜县)人。父徽,魏冀州刺史。楷明悟有识量,弱冠知名,尤精《老》《易》,少与王戎齐名。起家相国掾,后任尚书郎、吏部郎。入晋,拜散骑侍郎,累迁散骑常侍、河内太守,入为屯骑校尉、右军将军,转侍中。楷性宽厚,与物无忤,不持俭素。惠帝时转为卫尉,迁太子少师。封临海侯,为尚书,进为中书令,加侍中,后加光禄大夫、开府仪同三司。卒于官,时年五十五,谥曰元。事迹见《晋书》卷三十五《裴楷传》。

据《山西通志·经籍》著录,裴楷有文集二卷。据《隋书·经籍志》记载:"晋徵士《闵鸿集》三卷,梁有光禄大夫《裴楷集》二卷,录一卷。亡。"《旧唐书·经籍志》记载:"《裴楷集》二卷。"《新唐书·艺文志》亦记载:"《裴楷集》二卷。"《隋书·经籍志》云《裴楷集》已经亡佚,而《旧唐书·经籍志》与《新唐书·艺文志》均著录《裴楷集》二卷，由此可见，应当是唐朝开元年间广征天下典籍时复得古本。《裴楷集》，今已经亡佚。存世作品有《与石崇书》（残句），收录于《全上古三代秦汉三国六朝文》之《全晋文》中。

附一　（民国）《闻喜县志·名贤传》

裴楷，字叔则，明悟有识量，弱冠知名，与王戎齐名。锺会荐之于文帝，辟相国掾，迁尚书郎。贾充改定律令，以楷为定科郎。事毕，诏楷于御前执读，平议当否。楷善宣吐，左右属目，听者忘倦。武帝为抚军，妙选僚采，以楷为参军事。吏部郎缺，文帝问其人于锺会。会曰："裴楷清通，王戎简要，皆其选也。"于是以楷为吏部郎。

楷风神高迈，容仪俊爽，博涉群书，特精理义，时人谓之"玉人"，又称"见裴叔则如近玉山，映照人也"。转中书郎，出入宫省，见者肃然改容。武帝受禅，探策以卜世数多少，而得一，帝不悦，群臣失色，莫有言者。楷正容仪，和其声气，从容进曰："臣闻天得一以清，地得一以宁，王侯得一以为天下贞。"武帝大悦，群臣皆称万岁。俄拜散骑侍郎，累迁散骑常侍、河内太守，入为屯骑校尉、右军将军，转侍中。长水校尉孙季舒尝与崇酣燕，慢傲过度，崇欲表免之。楷闻之，谓崇曰："足下饮人狂药，责人正礼，不亦乖乎！"崇乃止。楷性宽厚，与物无忤。不持俭素，每游荣贵，辄取其珍玩。虽车马器服，宿昔之间，便以施诸穷乏。尝营别宅，其从兄衍见而悦之，即以宅与衍。楷岁请二国租钱百万，以散亲族。人或讥之，楷曰："损有余以补不足，天之道也。"安于毁誉，其行己任率，皆此类也。

与山涛、和峤并以盛德居位，帝尝问天下风声，何得何失，楷对曰："陛下受命，四海承风，所以未比德于尧舜者，但以贾充之徒尚在朝耳。"乃出充为关中都督。充纳女于太子，乃止。楷子瓒娶杨骏女，然楷素轻骏，与之不平。骏既执政，乃转为卫尉，迁太子少师，优游无事，默如也。及骏诛，楷以婚亲收付廷尉，将加法。是日事仓促，诛戮纵横，众人为之震恐。楷容色不变，举动自若，索纸笔与亲故书。赖侍中傅祗救护得免，犹坐去官。太保卫瓘、太宰亮称楷贞正不阿附，宜蒙爵土，乃封临海侯，食邑二千户。代楚王玮为北军中候，加散骑常侍。楷不敢拜，转为尚书。

楷长子舆先娶亮女，女适卫瓘子，楷虑内难未已，求出外镇，除安南将军、假节、都督荆州诸军事，垂当发而玮果矫诏诛亮、瓘。玮以楷前夺己中候，又与亮、瓘婚亲，密遣讨楷。楷素知玮有望于己，闻有变，单车入城，匿于妻父王浑家，与亮小子一夜八徙，故得免难。玮既伏诛，以楷为中书令，加侍中，与张华、王戎并管机要。

楷有渴利疾，不乐处势。王浑为请转光禄勋，不听就，加光禄大夫、开府仪同三司。及疾笃，诏遣黄门郎王衍省疾，楷回眸瞩之曰："竟未相识。"衍深叹其神俊。楷有知人之鉴，初在河南，乐广侨居郡界，未知名，楷见而奇之，致之于宰府。尝目夏侯玄云"肃肃如入宗庙中,但见礼乐器",锺会"如观武库森森,但见矛戟在前",傅嘏"汪翔靡所不见",山涛"若登山临下,幽然深远"。卒年五十五,谥曰元。著有文集二卷,有五子:舆、瓒、宪、礼、逊。舆字祖明,袭爵。为散骑侍郎,卒,谥简。①

附二　《晋书》卷三十五《裴楷传》

楷字叔则。父徽,魏冀州刺史。楷明悟有识量,弱冠知名,尤精《老》《易》,少与王戎齐名。锺会荐之于文帝,辟相国掾,迁尚书郎。贾充改定律令,以楷为定科郎。事毕,诏楷于御前执读,平议当否。楷善宣吐,左右属目,听者忘倦。武帝为抚军,妙选僚采,以楷为参军事。吏部郎缺,文帝问其人于锺会。会曰:"裴楷清通,王戎简要,皆其选也。"于是以楷为吏部郎。

楷风神高迈,容仪俊爽,博涉群书,特精理义,时人谓之"玉人",又称"见裴叔则如近玉山,映照人也"。转中书郎,出入宫省,见者肃然改容。武帝初登阼,探策以卜世数多少,而得一,帝不悦,群臣失色,莫有言者。楷正容仪,和其声气,从容进曰:"臣闻天得一以清,地得一以宁,王侯得一以为天下贞。"武帝大悦,群臣皆称万岁。俄拜散骑侍郎,累迁散骑常侍、河内太守,入为屯骑校尉、右军将军,转侍中。

石崇以功臣子有才气,与楷志趣各异,不与之交。长水校尉孙季舒尝与崇酣燕,慢傲过度,崇欲表免之。楷闻之,谓崇曰:"足下饮人狂药,责人正礼,不亦乖乎!"崇乃止。

楷性宽厚,与物无忤。不持俭素,每游荣贵,辄取其珍玩。虽车马器服,宿昔之间,便以施诸穷乏。尝营别宅,其从兄衍见而悦之,即以宅与衍。梁、赵二王,国之近属,贵重当时,楷岁请二国租钱百万,以散亲族。人或讥之,楷曰:"损有余以补不足,天之道也。"安于毁誉,其行己任率,皆此类也。与山涛、和峤并以盛德居位,帝尝问曰:"朕应天顺时,海内更始,天下风声,何得何失?"楷对曰:"陛下受命,四海承风,所以未比德于尧舜者,但以贾充之徒尚在朝耳。方宜引天下贤人,与弘正道,不宜示人以私。"时任恺、庾纯亦以充为言,帝乃出充为关中都督。充纳女于太子,乃止。平吴之后,帝方修太平之化,每延公卿,与论政道。楷陈三五之风,次叙汉魏盛衰之迹。帝称善,坐者叹服焉。

楷子瓒娶杨骏女,然楷素轻骏,与之不平。骏既执政,乃转为卫尉,迁太子少师,优游无事,默如也。及骏诛,楷以婚亲收付廷尉,将加法。是日事仓卒,诛戮纵横,众人为之震恐。楷容色不变,举动自若,索纸笔与亲故书。赖侍中傅祇救护得免,犹坐去官。太保卫瓘、太宰亮称楷贞正不阿附,宜蒙爵土,乃封临海侯,食邑二千户。代楚王玮为北军中候,加散骑常侍。玮怨瓘、亮斥己任楷,楷闻之,不敢拜,转为尚书。

楷长子舆先娶亮女,女适卫瓘子,楷虑内难未已,求出外镇,除安南将军、假节、都督

---

① (民国)余宝滋修,杨钹田等纂《闻喜县志》,成文出版社1919年版,第359—363页。

荆州诸军事，垂当发而玮果矫诏诛亮、瓘。玮以楷前夺己中候，又与亮、瓘婚亲，密遣讨楷。楷素知玮有望于己，闻有变，单车入城，匿于妻父王浑家，与亮小子一夜八徙，故得免难。玮既伏诛，以楷为中书令，加侍中，与张华、王戎并管机要。

楷有渴利疾，不乐处势。王浑为楷请曰："楷受先帝拔擢之恩，复蒙陛下宠遇，诚竭节之秋也。然楷性不竞于物，昔为常侍，求出为河内太守；后为侍中，复求出为河南尹；与杨骏不平，求为卫尉；及转东宫，班在时类之下，安于淡退，有识有以见其心也。楷今委顿，臣深忧之。光禄勋缺，以为可用。今张华在中书，王戎在尚书，足举其契，无为复令楷入，名臣不多，当见将养，不违其志，要其远济之益。"不听，就加光禄大夫、开府仪同三司。及疾笃，诏遣黄门郎王衍省疾，楷回眸瞩之曰："竟未相识。"衍深叹其神俊。

楷有知人之鉴，初在河南，乐广侨居郡界，未知名，楷见而奇之，致之于宰府。尝目夏侯玄云"肃肃如入宗庙中，但见礼乐器"，锺会"如观武库森森，但见矛戟在前"，傅嘏"汪翔靡所不见"，山涛"若登山临下，幽然深远"。

初，楷家炊黍在甑，或变如拳，或作血，或作芜菁子。其年而卒，时年五十五，谥曰元。有五子：舆、瓒、宪、礼、逊。

郭璞

郭璞，字景纯，河东闻喜（今山西省运城市闻喜县）人。父瑗，为西晋尚书都令史。时尚书杜预有所增损，瑗多驳正之，以公方著称。西晋末年，郭璞因避战乱过江，为宣城太守殷佑参军。后王导深重之，引参己军事。晋元帝时拜著作佐郎，顷之迁尚书郎。璞以母忧去职，卜葬地于暨阳。后为大将军王敦记室参军，以卜筮不吉劝阻王敦谋反而遇害。王敦之乱平定后，追赠弘农太守。郭璞好古文、奇字，精天文、历算、卜筮，长于赋文，其诗歌被称为中兴第一。其著述甚多，曾注释《尔雅》《三苍》《方言》《穆天子传》《山海经》及《楚辞》《子虚》《上林赋》等数十万言，皆传于世。事迹见《晋书》卷七十二《郭璞传》。

据《山西通志·经籍》著录，郭璞的著述有：《周易洞林解》三卷，《洞林别诀》一卷，《周易髓周易新林》四卷，《周易元义经》一卷，《易通统卦验元图》一卷，《易通统图》二卷，《易新图序》一卷，《易八卦命录斗内图》一卷，《尔雅注疏》十一卷（宋·邢昺疏），注曰："《汉志》《尔雅》三卷，《隋志》郭璞注五卷，《唐志》作一卷。"《尔雅音》二卷，《尔雅图》十卷，《尔雅图赞》二卷，注曰："音同孙炎，《唐志》作图一卷，音义二卷。"《方言注》十三卷，《三苍注》三卷，《葬书》一卷，注曰："《唐志》《通考》并同汲古阁刻本作《葬经》。"《狐首经》一卷，《青囊补注》三卷，《周易察微经》一卷,《周易鬼眼算》一卷,《周易逆刺》一卷,《易鉴》三卷,《玉照定真经》一卷,注曰:"张禹注。"《三命通照神白经》三卷,《郭氏元经》十卷,《穆天子传》六卷,《水经注》三卷,《山海经注》十八卷,《山海经图赞》二卷,注曰:"图赞,《隋志》别卷。今图佚赞存,附书后。"《山海经音》二卷,《山海经图》十卷,《郭璞集》十七卷,注曰:"梁十卷,录一卷。明张溥《汉魏六朝百三家集》有《郭弘农集》一卷。"

又,据《闻喜县志·名贤传》记载可知,郭璞的著述非常丰富,主要有:《周易察微经》一卷,《周易洞林解》三卷,《洞林别诀》一卷,《周易髓周易新林》四卷,《周易元义经》一卷,《易通统卦验元图》一卷,《易通统图》二卷,《易新图序》一卷,《易八卦命录斗内图》一卷,《易斗图》一卷,《毛诗拾遗》一卷,《毛诗略》四卷,《孝经错纬》《尔雅注》一卷,《尔雅图》一卷,《尔雅音义》一卷,《注尔雅》三卷,《续葬书》一卷,《注扬子方言》十卷,抄京、费诸家要最《卜韵》一篇,《郭璞集》十七卷,《郭璞续集》六卷,注李斯《仓颉篇》、注杨雄《训纂篇》、注贾访《傍喜篇》,是为《三仓》共三卷,《穆天子传》六卷,《相如传序》《上林赋》注,注《山海经》十八卷,《山海经图讚》二卷,《山海经音》二卷,《山海经图》十卷,《三命通照神白经》二卷,《青囊补注》三卷,《水经》三卷,《注楚辞》十卷,《序八五经》一卷,《序狐首经》一卷。

又,据《晋书·郭璞传》的记载可知,郭璞的著述有:"璞撰前后筮验六十余事,名为《洞林》。又抄京、费诸家要最,更撰《新林》十篇、《卜韵》一篇。注释《尔雅》,别为《音义》《图谱》。又注《三苍》《方言》《穆天子传》《山海经》及《楚辞》《子虚》《上林赋》数十万言,皆传于世。所作诗赋诔颂亦数万言。"除此之外,郭璞的著述还有《夏小正注》《汉书注》《汉书音义》《管郭近要决》一卷,《易洞林》三卷,《易八卦命禄斗内图》一卷。

上述郭璞的诸多著述之中,其《周易髓》已经亡佚。《山海经图赞》二卷,亦已经亡佚。据《隋书·经籍志一》记载:"《毛诗拾遗》一卷,郭璞撰。梁又有《毛诗略》四卷,亡。"《旧唐书·经籍志》《新唐书·艺文志》都没有著录此书,可见此书唐时已经亡佚。清代学者马国翰根据类书《初学记》《艺文类聚》《北堂书钞》等进行了辑佚,有马国翰《玉函山房辑佚书》辑佚本,今存,山西大学图书馆藏有此书。据《隋书·经籍志》记载:"《尔雅》五卷,郭璞注。"《旧唐书·经籍志》记载:"《尔雅》六卷,樊光注。又六卷,孙炎注。又三卷,郭璞注。"《新唐书·艺文志》记载:"《尔雅》李巡《注》三卷,樊光《注》六卷,孙炎《注》六卷,沈璇《集注》十卷,郭璞《注》一卷。"《尔雅注》,此书今存,明清刻本较多,较为常见的版本有:明嘉靖十七年刻本;明崇祯十二年浙江书局永怀堂刻《十三经古注》本(运城市盐湖区图书馆藏有此书);《四库全书》本(十一卷本);《四部丛刊》本;光绪十二年湖北官书处重刻本(山西省图书馆藏有此书);上海涵芬楼据宋刊本影印本(运城市盐湖区图书馆藏有此书)。据《旧唐书·经籍志》记载:"《尔雅音义》一卷,郭璞注。"《新唐书·艺文志》记载:"《集注尔雅》十卷,沈璇注。《尔雅音义》一卷,郭璞注。"此书已经亡佚,清代学者马国翰进行了辑佚,其《玉函山房辑佚书》辑佚有《尔雅音义》一卷。据《隋书·经籍志》记载:"《尔雅图》十卷,郭璞撰。亡。"《旧唐书·经籍志》记载:"《尔雅图》一卷,郭璞注。"此书已经亡佚。又,《隋书·经籍志》著录郭璞《尔雅图》十卷,下有注曰:"梁有《尔雅图赞》二卷,郭璞撰,亡。"《尔雅图赞》原文已经亡佚,后世学者进行了辑佚,版本主要包括:王谟《汉魏遗书抄》本,马国翰《玉函山房辑佚书》本,严可均《全上古三代秦汉三国六朝文》本。据《隋书·经籍志》记载:"《方言》十三卷,汉扬雄撰,郭璞注。"《旧唐书·经籍志》记载:"《别国方言》十三卷,扬雄撰。"《新唐书·艺文志》记载:"扬雄《别国方言》十三卷。"《方言》注(《方言》此书亦称作《輶轩使者绝代语释别国方言》),此书今存,较为通行的版本有:《古今逸史》本;《四库全书》本;《四部丛刊》本;《汉魏丛书》本(运城市河津市图书馆藏有此书);上海涵芬楼据宋刊本影印本(运城市盐湖区图书馆藏有此书);天津古籍书店于1982年出版有校定本,是据清乾隆四十九年(1784)抱经堂刻本校定,运城学院图书馆藏有此书。据《隋书·经籍志》记载:"《三苍》三卷,郭璞注。秦相李斯作《仓颉篇》,汉扬雄作《训纂篇》,后汉郎中贾鲂作《滂喜篇》,故曰《三苍》。梁有《仓颉》二卷,后汉司空杜林注,亡。"《旧唐书·经籍志》记载:"《三苍》三卷,李斯等撰,郭璞解。"《新唐书·艺文志》记载:"李斯等《三苍》三卷,郭璞解。"此书已经亡佚,清代学者马国翰进行了辑佚,其《玉函山房辑佚书》辑佚有《三苍》一卷。除此之外,此书还有辑佚本多种。另外,郭璞的《楚辞》注、《子虚赋》注、《上林赋》注皆已经亡佚。

据《隋书·经籍志》史部起居注类记载:"《穆天子传》六卷,《汲冢书》。郭璞注。"《旧唐书·经籍志》记载:"《穆天子传》六卷,郭璞撰。"《新唐书·艺文志》记载:"郭璞《穆天子传》六卷。"此书今存,唐宋正史以及诸多私家藏书目录都把《穆天子传》归入史部,而《四库全书总目提要》则把其归入子部小说家类,对此,四库馆臣云:"《穆天子传》,六卷(两江总督采进本)。晋郭璞注,前有荀勖序。案《束皙传》云,太康二年,汲县人不准盗发魏襄王墓,得《竹书·穆天子传》五篇,又《杂书》十九篇,周食田法、周书论楚事、周穆王美人盛姬事。按今盛姬事载《穆天子传》第六卷,盖即《束皙传》所谓杂书之一篇也。寻其文义,应归此传。《束皙传》别出之,非也。此书所记,虽多夸言寡实,然所谓西王母者,不过西方一国君。所谓县圃者,不过飞鸟百兽之所饮食,为大荒之圃泽,无所谓神仙怪异之事。所谓河宗氏者,亦仅国名,无所谓鱼龙变见之说,较《山海经》《淮南子》犹为近实。郭璞注《尔雅》,於西至西王母句,不过曰西方昏荒之国;於河出昆仑墟句,虽引《大荒西经》而不言其灵异。其注此书,乃颇引志怪之谈。盖释经不敢不谨严,而笺释杂书则务矜博洽故也。(案:《穆天子传》旧皆入《起居注类》,徒以编年纪月,叙述西游之事,体近乎起居注耳,实则恍惚无徵,又非逸周书之比。以为古书而存之可也,以为信史而录之,则史体杂,史例破矣。今退置于《小说家》,义求其当,无庸以变古为嫌也。)"案,《穆天子传》出土后,由西晋学者荀勖整理校定分为五卷,后来著作佐郎郭璞为《穆天子传》作注,并且将"周穆王美人盛姬死事",当作《穆天子传》的又一篇文章,编作第六卷了。从此以后,流传的《穆天子传》都是六卷本的了。此书的主要版本有:天一阁刻本;《汉魏丛书》载程荣校本,运城市河津市图书馆藏有此书;《古今逸史》载吴琯校本;平津馆刻本;《传经堂丛书本》;《五经岁遍斋校书三种》载翟云升校本;文渊阁《四库全书》本等。在这些版本之中,以平津馆刻本、《传经堂丛书本》、《五经岁遍斋校书三种》本为最佳。清代学者檀萃著有《穆天子传注疏》(六卷),有清道光年间石渠阁刻本;其后有学者洪颐煊校正《穆天子传》,有平津馆刻本;继洪氏之后又有翟云升的《覆校穆天子传》,有清道光年间刻本。近代顾实著有《穆天子传西征讲疏》(商务印书馆 1934 年铅印排印本),今人王贻梁、陈建敏著有《穆天子传汇校集释》(华东师范大学出版社 1994 年版)等。

据《隋书·经籍志》记载:"《水经》三卷,郭璞注。"《旧唐书·经籍志》记载:"《水经》二卷,郭璞撰。"《新唐书·艺文志》记载:"桑钦《水经》三卷,一作郭璞撰。"此书已经亡佚。据《隋书·经籍志》记载:"《山海经》二十三卷,郭璞注。"《旧唐书·经籍志》记载:"《山海经》十八卷,郭璞撰。《山海经图赞》二卷,郭璞撰。《山海经音》二卷。"《新唐书·艺文志》记载:"郭璞注《山海经》二十三卷。"郭璞的《山海经》注,此书今存,主要版本有:清嘉庆年间刻本,运城市临猗县图书馆藏有此书;清乾隆十八年(1753)槐荫草堂刻本,运城市新绛县图书馆藏有此书;子书百家本,清光绪元年(1875)湖北崇文书局刻本,运城市临猗县图书馆藏有此书;《四库全书》本。今人袁珂先生的《山海经校注》是目前较为完备的本子,由上海古籍出版社于 1980 年出版,后来又陆续出版了修订本、增补修订本。郭璞的《山海经图赞》,今存,版本有子书百家本,清光绪元年(1875)湖北崇文书局刻本,运城市临猗县图书馆藏有此书一卷。据《隋书·经籍志》记载:"《易洞林》三卷,郭璞撰。"《旧唐书·经籍志》记载:"《周易洞林解》三卷,郭璞撰。"《新唐书·艺文志》记载:"郭璞《周易洞林解》三卷。"此书已经亡佚,清代学者马国翰《玉函山房辑佚书》进行了辑佚,此辑佚本辑佚是书三卷,补遗一卷,山西大学图书馆藏有此书。

《隋书·经籍志》记载："《周易新林》四卷,郭璞撰。梁有《周易杂占》十卷,葛洪撰。亡。《周易新林》九卷,郭璞撰。梁有《周易林》五卷,郭璞撰,亡。"此书已经亡佚。郭璞还撰有《玄中记》(亦称为《郭氏玄中记》《玄中要记》)一书,此书较为常见的辑佚本有:《玄中记》一卷,清代学者马国翰辑《玉函山房辑佚书》本;《郭氏玄中记》一卷,近代人叶德辉辑《观古堂所著书》本、《郋园先生全书》本;《玄中记》一卷,鲁迅辑《古小说钩沉》本。又,《孝经正义》九卷,(晋)郭璞注,(宋)邢昺疏,(清)汲古阁刻本(运城市盐湖区图书馆藏有此书)。除此之外,郭璞的《卜韵》《周易元义经》《易八卦命录斗内图》《易斗图》等皆已经亡佚。其他署名郭璞的著述诸如《周易察微经》《三命通照神白经》《青囊补注》《狐首经》《玉照定真经》,史志目录没有记载,后世学者多认为是伪作,不可信。如四库馆臣云:"《玉照定真经》,一卷(永乐大典本)。旧本题晋郭璞撰,张颙注。考《晋书》璞传,不言璞有此书。《隋志》《唐志》《宋志》以及诸家书目,皆不著录。惟叶盛《绿竹堂书目》载有此书一册,亦不著撰人。盖晚出依托之本,张颙亦不知何许人。勘验书中多涉江南方言,疑书与注文均出自张颙一人之手,而假名于璞以行。术家影附,往往如此,不足辨也。其书世无传本,仅元、明人星命书偶一引之。今检《永乐大典》所载,首尾备具,犹为完帙。虽文句不甚雅驯,而大旨颇简洁明晰,犹有《珞琭子》及《李虚中命书》遗意,所言吉凶应验,切近中理,亦多有可采。如论年仪、月仪、六害、三奇、三交、四象之类,尤多所阐发。惟推及外亲女婿,以曲说穿凿,不免牵强附会耳。盖旧本相传,要有所受,究非后来杜撰者所能及。故录而存之,以备星命家之一种焉。"

郭璞还精于道家术数,是中国风水学的鼻祖。在风水术数方面,署名为郭璞的著作是《葬书》,也称为《葬经》,奠定了中国古代堪舆风水的理论基础。据《宋史·艺文志》记载:"郭璞《葬书》一卷。"后世学者多认为此书是伪作,如四库馆臣云:"《葬书》,一卷(通行本)。旧本题晋郭璞撰。璞有《尔雅注》,已著录。葬地之说,莫知其所自来。周官冢人、墓大夫之职皆称以族葬,是三代以上葬不择地之明证。《汉书·艺文志·形法家》始以宫宅地形与相人、相物之书并列,则其术自汉始萌,然尚未专言葬法也。《后汉书·袁安传》,载安父没,访求葬地,道逢三书生,指一处,当世为上公,安从之,故累世贵盛。是其术盛传于东汉以后。其特以是擅名者,则璞为最著。考璞本传,载璞从河东郭公受《青囊中书》九卷,遂洞天文五行卜筮之术。璞门人赵载尝窃《青囊书》为火所焚,不言其尝著《葬书》。《唐志》有《葬书地脉经》一卷,《葬书五阴》一卷,又不言为璞所作。惟《宋志》载有璞《葬书》一卷,是其书自宋始出,其后方技之家,竞相粉饰,遂有二十篇之多。蔡元定病其芜杂,为删去十二篇,存其八篇。吴澄又病蔡氏未尽蕴奥,择至纯者为内篇,精粗纯驳相半者为外篇,粗驳当去而姑存者为杂篇。新喻刘则章亲受之吴氏,为之注释。今此本所分内篇、外篇、杂篇,盖犹吴氏之旧本。至注之出于刘氏与否,则不可考矣。书中词意简质,犹术士通文义者所作。必以为出自璞手,则无可徵信。或世见璞葬母暨阳,卒远永患,故以是书归之欤。其中遗体受荫之说,使后世惑于祸福,或稽留而不葬,或迁徙而不恒,已深为通儒所辟。然如乘生气一言,其义颇精。又所云葬者原其起,乘其止,乘风则散,界水则止诸条,亦多明白简当。王祎《青岩丛录》曰:择地以葬,其术本于晋郭璞。所著《葬书》二十篇,多后人增以谬妄之说。蔡元定尝去其十二而存其八。后世之为其术者分为二宗,一曰宗庙之法。始于闽中,其源甚远。至宋王伋乃大行。其为说主于星卦,阳山阳向,阴山阴向,不相乖错,纯取八卦五星以定生克之理。其学浙中传之,而用之者甚鲜。一曰江西之法。肇于赣人杨筠松,曾文迪及赖大有、谢子逸辈,尤精其学。其为说主于形势,原其所起,即其所止,以定位向,专指龙穴砂水之相配,而他拘泥在所不论。今大江以南无不遵之者。二宗之说虽不相同,然皆本于郭氏者也云云。是后世言地学者皆以璞为鼻祖。故书虽依托,终不得而废欤。据《宋志》本名《葬书》,后来术家尊其说者改名《葬经》。毛晋汲古阁刻本亦承其讹,殊为失考。今仍题旧名,以从其朔云。"此书今存,有《四库全书》本。郭璞的作品在后世流传过程中多数已经散轶了。据《隋书·经籍志》记载:"晋弘农太守《郭璞集》十七卷,梁十卷,录一卷。"《旧唐书·经籍志》记载:"《郭璞集》十卷。"《新唐书·艺文志》亦记载:"《郭璞集》十卷。"《宋史·艺文志》记载:"《郭璞集》六卷。"由此可见,宋代时《郭璞集》已经出现散佚的情况了。《郭璞集》,今已经亡佚。其辑佚本较多,比较常见的是明清时期的辑佚本,主要有:《郭弘农集》二卷,附录一卷,(明)张燮辑《七十二家集》本。《郭弘农集》二卷,(明)张溥辑《汉魏六朝百三家集》本。《郭景纯集》二卷,(清)姚莹、顾沅、潘锡恩辑《乾坤正气集》本。《郭弘农集选》一卷,(清)吴汝纶评选《汉魏六朝百三家集选》本。今人有聂恩彦《郭弘农集校注》(三晋古籍丛刊),山西人民出版社1989年版。郭璞的著述今存《尔雅注》《方言注》以及《山海经注》之外,还有文章二十三篇,《尔雅图赞》四十八则,《山海经图赞》二百六十六则,收录于《全上古三代秦汉三国六朝文》之《全晋文》(卷一二〇至卷一二三)中;今存诗歌三十首(包括残句),收录于《先秦汉魏晋南北朝诗》之《全晋诗》(卷一一)中。

附一 （民国）《闻喜县志·名贤传》

郭璞，字景纯，瑗子，好经术，博学有高才，而讷于言论，词赋为中兴之冠。好古文奇字，妙于阴阳算历。有郭公者，客居河东，精于卜筮，璞从之受业。公以《青囊中书》九卷与之，由是遂洞五行、天文、卜筮之术，攘灾转祸，通致无方，虽京房、管辂不能过也。璞门人赵载尝窃《青囊书》，未及读，而为火所焚。

惠怀之际，河东先扰。璞筮之，投策而叹曰："嗟乎！黔黎将湮于异类，桑梓其翦为龙荒乎！"于是潜结姻昵及交游数十家，欲避地东南。抵将军赵固，为活死马。固奇之，厚加资给。既过江，宣城太守殷祐引为参军。祐迁石头都护，璞复随之。王导深重之，引参己军事。时元帝初镇邺，导令璞筮之，遇《咸》之《井》，璞曰："东北郡县有'武'名者，当出铎，以著受命之符。西南郡县有'阳'名者，井当沸。"其后晋陵武进县人于田中得铜铎五枚，历阳县中井沸，经日乃止。及帝为晋王，又使璞筮，遇《豫》之《睽》，璞曰："会稽当出钟，以告成功，上有勒铭，应在人家井泥中得之。繇辞所谓'先王以作乐崇德，殷荐之上帝'者也。"及帝即位，太兴初，会稽剡县人果于井中得一钟，长七寸二分，口径四寸半，上有古文奇书十八字，云"会稽岳命"，余字时人莫识之。璞曰："盖王者之作，必有灵符，塞天人之心，与神物合契，然后可以言受命矣。观五铎启号于晋陵，栈钟告成于会稽，瑞不失类，出皆以方，岂不伟哉！若夫铎发其响，钟征其象，器以数臻，事以实应，天人之际不可不察。"帝甚重之。

璞著《江赋》，其辞甚伟，为世所称。后复作《南郊赋》，帝见而嘉之，以为著作佐郎。于时阴阳错缪，而刑狱繁兴，璞上疏请省刑律，赦。优诏报之。其后日有黑气，璞复上疏言："赦不宜数，实如圣旨。臣愚以为子产之铸刑书，非政事之善，然不得不作者，须以救弊故也。今之宜赦，理亦如之。随时之宜，亦圣人所善者。此国家大信之要，诚非微臣所得干豫。今圣朝明哲，思弘谋猷，方辟四门以亮采，访舆诵于群下，况臣蒙珥笔朝末，而可不竭诚尽规哉！"

顷之迁尚书郎。数言便宜，多研匡益。明帝之在东宫，与温峤、庾亮并有布衣之好，璞亦以才学见重，埒于峤、亮，论者美之。

璞既好卜筮，又自以才高位下，乃著《客傲》以寄意。永昌元年，皇孙生，璞上言宜因国庆大赦天下，纳之。时暨阳人任谷妖诡，自云有道术，留于禁内。复疏言宜遣谷出，且曰："臣忝荷史任，敢忘直笔。"后谷竟亡走。璞以母忧去职，未期，王敦起璞为记室参军。是时颍川陈述为大将军掾，有美名，为敦所重，未几而没。璞哭之哀甚，呼曰："嗣祖，嗣祖，焉知非福！"夫几而敦作难。时明帝即位逾年，未改号，而荧惑守房。璞时休归，帝乃遣使赍手诏问璞。会暨阳县复上言曰赤乌见。璞乃上疏请改年肆，赦。

王敦之谋逆也，温峤、庾亮使璞筮之，璞对不决。峤、亮复令占己之吉凶，璞曰："大吉。"峤等退，相谓曰："璞对不了，是不敢有言，或天夺敦魄。今吾等与国家共举大事，而璞云大吉,是为举事必有成也。"于是劝帝讨敦。初,璞每言"杀我者山宗",至是果有姓崇者构璞于敦。敦将举兵,又使璞筮。璞曰:"无成。"敦固疑璞之劝峤、亮,又闻卦凶,乃问璞曰:"卿更筮吾寿几何?"答曰:"思向卦,明公起事,必祸不久。若住武昌,寿不可测。"敦大怒曰:"卿寿几何?"曰:"命尽今日日中。"敦怒,收璞,诣南冈斩之,时年四十九。王敦平,追赠弘农太守。

著有《周易察微经》一卷,《周易洞林解》三卷,《洞林别诀》一卷,《周易髓周易新林》四卷,《周易元义经》一卷,《易通统卦验元图》一卷,《易通统图》二卷,《易新图序》一卷,《易八卦命录斗内图》一卷,《易斗图》一卷,《毛诗拾遗》一卷,《毛诗略》四卷,《孝经错纬》《尔雅注》一卷,《尔雅图》一卷,《尔雅音义》一卷,《注尔雅》三卷,《续葬书》一卷,《注扬子方言》十卷,抄京、费诸家要最《卜韵》一篇,《郭璞集》十七卷,《郭璞续集》六卷,注李斯《仓颉篇》、注杨雄《训纂篇》、注贾访《傍喜篇》,是为《三仓》共三卷,《穆天子传》六卷,《相如传序》《上林赋》注,注《山海经》十八卷,《山海经图讚》二卷,《山海经音》二卷,《山海经图》十卷,《三命通照神白经》二卷,《青囊补注》三卷,《水经》三卷,《注楚辞》十卷,《序八五经》一卷,《序狐首经》一卷。皆传于世。子骜,官至临贺太守。①

附二 《晋书》卷七十二《郭璞传》

郭璞,字景纯,河东闻喜人也。父瑗,尚书都令史。时尚书杜预有所增损,瑗多驳正之,以公方著称。终于建平太守。璞好经术,博学有高才,而讷于言论,词赋为中兴之冠。好古文奇字,妙于阴阳算历。有郭公者,客居河东,精于卜筮,璞从之受业。公以《青囊中书》九卷与之,由是遂洞五行、天文、卜筮之术,攘灾转祸,通致无方,虽京房、管辂不能过也。璞门人赵载尝窃《青囊书》,未及读,而为火所焚。

惠怀之际,河东先扰。璞筮之,投策而叹曰:"嗟乎!黔黎将湮于异类,桑梓其翦为龙荒乎!"于是潜结姻昵及交游数十家,欲避地东南。抵将军赵固,会固所乘良马死,固惜之,不接宾客。璞至,门吏不为通。璞曰:"吾能活马。"吏惊入白固。固趋出,曰:"君能活吾马乎?"璞曰:"得健夫二三十人,皆持长竿,东行三十里,有丘林社庙者,便以竿打拍,当得一物,宜急持归。得此,马活矣。"固如其言,果得一物似猴,持归。此物见死马,便嘘吸其鼻。顷之马起,奋迅嘶鸣,食如常,不复见向物。固奇之,厚加资给。

行至庐江,太守胡孟康被丞相召为军谘祭酒。时江淮清宴,孟康安之,无心南渡。璞为占曰"败"。康不之信。璞将促装去之,爱主人婢,无由而得,乃取小豆三斗,绕主人宅散之。主人晨见赤衣人数千围其家,就视则灭,甚恶之,请璞为卦。璞曰:"君家不宜畜此婢,可于东南二十里卖之,慎勿争价,则此妖可除也。"主人从之。璞阴令人贱买此婢。复

---

① (民国)余宝滋修,杨铍田等纂《闻喜县志》,成文出版社1919年版,第364—370页。

为符投于井中，数千赤衣人皆反缚，一一自投于井，主人大悦。璞携婢去。后数旬而庐江陷。

璞既过江，宣城太守殷祐引为参军。时有物大如水牛，灰色卑脚，脚类象，胸前尾上皆白，大力而迟钝，来到城下，众咸异焉。祐使人伏而取之，令璞作卦，遇《遯》之《蛊》，其卦曰："《艮》体连《乾》，其物壮巨。山潜之畜，匪兕匪武。身与鬼并，精见二午。法当为禽，两灵不许。遂被一创，还其本墅。按卦名之，是为驴鼠。"卜适了，伏者以戟刺之，深尺余，遂去不复见。郡纲纪上祠，请杀之。巫云："庙神不悦，曰：'此是？亭驴山君鼠，使诣荆山，暂来过我，不须触之。'"其精妙如此。祐迁石头督护，璞复随之。时有鼯鼠出延陵，璞占之曰："此郡东当有妖人欲称制者，寻亦自死矣。后当有妖树生，然若瑞而非瑞，辛螫之木也。锐有此者，东南数百里必有作逆者，期明年矣。"无锡县欻有茱萸四株交枝而生，若连理者，其年盗杀吴兴太守袁琇。或以问璞，璞曰："卯爻发而沴金，此木不曲直而成灾也。"王导深重之，引参己军事。尝令作卦，璞言："公有震厄，可命驾西出数十里，得一柏树，截断如身长，置常寝处，灾当可消矣。"导从其言。数日果震，柏树粉碎。

时元帝初镇邺，导令璞筮之，遇《咸》之《井》，璞曰："东北郡县有'武'名者，当出铎，以著受命之符。西南郡县有'阳'名者，井当沸。"其后晋陵武进县人于田中得铜铎五枚，历阳县中井沸，经日乃止。及帝为晋王，又使璞筮，遇《豫》之《睽》，璞曰："会稽当出钟，以告成功，上有勒铭，应在人家井泥中得之。繇辞所谓'先王以作乐崇德，殷荐之上帝'者也。"及帝即位，太兴初，会稽剡县人果于井中得一钟，长七寸二分，口径四寸半，上有古文奇书十八字，云"会稽岳命"，余字时人莫识之。璞曰："盖王者之作，必有灵符，塞天人之心，与神物合契，然后可以言受命矣。观五铎启号于晋陵，栈钟告成于会稽，瑞不失类，出皆以方，岂不伟哉！若夫铎发其响，钟征其象，器以数臻，事以实应，天人之际不可不察。"帝甚重之。

璞著《江赋》，其辞甚伟，为世所称。后复作《南郊赋》，帝见而嘉之，以为著作佐郎。于时阴阳错缪，而刑狱繁兴，璞上疏曰：

臣闻《春秋》之义，贵元慎始，故分至启闭以观云物，所以显天人之统，存休咎之征。臣不揆浅见，辄依岁首粗有所占，卦得《解》之《既济》。案爻论思，方涉春木王龙德之时，而为废水之气未见乘，加升阳未布，隆阴仍积，《坎》为法象，刑狱所丽，变《坎》加《离》，厥象不烛。以义推之，皆为刑狱殷繁，理有壅滥。又去年十二月二十九日，太白蚀月。月者属《坎》，群阴之府，所以照察幽情，以佐太阳者也。太白，金行之星，而来犯之，天意若曰刑理失中，自坏其所以为法者也。臣术学庸近，不练内事，卦理所及，敢不尽言。又去秋以来，沈雨跨年，虽为金家涉火之祥，然亦是刑狱充溢，怨叹之气所致。往建兴四年十二月中，行丞相令史淳于伯刑于市，而血逆流长标。伯者小人，虽罪在未允，何足感动灵变，致若斯之怪邪！明皇天所以保佑金家，子爱陛下，屡见灾异，殷勤无已。陛下宜侧身思惧，以应灵谴。皇极之谪，事不虚降。不然，恐将来必有愆阳苦雨之灾，崩震薄蚀之变，狂狡蠢戾之妖，以益陛下旰食之劳也。

臣谨寻按旧经，《尚书》有五事供御之术，京房易传有消复之救，所以缘咎而致庆，因异而迈政。故木不生庭，太戊无以隆；雉不鸣鼎，武丁不为宗。夫寅畏者所以飨福，怠傲者所以招患，此自然之符应，不可不察也。案《解卦》彖云："君子以赦过宥罪。"《既济》云；"思患而豫防之。"臣愚以为宜发哀矜之诏，引在予之责，荡除瑕衅，赞阳布惠，使幽毙之人应苍生以悦育，否滞之气随谷风而纾散。此亦寄时事以制用，藉开塞而曲成者也。

臣窃观陛下贞明仁恕，体之自然，天假其祚，奄有区夏，启重光于已昧，廓四祖之遐武，祥灵表瑞，人鬼献谋，应天顺时，殆不尚此。然陛下即位以来，中兴之化未阐，虽躬综万机，劳逾日昃，玄泽未加于群生，声教未被乎宇宙，臣主未宁于上，黔细未辑于下，《鸿雁》之咏不兴，康衢之歌不作者，何也？杖道之情未著，而任刑之风先彰，经国之略未震，而轨物之迹屡迁。夫法令不一则人情惑，职次数改则觊觎生，官方不审则秕政作，惩劝不明则善恶浑，此有国者之所慎也。臣窃为陛下惜之。夫以区区之曹参，犹能遵盖公之一言，倚清靖以镇俗，寄市狱以容非，德音不忘，流咏于今。汉之中宗，聪悟独断，可谓令主，然厉意刑名，用亏纯德。《老子》以礼为忠信之薄，况刑又是礼之糟粕者乎！夫无为而为之，不宰以宰之，固陛下之所体者也。耻其君不为尧舜者，亦岂惟古人！是以敢肆狂瞽，不隐其怀。若臣言可采，或所以为尘露之益；若不足采，所以广听纳之门。愿陛下少留神鉴，赐察臣言。

疏奏，优诏报之。其后日有黑气，璞复上疏曰：

臣以顽昧，近者冒陈所见，陛下不遗狂言，事蒙御省。伏读圣诏，欢惧交战。臣前云升阳未布，隆阴仍积，《坎》为法象，刑狱所丽，变《坎》加《离》，厥象不烛，疑将来必有薄蚀之变也。此月四日，日出山六七丈，精光潜昧，而色都赤，中有异物大如鸡子，又有青黑之气共相薄击，良久方解。案时在岁首纯阳之月，日在癸亥全阴之位，而有此异，殆元首供御之义不显，消复之理不著之所致也。计去微臣所陈，未及一月，而便有此变，益明皇天留情陛下恳恳之至也。

往年岁末，太白蚀月，今在岁始，日有咎谪。会未数旬，大眚再见。日月告衅，见惧诗人，无曰天高，其鉴不远。故宋景言善，荧惑退次；光武宁乱，呼沲结冰。此明天人之悬符，有若形影之相应。应之以德，则休祥臻；酬之以怠，则咎征作。陛下宜恭承灵谴，敬天之怒，施沛然之恩，谐玄同之化，上所以允塞天意，下所以弭息群谤。

臣闻人之多幸，国之不幸。赦不宜数，实如圣旨。臣愚以为子产之铸刑书，非政事之善，然不得不作者，须以救弊故也。今之宜赦，理亦如之。随时之宜，亦圣人所善者。此国家大信之要，诚非微臣所得干豫。今圣朝明哲，思弘谋猷，方辟四门以亮采，访舆诵于群心，况臣蒙珥笔朝末，而可不竭诚尽规哉！

顷之迁尚书郎。数言便宜，多研匡益。明帝之在东宫，与温峤、庾亮并有布衣之好，璞亦以才学见重，埒于峤、亮，论者美之。然性轻易，不修威仪，嗜酒好色，时或过度。著作郎干宝常诫之曰："此非适性之道也。"璞曰："吾所受有本限,用之恒恐不得尽,卿乃忧酒色之为患乎！"

璞既好卜筮,缙绅多笑之。又自以才高位卑,乃著《客傲》,其辞曰:

客傲郭生曰："玉以兼城为宝,士以知名为贤。明月不妄映,兰葩岂虚鲜。今足下既以拔文秀于丛荟,荫弱根于庆云,陵扶摇而竦翮,挥清澜以濯鳞,而响不彻于一皋,价不登乎千金。傲岸荣悴之际,颉颃龙鱼之间,进不为谐隐,退不为放言,无沈冥之韵,而希风乎严先,徒费思于赞味,摹《洞林》乎《连山》,尚何名乎！夫攀骊龙之髯,抚翠禽之毛,而不得绝霞肆、跨天津者,未之前闻也。"

郭生粲然而笑曰："鹪鹩不可与论云翼,井蛙难与量海鳌。虽然,将袪子之惑,讯以未悟,其可乎？

乃者地维中绝,乾光坠采,皇运暂回,廊祚淮海。龙德时乘,群才云骇,蔼若邓林之会逸翰,烂若溟海之纳奔涛,不烦咨嗟之访,不假蒲帛之招,羁九有之奇骏,咸总之于一朝,岂惟丰沛之英,南阳之豪！昆吾挺锋,骐骥轩髦,杞梓竞敷,兰黄争翘,嘤声冠于伐木,援类繁乎拔茅。是以水无浪士,岩无幽人,刘兰不暇,爨桂不给,安事错薪乎！

且夫窟泉之潜不思云羣,熙冰之采不羡旭晞,混光耀于埃蔼者,亦曷愿沧浪之深,秋阳之映乎！登降纷于九五,沦涌悬乎龙津。蚓蛾以不才陆槁,蟒蛇以腾骛暴鳞。连城之宝,藏于褐里,三秀虽艳,縻于丽采。香恶乎芬？贾恶乎在？是以不尘不冥,不骊不骍,支离其神,萧悴其形。形废则神王,迹粗而名生。体全者为牺,至独者不孤,傲俗者不得以自得,默觉者不足以涉无。故不恢心而形遗,不外累而智丧,无岩穴而冥寂,无江湖而放浪。玄悟不以应机,洞鉴不以昭旷。不物物我我,不是是非非。忘意非我意,意得非我怀。寄群籁乎无象,域万殊于一归。不寿殇子,不夭彭涓,不壮秋毫,不小太山。蚊泪与天地齐流,蚜蛴与大椿齿年。然一阖一开,两仪之迹,一冲一溢,悬象之节,涣互期于寒暑,凋蔚要乎春秋。青阳之翠秀,龙豹之委颖,骏狼之长晖,玄陆之短景。故皋壤为悲欣之府,蝴蝶为物化之器矣。

夫欣黎黄之音者,不聱蟪蛄之吟;豁云台之观者,必闼带索之欢。纵蹈而咏采荠,拥璧而叹抱关。战机心以外物,不能得意于一弦。悟往复于嗟叹,安可与言乐天者乎！若乃庄周偃蹇于漆园,老莱婆娑于林窟,严平澄漠于尘肆,梅真隐沦乎市卒,梁生吟啸而矫迹,焦先混沌而槁杌,阮公昏酣而卖傲,翟叟遁形以倏忽。吾不能岁韵于数贤,故寂然玩此员策与智骨。"

永昌元年,皇孙生,璞上疏曰:

有道之君未尝不以危自持,乱世之主未尝不以安自居。故存而不忘亡者,三代之所以兴也;亡而自以为存者,三季之所以废也。是以古之令主开纳忠谠,以弼其违;标显切直,用攻其失。至乃闻一善则拜,见规诫则惧。何者？盖不私其身,处天下以至公也。臣窃惟陛下符运至著,勋业至大,而中兴之祚不隆、圣敬之风未跻者,殆由法令太明,刑教太峻。故水至清则无鱼,政至察则众乖,此自然之势也。

臣去春启事,以图圄充斥,阴阳不和,推之卦理,宜因郊祀作赦,以荡涤瑕秽。不然,将来必有愆阳苦雨之灾,崩震薄蚀之变,狂狡蠢戾之妖。其后月余,日果薄斗。去秋以来,诸郡并有暴雨,水皆洪潦,岁用无年。适闻吴兴复欲有构妄者,咎征渐成,臣甚恶之。顷者以来,役赋转重,狱犴日结,百姓困扰,甘乱者多,小人愚险,共相扇惑。虽势无所至,然不可不虞。案《洪范传》,君道亏则日蚀,人愤怨则水涌溢,阴气积则下代上。此微理潜应已著实于事者也。假令臣遂不幸谬中,必贻陛下侧席之忧。

今皇孙载育,天固灵基,黔首颙颙,实望惠润。又岁涉午位,金家所忌。宜于此时崇恩布泽,则火气潜消,灾谴不生矣。陛下上承天意,下顺物情,可因皇孙之庆大赦天下。然后明罚敕法,以肃理官,克厌天心,慰塞人事,兆庶幸甚,祯祥必臻矣。

臣今所陈,暂而省之,或未允圣旨,久而寻之,终亮臣诚。若所启上合,愿陛下勿以臣身废臣之言。臣言无隐,而陛下纳之,适所以显君明臣直之义耳。

疏奏,纳焉,即大赦改年。时暨阳人任谷因耕息于树下,忽有一人著羽衣就淫之,既而不知所在,谷遂有娠。积月将产,羽衣人复来,以刀穿其阴下,出一蛇子便去。谷遂成宦者。后诣阙上书,自云有道术。帝留谷于宫中。璞复上疏曰:"任谷所为妖异,无有因由。陛下玄鉴广览,欲知其情状,引之禁内,供给安处。臣闻为国以礼正,不闻以奇邪。所听惟人,故神降之吉。陛下简默居正,动遵典刑。案《周礼》,奇服怪人不入宫,况谷妖诡怪人之甚者,而登讲肆之堂,密迩殿省之侧,尘点日月,秽乱天听,臣之私情窃所以不取也。陛下若以谷信为神灵所凭者,则应敬而远之。夫神,聪明正直,接以人事。若以谷为妖蛊诈妄者,则当投畀裔土,不宜令亵近紫闼。若以谷或是神祇告谴、为国作者者,则当克己修礼以弭其妖,不宜令谷安然自容,肆其邪变也。臣愚以为阴阳陶烝,变化万端,亦是狐狸魍魉凭假作愆。愿陛下采臣愚怀,特遣谷出。臣以人乏,忝荷史任,敢忘直笔,惟义是规。"其后元帝崩,谷因亡走。

璞以母忧去职,卜葬地于暨阳,去水百步许。人以近水为言,璞曰:"当即为陆矣。"其后沙涨,去墓数十里皆为桑田。未期,王敦起璞为记室参军。是时颍川陈述为大将军掾,有美名,为敦所重,未几而没。璞哭之哀甚,呼曰:"嗣祖,嗣祖,焉知非福!"夫几而敦作难。时明帝即位逾年,未改号,而荧惑守房。璞时休归,帝乃遣使赍手诏问璞。会暨阳县复上言曰赤乌见。璞乃上疏请改年肆赦,文多不载。璞尝为人葬,帝微服往观之,因问主人何以葬龙角,此法当灭族。主人曰:"郭璞云此葬龙耳,不出三年当致天子也。"帝曰:"出天子邪?"答曰:"能致天子问耳。"帝甚异之。璞素与桓彝友善,彝每造之,或值璞在妇间,便入。璞曰:"卿来,他处自可径前,但不可厕上相寻耳。必客主有殃。"彝后因醉诣璞,正逢在厕,掩而观之,见璞裸身被发,衔刀设醊。璞见彝,抚心大惊曰:"吾每属卿勿来,反更如是!非但祸吾,卿亦不免矣。天实为之,将以谁咎!"璞终婴王敦之祸,彝亦死苏峻之难。

王敦之谋逆也,温峤、庾亮使璞筮之,璞对不决。峤、亮复令占己之吉凶,璞曰:"大吉。"峤等退,相谓曰:"璞对不了,是不敢有言,或天夺敦魄。今吾等与国家共举大事,而璞云大吉,是为举事必有成也。"于是劝帝讨敦。初,璞每言"杀我者山宗",至是果有姓崇者构璞于敦。敦将举兵,又使璞筮。璞曰:"无成。"敦固疑璞之劝峤、亮,又闻卦凶,乃问璞曰:"卿更筮吾寿几何?"答曰:"思向卦,明公起事,必祸不久。若住武昌,寿不可测。"敦大怒曰:"卿寿几何?"曰:"命尽今日日中。"敦怒,收璞,诣南冈斩之。璞临出,谓行刑者欲何之。曰:"南冈头。"璞曰:"必在双柏树下。"既至,果然。复云:"此树应有大鹊巢。"众索之不得。璞更令寻觅,果于枝间得一大鹊巢,密叶蔽之。初,璞中兴初行经越城,间遇一人,呼其姓名,因以袴褶遗之。其人辞不受,璞曰:"但取,后自当知。"其人遂受而去。至是,果此人行刑。时年四十九。及王敦平,追赠弘农太守。

初,庾翼幼时尝令璞筮公家及身,卦成,曰:"建元之末丘山倾,长顺之初子凋零。"及康帝即位,将改元为建元,或谓庾冰曰:"子忘郭生之言邪?丘山上名,此号不宜用。"冰抚心叹恨。及帝崩,何充改元为永和,庾翼叹曰:"天道精微,乃当如是。长顺者,永和也,吾庸得免乎!"其年翼卒。冰又令筮其后嗣,卦成,曰:"卿诸子并当贵盛,然有白龙者,凶征至矣。若墓碑生金,庾氏之大忌也。"后冰子蕴为广州刺史,妾房内忽有一新生白狗子,莫知所由来,其妾秘爱之,不令蕴知。狗转长大,蕴入,是狗眉眼分明,又身至长而弱,异于常狗,蕴甚怪之。将出,共视在众人前,忽失所在。蕴慨然曰:"殆白龙乎!庾氏祸至矣。"又墓碑生金。俄而为桓温所灭,终如其言。璞之占验,皆如此类也。

璞撰前后筮验六十余事,名为《洞林》。又抄京、费诸家要最,更撰《新林》十篇、《卜韵》一篇。注释《尔雅》,别为《音义》《图谱》。又注《三苍》《方言》《穆天子传》《山海经》及《楚辞》《子虚》《上林赋》数十万言,皆传于世。所作诗赋诔颂亦数万言。子骜,官至临贺太守。

裴松之

裴松之,字世期,河东闻喜(今山西省运城市闻喜县)人。东晋正员外郎裴珪之子。松之博览坟籍,立身简素。年二十,拜殿中将军。此官直卫左右,晋孝武太元中革选名家以参顾问。拜员外散骑侍郎。义熙初,为吴兴故鄣令,入为尚书祠部郎。刘裕北伐,领司州刺史,以松之为州主簿,转治中从事史。除零陵内史,征为国子博士。元嘉三年,诛司徒徐羡之等,分遣大使,巡行天下。松之兼散骑长侍,使湘州,反使,转中书侍郎、司冀二州大中正。封西乡侯。出为永嘉太守,入补通直为常侍,复领二州大中正。寻出为南琅琊太守。十四年致仕,拜中散大夫,寻领国子博士。进太中大夫,博士如故。元嘉二十八年,卒,时年八十。事迹见《宋书》卷六十四《裴松之传》《南史》卷三十三《裴松之传》。

据《山西通志·经籍》著录,裴松之的著述有《集注丧服经传》一卷;《三国志》注六十五卷,叙录一卷;《国史要览》二十卷;《裴氏家传》四卷、《裴氏家记》四卷;《裴松之集》十三卷,注曰:"梁二十一卷。"除此之外,《宋书》卷六十四《裴松之传》记载曰:"松之所著文论及《晋纪》,骃注司马迁《史记》,并行于世。"由此可知,裴松之的著述还有《晋纪》,《晋纪》没有被史志及诸家书目著录,可知此书早已经亡佚。据《宋史·艺文志》记载:"裴松之《国史要览》二十卷。"此书已经亡佚。《集注丧服经传》一卷,此书已经亡佚,清代学者马国翰《玉函山房辑佚书》有辑佚本,山西大学图书馆藏有此书。又,据《隋书·经籍志》记载:"宋太中大夫《裴松之集》十三卷,梁二十一卷。"《旧唐书·经籍志》记载曰:"《裴松之集》三十卷。"《新唐书·艺文志》记载曰:"《裴松之集》三十卷。"由此可知,隋朝时著录的《裴松之集》卷数较少,而唐朝时著录的卷数较多,可能是唐朝开元年间广征天下典籍时复得古本。《裴松之集》,今已经亡佚。又,据《隋书·经籍志》记载:"《裴氏家传》四卷,裴松之撰。"《旧唐书·经籍志》记载:"《裴氏家记》三卷,裴松之撰。"《新唐书·艺文志》记载:"《裴氏家记》三卷,裴松之。"由此可知,裴松之的著述还有《裴氏家传》四卷、《裴氏家记》三卷,此二书皆已经亡佚。又,据《后汉书》卷九《孝献帝纪》记载:"曹操与袁绍战于官渡,绍败走。"注曰:"裴松之《北征记》曰:'中牟台下临汴水,是为官渡,袁绍、曹操垒尚存焉。'在今郑州中牟县北。"由此可见,裴松之还著有《北征记》一书,此书已经亡佚。据《三国志·魏志·三少帝纪》记载:"(景初三年)二月,西域重译献火浣布,诏大将军、太尉临试以示百僚。"注曰:"裴松之《西征记》曰,臣松之昔从征西至洛阳,历观旧物,见《典论》石在太学者尚存,而庙门外无之,问诸长老,云晋初受禅,即用魏庙,移此石于太学,非两处立也。窃谓此言为不然。"由此可见,裴松之还著有《西征记》一书,此书也已经亡佚。除此之外,据《文苑英华》卷七百五十四《史论一》记载,裴松之的著述还有《宋元嘉起居注》六十卷。据《隋书·经籍志》记载:"《宋元嘉起居注》五十五卷,梁六十卷。"《旧唐书·经籍志》记载:"《宋元嘉起居注》六十卷。"《新唐书·艺文志》记载:"《宋元嘉起居注》七十一卷。"此书已经亡佚。裴松之的著述大多已经亡佚,只有《三国志》注流传了下来,据《宋史·艺文志》记载:"陈寿《三国志》六十五卷,裴松之注。"《三国志》注明清刻本较多,较为常见的版本有:明万历年间刻本,运城市临猗县图书馆藏有此书;明崇祯十七年(1644)毛氏汲古阁刻本,运城学院图书馆藏有此书;清乾隆四年(1739)武英殿刻本,山西省图书馆藏有此书;光绪十年(1884)

上海同文书局影印本,山西大学图书馆藏有此书;商务印书馆铅印本(1927年版);《四库全书》本;《四部备要》本等。以中华书局点校本(1977年版),较为通行。除了《三国志》注之外,裴松之还存有文章七篇,收录于《全上古三代秦汉三国六朝文》之《全宋文》中。

附一 (民国)《闻喜县志·名贤传》

裴松之,员外郎珪正子,字世期,八岁学通论语、毛诗。博览坟籍,立身简素。年二十,拜殿中将军。义熙初,为吴兴故鄣令。在县有绩,入为尚书祠部郎。松之以世立私碑,有乖事实,上表陈之,以为"诸欲立碑者,宜悉令言上,为朝议所许,然后听之。庶可以防遏无征,显彰茂实,使百世之下,知其不虚,则义信于仰止,道孚于来叶"。由是并断。

武帝为司州刺史,为州主簿,转治中从事史。既克洛阳,居州行事,宋国初建,毛德祖使洛阳,高祖敕之曰:"裴松之廊庙之才,不宜久尸边务,今召为世子洗马,与殷景仁同,可令知之。"于时议立五庙乐,松之以妃臧氏庙乐亦宜与四庙同。除零陵内史,徵为国子博士。

元嘉三年,分遣大使巡行天下。松之兼散骑长侍,使湘州,反使,条奏礼俗得失,以事为书以系之,甚得奉使之义,论者美之。转中书侍郎、司冀二州大中正。封西乡侯。

上使注陈寿《三国志》,松之鸠集传记,增广异闻,既成,奏上。上善之,曰:"裴世期为不朽矣。"出为永嘉太守,勤恤百姓,吏民便之。入补通直,为常侍,复领二州大中正,寻出为南琅琊太守。致仕,拜中散大夫,寻领国子博士,进大中大夫,使续何承天国史,未及撰述,卒,时年八十。著有《文论》《晋纪》文集三十卷,注《丧服经传》一卷,注《三国志》六十六卷,《国史要览》二十卷。子骃。①

附二 《宋书》卷六十四《裴松之传》

裴松之,字世期,河东闻喜人也。祖昧,光禄大夫。父珪,正员外郎。松之年八岁,学通《论语》《毛诗》。博览坟籍,立身简素。年二十,拜殿中将军。此官直卫左右,晋孝武太元中革选名家以参顾问,始用琅邪王茂之、会稽谢輶,皆南北之望。舅庚楷在江陵,欲得松之西上,除新野太守,以事难不行。拜员外散骑侍郎。义熙初,为吴兴故鄣令,在县有绩。入为尚书祠部郎。

松之以世立私碑,有乖事实,上表陈之曰:"碑铭之作,以明示后昆,自非殊功异德,无以允应兹典。大者道勋光远,世所宗推;其次节行高妙,遗烈可纪。若乃亮采登庸,绩用显著,敷化所苴,惠训融远,述咏所寄,有赖镌勒,非斯族也,则几乎僭黩矣。俗敝伪兴,华

---

① (民国)余宝滋修,杨轼田等纂《闻喜县志》,成文出版社1919年版,第372—374页。

烦已久,是以孔悝之铭,行是人非;蔡邕制文,每有愧色。而自时厥后,其流弥多,预有臣吏,必为建立,勒铭寡取信之实,刊石成虚伪之常,真假相蒙,殆使合美者不贵,但论其功费,又不可称。不加禁裁,其敝无已。"以为"诸欲立碑者,宜悉令言上,为朝议所许,然后听之。庶可以防遏无征,显彰茂实,使百世之下,知其不虚,则义信于仰止,道孚于来叶"。由是并断。高祖北伐,领司州刺史,以松之为州主簿,转治中从事史。既克洛阳,高祖敕之曰:"裴松之廊庙之才,不宜久尸边务,今召为世子洗马,与殷景仁同,可令知之。"于时议立五庙乐,松之以妃臧氏庙乐亦宜与四庙同。除零陵内史,征为国子博士。

　　太祖元嘉三年,诛司徒徐羡之等,分遣大使,巡行天下。通直散骑常侍袁渝、司徒左司掾孔逖使扬州,尚书三公郎陆子真、起部甄法崇使荆州,员外散骑常侍范雍、司徒主簿庞遵使南兖州,前尚书右丞孔默使南北二豫州,抚军参军王歆之使徐州,冗从仆射车宗使青、兖州,松之使湘州,尚书殿中郎阮长之使雍州,前竟陵太守殷道鸾使益州,员外散骑常侍李耽之使广州,郎中殷斌使梁州、南秦州,前员外散骑侍郎阮园客使交州,驸马都尉、奉朝请潘思先使宁州,并兼散骑常侍。班宣诏书曰:"昔王者巡功,群后述职,不然则有存省之礼,聘眺之规。所以观民立政,命事考绩,上下偕通,遐迩咸被,故能功昭长世,道历远年。朕以寡暗,属承洪业,贪畏在位,昧于治道,夕惕惟忧,如临渊谷。惧国俗陵颓,民风凋伪,售厉违和,水旱伤业。虽躬勤庶事,思弘攸宜,而机务惟殷,顾循多阙,政刑乖谬,未获具闻。岂诚素弗孚,使群心莫尽,纳隍之愧,在予一人。以岁时多难,王道未壹,卜征之礼,废而未修,眷被岷庶,无忘钦恤。今使兼散骑常侍渝等申令四方,周行郡邑,亲见刺史二千石官长,申述至诚,广询治要,观察吏政,访求民隐,旌举操行,存问所疾。礼俗得失,一依周典,每各为书,还具条奏,俾朕昭然,若亲览焉。大夫君子,其各悉心敬事,无惰乃力。其有咨谋远图,谨言中诚,陈之使者,无或隐遗。方将敬纳良规,以补其阙。勉哉勖之,称朕意焉。"

　　松之反使,奏曰:"臣闻天道以下济光明,君德以广运为极。古先哲后,因心溥被,是以文思在躬,则时雍自洽,礼行江汉,而美化斯远。故能垂大哉之休咏,廓造周之盛则。伏惟陛下神睿玄通,道契旷代,冕旒华堂,垂心八表。咨敬敷之未纯,虑明扬之靡畅。清问下民,哀此鳏寡,涣焉大号,周爱四达。远猷形于《雅》《诰》,惠训播乎遐陬。是故率土仰咏,重译咸说,莫不讴吟踊跃,式铭皇风。或有扶老携幼,称欢路左,诚由亭毒既流,故忘其自至,千载一时,于是乎在。臣谬蒙铨任,忝厕显列,猥以短乏,思纯八表,无以宣畅圣旨,肃明风化,黜陟无序,搜扬寡闻,惭惧屏营,不知所措。奉二十四条,谨随事为牒。伏见癸卯诏书,礼俗得失,一依周典,每各为书,还具条奏。谨依事为书以系之后。"松之甚得奉使之议,论者美之。

　　转中书侍郎,司冀二州大中正。上使注陈寿《三国志》,松之鸠集传记,增广异闻,既成奏上。上善之,曰:"此为不朽矣!"出为永嘉太守,勤恤百姓,吏民便之。入补通直为常侍,复领二州大中正。寻出为南琅琊太守。十四年致仕,拜中散大夫,寻领国子博士。进太中大夫,博士如故。续何承天国史,未及撰述,二十八年,卒,时年八十。子骃,南中郎参军。松之所著文论及《晋纪》,骃注司马迁《史记》,并行于世。

裴骃

　　裴骃,字龙驹,河东闻喜(今山西省运城市闻喜县)人,南朝宋太中大夫裴松之之子。曾任刘宋南中郎参军。有《史记集解》八十卷,今存。有《裴骃集》六卷,《裴氏家传》二卷,已经亡佚。事迹见《宋书》卷六十四《裴松之传附裴骃传》《南史》卷三十三《裴松之传附裴骃传》。

　　据《山西通志·经籍》著录,裴骃的著述有《史记集解》八十卷,《裴骃集》六卷。据《隋书·经籍志》记载:"《史记》八十卷,宋南中郎外兵参军裴骃注。"《旧唐书·经籍志》记载:"《史记》一百三十卷,司马迁作。又八十卷,裴骃集解。"《新唐书·艺文志》记载:"裴骃集解《史记》八十卷。"又,据《四库全书总目提要》云:"《史记集解》,一百三十卷(江苏巡抚采进本)。宋裴骃撰。骃字龙驹,河东闻喜人,官至南中郎参军,其事迹附见于《宋书·裴松之传》。骃以徐广《史记音义》粗有发明,殊恨省略。乃采九经诸史并《汉书音义》及众书之目,别撰此书。其所引证,多先儒旧说,张守节《正义》尝备述所引书目次。然如《国语》多引《虞翻注》《孟子》多引《刘熙注》《韩诗》多引《薛君注》,而守节未著於目,知当日援据浩博,守节不能遍数也。原本八十卷隋、唐《志》著录并同。此本为毛氏汲古阁所刊,析为一百三十卷,原第遂不可考,然注文犹仍旧本。自明代监本以《索隐》《正义》附入,其后又妄加删削,讹舛遂多。"由此可见,四库馆臣认为明代时汲古阁本把《史记集解》从八十卷析为一百三十卷,也有学者认为从宋代时已经把《史记集解》从八十卷析为一百三十卷了。①《史记集解》此书今存,明清刻本较多,较为常见的版本有:明崇祯十四年(1641)毛氏汲古阁刻本,山西省图书馆藏有此书;清乾隆四年(1739)武英殿刻本,山西省图书馆藏有此书;清光绪四年(1878)金陵书局刻本,运城市盐湖区图书馆藏有此书;上海商务印书馆影印百衲本(1937年版),山西省图书馆藏有此版;中华书局铅印本(1979年版);《四库全书》本;《四部丛刊》本,这些版本散见于各地图书馆。此书今天较为通行的是《史记集解》一百三十卷本,为

---

① 南宋时期学者陈振孙所撰的《直斋书录解题》著录了此书,云:"《史记》一百三十卷,汉太史令夏阳司马迁子长撰,宋南中郎参军河东裴骃集注。"

中华书局校点本(中华书局于2013年又新出了校点本修订版,质量较高)。除此之外,据《隋书·经籍志》记载:"宋征虏记室参军《鲍照集》十卷,梁六卷。又有宋武康令《沈怀远集》十九卷,《裴骃集》六卷,亡。"《旧唐书·经籍志》与《新唐书·艺文志》均没有著录《裴骃集》,由此可知,《裴骃集》于唐朝之前已经亡佚。裴骃现存的著述,除了《史记集解》外,还存有文章一篇,即《史记集解序》,收录于《全上古三代秦汉三国六朝文》之《全宋文》中。

附一　(民国)《闻喜县志·名贤传》

裴骃,南中郎参军。著有司马迁《史记注》八十卷,文集六卷,《裴氏家传》二卷,子昭明仕齐,有传。①

附二　《宋书》卷六十四《裴松之传附裴骃传》

(裴松之)子骃,南中郎参军。松之所著文论及《晋纪》,骃注司马迁《史记》,并行于世。

裴子野

裴子野,字几原,河东闻喜(今山西省运城市闻喜县)人。齐通直散骑常侍裴昭明之子。少好学,善属文。起家齐武陵王国左常侍,右军江夏王参军,遭父忧去职。久之,除右军安成王参军,俄迁兼廷尉正,后坐事免职。中兴二年,吴平侯萧景为南兖州刺史,引为冠军录事,府迁职解。寻除尚书比部郎,仁威记室参军。出为诸暨令。及齐永明末,吏部尚书徐勉言之于高祖,以为著作郎,掌国史及起居注。顷之,兼中书通事舍人,寻除通直正员郎,著作、舍人如故。又敕掌中书诏诰。俄迁中书侍郎,余如故。大通元年,转鸿胪卿,寻领步兵校尉。中大通二年,卒官,年六十二。赠散骑常侍,谥曰贞子。事迹见《梁书》卷三十《裴子野传》《南史》卷三十三《裴松之传附裴子野传》。

据《山西通志·经籍》著录,裴子野的著述有《附益谥法》一卷,抄合《后汉事》四十卷,《裴氏家传》二卷,《续家传》二卷,《方国使图》一卷,《百官九品》二卷,《类林》三卷,《名僧录》十五卷,《众僧传》二十卷,《裴子野集》十四卷,《宋略》二

---

① (民国)余宝滋修,杨钺田等纂《闻喜县志》,成文出版社1919年版,第374页。

十卷。又，据《梁书·裴子野传》的记载可知，裴子野的著述有："子野少时，《集注丧服》《续裴氏家传》各二卷，抄合《后汉事》四十余卷，又敕撰《众僧传》二十卷，《百官九品》二卷，《附益谥法》一卷，《方国使图》一卷，文集二十卷，并行于世。又欲撰《齐梁春秋》，始草创，未就而卒。"两则史料有关裴子野的著述记载略有出入，比较二者可知，《闻喜县志·名贤传》记载的裴子野的著述较为详细，除了重合的部分之外，裴子野的著述还有《类林》二卷、《名僧录》十五卷、《承圣降录》十卷。据《隋书·经籍志》记载："《丧服传》一卷，梁通直郎裴子野撰。"此书已经亡佚。据《隋书·经籍志》记载："《宋略》二十卷，梁通直郎裴子野撰。"《旧唐书·经籍志》记载："《宋略》二十卷，裴子野撰。"《新唐书·艺文志》记载："裴子野《宋略》二十卷。"此书已经亡佚。据《新唐书·艺文志》记载："裴子野《类林》三卷。"此书已经亡佚。据《隋书·经籍志》记载："《众僧传》二十卷，裴子野撰。"据《旧唐书·经籍志》记载："《名僧录》十五卷，裴子野撰。"《新唐书·艺文志》记载："裴子野《名僧录》十五卷。"此二书皆已经亡佚。《附益谥法》一卷，已经亡佚。《丧服传》一卷，已经亡佚。抄合《后汉事》四十卷，已经亡佚。《裴氏家传》二卷，《续家传》二卷皆已经亡佚。《方国使图》一卷，已经亡佚。《百官九品》二卷，已经亡佚。又，据《梁书·裴子野传》的记载可知，裴子野有文集二十卷，而《隋书·经籍志》记载："梁鸿胪卿《裴子野集》十四卷。"《旧唐书·经籍志》记载："《裴子野集》十四卷。"《新唐书·艺文志》亦记载："《裴子野集》十四卷。"《裴子野集》，今已经亡佚。裴子野今存文章十四篇，收录于《全上古三代秦汉三国六朝文》之《全梁文》中，今存诗歌三首，收录于《先秦汉魏晋南北朝诗》之《全梁诗》中。

附一 （民国）《闻喜县志·名贤传》

裴子野，字几原，生而母魏氏亡，为祖母所养，九岁，祖母亡，泣血哀恸，家人异之。少好学，善属文。仕齐为右军江夏王参军，遭父忧去职。初，父寝疾，弥年祷请备至，涕泗沾濡。父夜梦见其容，旦召视如梦。俄而问疾，以为至孝所感。命著孝感传，固辞乃止。及居丧，每之墓所，哭泣处草为之枯，有白兔驯扰其侧。天监初，尚书仆射范云嘉其行，将表奏之，会云卒，不果。乐安任昉有盛名，为后进所慕，游其门者，昉必相荐达。子野于昉为从中表，独不至，昉亦恨焉。久之，除右军安成王参军，俄迁兼廷尉正。时三官通署狱牒，子野尝不在，同僚辄署其名，奏有不允，子野从坐免职。或劝言诸有司，可得无咎。子野笑而答曰："虽惭柳季之道，岂因讼以受服。"自此免黜久之，终无恨意。

萧景引为冠军府录事参军，府迁职解。中书郎范缜与子野未遇，闻其行业而善焉。会迁国子博士，乃上表让之子野，有司以资历非次，弗为通。表曰："伏见前冠军府录事参军河东裴子野,年四十,字几原,幼禀至人之行,长厉国士之风。居丧有礼,毁瘠几灭,免忧之外,蔬水不进。栖迟下位,身贱名微,而性不惮惮,情无汲汲,是以有识嗟推,州闾叹服。且家传素业,世习儒史,苑囿经籍,游息文艺。著《宋略》二十卷,弥纶首尾,勒成一代,属辞比事,有足观者。且章句洽悉,训故可传。脱置之胶庠,以弘奖后进,庶一夔之辩可寻,三豕之疑无谬矣。伏惟皇家淳耀,多士盈庭,官人迈乎有妫,械朴越于姬氏,苟片善宜录,无论厚薄,一介可求,不由等级。臣历观古今人君,钦贤好善,未有圣朝孜孜若是之至也。敢缘斯义,轻陈愚瞽,乞以臣斯忝,回授子野。如此,则贤否之宜,各全其所,讯之物议,谁曰不允。臣与子野虽未尝衔杯,访之邑里,差非虚谬,不胜慺慺微见,冒昧陈闻。伏愿陛下哀怜悾款,鉴其愚实,干犯之愆,乞垂赦宥。"

后为诸暨令,不行鞭罚,争者示之以理,百姓称悦,合境无讼。初,子野常欲继成曾祖松之续修《宋史》。及齐永明末,沈约所撰《宋书》既行,更删撰为《宋略》二十卷。其叙事评论多善,沈约见而叹曰:"吾弗逮也。"兰陵萧琛言其评论可与过秦、王命分路扬镳。

吏部尚书徐勉言之于武帝,以为著作郎,掌国史及起居注。顷之,兼中书通事舍人,寻除通直正员郎,著作、舍人如故。又敕掌中书诏诰。时白题及滑国由岷山道入贡。此二国历代弗宾,莫知所出。子野曰:"汉颍阴侯斩胡白题将一人。服虔《注》云:'白题,胡名也。'又汉定远侯击虏,八滑从之,此其后乎。"时人服其博识。敕仍使撰《方国使图》,凡二十国。

继母曹氏亡,居丧过礼。服阕,再迁员外郎。普通七年,敕撰移魏文,受诏立成,上曰:"其形虽弱,其文甚壮。"俄又敕为书喻魏相元叉,其夜受旨,及五鼓,催令速上,子野徐起操笔,昧爽便就,上深嘉焉。子野为文典而速,不尚丽靡,制多法古,或问其为文速者,子野答云:"人皆成于手,我独成于心。"迁中书侍郎,转鸿胪卿,寻领步兵校尉。在禁省十余年,静默自守,未尝有所请谒,外家及中表贫乏,所得俸悉分给之。无宅,借官地二亩,起茅屋数间。妻子恒苦饥寒,唯以教诲为本,子侄若奉严君。中大通二年,卒于官,年六十二。遗命务存俭约,上为之流涕。赠散骑常侍,即日举哀。谥曰贞子。特以令望见嘉也。

著有《丧服集注》二卷,《附益谥法》一卷,抄合《后汉事》四十余卷,《续裴氏家传》二卷,《众僧传》二十卷,《名僧录》十五卷,《百官九品志》二卷,《类林》二卷,《方国使图》一卷,文集二十卷,《宋书略》二十卷,《承圣降录》十卷,并行于世。又欲撰《齐梁春秋》,事未就,卒。及葬,湘东王为墓志铭,陈于藏内。邵陵王又立墓志,埋于羡道,羡道列志自此始。子謇,官至通直郎。①

附二 《梁书》卷三十《裴子野传》

裴子野,字几原,河东闻喜人,晋太子左率康八世孙。兄黎,弟楷、绰,并有盛名,所谓

---

① (民国)余宝滋修,杨韨田等纂《闻喜县志》,成文出版社1919年版,第380—385页。

"四裴"也。曾祖松之，宋太中大夫。祖骃，南中郎外兵参军。父昭明，通直散骑常侍。子野生而偏孤，为祖母所养，年九岁，祖母亡，泣血哀恸，家人异之。少好学，善属文。起家齐武陵王国左常侍，右军江夏王参军，遭父忧去职。居丧尽礼，每之墓所，哭泣处草为之枯，有白兔驯扰其侧。天监初，尚书仆射范云嘉其行，将表奏之，会云卒，不果。乐安任昉有盛名，为后进所慕，游其门者，昉必相荐达。子野于昉为从中表，独不至，昉亦恨焉。久之，除右军安成王参军，俄迁兼廷尉正。时三官通署狱牒，子野尝不在，同僚辄署其名，奏有不允，子野从坐免职。或劝言诸有司，可得无咎。子野笑而答曰："虽惭柳季之道，岂因讼以受服。"自此免黜久之，终无恨意。

二年，吴平侯萧景为南兖州刺史，引为冠军录事，府迁职解。时中书范缜与子野未遇，闻其行业而善焉。会迁国子博士，乃上表让之曰："伏见前冠军府录事参军河东裴子野，年四十，字几原，幼禀至人之行，长厉国士之风。居丧有礼，毁瘠几灭，免忧之外，蔬水不进。栖迟下位，身贱名微，而性不惮惮，情无汲汲，是以有识嗟推，州闾叹服。且家传素业，世习儒史，苑囿经籍，游息文艺。著《宋略》二十卷，弥纶首尾，勒成一代，属辞比事，有足观者。且章句洽悉，训故可传。脱置之胶庠，以弘奖后进，庶一夔之辩可寻，三豕之疑无谬矣。伏惟皇家淳耀，多士盈庭，官人迈乎有妫，械朴越于姬氏，苟片善宜录，无论厚薄，一介可求，不由等级。臣历观古今人君，钦贤好善，未有圣朝孜孜若之至也。敢缘斯义，轻陈愚瞽，乞以臣斯忝，回授子野。如此，则贤否之宜，各全其所，讯之物议，谁曰不允。臣与子野虽未尝衔杯，访之邑里，差非虚谬，不胜慺慺微见，冒昧陈闻。伏愿陛下哀怜悾款，鉴其愚实，干犯之愆，乞垂赦宥。"有司以资历非次，弗为通。寻除尚书比部郎，仁威记室参军。出为诸暨令，在县不行鞭罚，民有争者，示之以理，百姓称悦，合境无讼。

初，子野曾祖松之，宋元嘉中受诏续修何承天《宋史》，未及成而卒，子野常欲继成先业。及齐永明末，沈约所撰《宋书》既行，子野更删撰为《宋略》二十卷。其叙事评论多善，约见而叹曰："吾弗逮也。"兰陵萧琛、北地傅昭、汝南周舍咸称重之。至是，吏部尚书徐勉言之于高祖，以为著作郎，掌国史及起居注。顷之，兼中书通事舍人，寻除通直正员郎，著作、舍人如故。又敕掌中书诏诰。是时西北徼外有白题及滑国，遣使由岷山道入贡。此二国历代弗宾，莫知所出。子野曰："汉颍阴侯斩胡白题将一人。服虔《注》云：'白题，胡名也。'又汉定远侯击虏，八滑从之，此其后乎。"时人服其博识。敕仍使撰《方国使图》，广述怀来之盛，自要服至于海表，凡二十国。

子野与沛国刘显、南阳刘之遴、陈郡殷芸、陈留阮孝绪、吴郡顾协、京兆韦棱，皆博极群书，深相赏好，显尤推重之。时吴平侯萧励、范阳张缵，每讨论坟籍，咸折中于子野焉。普通七年，王师北伐，敕子野为喻魏文，受诏立成，高祖以其事体大，召尚书仆射徐勉、太子詹事周舍、鸿胪卿刘之遴、中书侍郎硃异，集寿光殿以观之，时并叹服。高祖目子野而言曰："其形虽弱，其文甚壮。"俄又敕为书喻魏相元叉，其夜受旨，子野谓可待旦方奏，未之为也。及五鼓，敕催令开斋速上，子野徐起操笔，昧爽便就。既奏，高祖深嘉焉。自是凡诸符檄,皆令草创。子野为文典而速,不尚丽靡之词。其制作多法古,与今文体异,当时或有诋诃者,及其末皆翕然重之。或问其为文速者,子野答云:"人皆成于手,我独成于心,虽有见否之异,其于刊改一也。"

俄迁中书侍郎,余如故。大通元年,转鸿胪卿,寻领步兵校尉。子野在禁省十余年,静默自守,未尝有所请谒,外家及中表贫乏,所得俸悉分给之。无宅,借官地二亩,起茅屋数间。妻子恒苦饥寒,唯以教诲为本,子侄祗畏,若奉严君。末年深信释氏,持其教戒,终身饭麦食蔬。中大通二年,卒官,年六十二。

先是子野自克死期,不过庚戌岁。是年自省移病,谓同官刘之亨曰:"吾其逝矣。"遗命俭约,务在节制。高祖悼惜,为之流涕。诏曰:"鸿胪卿、领步兵校尉、知著作郎兼中书通事舍人裴子野,文史足用,廉白自居,勄劳通事,多历年所。奄致丧逝,恻怆空怀。可赠散骑常侍,赙钱五万,布五十匹,即日举哀。谥曰贞子。"

子野少时,《集注丧服》《续裴氏家传》各二卷,抄合《后汉事》四十余卷,又敕撰《众僧传》二十卷,《百官九品》二卷,《附益谥法》一卷,《方国使图》一卷,文集二十卷,并行于世。又欲撰《齐梁春秋》,始草创,未就而卒。子謇,官至通直郎。

裴景融

裴景融,字孔明,河东闻喜(今山西省运城市闻喜县)人,北魏司空从事中郎裴叔义之子。笃学好属文。北魏孝明帝正光初,举秀才,射策高第,除太学博士。北魏孝庄帝永安中,除著作佐郎,稍迁辅国将军、谏议大夫,仍领著作。北魏孝武帝时,议孝庄谥,事遂施行。时诏撰《四部要略》,令景融专典,竟无所成。东魏孝静帝元象中,仪同高岳以为录事参军。后为御史中丞崔暹所弹,遂坐免官。武定四年冬,病卒,时年五十。景融卑退廉谨,无竞于时。虽才不称学,而缉缀无倦,文词泛滥,理会处寡。所作文章,别有集录。作有《邺都赋》《晋都赋》。事迹见《魏书》卷六十九《裴延俊传附裴景融传》《北史》卷三十八《裴延俊传附裴景融传》。

据《山西通志·经籍》著录,有《裴景融集》,无卷数。《裴景融集》,今已经亡佚。另,裴景融还撰写有《四部要略》,但是未能够完成,今亡佚。

附一　(民国)《闻喜县志·独行传》
元魏裴景融,字孔明,笃学好属文。正光初,举秀才,除太学博士。迁谏议大夫,领著作佐郎。造邺都、晋都赋,有集。①

附二 《魏书》卷六十九《裴延俊传附裴景融传》

子景融,字孔明,笃学好属文。正光初,举秀才,射策高第,除太学博士。永安中,秘书监李凯以景融才学,启除著作佐郎,稍迁辅国将军、谏议大夫,仍领著作。出帝时,议孝庄谥,事遂施行。时诏撰《四部要略》,令景融专典,竟无所成。元象中,仪同高岳以为录事参军。弟景颜被劾廷尉狱。景融入选,吏部拟郡,为御史中丞崔暹所弹,云其贪昧苟进,遂坐免官。武定四年冬,病卒,年五十。景融卑退廉谨,无竞于时。虽才不称学,而缉缀无倦,文词泛滥,理会处寡。所作文章,别有集录。又造邺都、晋都赋云。

裴伯茂

裴伯茂,河东闻喜(今山西省运城市闻喜县)人,北魏司空从事中郎裴叔义第二子。少有风望,学涉群书,文藻富赡。为大将军、京兆王继铠曹参军,后为行台长孙承业行台郎中。迁散骑常侍,典起居注。太昌初,为中书侍郎。永熙中,为广平王赞文学,后加中军大将军。曾为《豁情赋》,天平初迁邺,又为《迁都赋》,文多不载。东魏孝静帝天平二年,卒。年三十九。赠散骑常侍、卫将军、度支尚书、雍州刺史,重赠吏部尚书,谥曰文。伯茂曾撰《晋书》,竟未能成。事迹见《魏书》卷八十五《文苑传裴伯茂传》《北史》卷三十八《裴延俊传附裴伯茂传》。

据《山西通志·经籍》著录,裴伯茂撰写有《晋书》(未能完成),注曰:"无卷数。"除此之外,裴伯茂撰写有《豁情赋》《迁都赋》《孝庄起居注》。其作品今皆亡佚。

附一 (民国)《闻喜县志·独行传附文艺传》

裴伯茂,叔义次子。少有风望,学涉群书,文藻富赡。释褐奉朝请。大将军、京兆王继西讨,引为铠曹参军。南讨绛蜀陈双炽,为行台长孙承业行台郎中。承业还京师,留伯茂仍知行台事。以平薛凤贤等赏平阳伯。再迁散骑常侍,典起居注。太昌初,为中书侍郎。永熙中,为广平王赞文学,后加中军大将军。

伯茂好饮酒,颇涉疏傲,久不徒官,曾为《豁情赋》,其序略曰:"余摄养舛和,服饵寡

---

① (民国)余宝滋修,杨钹田等纂《闻喜县志》,成文出版社1919年版,第666页。

术,自春徂夏。三婴凑疾。虽桐君上药,有时致效;而草木下性,实紫衿抱。故复究览庄生,具体齐物,物我两忘,是非俱遗,斯人之达,吾所师焉。故作是赋,所以托名豁情,寄之风谣矣。"天平初迁邺,又为《迁都赋》。二年,因内宴,殿中尚书、章武王景哲启伯茂以梨击案,傍污冠服;禁庭之内,令人挈衣。后竟无坐。卒年三十九,殡于家园,其友十许人于墓旁置酒设祭,各赋一诗。魏收在晋阳,乃同其作,论叙伯茂云:"临风想玄度,对酒思公荣。"颇得事实。赠散骑常侍、卫将军、度支尚书、雍州刺史,重赠吏部尚书,谥曰文。伯茂撰《晋书》,竟未能成。嗣子孝才武平末位中书舍人。①

附二　《魏书》卷八十五《文苑传裴伯茂传》

裴伯茂,河东人,司空中郎叔义第二子。少有风望,学涉群书,文藻富赡。释褐奉朝请。大将军、京兆王继西讨,引为铠曹参军。南讨绛蜀陈双炽,为行台长孙承业行台郎中。承业还京师,留伯茂仍知行台事。以平薛凤贤等赏平阳伯。再迁散骑常侍,典起居注。太昌初,为中书侍郎。永熙中,出帝兄子广平王赞盛选宾僚,以伯茂为文学,后加中军大将军。

伯茂好饮酒,颇涉疏傲,久不徙官,曾为《豁情赋》,其序略曰:"余摄养舛和,服饵寡术,自春徂夏。三婴凑疾。虽桐君上药,有时致效;而草木下性,实紫衿抱。故复究览庄生,具体齐物,物我两忘,是非俱遗,斯人之达,吾所师焉。故作是赋,所以托名豁情,寄之风谣矣。"天平初迁邺,又为《迁都赋》,文多不载。

二年,因内宴,伯茂侮慢殿中尚书、章武王景哲,景哲遂申启,称:"伯茂弃其本列,与监同行;以梨击案,傍污冠服;禁庭之内,令人挈衣。"诏付所司,后竟无坐。伯茂先出后其伯仲规,与兄景融别居。景融贫窘,伯茂了无赈恤,殆同行路,世以此贬薄之。卒年三十九,知旧叹惜焉。

伯茂末年剧饮不已,乃至伤性,多有愆失。未亡前数日,忽云:"吾得密信,将被收掩。"乃与妇乘车西逃避。后因顾指壁中,言有官人追随,其妻方知其病。卒后,殡于家园,友人常景、李浑、王元景、卢元明、魏季景、李骞等十许人于墓旁置酒设祭,哀哭涕泣,一饮一酹曰:"裴中书魂而有灵,知吾曹也。"乃各赋诗一篇。李骞以魏收亦与之友,寄以示收。收时在晋阳,乃同其作,论叙伯茂,其十字云:"临风想玄度,对酒思公荣。"时人以伯茂性侮傲,谓收诗颇得事实。赠散骑常侍、卫将军、度支尚书、雍州刺史,重赠吏部尚书,谥曰文。伯茂曾撰《晋书》,竟未能成。无子,兄景融以第二子孝才继。

---

① (民国)余宝滋修,杨蚍田等纂《闻喜县志》,成文出版社1919年版,第668—670页。

裴宣

裴宣,字叔令,河东闻喜(今山西省运城市闻喜县)人,北魏中书侍郎裴骏之子。通辩博物,早有声誉。高祖初,征为尚书主客郎,转都官郎,迁员外散骑侍郎。迁都洛阳,以宣为采材副将。宣奉使称旨,遥除司空谘议参军。府解,转司州治中,兼司徒右长史,又转别驾,仍长史。世宗初,除太中大夫,领本郡中正,仍别驾。又为司州都督,迁太尉长史。出为征虏将军、益州刺史。复晋寿,更置益州,改宣所莅为南秦州。永平四年,卒。时年五十八。赠左将军、豫州刺史,谥曰定。寻改为穆。事迹见《魏书》卷四十五《裴骏传附裴宣传》《北史》卷三十八《裴骏传附裴宣传》。

据《魏书》卷四十五《裴骏传附裴宣传》记载云"常慕廉退,因表求解。世宗不许,乃作《怀田赋》以叙心焉"可知,裴宣作有《怀田赋》。此文今已经亡佚。

附一 (清)《闻喜县志·人物志》

裴宣,字叔令。骏次子。少孤,事母兄以孝友称。通辩博物,司空李冲见而重之。孝文初,征为尚书主客郎,累迁太尉长史。请令州郡戍逻检行埋掩骸骼,并符出兵之乡,使招魂复魄,祔祭先灵,复其年租调。伤痍者,免其兵役。从之。出为益州刺史。至州绥抚,甚得戎羌之心。宣雅尚廉退,尝谓亲宾曰:"以贾谊之才,汉文之世,而不历公卿,将非运也?吾本无当世之志,直随牒至此,禄厚养亲,效不光国,可以言归矣。"因奉表求解。不许,乃作《怀田赋》以叙心焉。宣素明阴阳之书,自始患便克亡日,果如其言。赠豫州刺史,谥曰定,寻改为穆。①

附二 《魏书》卷四十五《裴骏传附裴宣传》

务弟宣,字叔令,通辩博物,早有声誉。少孤,事母兄以孝友称。举秀才,至都,见司空李欣,与言自旦及夕,欣嗟善不已。司空李冲有人伦鉴识,见而重之。

高祖初,征为尚书主客郎,与萧赜使颜幼明、刘思效、萧琛、范云等对接。转都官郎,迁员外散骑侍郎。旧令与吏部郎同班。口高祖曾集沙门讲佛经,因命宣论难,甚有理诣,高祖称善。迁都洛阳,以宣为采材副将。奉使称旨,遥除司空谘议参军。府解,转司州治

---

① (清)李遵唐纂修《闻喜县志》,清乾隆三十年刊本,第386—387页。

中,兼司徒右长史,又转别驾,仍长史。宣明敏有器干,总摄州府,事无凝滞,远近称之。

世宗初,除太中大夫,领本郡中正,仍别驾。又为司州都督,迁太尉长史。宣上言曰:"自迁都已来,凡战陈之处,及军罢兵还之道,所有骸骼无人覆藏者,请悉令州郡戍逻检行埋掩。并符出兵之乡:其家有死于戎役者,使皆招魂复魄,祔祭先灵,复其年租调;身被伤痍者,免其兵役。"朝廷从之。

出为征虏将军、益州刺史。宣善于绥抚,甚得羌戎之心。复晋寿,更置益州,改宣所莅为南秦州。先是,有阴平氏酋杨孟孙,拥户数万,自立为王,通引萧衍,数为边患。宣乃遣使招喻,晓以逆顺,孟孙感恩,即遣子诣阙。武兴氏姜谟等千余人上书乞延更限。世宗嘉焉。

宣家世以儒学为业,常慕廉退。每叹曰:"以贾谊之才,仕汉文之世,不历公卿,将非运也!"乃谓亲宾曰:"吾本闾阎之士,素无当世之志,直随牒推移,遂至于此。禄后养亲,道不光国,瞻言往哲,可以言归矣。"因表求解。世宗不许,乃作《怀田赋》以叙心焉。永平四年,患笃,世宗遣太医令驰驿就视,并赐御药。宣素明阴阳之书,自始患,便知不起,因自克亡日,果如其言。时年五十八。世宗悼惜之。赠左将军、豫州刺史,谥曰定。寻改为穆。

裴敬宪

裴敬宪,字孝虞,河东闻喜(今山西省运城市闻喜县)人。北魏益州刺史裴宣第二子。敬宪少有志行,学博才清。司州牧、高阳王雍举秀才,射策高第,除太学博士。少有气病,年三十三卒。永兴三年,赠中书侍郎,谥曰文。事迹见《魏书》卷八十五《文苑传裴敬宪传》《北史》卷三十八《裴骏传附裴敬宪传》。

据《魏书》卷八十五《文苑传裴敬宪传》记载云"工隶草,解音律,五言之作,独擅一时,名声甚重"可知,裴敬宪乃是多才多艺之人,尤其以五言诗擅长,当有作品集《裴敬宪集》传世,其作品今皆亡佚。

附一 (民国)《闻喜县志·独行传附文艺传》

裴敬宪,字孝虞,宣子。少有志行,学博才清,抚训诸弟,专以读诵为业。淡于荣利,风气俊远。郡征功曹不就,诸府辟命,先进其弟,世人叹美之。司州牧、高阳王雍举秀才,射策高第,除太学博士。性和雅,未尝失色于人。工隶草,解音律,五言之作,独擅一时,名声甚重,后进咸共宗慕。中山将之部,朝贤送于河梁,赋诗言别,皆以敬宪为最。少有气病,年三十三卒,人物甚悼之。敬宪世有仁义于乡里,孝昌中,蜀贼陈双炽所过残暴,至敬宪宅，辄相约束，不得焚烧，为物所伏如此。永兴三年，赠中书侍郎，谥曰文。①

附二　《魏书》卷八十五《文苑传裴敬宪传》

裴敬宪，字孝虞，河东闻喜人也。益州刺史宣第二子。少有志行，学博才清，抚训诸弟，专以读诵为业。澹于荣利，风气俊远，郡征功曹不就，诸府辟命，先进其弟，世人叹美之。司州牧、高阳王雍举秀才，射策高第，除太学博士。性和雅，未尝失色于人。工隶草，解音律，五言之作，独擅于时。名声甚重，后进共宗慕之。中山阙将之部，朝贤送于河梁，赋诗言别，皆以敬宪为最。其文不能赡逸，而有清丽之美。少有气病，年三十三卒，人物甚悼之。敬宪世有仁义于乡里。孝昌中，蜀贼陈双炽所过残暴，至敬宪宅，辄相约束，不得焚烧。为物所伏如此。永兴三年，赠中书侍郎，谥曰文。

裴庄伯

裴庄伯，字孝夏，河东闻喜（今山西省运城市闻喜县）人。北魏益州刺史裴宣之子。有文才，器度闲雅。司空、任城王澄辟为行参军，甚加知赏。临淮王彧北讨，引为记室参军，委以章奏之事。及闻敬宪寝疾，求假不许，遂径自还。扶侍兄病，形容憔悴。因葬敬宪于乡，遇病卒，年二十八。永安三年，赠通直散骑侍郎，谥曰献。事迹见附《北史》卷三十八《裴骏传附裴庄伯传》。

据《北史》卷三十八《裴骏传附裴庄伯传》记载云"所著词藻，莫为集录"可知，裴庄伯亦是颇具文采之人，擅长文学创作，应当有作品集《裴庄伯集》传世，其作品今皆亡佚。

附一　（民国）《闻喜县志·独行传附文艺传》

裴庄伯，字孝夏。宣次子。亦有文才，器度闲雅，喜愠不形于色；博识多闻，善以约言辩物。司空、任城王澄辟为行参军，甚加知赏。年二十一，上《神龟颂》，时人异之。文笔与敬宪相亚。临淮王彧北讨，引为记室参军，委以章奏之事。及闻敬宪寝疾，求假不许，遂径自还，亦矜而不问。扶侍兄病，昼夜不离于侧，形容憔悴。因葬敬宪于乡，遇疾卒，年二十八。兄弟才学知名，同年俱丧，世共嗟惜之。永安三年，赠通直散骑侍郎，谥曰献。兄弟并无子，所著词藻，莫为集录。②

---

① （民国）余宝滋修，杨铍田等纂《闻喜县志》，成文出版社1919年版，第666—667页。
② （民国）余宝滋修，杨铍田等纂《闻喜县志》，成文出版社1919年版，第668页。

附二 《北史》卷三十八《裴俊传附裴庄伯传》

敬宪弟庄伯,字孝夏。亦有文才,器度闲雅,喜愠不形于色;博识多闻,善以约言辩物。司空、任城王澄辟为行参军,甚加知赏。年二十一,上《神龟颂》,时人异之。文笔与敬宪相亚。临淮王彧北讨,引为记室参军,委以章奏之事。及闻敬宪寝疾,求假不许,遂径自还,亦矜而不问。扶侍兄病,昼夜不离于侧,形容憔悴。因葬敬宪于乡,遇病卒,年二十八。兄弟才学知名,同年俱丧,世共嗟惜之。永安三年,赠通直散骑侍郎,谥曰献。兄弟并无子,所著词藻,莫为集录。

裴藻

裴藻,字文芳,河东闻喜(今山西省运城市闻喜县)人,生卒年不详。少机辨,有不羁之志,为司马子如太傅主簿。司马子如之子消难镇北豫,又以为中兵参军。入周,封闻喜县男,除晋州刺史。事迹见《北史》卷五十四《司马子如传附裴藻传》。

裴藻撰写有《周易裴氏义》,此书已经亡佚。

附一 (民国)《闻喜县志·名贤传》

裴藻,字文芳,少机辨,有不羁之志,为子如太傅主簿。消难镇北豫,又以为中兵参军。入周,封闻喜县男,除晋州刺史。①

附二 《北史》卷五十四《裴藻传》

裴藻字文芳。少机辨,有不羁之志,为子如太傅主簿。消难镇北豫,又以为中兵参军。入周,封闻喜县男,除晋州刺史。

裴政

裴政,字德表,河东闻喜(今山西省运城市闻喜县)人。南朝梁少府卿裴之礼

---

① (民国)余宝滋修,杨铍田等纂《闻喜县志》,成文出版社1919年版,第424页。

之子。政幼明敏,博闻强记,年十五,辟邵陵王府法曹参军事,转起部郎、枝江令。湘东王之临荆州也,召为宣惠府记室,寻除通直散骑侍郎。侯景作乱,加壮武将军,率师随建宁侯王琳进讨之。及平侯景,以军功连最封夷陵侯。征授给事黄门侍郎,加平越中郎将、镇南府长史。入周,授员外散骑侍郎,引事相府。寻授刑部下大夫,转少司宪。开皇元年,转率更令,加位上仪司三司。诏与苏威等修定律令。进位散骑常侍,转左庶子。后出为襄州总管,卒于官,年八十九。事迹见《隋书》卷六十六《裴政传》。

据《山西通志·经籍》著录,裴政的著述有《律令》。又,据《隋书》卷六十六《裴政传》记载云"诏与苏威等修定律令。政采魏、晋刑典,下至齐、梁,沿革轻重,取其折衷。同撰著者十有余人,凡疑滞不通,皆取决于政"可知,裴政还撰写有《周朝仪》《隋律令》。除此之外,裴政还撰写有《周保定新律》,《承圣实录》十卷。其作品今皆亡佚。

附一 (清)《闻喜县志·人物志》

裴政,字德表,高祖寿孙,从宋武帝徙家于寿阳,历前军长史、庐江太守。祖邃,父之礼。政幼明敏,博闻强记,达于时政,为当时所称。年十五,辟邵陵王府法曹参军事,转起部郎、枝江令。湘东王召为宣惠府记室,寻除通直散骑侍郎。加壮武将军,帅师随王琳进讨侯景。擒贼率宋子仙,旋为先锋入建邺,以军功连最封夷陵侯。征授给事黄门侍郎,复帅师副王琳拒萧纪,破之于硖口。加平越中郎将、镇南府长史。及周师围荆州,琳自桂州来赴难,次于长沙。政请从间道先报元帝。至百里洲,为周人所获,萧詧说之,锁送至城下,使谓元帝曰:"王僧辩闻台城被围,已自为帝。王琳孤弱,不复能来。"政许之。既而告城中曰:"援兵大至,各思自勉。吾以间使被擒,当以碎身报国。"詧怒,命趣行戮。蔡大业谏曰:"此民望也。若杀之,则荆州不可下矣。"因得释。会江陵陷,与城中朝士俱送于京师。周文帝闻其忠,授员外散骑侍郎,引事相府。命与卢辩依《周礼》建六宫,寻授刑部下大夫,转少司宪。政明习故事,又参定《周律》。簿案盈几,剖决如流,用法宽平,无有冤滥。因徒犯极刑者,乃许其妻子入狱就之,又善钟律,尝与长孙绍远论乐。宣帝时,免。

隋高祖摄政,召复官。开皇元年,转率更令,加位上仪司三司。诏与苏威等修定律令。政采魏、晋刑典,下至齐、梁,沿革轻重,取其折衷。同撰著者十有余人,皆取决于政。进位散骑常侍,转左庶子,多所匡正。东宫大事,皆以委之。通事舍人赵元恺作辞见帐,未及成。刘荣语元恺云:"但尔口奏,不须造帐。"后荣讳无此语。付政推问。附荣者言政欲陷,太子召政责之,政奏曰:"凡推事有两,一察情,一据证,审其曲直,以定是非。臣察刘荣,位高任重,纵令实语元恺,盖是纤介之愆。计理而论,不须隐讳。又察元恺受制于荣,岂敢以无端之言妄相点累。二人之情,理正相似。元恺引左卫率崔茜等为证,茜等款状悉与元恺符同。察情既敌,须以证定。臣谓荣语元恺,事必非虚。"太子称政平直。

政好面折人短,而退无后言。时云定兴数入侍,政数切谏,又谓定兴曰:"公所为者,不合礼度。又元妃暴薨,道路籍籍,非令名也。愿公自引退,不然将及祸。"定兴怒,以告太子,太子益疏政,由是出为襄州总管。妻子不之官,所受秩奉,散给僚吏。民有犯罪者,阴悉知之,或竟岁不发,至再三犯,乃因都会时,亲案其罪,五人处死,流徙者甚众,合境惶慴,称为神明。卒于官,年八十九。著有《隋律令》《承圣降录》十卷。后高祖追忆曰:"向遣裴政、刘行本在,匡弼承华,应不至此。"子南金,有文藻,以轻财贵义称,官至膳部郎中。①

附二　《隋书》卷六十六《裴政传》

裴政,字德表,河东闻喜人也。高祖寿孙,从宋武帝徙家于寿阳,历前军长史、庐江太守。祖邃,梁侍中、左卫将军、豫州大都督。父之礼,廷尉卿。政幼明敏,博闻强记,达于时政,为当时所称。年十五,辟邵陵王府法曹参军事,转起部郎、枝江令。湘东王之临荆州也,召为宣惠府记室,寻除通直散骑侍郎。侯景作乱,加壮武将军,帅师随建宁侯王琳进讨之。擒贼率宋子仙,献于荆州。及平侯景,先锋入建邺,以军功连最封夷陵侯。征授给事黄门侍郎,复帅师副王琳拒萧纪,破之于硖口。加平越中郎将、镇南府长史。及周师围荆州,琳自桂州来赴难,次于长沙。政请从间道先报元帝。至百里洲,为周人所获,萧詧谓政曰:"我武皇帝之孙也,不可为尔君乎?尔亦何烦殉身于七父?若从我计,则贵及子孙;如或不然,分腰领矣。"政诡曰:"唯命。"詧锁之,送至城下,使谓元帝曰:"王僧辩闻台城被围,已自为帝。王琳孤弱,不复能来。"政许之。既而告城中曰:"援兵大至,各思自勉。吾以间使被擒,当以碎身报国。"监者击其口,终不易辞。詧怒,命趣行戮。蔡大业谏曰:"此民望也。若杀之,则荆州不可下矣。"因得释。会江陵陷,与城中朝士俱送于京师。周文帝闻其忠,授员外散骑侍郎,引事相府。命与卢辩依《周礼》建六卿,设公卿大夫士,并撰次朝仪,车服器用,多遵古礼,革汉、魏之法,事并施行。寻授刑部下大夫,转少司宪。政明习故事,又参定《周律》。能饮酒,至数斗不乱。簿案盈几,剖决如流,用法宽平,无有冤滥。囚徒犯极刑者,乃许其妻子入狱就之,至冬,将行决,皆曰:"裴大夫致我于死,死无所恨。"其处法详平如此。又善钟律,尝与长孙绍远论乐,语在《音律志》。宣帝时,以忤旨免职。

高祖摄政,召复本官。开皇元年,转率更令,加位上仪司三司。诏与苏威等修定律令。政采魏、晋刑典,下至齐、梁,沿革轻重,取其折衷。同撰著者十有余人,凡疑滞不通,

---

① (清)李遵唐纂修《闻喜县志》,清乾隆三十年刊本,第428—431页。

皆取决于政。进位散骑常侍,转左庶子,多所匡正,见称纯悫。东宫凡有大事,皆以委之。右庶子刘荣,性甚专固。时武职交番,通事舍人赵元恺作辞见帐,未及成。太子有旨,再三催促,荣语元恺云:"但尔口奏,不须造帐。"及奏,太子问曰:"名帐安在?"元恺曰:"禀承刘荣,不听造帐。"太子即以诘荣,荣便拒讳,云"无此语"。太子付政推问。未及奏状,有附荣者先言于太子曰:"政欲陷荣,推事不实。"太子召责之,政奏曰:"凡推事有两,一察情,一据证,审其曲直,以定是非。臣察刘荣,位高任重,纵令实语元恺,盖是纤介之愆。计理而论,不须隐讳。又察元恺受制于荣,岂敢以无端之言妄相点累。二人之情,理正相似。元恺引左卫率崔茜等为证,茜等款状悉与元恺符同。察情既敌,须以证定。臣谓荣语元恺,事必非虚。"太子亦不罪荣,而称政平直。

政好面折人短,而退无后言。时云定兴数入侍太子,为奇服异器,进奉后宫,又缘女宠,来往无节。政数切谏,太子不纳。政因谓定兴曰:"公所为者,不合礼度。又元妃暴薨,道路籍籍,此于太子非令名也。愿公自引退,不然将及祸。"定兴怒,以告太子,太子益疏政,由是出为襄州总管。妻子不之官,所受秩奉,散给僚吏。民有犯罪者,阴悉知之,或竟岁不发,至再三犯,乃因都会时,于众中召出,亲案其罪,五人处死,流徙者甚众,合境惶慑,令行禁止,小民苏息,称为神明。尔后不修图圄,殆无争讼。卒官,年八十九。著《承圣降录》十卷。及太子废,高祖追忆之曰:"向遣裴政、刘行本在,共匡弼之,犹应不令至此。"子南金,仕至膳部郎。

毌丘俭

毌丘俭,字仲恭,河东闻喜(今山西省运城市闻喜县)人。袭父爵,为平原侯文学。魏明帝即位,为尚书郎,迁羽林监,后迁荆州刺史。青龙中,徙为幽州刺史,加度辽将军,使持节,护乌丸校尉。从太尉司马懿讨辽东公孙渊,以功进封安邑侯。正始中,俭以高句骊数侵叛,督诸军步骑万人出玄菟,从诸道讨之。攻破丸都,几亡其国。以功迁左将军,假节监豫州诸军事,领豫州刺史,转为镇南将军。改镇东都督扬州。魏高贵乡公正元二年(255)正月,与扬州刺史前将军文钦协谋讨司马师,兵败被杀。事迹见《三国志》卷二十八《魏书·毌丘俭传》。

据《山西通志·经籍》著录,有《毌丘俭集》二卷;《毌丘俭记》三卷,注曰:"无撰人。"又据《隋书·经籍志》记载:"魏校书郎《杜挚集》二卷,梁有《毌丘俭集》二卷,录一卷;亡。"据《旧唐书·经籍志》记载可知,有《毌丘俭集》二卷、《毌丘俭记》三卷。据《新唐书·艺文志》著录可知,有《毌丘俭记》三卷、《毌丘俭集》二卷。由此可知,《隋书·经籍志》云《毌丘俭集》已经亡佚,而《旧唐书·经籍志》与《新唐书·艺文志》均著录《毌丘俭集》二卷,可能是唐朝开元年间广征天下典籍时复得古本。按,《毌丘俭记》三卷,大约于三国魏时作,作者不详,不能确定是否为毌丘俭本人所作,姑且存疑;《毌丘俭集》二卷为毌丘俭所作,此二书今皆亡佚。毌丘俭今存有文章九篇,收录于《全上古三代秦汉三国六朝文》之《全三国文》中;今存有诗歌三首,收录于《先秦汉魏晋南北朝诗》之《全魏诗》中,其中两首诗歌为残句。

附一 (民国)《闻喜县志·名贤传》

毌丘俭,字仲恭,袭父爵,为平原侯文学。明帝初,为尚书郎,迁羽林监。以东宫之旧,甚见亲待。出为洛阳典农。时取农民以治宫室,俭上疏曰:"臣愚以为天下所急除者二贼,所急务者衣食。诚使二贼不灭,士民饥冻,虽崇美宫室,犹无益也。"迁荆州刺史。

青龙中,讨辽东,以俭有干策,徙为幽州刺史,加度辽将军,使持节,护乌丸校尉。率幽州诸军至襄平,屯辽隧。右北平乌丸单于寇娄敦、辽西乌丸都督率众王护留等,昔随袁尚奔辽东者,率众五千余人降。公孙渊逆与俭战,不利,引还。明年,遣太尉司马懿讨渊,以功进封安邑侯,食邑三千九百户。

正始中,俭以高句骊数侵叛,督诸军步骑万人出玄菟,从诸道讨之。句骊王宫将步骑二万人,进军沸流水上,大战梁口,宫连破走。俭遂束马县车,以登丸都,屠句骊所都,斩获首虏以千数。句骊沛者名得来,数谏宫,宫不从其言。得来叹曰:"立见此地将生蓬蒿。"遂不食而死,举国贤之。俭令诸军不坏其墓,不伐其树,得其妻子,皆放遣之。宫单将妻子逃窜。俭引军还。六年,复征之,宫遂奔买沟。俭遣玄菟太守王颀追之,过沃沮千有余里,至肃慎氏南界,刻石纪功,穿山溉灌,民赖其利。

迁左将军,假节监豫州诸军事,领豫州刺史,转为镇南将军。改镇东都督扬州。吴诸葛恪围合肥新城,俭与扬州刺史前将军文钦御之,恪退还。

初,俭与夏侯玄、李丰等厚善。以文钦,曹爽之邑人也,数有战功,厚待之。正元二年正月,协谋讨司马师,表数其十一罪,移诸郡国,举兵令吏民大小,皆入寿春城,为坛於城西,歃血为盟,分老弱守城,俭、钦自将五六万众渡淮,西至项。俭坚守,钦在外为游兵。至乐嘉,钦子俶,小名鸯。年尚幼,勇力绝人,谓钦曰:"及其未定,击之可破也。"于是分为二队,夜夹攻军。俶率壮士先至,大呼大将军,军中震扰。钦后期不应。会明,俶退,钦亦引还。俭军传钦战败,众溃。俭与弟秀及孙重藏水边草中。安风津都尉部民张属就射杀俭。秀、重走入吴。嗣乡贤,入山西正祀考。著有文集二卷,记三卷。子甸。①

附二 《三国志》卷二十八《魏书·毌丘俭传》

毌丘俭字仲恭,河东闻喜人也。父兴,黄初中为武威太守,伐叛柔服,开通河右,名次

---

① (民国)余宝滋修,杨钹田等纂《闻喜县志》,成文出版社1919年版,第348—351页。

金城太守苏则。讨贼张进及讨叛胡有功,封高阳乡侯。入为将作大匠。俭袭父爵,为平原侯文学。明帝即位,为尚书郎,迁羽林监。以东宫之旧,甚见亲待。出为洛阳典农。时取农民以治宫室,俭上疏曰:"臣愚以为天下所急除者二贼,所急务者衣食。诚使二贼不灭,士民饥冻,虽崇美宫室,犹无益也。"迁荆州刺史。

青龙中,帝图讨辽东,以俭有幹策,徙为幽州刺史,加度辽将军,使持节,护乌丸校尉。率幽州诸军至襄平,屯辽隧。右北平乌丸单于寇娄敦、辽西乌丸都督率众王护留等,昔随袁尚奔辽东者,率众五千余人降。寇娄敦遣弟阿罗槃等诣阙朝贡,封其渠率二十余人为侯、王,赐舆马缯采各有差。公孙渊逆与俭战,不利,引还。明年,帝遣太尉司马宣王统中军及俭等众数万讨渊,定辽东。俭以功进封安邑侯,食邑三千九百户。

正始中,俭以高句骊数侵叛,督诸军步骑万人出玄菟,从诸道讨之。句骊王宫将步骑二万人,进军沸流水上,大战梁口,宫连破走。俭遂束马县车,以登丸都,屠句骊所都,斩获首虏以千数。句骊沛者名得来,数谏宫,宫不从其言。得来叹曰:"立见此地将生蓬蒿。"遂不食而死,举国贤之。俭令诸军不坏其墓,不伐其树,得其妻子,皆放遣之。宫单将妻子逃窜。俭引军还。六年,复征之,宫遂奔买沟。俭遣玄菟太守王颀追之,过沃沮千有余里,至肃慎氏南界,刻石纪功,刊丸都之山,铭不耐之城。诸所诛纳八千余口,论功受赏,侯者百馀人。穿山溉灌,民赖其利。

迁左将军,假节监豫州诸军事,领豫州刺史,转为镇南将军。诸葛诞战于东关,不利,乃令诞、俭对换。诞为镇南,都督豫州。俭为镇东,都督扬州。吴太傅诸葛恪围合肥新城,俭与文钦御之,太尉司马孚督中军东解围,恪退还。

初,俭与夏侯玄、李丰等厚善。扬州刺史前将军文钦,曹爽之邑人也,骁果粗猛,数有战功,好增虏获,以徼宠赏,多不见许,怨恨日甚。俭以计厚待钦,情好欢洽。钦亦感戴,投心无贰。正元二年正月,有彗星数十丈,西北竟天,起于吴、楚之分。俭、钦喜,以为己祥。遂矫太后诏,罪状大将军司马景王,移诸郡国,举兵反。迫胁淮南将守诸别屯者,及吏民大小,皆入寿春城,为坛於城西,歃血称兵为盟,分老弱守城,俭、钦自将五六万众渡淮,西至项。俭坚守,钦在外为游兵。

大将军统中外军讨之,别使诸葛诞督豫州诸军从安风津拟寿春,征东将军胡遵督青、徐诸军出于谯、宋之间,绝其归路。大将军屯汝阳,使监军王基督前锋诸军据南顿以待之。令诸军皆坚壁勿与战。俭、钦进不得斗,退恐寿春见袭,不得归,计穷不知所为。淮南将士,家皆在北,众心沮散,降者相属,惟淮南新附农民为之用。大将军遣兖州刺史邓艾督泰山诸军万余人至乐嘉,示弱以诱之,大将军寻自洙至。钦不知,果夜来欲袭艾等,会明,见大军兵马盛,乃引还。大将军纵骁骑追击,大破之,钦遁走。是日,俭闻钦战败,恐惧夜走,众溃。比至慎县,左右人兵稍弃俭去,俭独与小弟秀及孙重藏水边草中。安风津都尉部民张属就射杀俭,传首京都。属封侯。秀、重走入吴。将士诸为俭、钦所迫胁者,悉归降。

裴佗

裴佗，字元化，河东闻喜（今山西省运城市闻喜县）人。惠州别驾裴景之子。佗少治《春秋杜氏》《毛诗》《周易》。举秀才，以高第除中书博士，转司徒参军、司空记室、扬州任城王澄开府仓曹参军。入为尚书仓部郎中，行河东郡事。还，拜尚书考功郎中、河东邑中正。世宗亲临朝堂，拜员外散骑常侍，中正如故。转司州治中，以风闻为御史所弹，寻会赦免。转征虏将军、中散大夫。为赵郡太守，为治有方。转前将军、东荆州刺史，寻加平南将军、抚军将军，又迁中军将军。在州数载，以疾乞还。永安二年卒。事迹见《魏书》卷八十八《裴佗传》《北史》卷三十八《裴佗传》。

裴佗出身于文学家族，据《魏书》卷八十八《裴佗传》记载云"少治《春秋杜氏》《毛诗》《周易》，并举其宗致"，可知裴佗当有文学作品传世，可惜没有流传下来。

附一　（民国）《闻喜县志·名贤传》

裴佗，字元化。六世祖诜，仕晋位太常卿。避地凉州，东归，居解县。世以文学显，五举秀才，再举孝廉，时人美之。父景惠，州别驾。佗容貌魁伟，聪然有器望。举秀才，以高第除中书博士。累迁赵郡太守，为政有方，威惠甚著，狡吏奸人，莫不改贯，所得俸禄，分恤贫穷。转前将军、荆州刺史，郡人恋仰，倾境饯送。蛮酋田盘石、田敬宗等部落万余家，恃众阻险，不宾王命，前后牧守，未能降款。佗至州，单使宣慰，示以祸福，田敬宗闻其宿德，相率归附。于是合境清晏，襁负至者千余家。后加中军将军，以老乞还。卒，遗令不听请赠，不受赠襚，诸子皆遵行之。佗性刚直，不好与俗人交游，其投分者必当时名流。清白任真，不事家产，宅不过三十步，又无田园，暑不张盖，寒不衣裘，其贞俭若此。子六。让之、诹之、谳之、谋之、讷之、谒之。①

附二　《魏书》卷八十八《裴佗传》

裴佗，字元化，河东闻喜人。其先因晋乱避地凉州。苻坚平河西，东归桑梓，因居解县焉。父景，惠州别驾。

佗容貌魁伟，隤然有器望。少治《春秋杜氏》《毛诗》《周易》，并举其宗致。举秀才，

---

① （民国）余宝滋修，杨钺田等纂《闻喜县志》，成文出版社1919年版，第407页。

以高第除中书博士,转司徒参军、司空记室、扬州任城王澄开府仓曹参军。入为尚书仓部郎中,行河东郡事。所在有称绩。还,拜尚书考功郎中、河东邑中正。世宗亲临朝堂,拜员外散骑常侍,中正如故。转司州治中,以风闻为御史所弹,寻会赦免。转征虏将军、中散大夫。为赵郡太守,为治有方,威惠甚著,猾吏奸民莫不改肃。所得俸禄,分恤贫穷。转前将军、东荆州刺史,郡民恋仰,倾境饯送,至今追思之。寻加平南将军。蛮酋田盘石、田敬宗等部落万余家,恃众阻险,不宾王命,前后牧守虽屡征讨,未能降款。佗至州,单使宣慰,示以祸福。敬宗等闻佗宿德,相率归附。于是阖境清晏,寇盗寝息,边民怀之,襁负而至者千余家。寻加抚军将军,又迁中军将军。在州数载,以疾乞还。永安二年卒。遗令不听请赠,不受赙襚。诸子皆遵行之。

佗性刚直,不好俗人交游,其投分者必当时名胜。清白任真,不事家产,宅不过三十步,又无田园。暑不张盖,寒不衣裘,其贞俭若此。六子。

裴让之

裴让之,字士礼,河东闻喜(今山西省运城市闻喜县)人,北魏中军将军裴佗之子。少好学,有文俊辩,早得声誉。魏天平中举秀才,对策高第。累迁屯田主客郎中,省中语曰:"能赋诗,裴让之。"为太原公开府记室。历文襄大将军主簿,兼中书舍人,后兼散骑常侍聘梁。迁长兼中书侍郎,领舍人。齐受禅,静帝逊居别宫,与诸臣别,让之流涕歔欷。以参掌仪注,封宁都县男。帝欲以为黄门郎,或言其体重,不堪趋侍,乃除清河太守。清河有二豪吏田转贵、孙舍兴久吏奸猾,多有侵削,让之以其乱法,杀之。侍中高德政旧与让之不协,案奏言当陛下受禅之时,让之眷恋魏朝,事奏,竟赐死于家。事迹见《魏书》卷八十八《裴佗传附裴让之传》《北齐书》卷三十五《裴让之传》《北史》卷三十八《裴佗传附裴让之传》。

据《北齐书》卷三十五《裴让之传》记载,可知裴让之撰写有《齐禅礼仪注》。另,裴让之以诗名闻世,应当有作品集《裴让之集》流传,今亡佚。其诗作传至今日的有《有所思》《从北征》《公馆宴酬南使徐陵》等,收录于《艺文类聚》《乐府诗集》等典籍之中。

附一 (民国)《闻喜县志·名贤传》

裴让之,字士礼,年十六丧父,殆不胜哀。少好学,有文情,魏天平中,举秀才,对策高第。累迁屯田、主客郎中,省中语曰"能赋诗,裴让之"。为太原公开府记室。与杨愔友善,相遇则清谈竟日。愔每云:"此人风流警拔,裴文季为不亡矣。"梁使至,常令让之摄主客郎。

弟诹之奔关右,兄弟五人皆拘系。齐神武问云:"诹之何在?"答曰:"昔吴、蜀二国,诸葛兄弟各得尽心,况让之老母在此,君臣分定,失忠与孝,愚夫不为。伏愿明公以诚信待物。若以不收处物,物亦安能自信?以此定霸,犹却行而求道耳。"神武善其言,兄弟俱释。历文襄大将军主簿,兼中书舍人。后兼散骑常侍聘梁。文襄尝入朝,让之导引,容仪醖籍,文襄目之曰:"士礼,佳舍人也。"迁长兼中书侍郎,领舍人。齐受禅,静帝逊居别宫,与诸臣别,让之流涕歔欷。以参掌仪注,封宁都县男。除清河太守。至郡未几,杨愔谓让之诸弟曰:"我与贤兄交款,企闻善政,适有人从清河来,云奸吏敛迹,盗贼清靖。期月之期,翻更非速。"

清河有二豪吏田转贵、孙舍兴,久吏奸猾,多有侵削,因事遂胁人取财,计赃依律不至死,让之以其乱法,杀之。时清河王岳为司州牧,遣部从事案之。侍中高德政旧与让之不协,密奏言:"当陛下受禅之时,让之眷恋魏朝,呜咽流涕,比为内官,情非所愿。"杨愔请救,文宣大怒曰:"欲得与裴让之同冢邪!"事奏,竟赐死,以弟诹之长子樊嗣。①

附二 《北齐书》卷三十五《裴让之传》

裴让之,字士礼。年十六丧父,殆不胜哀,其母辛氏泣抚之曰:"弃我灭性,得为孝子乎?"由是自勉。辛氏,高明妇则,又闲礼度。夫丧,诸子多幼弱,广延师友,或亲自教授。内外亲属有吉凶礼制,多取则焉。让之少好学,有文俊辩,早得声誉。魏天平中举秀才,对策高第。累迁屯田主客郎中,省中语曰:"能赋诗,裴让之。"为太原公开府记室。与杨愔友善,相遇则清谈竟日。愔每云:"此人风流警拔,裴文季为不亡矣。"梁使至,帝令让之摄主客郎。第二弟诹之奔关右,兄弟五人皆拘系。神武问曰:"诹之何在?"答曰:"昔吴、蜀二国,诸葛兄弟各得遂心,况让之老母在,君臣分定,失忠与孝,愚夫不为。伏愿明公以诚信待物,若以不信处物,物亦安能自信?以此定霸,犹却行而求道耳。"神武善其言,兄弟俱释。历文襄大将军主簿,兼中书舍人,后兼散骑常侍聘梁。文襄尝入朝,让之导引,容仪蕴藉,文襄目之曰:"士礼佳舍人。"迁长兼中书侍郎,领舍人。

齐受禅,静帝逊居别宫,与诸臣别,让之流涕歔欷。以参掌仪注,封宁都县男。帝欲以为黄门郎,或言其体重,不堪趋侍,乃除清河太守。至郡未几,杨愔谓让之诸弟曰:"我与贤兄交款,企闻善政。适有人从清河来,云奸吏敛迹,盗贼清靖。期月之期,翻然更速。"清河有二豪吏田转贵、孙舍兴久吏奸猾,多有侵削,因事遂胁人取财。计赃依律不至死。让之以其乱法,杀之。时清河王岳为司州牧,遣部从事案之。侍中高德政旧与让之

---

① (民国)余宝滋修,杨钺田等纂《闻喜县志》,成文出版社1919年版,第411—412页。

不协,案奏言:"当陛下受禅之时,让之眷恋魏朝,鸣咽流涕,比为内官,情非所愿。"既而杨愔请救之,云:"罪不合死。"文宣大怒,谓愔曰:"欲得与裴让之同冢耶!"于是无敢言者。事奏,竟赐死于家。让之次弟诹之。

裴诹之

裴诹之,字士正,河东闻喜(今山西省运城市闻喜县)人,北魏中军将军裴佗之子。少好儒学,释褐太学博士。杨愔阖门改葬,托诹之顿作十余墓志,文皆可观。司空高干请为户曹参军,不受署。沛王开大司马府,辟为记室。迁邺后,西魏领军独孤信入据金墉,以诹之为开府属,信败,诹之居南山,洛州刺史王元轨召为中从事。西师忽至,寻退,遂随西师入关。周文帝以为大行台仓曹郎中,卒。赠徐州刺史。事迹见《北齐书》卷三十五《裴让之传附裴诹之传》《北史》卷三十八《裴佗传附裴诹之传》。

据《北齐书》卷三十五《裴让之传附裴诹之传》记载云"杨愔阖门改葬,托诹之顿作十余墓志,文皆可观"可知,裴诹之亦是颇具文学才华之人,其曾为别人作十余篇墓志,可惜没有流传下来。

附一 (民国)《闻喜县志·独行传附文艺传》

裴诹之,字士正,少好儒学,释褐太学博士。尝从常景借书百卷,十许日便返。景疑其不能读,每卷策问,应答无遗。景叹曰:"应奉五行俱下,祢衡一览便记,今复见之于裴生矣。"杨愔阖门改葬,托诹之顿作十余墓志,文皆可观。让之、诹之及皇甫和弟亮并知名于洛下,时人语曰:"诹胜于让,和不如亮。"司空高干请为户曹参军。不受署。大司马、沛王辟为记室。迁邺后,诹之留在河南,西魏领军独孤信入据金墉,以诹之为开府属,号曰"洛阳遗彦"。后入关。周文帝以为大行台仓曹郎中,卒。赠徐州刺史。①

附二 《北齐书》卷三十五《裴让之传附裴诹之传》

诹之,字士正,少好儒学,释褐太学博士。尝从常景借书百卷,十许日便返。景疑其不能读,每卷策问,应答无遗。景叹曰:"应奉五行俱下,祢衡一览便记,今复见之于裴生矣。"杨愔阖门改葬,托诹之顿作十余墓志,文皆可观。让之、诹之及皇甫和弟亮并知名于

---

① (民国)余宝滋修,杨韨田等纂《闻喜志》,成文出版社1919年版,第670—671页。

洛下,时人语曰:"诹胜于让,和不如亮。"司空高干致书曰:"相屈为户曹参军。"诹之复书不受署。沛王开大司马府,辟为记室。迁邺后,诹之留在河南,西魏领军独孤信入据金墉,以诹之为开府属,号曰"洛阳遗彦"。信败,诹之居南山,洛州刺史王元轨召为中从事。西师忽至,寻退,遂随西师入关。周文帝以为大行台仓曹郎中,卒。赠徐州刺史。

裴泽

裴泽,河东闻喜(今山西省运城市闻喜县)人,北齐廷尉卿裴鉴之子。颇有文学。齐孝昭初,为斋帅,奏舍人。孝昭崩,因谥号之事,忤旨,出为广州司马。寻历位中书侍郎,兼给事黄门侍郎,以漏泄免。后为散骑侍郎,寻为诽毁大臣赵彦深等,兼咏石榴诗,微以托意,被决杖六十,髡头除名。后主即位,为清河郡守。与祖珽有旧,珽奏除尚书左丞,又引为兼黄门。执政疾其祖珽之党,与崔季舒等同见诛。事迹见《北史》卷三十八《裴延俊传附裴泽传》。

据《北史》卷三十八《裴延俊传附裴泽传》记载云"寻为诽毁大臣赵彦深等,兼咏石榴诗,微以托意,被决杖六十,髡头除名"可知,裴泽曾撰写有《咏石榴》诗。此诗歌今已经亡佚。

附一　(民国)《闻喜县志·名贤传》

裴泽,鉴子,有文学。齐孝昭初,为斋帅,奏舍人。孝昭崩,魏收议为恭烈皇帝,泽正色抗论曰:"魏收死后,亦不肯为恭烈之谥,何容以拟大行。且比皇太后不豫,先帝飧寝失常,圣躬贬损,今者易名,必须加孝。"遂改为孝昭。因此忤旨,出为广州司马。寻历位散骑侍郎,坐诽毁大臣赵彦深等,兼咏石榴诗,微以托意,武成决杖六十,髡头除名。后主即位,为清河郡守。案,《魏书》不为泽立传,应是魏收念议谥之憾,不置。抑或泽时尚生存也。《北史》补传,乃又不连其祖、父,而别为一处。旧志疏略,遂未录及,今方补之,庶前贤不致沈埋矣。①

附二　《北史》卷三十八《裴延俊传附裴泽传》

子泽,颇有文学。齐孝昭初,为斋帅,奏舍人。孝昭崩,魏收议为恭烈皇帝,泽正色抗论曰:"魏收死后,亦不肯为恭烈之谥,何容以拟大行。且比皇太后不豫,先帝飧寝失常,

---

① (民国)余宝滋修,杨钹田等纂《闻喜县志》,成文出版社1919年版,第413—414页。

圣躬贬损,今者易名,必须加孝。"遂改为孝昭。因此忤旨,出为广州司马。寻历位中书侍郎,兼给事黄门侍郎,以漏泄免。后为散骑侍郎,寻为诽毁大臣赵彦深等,兼咏石榴诗,微以托意,有人以奏武成,武成决杖六十,髡头除名。后主即位,为清河郡守。与祖珽有旧,珽奏除尚书左丞,又引为兼黄门。执政疾其祖珽之党,与崔季舒等同见诛。

泽本劲直,无所回避,及被出追还,折节和光。然好戏笑,无规检,故频败。妻钜鹿魏氏,恩好甚隆,不能暂相离,泽每从驾,其妻不宿。亦至性强立,时人以为健妇夫半。

裴昭明

裴昭明,河东闻喜(今山西省运城市闻喜县)人,南朝宋太中大夫裴松之之孙,南中郎参军裴骃之子。昭明少传儒史之业,泰始中,为太学博士。元徽中,出为长沙郡丞,历祠部通直郎。永明三年使魏,还为始安内史。迁射声校尉。建武初为王玄邈安北长史、广陵太守。终身不治产业,中兴二年卒。事迹见《南齐书》卷五十三《裴昭明传》《南史》卷三十三《裴松之传附裴昭明传》。

据《山西通志·经籍》著录,有《裴昭明集》九卷。又,据《隋书·经籍志》记载:"齐太尉《徐孝嗣集》十卷,梁七卷。又有侍中《刘暄集》一十一卷,通直常侍《裴昭明集》九卷,亡。"而《旧唐书·经籍志》《新唐书·艺文志》均没有著录《裴昭明集》,由此可知,裴昭明的著述曾有文集九卷,但唐以前已经亡佚。《全上古三代秦汉三国六朝文》之《全齐文》辑有其文章两篇,分别是《议皇太子纳征礼》《郊殷议》。

附一 《闻喜县志·人物志》

裴昭明,骃子,少传儒史之业,泰始中,为太学博士。时议太子婚纳征用玉璧虎皮,昭明曰:"纳征俪皮,郑注云'皮为庭实,鹿皮也'。晋太子纳妃注'以虎皮二'。太元中,公主纳征,虎豹皮各一。岂其谓婚礼不详。王公之差,故取虎豹文蔚以尊其事。虎豹虽文,而征礼所不言;熊罴虽古,而婚礼所不及;圭璋虽美,或为用各异。今宜准的经诰。凡诸僻谬,一皆详正。"于是有司参议,加圭璋,豹熊罴皮各二。

元徽中,罢任,刺史王蕴谓之曰:"卿清贫,必无还资。湘中人士有须一礼之命者,我不爱也。"昭明曰:"下官忝为邦佐,不能光益上府,岂以鸿都之事仰累清风。"历祠部通直郎。永明三年使魏,武帝曰:"使还,当以一郡相赏。"还为始安内史。郡人龚云宜以玉印玉板惑众,前后太守敬之,昭明付狱治罪。及还,甚贫罄。武帝曰:"裴昭明罢郡还,遂无宅。我不谙书,不知古人中谁比?"迁射声校尉。九年,复遣北使。

建武初为王玄邈安北长史、广陵太守。历郡皆清勤,常曰:"人生何事须聚蓄,一身之外,亦复何须?子孙若不才,我聚彼散;若能自立,则不如一经。"故终身不事产业。中兴二年卒。①

附二　《南齐书》卷五十三《裴昭明传》

裴昭明,河东闻喜人,宋太中大夫松之孙也。父骃,南中郎参军。昭明少传儒史之业,泰始中,为太学博士。有司奏:"太子婚,纳征用玉璧虎皮,未详何所准据。"昭明议:"礼纳征,俪皮为庭实,鹿皮也。晋太子纳妃注'以虎皮二'。太元中,公主纳征,虎豹皮各一。岂其谓婚礼不详。王公之差,故取虎豹文蔚以尊其事。虎豹虽文,而征礼所不言;熊罴虽古,而婚礼所不及;圭璋虽美,或为用各异。今宜准的经诰。凡诸僻谬,一皆详正。"于是有司参议,加圭璋、豹熊罴皮各二。元徽中,出为长沙郡丞,罢任,刺史王蕴谓之曰:"卿清贫,必无还资。湘中人士有须一礼之命者,我不爱也。"昭明曰:"下官忝为邦佐,不能光益上府,岂以鸿都之事仰累清风。"历祠部通直郎。

永明三年使虏,世祖谓之曰:"以卿有将命之才,使还,当以一郡相赏。"还为始安内史。郡民龚玄宣云神人与其玉印玉板书,不须笔,吹纸便成字,自称"龚圣人",以此惑众。前后郡守敬事之,昭明付狱治罪。及还,甚贫罄。世祖曰:"裴昭明罢郡还,遂无宅。我不谙书,不知古人中谁比?"迁射声校尉。九年,复遣北使。

建武初为王玄邈安北长史、广陵太守。明帝以其在事无所启奏,代还,责之。昭明曰:"臣不欲竞执关键故耳。"昭明历郡皆有勤绩,常谓人曰:"人生何事须聚蓄,一身之外,亦复何须?子孙若不才,我聚彼散;若能自立,则不如一经。"故终身不治产业。中兴二年卒。

裴延俊

裴延俊,字平子,河东闻喜(今山西省运城市闻喜县)人,东雍州刺史裴松之子。少偏孤,事后母以孝闻。涉猎坟史,颇有才笔。举秀才,射策高第,除著作佐郎。迁尚书仪曹郎,转殿中郎、太子洗马,又领本邑中正及太子友。太子恂废,以宫官例免。顷之,除太尉掾,兼太子中舍人。世宗初,为散骑侍郎,寻除雍州平西府长史,加建威将军,入为中书侍郎。后除司州别驾,加镇远将军。及诏立明堂,群官博议,延俊独著一堂之论。兼太子中庶子,寻即正,别驾如故,加冠军将军。

---

① (清)李遵唐纂修《闻喜县志》,清乾隆三十年刊本,第371—372页。

肃宗初,迁散骑常侍,监起居注,加前将军,又加平西将军,除廷尉卿。转平北将军、幽州刺史。范阳郡有旧督亢渠,延俊谓疏通旧迹,势必可成,乃表求营造,未几而就。溉田百万余亩,百姓赖之。又命主簿郦恽修起学校,礼教大行。至都未几,拜太常卿。寻除七兵尚书、安南将军,徙殿中尚书,加中军将军,转散骑常侍、中书令、御史中尉。又以本官兼侍中、吏部尚书。庄帝初,于河阴遇害。赠都督雍岐幽三州诸军事、仪同三司、本将军、雍州刺史。事迹见《魏书》卷六十九《裴延俊传》《北史》卷三十八《裴延俊传》。

据《魏书》卷六十九《裴延俊传》记载云"及诏立明堂,群官博议,延俊独著一堂之论"可知,裴延俊亦是颇具才华之人,其著述有《一堂之论》,今已经亡佚。

附一 （民国）《闻喜县志·名贤传》

裴延俊,字平子,魏冀州刺史徽之后也。曾祖天明,祖双虎,父崧,州主簿,行平阳郡事。以平蜀贼丁虫功,赠东雍州刺史。延俊少偏孤,事后母以孝闻。涉猎坟史,颇有才笔。举秀才,射策高第,除著作佐郎。累迁太子洗马,又领本邑中正。以例免。宣武初,为中书侍郎。帝专心释典,延俊疏谏,后除司州别驾。时诏立明堂,群官博议,延俊独著一堂之论。太傅、清河王怿时典众议,读而笑曰:"子故欲远符仆射也。"明帝时,累迁幽州刺史。范阳郡有旧督亢渠,径五十里;渔阳燕郡有故戾陵诸堰,广袤三十里。皆废毁多时,莫能修复。时水旱不调,延俊表求营造。遂躬自履行,相度水形,随力分督,未几而就。溉田百万余亩,为利十倍,百姓至今赖之。又命主簿郦恽修起学校,礼教大行,民歌谣之。在州五年,考绩为天下最。

延俊继母随延俊在蓟,时遇重患,延俊启求侍母还京疗治。至都未几,拜太常卿。历七兵、殿中二尚书,散骑常侍、中书令、御史中尉。又以本官兼侍中、吏部尚书。于河阴遇害。赠仪同三司、都督、雍州刺史。子元直、敬献,并有学尚,同时遇害。元直赠光州刺史,敬献超赠尚书仆射。①

附二 《魏书》卷五十七《裴延俊传》

裴延俊,字平子,河东闻喜人,魏冀州刺史徽之八世孙。曾祖天明,谘议参军、并州别驾。祖双虎,河东太守。卒,赠平远将军、雍州刺史,谥曰顺。父崧,州主簿,行平阳郡事。以平蜀贼丁虫功,赠东雍州刺史。

延俊少偏孤,事后母以孝闻。涉猎坟史,颇有才笔。举秀才,射策高第,除著作佐郎。迁尚书仪曹郎,转殿中郎、太子洗马,又领本邑中正及太子友。太子恂废,以宫官例免。

---

① （民国）余宝滋修,杨铖田等纂《闻喜县志》,成文出版社1919年版,第398页。

顷之,除太尉掾,兼太子中舍人。世宗初,为散骑侍郎,寻除雍州平西府长史,加建威将军,入为中书侍郎。时世宗专心释典,不事坟籍。延俊上疏谏曰:"臣闻有尧文思,钦明稽古;妫舜体道,慎典作圣。汉光神叡,军中读书;魏武英规,马上玩籍。先帝天纵多能,克文克武,营迁谋伐,手不释卷。良以经史义深,补益处广,虽则劬劳,不可暂辍。斯乃前王之美实,后王之水镜,善足以遵,恶足以诫也。陛下道悟自深,渊鉴独得;升法座于宸闱,释觉善于日宇;凡在听瞩,尘蔽俱开。然《五经》治世之模,六籍轨俗之本。盖以训物有渐,应时匪妙,必须先粗后精,乘近即远。伏愿经书互览,孔释兼存,则内外俱周,真俗斯畅。"

后除司州别驾,加镇远将军。及诏立明堂,群官博议,延俊独著一堂之论。太傅、清河王怿时典众议,读而笑曰:"子故欲远符仆射也。"兼太子中庶子,寻即正,别驾如故,加冠军将军。肃宗初,迁散骑常侍,监起居注,加前将军,又加平西将军,除廷尉卿。转平北将军、幽州刺史。范阳郡有旧督亢渠,径五十里;渔阳燕郡有故戾陵诸堰,广袤三十里。皆废毁多时,莫能修复。时水旱不调,民多饥馁,延俊谓疏通旧迹,势必可成,乃表求营造。遂躬自履行,相度水形,随力分督,未几而就。溉田百万余亩,为利十倍,百姓至今赖之。又命主簿郦恽修起学校,礼教大行,民歌谣之。在州五年,考绩为天下最。

延俊继母随延俊在蓟,时遇重患,延俊启求侍母还京疗治。至都未几,拜太常卿。时汾州山胡恃险寇窃,正平、平阳二郡尤被其害,以延俊兼尚书,为西北道行台,节度讨胡诸军。寻遇疾,敕还。三鸦群蛮寇掠不已,车驾欲亲征之,延俊乃于病中上疏谏诤。寻除七兵尚书、安南将军,徙殿中尚书,加中军将军,转散骑常侍、中书令、御史中尉。又以本官兼侍中、吏部尚书。延俊在台阁,守职而已,不能有所裁断直绳也。庄帝初,于河阴遇害。赠都督雍岐幽三州诸军事、仪同三司、本将军、雍州刺史。

裴夙

裴夙,字买兴,河东闻喜(今山西省运城市闻喜县)人。沉雅有器识,仪望甚伟。自司空主簿,转尚书左主客郎中。孝文南伐,为行台吏部郎,仍除征北大将军穆亮从事中郎。转为河北太守,卒于郡,年四十三。事迹见《魏书》卷六十九《裴延俊传附裴夙传》《北史》卷三十八《裴延俊传附裴夙传》。

据《闻喜县志·名贤传》记载可知,裴夙的著述有《平戎记》五卷。可惜没有流传下来。又,据《山西通志·经籍》著录,《平戎记》一卷,注曰"记浙东栗锽事",署名为闻喜裴肃。而明州镇将栗锽联合鄞、奉边区山民在光溪杀刺史发动兵变,攻陷浙东郡县,其事发生在唐德宗年间,是时裴肃为浙东观察使,出兵平定叛乱。

因此,裴夙的《平戎记》与裴肃的《平戎记》并非一书。

附一 (民国)《闻喜县志·名贤传》

裴夙,字买兴,祖三虎,义阳太守。父,桃弓,见称于乡里。夙沉雅有器识,仪望甚伟,孝文见而异之。自司空主簿,转尚书左主客郎中。时吏部尚书、任城王澄有知人鉴,每叹美夙,以远大许之。孝文南伐,为行台吏部郎,仍除征北大将军穆亮从事中郎。转为河北太守,以忠恕接下,百姓感之。卒于郡,年四十三。著有《平戎记》五卷。三子,范,字宗模,早卒。升之,太尉掾。鉴字道徽,性强正,有学涉,卒于廷尉卿。居官清苦,时论称之。子,泽,有传。①

附二 《魏书》卷六十九《裴延俊传附裴夙传》

延俊从叔桃弓,亦见称于乡里。子夙,字买兴。沉雅有器识,仪望甚伟,高祖见而异之。自司空主簿,转尚书左主客郎中。时吏部尚书、任城王澄有知人鉴,每叹美夙,以远大许之。高祖南伐,为行台吏部郎,仍除征北大将军穆亮从事中郎。转为河北太守,以忠恕接下,百姓感之。卒于郡,年四十三。

裴矩

裴矩,字弘大,河东闻喜(今山西省运城市闻喜县)人。北齐太子舍人裴讷之之子。及长,博学,早知名,仕齐为高平王文学。齐亡,隋文帝为定州总管,召补记室,甚亲敬之。文帝即位,迁给事郎,直内史省,奏舍人事。伐陈之役,领元帅记室。及陈平,累迁吏部侍郎,以事免。后拜民部侍郎,俄迁黄门侍郎,参与朝政。王师临辽,以本官领虎贲郎将。以前后渡辽功,进位右光禄大夫。宇文化及弑逆,署为尚书右仆射。化及败,窦建德复以为尚书右仆射,令专掌选事。及建德败,归降,封安邑县公。武德五年,拜太子左庶子,俄迁太子詹事。武德八年,兼检校侍中。寻迁民部尚书。贞观元年卒,赠绛州刺史,谥曰敬。事迹见《隋书》卷六十七《裴矩传》《旧唐书》卷六十七《裴矩传》《新唐书》卷一百一十三《裴矩传》。

据《山西通志·经籍》著录,裴矩的著述有《开业平陈记》十二卷,《邺都故事》十卷,《隋西域图》三卷,《高丽风俗》一卷。又,据《闻喜县志·人物志》记载,裴矩

---

① (民国)余宝滋修,杨钹田等纂《闻喜县志》,成文出版社1919年版,第400—401页。

的著述有《高丽风俗》一卷,《西域图记》三卷,《隋开业平陈记》十二卷,《邺都故事》十卷,《唐书》一百卷,《大唐宰相表》二卷,《大唐书仪》十卷。又据《旧唐书》卷六十七《裴矩传》记载:"令与虞世南撰《吉凶书仪》,参按故实,甚合礼度,为学者所称,至今行之。……撰《开业平陈记》十一卷,行于代。"据此可知,裴矩还撰写有《吉凶书仪》《开业平陈记》十一卷。又,《隋书·经籍志》记载:"《开业平陈记》二十卷。"但是没有注明作者。据《旧唐书·经籍志》记载:"《隋开业平陈记》十二卷,裴矩撰。"《新唐书·艺文志》亦记载:"裴矩《隋开业平陈记》十二卷。"此书已经亡佚。

据《旧唐书·经籍志》记载:"《大唐书仪》十卷,裴矩撰。"《新唐书·艺文志》记载:"裴矩、虞世南《大唐书仪》十卷。"此书已经亡佚。《隋书·经籍志》记载:"《隋西域图》三卷,裴矩撰。"《新唐书·艺文志》记载:"裴矩又撰《西域图记》三卷。"此书今已经亡佚,《隋书·裴矩传》《北史·裴矩传》保存有此书序言部分,后人辑录其佚文七则。据《旧唐书·经籍志》记载:"《高丽风俗》一卷,裴矩撰。"《新唐书·艺文志》记载:"裴矩《高丽风俗》一卷。"此书已经亡佚。除此之外,《新唐书·艺文志》还记载:"裴矩《邺都故事》十卷。"此书已经亡佚。又据《旧唐书·欧阳询传》记载:"武德七年,诏与裴矩、陈叔达撰《艺文类聚》一百卷。奏之,赐帛二百段。"《旧唐书·经籍志》记载:"《艺文类聚》一百卷,欧阳询等撰。"《新唐书·艺文志》亦记载:"欧阳询《艺文类聚》一百卷,令狐德棻、袁朗、赵弘智等同修。"由此可知,裴矩参与撰写《艺文类聚》一书,此书今存。《艺文类聚》传世版本甚多,主要有以下版本:南宋绍兴年间浙江地区刊本,这是目前所能够见到的《艺文类聚》的最早版本,上海图书馆藏有此书;明嘉靖六年(1527)刻本,中国国家图书馆、上海图书馆等图书馆藏有此书;明嘉靖二十八年(1549)知山西平阳府事洛阳张松刊本,上海图书馆等多家图书馆藏有此书;明万历十五年(1587)王元贞南京刊本,上海图书馆、南京图书馆等多家图书馆藏有此书;清光绪五年(1879)成都宏达堂刊本,上海图书馆、南京图书馆等多家图书馆藏有此书;文渊阁《四库全书》本,有商务印书馆2007年版。1965年,中华书局上海编辑所出版了汪绍楹先生整理校订的《艺文类聚》,用绍兴刻本为底本。1982年,上海古籍出版社据以重版,改正了个别明显的断句失误之处,又编制了一个索引(包括人名和书名两部分),极便于读者检索查考。1999年,上海古籍出版社再次重印,成为现今较为通行的版本。

按,《隋西域图》与《西域图记》当为一书;《隋开业平陈记》与《开业平陈记》当为一书。

附一 （清）《闻喜县志·人物志》

裴矩，字弘大，原名世矩，后入唐，避讳，去世，讷之子。好学有智数。世父让之曰："汝神识足成才士，欲求宦达，当资干世之务。"矩由是始留情世事。仕齐，为高平王文学。入周，隋文帝为定州总管，补记室。忧，归，召参相府记室事。隋初，迁给事郎，奏舍人事。伐陈之役，领元帅记室。令与高颎收陈图籍。

明年，诏巡抚岭南。高智慧、汪文进等梗道，矩请速进，行至南康，得兵数千人。时俚帅王仲宣逼广州，遣其部将周师举图东衡州，矩与大将军鹿愿赴之。击破大庾岭、九栅，贼释东衡州，据原长岭，又击败之。遂斩师举，拔广州，仲宣惧而溃散。矩绥集二十余州，署渠帅为刺史县令。及还，上命升殿，谓高颎、杨素曰："裴矩以三千弊卒径至南海，有臣若此，朕亦何忧？"以功拜开府，赐爵闻喜县公，赉物二千段。除户部侍郎，迁内吏侍郎。

请出使说突厥都蓝，显戮其妻宇文氏。史万岁为行军总管，出定襄道，矩为行军长史，破达头于塞外。又令抚慰启民。还，为尚书左丞，转吏部侍郎。大业初，令掌张掖交市事。矩诱诸商胡至者，令言其国俗山川险易，撰《西域图记》三卷，入朝奏之，赐物五百段，迁黄门侍郎。复令矩往张掖，引致西蕃，至者十余国。三年，有事于恒岳，咸来助祭。复往敦煌遣使说高昌王麹伯雅及伊吾吐屯设等，导使入朝。及上征吐谷浑，次燕支山，高昌王、伊吾设等及西蕃胡二十七国，谒于道左。皆令佩金玉，被锦罽，焚香奏乐。复令武威、张掖士女盛饰纵观，以示中国之盛。竟破吐谷浑，遣兵戍之。进位银青光禄大夫。薛世雄城伊吾，矩共往经略。讽谕西域诸国曰："天子为蕃人交易悬远，所以城伊吾耳。"还，赐钱四十万。矩又请反间射匮，潜攻处罗，后处罗竟入朝。

从幸启民帐，见高丽使，请胁令其王入朝，高元不用命，始建东征之策。及伐高丽，领武贲郎将。明年，复从至辽东，令兼掌兵事，进位右光禄大夫。时文武多以贿闻，唯矩无赃秽之响。后安集陇右，令曷萨那部落，掠吐谷浑。献策分始毕势，以宗女嫁其弟叱吉设，拜为南面可汗。叱吉不敢受。又诱史蜀胡悉互市，伏兵马邑，斩之。十一年，北狩，有雁门之役。诏宿朝堂，以待顾问。及围解，从至东都。属射匮可汗遣其犹子，率西蕃诸胡朝贡，诏矩宴接之。寻从南幸，奏四方盗起，请銮舆早还。后入窦建德，留守洛州，与曹旦举山东之地归唐。授左庶子，转詹事、民部尚书，卒，谥曰敬。著有《高丽风俗》一卷，《西域图记》三卷，《隋开业平陈记》十二卷，《邺都故事》十卷，《唐书》一百卷，《大唐宰相表》二卷，《大唐书仪》十卷。子宣机，光禄大夫，礼部尚书，闻喜公，宣化县令。①

附二 《隋书》卷六十七《裴矩传》

裴矩，字弘大，河东闻喜人也。祖佗，魏都官尚书。父讷之，齐太子舍人。矩襁褓而

---

① （清）李遵唐纂修《闻喜县志》，清乾隆三十年刊本，第433—437页。

孤,及长好学,颇爱文藻,有智数。世父让之谓矩曰:"观汝神识,足成才士,欲求宦达,当资干世之务。"矩始留情世事。齐北平王贞为司州牧,辟为兵曹从事,转高平王文学。及齐亡,不得调。高祖为定州总管,召补记室,甚亲敬之。以母忧去职。高祖作相,遣使者驰召之,参相府记室事。及受禅,迁给事郎,奏舍人事。伐陈之役,领元帅记室。既破丹阳,晋王广令矩与高颎收陈图籍。明年,奏诏巡抚岭南,未行而高智慧、汪文进等相聚作乱,吴、越道闭,上难遣矩行。矩请速进,上许之。行至南康,得兵数千人。时俚帅王仲宣逼广州,遣其所部将周师举围东衡州。矩与大将军鹿愿赴之,贼立九栅,屯大庾岭,共为声援。矩进击破之,贼惧,释东衡州,据原长岭。又击破之,遂斩师举,进军自南海援广州。仲宣惧而溃散。矩所绥集者二十余州,又承制署其渠帅为刺史、县令。及还报,上大悦,命升殿劳苦之,顾谓高颎、杨素曰:"韦洸将二万兵,不能早度岭,朕每患其兵少。裴矩以三千敝卒,径至南康。有臣若此,朕亦何忧!"以功拜开府,赐爵闻喜县公,赍物二千段。除民部侍郎,寻迁内史侍郎。

时突厥强盛,都蓝可汗妻大义公主,即宇文氏之女也,由是数为边患。后因公主与从胡私通,长孙晟先发其事,矩请出使说都蓝,显戮宇文氏。上从之。竟如其言,公主见杀。后都蓝与突利可汗构难,屡犯亭鄣,诏太平公史万岁为行军总管,出定襄道,以矩为行军长史,破达头可汗于塞外。万岁被诛,功竟不录。上以启民可汗初附,令矩抚慰之,还为尚书左丞。其年,文献皇后崩,太常旧无仪注,矩与牛弘据齐礼参定之。转吏部侍郎,名为称职。炀帝即位,营建东都,矩职修府省,旬有九而就。时西域诸蕃,多至张掖,与中国交市。帝令矩掌其事。矩知帝方勤远略,诸商胡至者,矩诱令言其国俗山川险易,撰《西域图记》三卷,入朝奏之。其序曰:

臣闻禹定九州,导河不逾积石;秦兼六国,设防止及临洮。故知西胡杂种,僻居遐裔,礼教之所不及,书典之所罕传。自汉氏兴基,开拓河右,始称名号者,有三十六国,其后分立,乃五十五王。仍置校尉、都护,以存招抚。然叛服不恒,屡经征战,后汉之世,频废此官。虽大宛以来,略知户数,而诸国山川,未有名目。至如姓氏风土,服章物产,全无纂录,世所弗闻。复以春秋递谢,年代久远,兼并诛讨,互有兴亡。或地是故邦,改从今号,或人非旧类,因袭昔名。兼复部民交错,封疆移改,戎狄音殊,事难穷验。于阗之北,葱岭以东,考于前史,三十余国。其后更相屠灭,仅有十存。自余沦没,扫地俱尽,空有丘墟,不可记识。皇上膺天育物,无隔华夷,率土黔黎,莫不慕化。风行所及,日入以来,职贡皆通,无远不至。臣既因抚纳,监知关市,寻讨书传,访采胡人,或有所疑,即详众口。依其本国服饰仪形,王及庶人,各显容止,即丹青模写,为《西域图记》,共成三卷,合四十四国。仍别造地图,穷其要害。从西顷以去,北海之南,纵横所亘,将二万里。谅由富商大贾,周游经涉,故诸国之事,罔不遍知。复有幽荒远地,卒访难晓,不可凭虚,是以致阙。而二汉相踵,西域为传,户民数十,即称国王,徒有名号,乃乖其实。今者所编,皆余千户,利尽西海,多产珍异。其山居之属,非有国名,及部落小者,多亦不载。发自敦煌,至于西海,凡为三道,各有襟带。北道从伊吾,经蒲类海铁勒部突厥可汗庭,度北流河水,至拂菻国,达于西海。其中道从高昌、焉耆、龟兹、疏勒,度葱岭,又经铍汗、苏对沙那国、康国、曹国、何国、大小安国、穆国,至波斯,达于西海。其南道从鄯善、于阗、硃俱波、喝槃陀,度葱岭,又经护密、吐火罗、挹怛、忛延、漕国,至北婆罗门,达于西海。其三道诸国,亦各自有路,南北交通。其东女国、南婆罗门国等,并随其所往,诸处得达。故知伊吾、高昌、鄯善,并西域之门户也。总凑敦煌,是其咽喉之地。以国家威德,将士骁雄,泛濛汜而扬旌,越昆仑而跃马,易如反掌,何往不至!但突厥、吐浑分领羌胡之国,为其拥遏,故朝贡不通。今并因商人密送诚款,引领翘首,愿为臣妾。圣情含养,泽及普天,服而抚之,务存安辑。故皇华遣使,弗动兵车,诸蕃即从,浑、厥可灭。混一戎夏,其在兹乎!不有所记,无以表威化之远也。

帝大悦,赐物五百段,每日引矩至御坐,亲问西方之事。矩盛言胡中多诸宝物,吐谷浑易可并吞。帝由是甘心,将通西域,四夷经略,咸以委之。转民部侍郎,未视事,迁黄门侍郎。帝复令矩往张掖,引致西蕃,至者十余国。大业三年,帝有事于恒岳,咸来助祭。帝将巡河右,复令矩往敦煌。矩遣使说高昌王麴伯雅及伊吾吐屯设等,啖以厚利,导使入朝。及帝西巡,次燕支山,高昌王、伊吾设等及西蕃胡二十七国,谒于道左。皆令佩金玉,被锦罽,焚香奏乐,歌舞喧噪。复令武威、张掖士女盛饰纵观,骑乘填咽,周亘数十里,以示中国之盛。帝见而大悦。竟破吐谷浑,拓地数千里,并遣兵戍之。每岁委输巨亿万计,诸蕃慑惧,朝贡相续。帝谓矩有绥怀之略,进位银青光禄大夫。其冬,帝至东都,矩以蛮夷朝贡者多,讽帝令都下大戏。征四方奇技异艺,陈于端门街,衣锦绮、珥金翠者以十数万。又勒百官及民士女列坐棚阁而纵观焉。皆被服鲜丽,终月乃罢。又令三市店肆皆设帷帐,盛列酒食,遣掌蕃率蛮夷与民贸易,所至之处,悉令邀延就坐,醉饱而散。蛮夷嗟叹,谓中国为神仙。帝称其至诚,顾谓宇文述、牛弘曰:"裴矩大识朕意,凡所陈奏,皆朕之成算。未发之顷,矩辄以闻。自非奉国用心,孰能若是!"帝遣将军薛世雄城伊吾,令矩共往经略。矩讽谕西域诸国曰:"天子为蕃人交易悬远,所以城伊吾耳。"咸以为然,不复来竞。及还,赐钱四十万。矩又白状,令反间射匮,潜攻处罗,语在《突厥传》。后处罗为射匮所迫,竟随使者入朝。帝大悦,赐矩以貂裘及西域珍器。

从帝巡于塞北,幸启民帐。时高丽遣使先通于突厥,启民不敢隐,引之见帝。矩因奏状曰:"高丽之地,本孤竹国也。周代以之封于箕子,汉世分为三郡,晋氏亦统辽东。今乃不臣,别为外域,故先帝疾焉,欲征之久矣。但以杨谅不肖,师出无功。当陛下之时,安得不事,使此冠带之境,仍为蛮貊之乡乎?今其使者朝于突厥,亲见启民,合国从化,必惧皇灵之远畅,虑后伏之先亡。胁令入朝,当可致也。"帝曰:"如何?"矩曰:"请面诏其使,放还本国,遣语其王,令速朝觐。不然者,当率突厥,即日诛之。"帝纳焉。高元不用命,始建征辽之策。王师临辽,以本官领武贲郎将。明年,复从至辽东。兵部侍郎斛斯政亡入高丽,帝令矩兼掌兵事。以前后渡辽之役,进位右光禄大夫。于时皇纲不振,人皆变节,左翊卫大将军宇文述、内史侍郎虞世基等用事，文武多以贿闻。唯矩守常，无赃秽之响，以是为世所称。

还至涿郡，帝以杨玄感初平，令矩安集陇右。因之会宁，存问曷萨那部落，遣阙达度设寇吐谷浑，频有俘获，部落致富。还而奏状，帝大赏之。后从师至怀远镇，诏护北蕃军事。矩以始毕可汗部众渐盛，献策分其势，将以宗女嫁其弟叱吉设，拜为南面可汗。叱吉不敢受，始毕闻而渐怨。矩又言于帝曰："突厥本淳，易可离间，但由其内多有群胡，尽皆桀黠，教导之耳。臣闻史蜀胡悉尤多奸计，幸于始毕，请诱杀之。"帝曰："善。"矩因遣人告胡悉曰："天子大出珍物，今在马邑，欲共蕃内多作交关。若前来者，即得好物。"胡悉贪而信之，不告始毕，率其部落，尽驱六畜，星驰争进，冀先互市。矩伏兵马邑下，诱而斩之。诏报始毕曰："史蜀胡悉忽领部落走来至此，云背可汗，请我容纳。突厥既是我臣，彼有背叛，我当共杀。今已斩之，故令往报。"始毕亦知其状，由是不朝。十一年，帝北巡狩，始毕率骑数十万，围帝于雁门。诏令矩与虞世基每宿朝堂，以待顾问。及围解，从至东都。属射匮可汗遣其犹子，率西蕃诸胡朝贡，诏矩宴接之。

寻从幸江都宫。时四方盗贼蜂起，郡县上奏者不可胜计。矩言之，帝怒，遣矩诣京师接候蕃客，以疾不行。及义兵入关，帝令虞世基就宅问矩方略。矩曰："太原有变，京畿不静，遥为处分，恐失事机。唯愿銮舆早还，方可平定。"矩复起视事。俄而骁卫大将军屈突通败问至，矩以闻，帝失色。矩素勤谨，未尝忤物，又见天下方乱，恐为身祸，其待遇人，多过其所望，故虽至厮役，皆得其欢心。时从驾骁果数有逃散，帝忧之，以问矩。矩答曰："方今车驾留此，已经二年。骁果之徒，尽无家口，人无匹合，则不能久安。臣请听兵士于此纳室。"帝大喜曰："公定多智，此奇计也。"因令矩检校，为将士等娶妻。矩召江都境内寡妇及未嫁女，皆集宫监，又召将帅及兵等恣其所取。因听自首，先有奸通妇女及尼、女冠等，并即配之。由是骁果等悦，咸相谓曰："裴公之惠也。"

宇文化及之乱，矩晨起将朝，至坊门，遇逆党数人，控矩马诣孟景所。贼皆曰："不关裴黄门。"既而化及从百余骑至，矩迎拜，化及慰谕之。令矩参定仪注，推秦王子浩为帝，以矩为侍内，随化及至河北。及僭帝位，以矩为尚书右仆射，加光禄大夫，封蔡国公，为河北道安抚大使。及宇文氏败，为窦建德所获，以矩隋代旧臣，遇之甚厚。复以为吏部尚书，寻转尚书右仆射，专掌选事。建德起自群盗，未有节文，矩为制定朝仪。旬月之间，宪章颇备，拟于王者。建德大悦，每谘访焉。及建德渡河讨孟海公，矩与曹旦等于洺州留守。建德败于武牢。群帅未知所属，曹旦长史李公淹、大唐使人魏徵等说旦及齐善行令归顺。旦等从之，乃令矩与徵、公淹领旦及八玺，举山东之地归于大唐。授左庶子，转詹事、民部尚书，卒。

裴邃

裴邃，字渊明，河东闻喜（今山西省运城市闻喜县）人，骁骑将军裴仲穆之子。

齐建武初,刺史萧遥昌引为府主簿。举秀才,对策高第,奉朝请。东昏践阼,始安王萧遥光为抚军将军、扬州刺史,引邃为参军。后遥光败,邃遂随众北徙。魏主宣武帝雅重之,以为司徒属,中书郎,魏郡太守。天监初,自拔还朝,除后军谘议参军。邃求边境自效,以为辅国将军、庐江太守。破魏将吕颇,加右军将军。五年,征邵阳洲,以功封夷陵县子。迁冠军长史、广陵太守。后左迁为始安太守。又迁右军谘议参军、豫章王云麾府司马,率所领助守石头。出为竟陵太守,开置屯田,公私便之。迁为游击将军、硃衣直阁,直殿省。寻迁假节、明威将军、西戎校尉、北梁、秦二州刺史。复开创屯田数千顷,还为给事中、云骑将军、硃衣直阁将军,迁大匠卿。普通二年,义州刺史文僧明以州叛入于魏,以邃为假节、信武将军,督众军讨焉。义州平,除持节、督北徐州诸军事、信武将军、北徐州刺史。未之职,又迁督豫州、北豫、霍三州诸军事、豫州刺史,镇合肥。四年,进号宣毅将军。是岁,大军将北伐,以邃督征讨诸军事,其年五月,卒于军中。追赠侍中、左卫将军,进爵为侯。谥曰烈。事迹见《梁书》卷二十八《裴邃传》《南史》卷五十八《裴邃传》。

据《梁书》卷二十八《裴邃传》记载:"齐建武初,刺史萧遥昌引为府主簿。寿阳有八公山庙,遥昌为立碑,使邃为文,甚见称赏。"由此可知,裴邃颇有文学才华,其作品多亡佚。裴邃的存世作品有两篇:《致吕僧珍书》《移魏扬州刺史长孙稚》,收录于《全上古三代秦汉三国六朝文》之《全梁文》中。

附一 (民国)《闻喜县志·名贤传》

裴邃,字渊明,魏襄州刺史绰之后也。祖寿孙,侨寿阳,为宋武帝前军长史。父仲穆,骁骑将军。邃十岁能属文,善《左氏春秋》。齐建武初,刺史萧遥昌引为府主簿。寿阳有八公山庙,遥昌为立碑,使邃为文,甚见称赏。举秀才,对策高第,为扬州参军。免,还寿阳,值刺史裴叔业降魏,豫州豪族皆被驱掠,邃遂随众北徙,为魏郡太守。魏遣王肃镇寿阳,邃固求随肃,密图南归。梁天监初,自拔南还,除后军谘议参军。求边境自效,以为庐江太守。破魏将吕颇,加右军将军。

五年,征邵阳洲,魏人为长桥断淮以济。邃筑垒逼桥,每战辄克,于是密作没突舰。会甚雨,淮水暴溢,邃乘舰径造桥侧,魏众惊溃,邃乘胜追击,大破之。进克羊石、霍丘二城,平小岘,攻合肥。以功封夷陵县子,迁广陵太守。旋左迁为始安太守。邃志欲立功,致书吕僧珍曰:"昔阮咸、颜延有'二始'之叹。吾才不逮古人,今为三始,非其愿也。"未及至郡,会诏,邃拒魏,助守石头。出为竟陵太守,开置屯田,公私便之。再迁假节、明威将军、西戎校尉、北梁、秦二州刺史。复开创屯田数千顷,仓廪盈实,省息边运,民吏获安,乃相率饷绢千余匹。邃从容曰:"汝等不应尔;吾又不可逆。"纳其绢二匹而已。入为大匠卿。

普通二年,义州刺史文僧明以州叛入于魏,魏军来援。邃为假节、信武将军,督众军讨焉。深入魏境,从边城道,出其不意。魏所署义州刺史封寿据檀公岘,邃击破之,遂围其城,寿请降,义州平。除持节、督北徐州诸军事、北徐州刺史。迁豫州,镇合肥。

四年,进号宣毅将军。督征讨诸军事,先袭寿阳。九月壬戌,夜至寿阳,攻其郛,斩关而入,一日战九合,以后军蔡秀成失道不至,邃以援绝拔还。复整兵,令诸将各以服色相别。邃自为黄袍骑,先攻狄丘、甓城、黎浆等城。又屠安成、马头、沙陵等戍。明年,略地至汝颍之间,所在响应。魏寿阳守将长孙稚与河间王元琛率众五万,出城挑战。邃勒诸将为四甄以待之,令直阁将军李祖怜伪遁以引稚,稚等悉众追之,四甄竞发,魏众大败。斩首万余级。稚等奔走,闭门自固,不敢复出。遂在军,疾笃,命众军守备,送丧还合肥,寻卒于军中。赠侍中、左卫将军,进爵为侯,增邑七百户。谥曰烈。

邃少言笑,沉深有思略,为政宽明,能得士心。居身方正有威重,将吏惮之,少敢犯法。及其卒也,淮、肥间莫不流涕,以为邃不死,洛阳不足拔也。子之礼。①

附二 《梁书》卷二十八《裴邃传》

裴邃,字渊明,河东闻喜人,魏襄州刺史绰之后也。祖寿孙,寓居寿阳,为宋武帝前军长史。父仲穆,骁骑将军。邃十岁能属文,善《左氏春秋》。齐建武初,刺史萧遥昌引为府主簿。寿阳有八公山庙,遥昌为立碑,使邃为文,甚见称赏。举秀才,对策高第,奉朝请。

东昏践阼,始安王萧遥光为抚军将军、扬州刺史,引邃为参军。后遥光败,邃还寿阳,值刺史裴叔业以寿阳降魏,豫州豪族皆被驱掠,邃遂随north徙。魏主宣武帝雅重之,以为司徒属,中书郎,魏郡太守。魏遣王肃镇寿阳,邃固求随肃,密图南归。天监初,自拔还朝,除后军谘议参军。邃求边境自效,以为辅国将军、庐江太守。时魏将吕颇率众五万奄来攻郡,邃率麾下拒破之,加右军将军。

五年,征邵阳洲,魏人为长桥断淮以济。邃筑垒逼桥,每战辄克,于是密作没突舰。会甚雨,淮水暴溢,邃乘舰径造桥侧,魏众惊溃,邃乘胜追击,大破之。进克羊石城,斩城主元康。又破霍丘城,斩城主甯永仁。平小岘,攻合肥。以功封夷陵县子,邑三百户。迁冠军长史、广陵太守。

邃与乡人共入魏武庙,因论帝王功业。其妻甥王篆之密启高祖,云"裴邃多大言,有不臣之迹"。由是左迁为始安太守。邃志欲立功边陲,不愿闲远,乃致书于吕僧珍曰:"昔阮咸、颜延有'二始'之叹。吾才不逮古人,今为三始,非其愿也,将如之何!"未及至郡,会魏攻宿预,诏邃拒焉。行次直渎,魏众退。迁右军谘议参军、豫章王云麾府司马,率所

---

① (民国)余宝滋修,杨钺田等纂《闻喜县志》,成文出版社1919年版,第385—388页。

领助守石头。出为竟陵太守,开置屯田,公私便之。迁为游击将军、硃衣直阁,直殿省。寻迁假节、明威将军、西戎校尉、北梁、秦二州刺史。复开创屯田数千顷,仓廪盈实,省息边运,民吏获安,乃相率饷绢千余匹。邃从容曰:"汝等不应尔;吾又不可逆。"纳其绢二匹而已。还为给事中、云骑将军、硃衣直阁将军,迁大匠卿。

普通二年,义州刺史文僧明以州叛入于魏,魏军来援。以邃为假节、信武将军,督众军讨焉。邃深入魏境,从边城道,出其不意。魏所署义州刺史封寿据檀公岘,邃击破之,遂围其城,寿面缚请降,义州平。除持节、督北徐州诸军事、信武将军、北徐州刺史。未之职,又迁督豫州、北豫、霍三州诸军事、豫州刺史,镇合肥。

四年,进号宣毅将军。是岁,大军将北伐,以邃督征讨诸军事,率骑三千,先袭寿阳。九月壬戌,夜至寿阳,攻其郭,斩关而入,一日战九合,为后军蔡秀成失道不至,邃以援绝拔还。于是邃复整兵,收集士卒,令诸将各以服色相别。邃自为黄袍骑,先攻狄丘、甓城、黎浆等城,皆拔之。屠安成、马头、沙陵等戍。是冬,始修芍陂。明年,复破魏新蔡郡,略地至于郑城、汝颖之间,所在响应。魏寿阳守将长孙稚、河间王元琛率众五万,出城挑战。邃勒诸将为四甄以待之,令直阁将军李祖怜伪遁以引稚,稚等悉众追之,四甄竞发,魏众大败。斩首万余级。稚等奔走,闭门自固,不敢复出。其年五月,卒于军中。追赠侍中、左卫将军,给鼓吹一部,进爵为侯,增邑七百户。谥曰烈。

邃少言笑,沉深有思略,为政宽明,能得士心。居身方正有威重,将吏惮之,少敢犯法。及其卒也,淮、肥间莫不流涕,以为邃不死,洛阳不足拔也。

裴之横

裴之横,字如岳,河东闻喜(今山西省运城市闻喜县)人,梁中散大夫裴髦之子。少好宾游,重气侠。太宗在东宫,闻而要之,以为河东王常侍、直殿主帅,迁直阁将军。侯景作乱,出为贞威将军,隶鄱阳王范讨景。后率众与兄之高同归元帝,承制除散骑常侍、廷尉卿,出为河东内史。又随王僧辩拒侯景于巴陵,景退,迁持节、平北将军、东徐州刺史,中护军,封豫宁侯。及陆纳据湘州叛,又隶王僧辩南讨,还除吴兴太守。后江陵陷,以之横为使持节、镇北将军、徐州刺史,都督众军,出守蕲城,没于阵中,时年四十一。赠侍中、司空公,谥曰忠壮。事迹见《梁书》卷二十八《裴邃传附裴之横传》《南史》卷五十八《裴邃传附裴之横传》。

裴之横的存世作品有《答贞阳侯书》,收录于《全上古三代秦汉三国六朝文》之《全梁文》中。

附一 （民国）《闻喜县志·名贤传》

裴之横，字如岳，之高少弟。好宾游，重气侠，不事产业。之高为狭被疏食以激励之。之横叹曰："大丈夫富贵，必作百幅被。"遂与僮属数百人营田芍陂，遂致殷积。梁简文闻而要之，以为河东王常侍，迁直阁将军，与鄱阳王范、世子嗣入援台城，还合肥。任约逼晋熙，范令之横下援，未至，范卒，之横乃还。

范副将梅思立密要寻阳王大心袭湓城，之横斩思立而拒大心。大心降侯景。之横与之高同归元帝，位廷尉卿，河东内史。随王僧辩拒退侯景，迁东徐州刺史，封豫宁侯。又随僧辩破景，入守台城。又随讨陆纳于湘州，斩纳将李贤明，平之。又破武陵王于硖口。还除吴兴太守，乃作百幅被，以成其志。

西魏陷江陵，齐攻东关，为徐州刺史，都督众军，出守蕲城。之横营垒未周，而齐军大至，兵尽矢穷，没于阵，时年四十一。赠司空公，谥曰忠壮。子凤宝嗣。①

附二 《梁书》卷二十八《裴邃传附裴之横传》

之横字如岳，之高第十三弟也。少好宾游，重气侠，不事产业。之高以其纵诞，乃为狭被疏食以激励之。之横叹曰："大丈夫富贵，必作百幅被。"遂与僮属数百人，于芍陂大营田墅，遂致殷积。太宗在东宫，闻而要之，以为河东王常侍、直殿主帅，迁直阁将军。侯景乱，出为贞威将军，隶鄱阳王范讨景。景济江，仍与范长子嗣入援。连营度淮，据东城。京都陷，退还合肥，与范溯流赴湓城。景遣任约上逼晋熙，范令之横下援，未及至，范薨，之横乃还。

时寻阳王大心在江州，范副梅思立密要大心袭湓城，之横斩思立而拒大心。大心以州降景。之横率众与兄之高同归元帝，承制除散骑常侍、廷尉卿，出为河东内史。又随王僧辩拒侯景于巴陵，景退，迁持节、平北将军、东徐州刺史、中护军，封豫宁侯，邑三千户。又随僧辩追景，平郢、鲁、江、晋等州，恒为前锋陷阵。仍至石头，破景，景东奔，僧辩令之横与杜崱入守台城。及陆纳据湘州叛，又隶王僧辩南讨焉。于阵斩纳将李贤明，遂平之。又破武陵王于硖口。还除吴兴太守，乃作百幅被，以成其初志。

后江陵陷，齐遣上党王高涣挟贞阳侯攻东关，晋安王方智承制，以之横为使持节、镇北将军、徐州刺史，都督众军，给鼓吹一部，出守蕲城。之横营垒未周，而齐军大至，兵尽矢穷，遂于阵没，时年四十一。赠侍中、司空公，谥曰忠壮。子凤宝嗣。

---

① （民国）余宝滋修，杨铍田等纂《闻喜县志》，成文出版社1919年版，第391—392页。

智称

法师讳智称,河东闻喜(今山西省运城市闻喜县)人,俗姓裴氏。年登三十,始览众经,以宋太始元年,出家于玉垒。既而敬业承师,就贤辨志,遨游九部,驰骋三乘,摩罗之所宣译,龙王之所韬秘。入道三年,从师四讲,教逸功倍,而业盛经明,每称道不坠地。以泰始六年,初讲十诵于震泽,阐扬事相,弯弓之北,寻声赴响,万里而至,门人岁益,经纬日新,坐高堂而延四众,转法轮而朝同业者,二十有余载。法师之于十诵也,始自吴兴,迄于建业,四十有余讲,撰义记八篇,约言示制,学者传述,以为妙绝古今。齐东昏侯永元二年(500)卒,春秋七十有二,葬于建康县之安乐寺。事迹见《高僧传》卷第十一、《齐安乐寺律师智称法师碑》。

据《高僧传》卷第十一以及裴子野的《齐安乐寺律师智称法师碑》记载,可知法师智称撰写有《十诵义记》八卷。今已经亡佚。

附一 《高僧传》卷第十一

释智称,姓裴,本河东闻喜人,魏冀州刺史徽之后也。祖世避难,寓居京口。称幼而慷慨,颇好弓马。年十七,随王玄谟、申坦北讨猃狁。每至交兵血刃,未尝不心怀恻怛。痛深诸己,却乃叹曰:"害人自济,非仁人之志也。"事宁解甲,遇读《瑞应经》乃深生感悟。知百年不期,国城非重。乃投南涧禅房宗公,请受五戒。宋孝武时,迎益州仰禅师下都供养,称便来意归依,仰亦厚相将接。及仰反汶江因扈游而上,于蜀裴寺出家,仰为之师,时年三十有六。乃专精律部大明《十诵》,又诵小品一部。后东下江陵,从隐、具二师更受禅律。值义嘉遘乱,乃移卜居京师。遇颖公于兴皇讲律,称咨决隐远,发言中诣,一时之席,莫不惊嗟。定林、法献于讲席相值,闻其往复清玄,仍携止山寺。于是温诵小品,研构毗尼。后余杭宝安寺释僧志请称还乡,开讲《十诵》。云栖寺复屈为寺主,称乃受任。少时举其纲目,示以宪章。顷之反都,文宣请于普弘讲律。僧众数百,皆执卷承旨。称辞家入道,务遣繁累,常绝庆吊、杜人事。每有凶故,秉戒节哀,唯行道加勤,以终期功之制。末方沙门慧始请称还乡讲说,亲里知旧,皆来问讯,悉殷勤训勖,示以孝慈,临别涕泣,固留不止。还京,憩安乐寺。法轮常转,讲《大本》三十余遍。齐永元二年卒,春秋七十有二,著《十诵义记》八卷,盛行于世。弟子僧辩等树碑于安乐寺,称弟子聪、超二人最善毗尼,为门徒所挹。

裴汉

裴汉,字仲霄,河东闻喜(今山西省运城市闻喜县)人,北魏银青光禄大夫裴静虑之子。汉操尚弘雅,聪敏好学。魏孝武初,解褐员外散骑侍郎。大统五年,除大丞相府士曹行参军,补墨曹参军。十一年,李远出镇弘农,启汉为司马。寻加安东将军、银青光禄大夫、成都上士。寻转司车路下大夫,加帅都督。天和中,复与司宗孙恕、典祀薛慎同为八使,巡察风俗。五年,加车骑大将军、仪同三司。建德元年卒,时年五十九。赠晋州刺史。事迹见《周书》卷三十四《裴宽传附裴汉传》《南史》卷三十八《裴宽传附裴汉传》。

据《周书》卷三十四《裴宽传附裴汉传》记载云"每良辰美景,必招引时彦,宴赏流连,间以篇什",由此可知裴汉亦是颇具文学才能之人,其应当作有诗文传世,可惜作品没有流传下来。

附一　(民国)《闻喜县志·名贤传》

裴汉,字仲霄。操尚弘雅,聪敏好学。尝见人作百字诗,一览便诵。魏孝武初,解褐员外散骑侍郎。大统五年,除大丞相府士曹行参军,转墨曹。汉善尺牍,尤便簿领,理识明赡,决断如流。相府语曰:"日下粲烂有裴汉。"武成中,为司车路下大夫。参议格令,每较量时事,必有条理,咸敬异之。天和五年,加车骑大将军、仪同三司。

时晋公护擅权,汉直道固守,八年不徙职。雅好宾游。每良辰美景,必招引时彦,宴赏流连,间以篇什。自宽没后,遂断绝游从,不听琴瑟,岁时哀恸而已。抚养兄弟子,情甚笃至。借人异书,必躬自录本。疹疾弥年,亦未尝释卷。卒,赠晋州刺史。子镜民有传,汉弟尼。①

附二　《周书》卷三十四《裴宽传附裴汉传》

宽弟汉。汉字仲霄,操尚弘雅,聪敏好学。尝见人作百字诗,一览便诵。魏孝武初,解褐员外散骑侍郎。大统五年,除大丞相府士曹行参军,补墨曹参军。汉善尺牍,尤便簿领,理识明赡,决断如流。相府为之语曰:"日下粲烂有裴汉。"十一年,李远出镇弘农,启汉为司马。远特相器遇。寻加安东将军、银青光禄大夫、成都上士。寻转司车

---

① (民国)余宝滋修,杨𬯎田等纂《闻喜县志》,成文出版社1919年版,第417—418页。

路下大夫。与工部郭彦、太府高宾等参议格令,每较量时事,必有条理,彦等咸敬异之。加帅都督。天和中,复与司宗孙恕、典祀薛慎同为八使,巡察风俗。五年,加车骑大将军、仪同三司。

汉少有宿疾,恒带虚羸,剧职烦官,非其好也。时晋公护擅权,搢绅等多谄附之,以图仕进。唯汉直道固守,八年不徙职。性不饮酒,而雅好宾游。每良辰美景,必招引时彦,宴赏流连,间以篇什。当时人物,以此重之。自宽没后,遂断绝游从,不听琴瑟,岁时伏腊,哀恸而已。抚养兄弟子,情甚笃至。借人异书,必躬自录本。至于疹疾弥年,亦未尝释卷。建德元年卒,时年五十九。赠晋州刺史。

安 邑

卫觊

卫觊，字伯觎〔按，伯觎出自《华芳墓志》，该墓志刻于晋怀帝永嘉元年（307），1965年7月于八宝山出土，该墓志的拓片馆藏地为国家图书馆，一说为首都博物馆。《三国志·魏书·卫觊传》中记做"伯儒"，当是觎、儒二字近音弄混之故，因此当从墓碑〕，河东安邑（今山西省运城市夏县西北）人。以才学著称，曹操辟为司空掾，除茂陵令，再迁至尚书。魏国建，拜侍中。魏文帝即王位，徙尚书，寻还汉朝为侍郎。及受禅，复为尚书，封阳吉亭侯，明帝时进封闅乡侯。受诏典著作，又为魏官仪，凡所撰述数十篇。好古文、鸟篆、隶草，无所不善。卒，谥曰敬侯。事迹见《三国志·魏书》卷二十一《卫觊传》。

据《山西通志·经籍》著录，卫觊撰有《魏官仪》，除此之外，卫觊还撰写有《孝经固》；据《三国志·魏书·卫觊传》记载"凡所撰述数十篇"可知，应当有《卫觊集》，这些著述今皆亡佚。卫觊的文章今存有十七篇（包括残篇），收录于《全上古三代秦汉三国六朝文》之《全三国文》中。

附一　（清）《解州安邑县志·人物志》

卫觊，魏初，拜侍中，与王粲并典制度。文帝践阼，封阳吉亭侯。明帝时，进封闅乡侯。以文章显，好古文、鸟篆、隶草。受诏典著作，撰述至数十篇，尝为《魏官仪》，及请置律博士，转相教授，事遂施行。①

附二　《三国志·魏书》卷二十一《卫觊传》

卫觊字伯儒，河东安邑人也。少夙成，以才学称。太祖辟为司空掾属，除茂陵令、尚

---

① （清）言如泗修，吕滥纂修《解州安邑县志》，清乾隆二十八年刊本，第341页。

书郎。太祖征袁绍,而刘表为绍援,关中诸将又中立。益州牧刘璋与表有隙,觊以治书侍御史使益州,令璋下兵以缀表军。至长安,道路不通,觊不得进,遂留镇关中。时四方大有还民,关中诸将多引为部曲,觊书与荀彧曰:"关中膏腴之地,顷遭荒乱,人民流入荆州者十万余家,闻本土安宁,皆企望思归。而归者无以自业,诸将各竞招怀,以为部曲。郡县贫弱,不能与争,兵家遂强。一旦变动,必有后忧。夫盐,国之大宝也,自乱来散放,宜如旧置使者监卖,以其直益市犁牛。若有归民,以供给之。勤耕积粟,以丰殖关中。远民闻之,必日夜竞还。又使司隶校尉留治关中以为之主,则诸将日削,官民日盛,此强本弱敌之利也。"彧以白太祖。太祖从之,始遣谒者仆射监盐官,司隶校尉治弘农。关中服从,乃白召觊还,稍迁尚书。魏国既建,拜侍中,与王粲并典制度。文帝即位,徙为尚书。顷之,还汉朝为侍郎,劝赞禅代之义,为文诰之诏。文帝践阼,复为尚书,封阳吉亭侯。

明帝即位,进封闽乡侯,三百户。觊奏曰:"九章之律,自古所传,断定刑罪,其意微妙。百里长吏,皆宜知律。刑法者,国家之所贵重,而私议之所轻贱;狱吏者,百姓之所县命,而选用者之所卑下。王政之弊,未必不由此也。请置律博士,转相教授。"事遂施行。时百姓凋匮而役务方殷,觊上疏曰:"夫变情厉性,强所不能,人臣言之既不易,人主受之又艰难。且人之所乐者富贵显荣也,所恶者贫贱死亡也,然此四者,君上之所制也,君爱之则富贵显荣,君恶之则贫贱死亡;顺指者爱所由来,逆意者恶所从至也。故人臣皆争顺指而避逆意,非破家为国,杀身成君者,谁能犯颜色,触忌讳,建一言,开一说哉?陛下留意察之,则臣下之情可见矣。今议者多好悦耳,其言政治则比陛下于尧舜,其言征伐则比二虏于狸鼠。臣以为不然。昔汉文之时,诸侯强大,贾谊累息以为至危。况今四海之内,分而为三,群士陈力,各为其主。其来降者,未肯言舍邪就正,咸称迫于困急,是与六国分治,无以为异也。当今千里无烟,遗民困苦,陛下不善留意,将遂凋敝不可复振。礼,天子之器必有金玉之饰,饮食之肴必有八珍之味,至于凶荒,则彻膳降服。然则奢俭之节,必视世之丰约也。武皇帝之时,后宫食不过一肉,衣不用锦绣,茵蓐不缘饰,器物无丹漆,用能平定天下,遗福子孙。此皆陛下之所亲览也。当今之务,宜君臣上下,并用筹策,计校府库,量入为出。深思句践滋民之术,由恐不及,而尚方所造金银之物,渐更增广,工役不辍,侈靡日崇,帑藏日竭。昔汉武信求神仙之道,谓当得云表之露以餐玉屑,故立仙掌以承高露。陛下通明,每所非笑。汉武有求于露,而由尚见非,陛下无求于露而空设之;不益于好而糜费功夫,诚皆圣虑所宜裁制也。"觊历汉、魏,时献忠言,率如此。

受诏典著作,又为魏官仪,凡所撰述数十篇。好古文、鸟篆、隶草,无所不善。建安末,尚书右丞河南潘勖,黄初时,散骑常侍河内王象,亦与觊并以文章显。觊薨,谥曰敬侯。子瓘嗣。瓘咸熙中为镇西将军。

卫瓘

卫瓘,字伯玉,河东安邑(今山西省运城市夏县西北)人。魏尚书卫觊之子。

魏明帝时袭爵阌乡侯,为尚书郎,徙通事郎,转中书郎。魏高贵乡公时迁散骑常侍。陈留王即位,拜侍中,转廷尉卿,寻持节、监邓艾、钟会军事,行镇西军司。蜀平,除使持节、都督关中诸军事,镇西将军,寻迁都督徐州诸军事,镇东将军,增封菑阳侯。及晋受禅,转征东将军,进爵为公。都督青州诸军事,青州刺史,加征东大将军,青州牧,徙征北大将军,都督幽州诸军事,幽州刺史,护乌桓校尉。咸宁初,徵拜尚书令,加侍中。太康中迁司空,领太子少傅,进太保。惠帝初,录尚书事,辅政。为贾后矫诏所杀,谥曰成。事迹见《晋书》卷三十六《卫瓘传》。

据《山西通志·经籍》著录,卫瓘的著述有《丧服仪》一卷,《集注论语》六卷。又,卫瓘"学问深博,明习文艺",尤其在书法方面造诣精深,是历史上著名的书法家,其书法作品多已经亡佚,今存书法作品《顿首州民帖》。除此之外,据《隋书·经籍志》记载:"《丧服仪》一卷,晋太保卫瓘撰。亡。"《隋书·经籍志》又记载:"《集注论语》六卷,晋八卷,晋太保卫瓘注。梁有《论语补阙》二卷,宋明帝补卫瓘阙,亡。"另外,卫瓘的著述还有《周易卫氏义》《孝经囷》,注左思《三都赋》三卷,这些著述都已经亡佚。卫瓘今存文章六篇(包括残句),收录于《全上古三代秦汉三国六朝文》之《全晋文》中。

附一　(清)《解州安邑县志·人物志》

卫瓘,觊之子,性至孝,袭父爵阌乡侯,拜侍中。邓艾、钟会之入蜀也,瓘持节监军。会阴怀异志,欲令艾杀瓘,因加艾罪。故先敕瓘收艾,遂发兵反。瓘作檄宣告诸将,攻会杀之,又袭斩艾于绵竹三造亭。事平,朝议封瓘,固辞不受。

后都督徐州诸军事,增封菑阳侯,泰始初,进爵为公,加征东大将军及都督幽州。时幽东有务桓,西有力微,并为边害。瓘表立平州兼督之,遂离间二虏,于是务桓降而力微以忧死。太康初,迁司空。惠帝之为太子也,纯质不能亲政事。瓘每欲陈启废之,而未敢发。后会宴陵云台,瓘托醉,因跪帝床前曰:"此座可惜!"贾后由是怨瓘。杨骏素与瓘不平,及执政,累奏免瓘位,诏不许。及杨骏诛,以瓘录尚书事,加绿綟绶,剑履上殿,入朝不趋,给骑司马。瓘又赞奏遣诸王还藩,楚王玮由是憾焉。贾后素怨瓘,且忌其方直,遂谤瓘与亮欲为伊霍之事,于是作手诏,令楚王玮等收,瓘及其子恒、岳、裔及孙等九人同被害,恒二子璪、玠,时在医家得免。①

附二　《晋书》卷三十六《卫瓘传》

卫瓘,字伯玉,河河东安邑人也。高祖暠,汉明帝时,以儒学自代郡征,至河东安邑

---

① (清)言如泗修,吕滥纂修《解州安邑县志》,清乾隆二十八年刊本,第341—343页。

卒,因赐所亡地而葬之,子孙遂家焉。父觊,魏尚书。瓘年十岁丧父,至孝过人。性贞静有名理,以明识清允称。袭父爵阌乡侯。弱冠为魏尚书郎。时魏法严苛,母陈氏忧之,瓘自请徙为通事郎,转中书郎。时权臣专政,瓘优游其间,无所亲疏,甚为傅嘏所重,谓之宁武子。在位十年,以任职称,累迁散骑常侍。陈留王即位,拜侍中,持节慰劳河北。以定议功,增邑户。数岁转廷尉卿。瓘明法理,每至听讼,小大以情。

邓艾、钟会之伐蜀也,瓘以本官持节监艾、会军事,行镇西军司,给兵千人。蜀既平,艾辄承制封拜。会阴怀异志,因艾专擅,密与瓘俱奏其状。诏使槛车征之,会遣瓘先收艾。会以瓘兵少,欲令艾杀瓘,因加艾罪。瓘知欲危己,然不可得而距,乃夜至成都,檄艾所统诸将,称诏收艾,其余一无所问。若来赴官军,爵赏如先;敢有不出,诛及三族。比至鸡鸣,悉来赴瓘,唯艾帐内在焉。平旦开门,瓘乘使者车,径入至成都殿前。艾卧未起,父子俱被执。艾诸将图欲劫艾,整仗趣瓘营。瓘轻出迎之,伪作表草,将申明艾事,诸将信之而止。俄而会至,乃悉请诸将胡烈等,因执之,囚益州解舍,遂发兵反。于是士卒思归,内外骚动,人情忧惧。会留瓘谋议,乃书版云"欲杀胡烈等",举以示瓘,瓘不许,因相疑贰。瓘如厕,见胡烈故给使,使宣语三军,言会反。会逼瓘定议,经宿不眠,各横刀膝上。在外诸军已潜欲攻会。瓘既不出,未敢先发。会使瓘慰劳诸军。瓘心欲去,且坚其意,曰:"卿三军主,宜自行。"会曰:"卿监司,且先行,吾当后出。"瓘便下殿。会悔遣之,使呼瓘。瓘辞眩疾动,诈仆地。比出阁,数十信追之。瓘至外解,服盐汤,大吐。瓘素羸,便似困笃。会遣所亲人及医视之,皆言不起,会由是无所惮。及暮,门闭,瓘作檄宣告诸军。诸军并已唱义,陵旦共攻会。会率左右距战,诸将击败之,唯帐下数百人随会绕殿而走,尽杀之。瓘于是部分诸将,群情肃然。邓艾本营将士复追破槛车出艾,还向成都。瓘自以与会共陷艾,惧为变,又欲专诛会之功,乃遣护军田续至绵竹,夜袭艾于三造亭,斩艾及其子忠。初,艾之入江由也,以续不进,将斩之,既而赦焉。及瓘遣续,谓之曰:"可以报江由之辱矣。"

事平,朝议封瓘。瓘以克蜀之功,群帅之力,二将跋扈,自取灭亡,虽运智谋,而无搴旗之效,固让不受。除使持节、都督关中诸军事、镇西将军,寻迁都督徐州诸军事、镇东将军,增封菑阳侯,以余爵封弟实开阳亭侯。泰始初,转征东将军,进爵为公,都督青州诸军事、青州刺史,加征东大将军、青州牧。所在皆有政绩。除征北大将军、都督幽州诸军事、幽州刺史、护乌桓校尉。至镇,表立平州,后兼督之。于时幽并东有务桓,西有力微,并为边害。瓘离间二虏,遂致嫌隙,于是务桓降而力微以忧死。朝廷嘉其功,赐一子亭侯。瓘乞以封弟,未受命而卒,子密受封为亭侯。瓘六男无爵,悉让二弟,远近称之。累求入朝,既至,武帝善遇之,俄使旋镇。咸宁初,征拜尚书令,加侍中。性严整,以法御下,视尚书若参佐,尚书郎若掾属。瓘学问深博,明习文艺,与尚书郎敦煌索靖俱善草书,时人号为"一台二妙"。汉末张芝亦善草书,论者谓瓘得伯英筋,靖得伯英肉。太康初,迁司空,侍中、令如故。为政清简,甚得朝野声誉。武帝敕瓘第四子宣尚繁昌公主。瓘自以诸生之胄,婚对微素,抗表固辞,不许。又领太子少傅,加千兵百骑鼓吹之府。以日蚀,瑾与太尉汝南王亮、司徒魏舒俱逊位,帝不听。

瑾以魏立九品,是权时之制,非经通之道,宜复古乡举里选。与太尉亮等上疏曰:"昔圣王崇贤,举善而教,用使朝廷德让,野无邪行。诚以闾伍之政,足以相检,询事考言,必得其善,人知名不可虚求,故还修其身。是以崇贤而俗益穆,黜恶而行弥笃。斯则乡举里选者,先王之令典也。自兹以降,此法陵迟。魏氏承颠覆之运,起丧乱之后,人士流移,考详无地,故立九品之制,粗且为一时选用之本耳。其始造也,乡邑清议,不拘爵位,褒贬所加,足为劝励,犹有乡论余风。中间渐染,遂计资定品,使天下观望,唯以居位为贵,人弃德而忽道业,争多少于锥刀之末,伤损风俗,其弊不细。今九域同规,大化方始,臣等以为宜皆荡除末法,一拟古制,以土断,定自公卿以下,皆以所居为正,无复悬客远属异土者。如此,则同乡邻伍,皆为邑里,郡县之宰,即以居长,尽除中正九品之制,使举善进才,各由乡论。然则下敬其上,人安其教,俗与政俱清,化与法并济。人知善否之教,不在交游,即华竞自息,各求于己矣。今除九品,则宜准古制,使朝臣共相举任,于出才之路既博,且可以厉进贤之公心,核在位之明暗,诚令典也。"武帝善之,而卒不能改。

惠帝之为太子也,朝臣咸谓纯质,不能亲政事。瑾每欲陈启废之,而未敢发。后会宴陵云台,瑾托醉,因跪帝床前曰:"臣欲有所启。"帝曰:"公所言何耶?"瑾欲言而止者三,因以手抚床曰:"此座可惜!"帝意乃悟,因谬曰:"公真大醉耶?"瑾于此不复有言。贾后由是怨瑾。

宣尚公主,数有酒色之过。杨骏素与瑾不平,骏复欲自专权重,宣若离婚,瑾必逊位,于是遂与黄门等毁之,讽帝夺宣公主。瑾惭惧,告老逊立。乃下诏曰:"司空瑾年未致仕,而逊让历年,欲及神志未衰,以果本情,至真之风,实感吾心。今听其所执,进位太保,以公就第。给亲兵百人,置长史、司马、从事中郎掾属;及大车、官骑、麈盖、鼓吹诸威仪,一如旧典。给厨田十顷、园五十亩、钱百万、绢五百匹;床帐簟褥,主者务令优备,以称吾崇贤之意焉。"有司又奏收宣付廷尉,免瑾位,诏不许。帝后知黄门虚构,欲还复主,而宣疾亡。

惠帝即位,复瑾千兵。及杨骏诛,以瑾录尚书事,加绿綟绶,剑履上殿,入朝不趋,给骑司马,与汝南王亮共辅朝政。亮奏遣诸王还籓,与朝臣廷议,无敢应者,唯瑾赞其事,楚王玮由是憾焉。贾后素怨瑾,且忌其方直,不得骋己淫虐;又闻瑾与玮有隙,遂谤瑾与亮欲为伊霍之事,启帝作手诏,使玮免瑾等官。黄门赍诏授玮,玮性轻险,欲聘私怨,夜使清河王遐收瑾。左右疑遐矫诏,咸谏曰:"礼律刑名,台辅大臣,未有此比,且请距之。须自表得报,就戮未晚也。"瑾不从,遂与子恒、岳、裔及孙等九人同被害,时年七十二。恒二子璪、玠,时在医家得免。

初,杜预闻瑾杀邓艾,言于众曰:"伯玉其不免乎!身为名士,位居总帅,既无德音,又不御下以正,是小人而乘君子之器,当何以堪其责乎?"瑾闻之,不俟驾而谢。终如预言。

初，瓘家人炊饭，堕地尽化为螺，岁余而及祸。太保主簿刘繇等冒难收瓘而葬之。

初，瓘为司空，时帐下督荣晦有罪，瓘斥遣之。及难作，随兵讨瓘，故子孙皆及于祸。

楚王玮之伏诛也，瓘女与国臣书曰："先公名谥未显，无异凡人，每怪一国蔑然无言。《春秋》之失，其咎安在？悲愤感慨，故以示意。"于是繇等执黄幡，挝登闻鼓，上言曰："初，矫诏者至，公承诏当免，即便奉送章绶，虽有兵仗，不施一刃，重敕出第，单车从命。如矫诏之文唯免公官，右军以下即承诈伪，违其本文，辄戮宰辅，不复表上，横收公子孙辄皆行刑，贼害大臣父子九人。伏见诏书'为楚王所诳误，非本同谋者皆弛遣'。如书之旨，谓里舍人被驱逼赍白杖者耳。律，受教杀人，不得免死。况乎手害功臣，贼杀忠良，虽云非谋，理所不赦。今元恶虽诛，杀贼犹存。臣惧有司未详事实，或有纵漏，不加精尽，使公父子仇贼不灭，冤魂永恨，诉于穹苍，酷痛之臣，悲于明世。臣等身被创痍，殡敛始讫。谨条瓘前在司空时，帐下给使荣晦无情被黜，知瓘家人数、小孙名字。晦后转给右军，其夜晦在门外扬声大呼，宣诏免公还第。及门开，晦前到中门，复读所赍伪诏，手取公章绶貂蝉，催公出第。晦按次录瓘家口及其子孙，皆兵仗将送，著东亭道北围守，一时之间，便皆斩斫。害公子孙，实由于晦。及将人劫盗府库，皆晦所为。考晦一人，众奸皆出。乞验尽情伪，加以族诛。"诏从之。

朝廷以瓘举门无辜受祸，乃追瓘伐蜀勋，封兰陵郡公，增邑三千户，谥曰成，赠假黄钺。

卫恒

卫恒，字巨山，河东安邑（今山西省运城市夏县西北）人，晋司空卫瓘之子，善书法。咸宁中，辟司空齐王府仓曹掾，太康初，转太子舍人，历尚书郎、秘书丞、太子庶子、黄门郎。惠帝初，贾后专权，矫诏，令楚王玮等收瓘，及瓘为楚王玮所构，恒闻变，以何劭，嫂之父也，从墙孔中诣之，以问消息。劭知而不告。恒还经厨下，收人正食，因而遇害。后赠长水校尉，谥兰陵贞世子。事迹见《晋书》卷三十六《卫瓘传附卫恒传》。

据《山西通志·经籍》著录，卫恒撰有《四体书势》一卷，今存。又，据《隋书·经籍志》记载："《四体书势》一卷，晋长水校尉卫恒撰。"《旧唐书·经籍志》记载："《四体书势》一卷，卫恒撰。"《新唐书·艺文志》记载："卫恒《四体书势》一卷。"卫恒的《四体书势》为我国最早的书法理论著作，其主要版本有：《说郛》本，运城市盐湖区图书馆藏有此书；《书苑菁华》本、《佩文斋画谱》本等，流传较广的是上海书画出版社1979年出版的《历代书法论文选》本。此文全文收录于《晋书》卷三十六《卫瓘传附卫恒传》。除此之外,此文亦收录于唐代张彦远《法书要录》一书中,此书的主要版本有:明崇祯毛氏汲古阁刻本,国家图书馆藏有此书;《津逮秘书》本,国家图书馆藏有此书;《学津讨原》本;《王氏书苑》本;明正德嘉靖年间刊本;涵芬楼何义门校本;《四库全书》本;《丛书集成初编》本等,流传较广的是人民美术出版社1984年排印本,上海书画出版社1986年排印本,上海人民出版社1986年排印本,中华书局影印本(1985年版)。又,据(唐)张彦远《法书要录》卷二题为"梁中书侍郎虞龢《论书表》"曰:"臣见卫恒《古来能书人录》一卷,时有不通,今随事改正,并写诸杂势一卷,今新装二王镇书定各六卷,又羊欣书目六卷,钟、张等目一卷,文字之部备矣。"由此可知,卫恒还撰有《古来能书人录》一卷,此书已经亡佚。按,张彦远《法书要录》卷二题为"梁中书侍郎虞龢",此处表述有误,中书侍郎虞龢生活在南朝宋代宋明帝时期(据《宋书》卷十九《乐志》记载:"尚书殿中郎袁明子启增满八佾,相承不复革。宋明帝自改舞曲歌词,并诏近臣虞龢并作。"),因此,此处应该是宋中书侍郎虞龢。除了《四体书势》一卷之外,卫恒还今存有文章两篇(其中一篇为残句),收录于《全上古三代秦汉三国六朝文》之《全晋文》中。《四体书势》亦收录于《全晋文》中。

附一　(清)《解州安邑县志·人物志》

卫恒,瓘子,字巨山,历官黄门郎。工草、隶,为《四体书势》,与父同难。赠长水校尉,谥兰陵贞世子①。

附二　《晋书》卷三十六《卫瓘传附卫恒传》

恒字巨山,少辟司空齐王府,转太子舍人、尚书郎、秘书丞、太子庶子、黄门郎。

恒善草隶书,为《四体书势》曰:

昔在黄帝,创制造物。有沮诵、仓颉者,始作书契,以代结绳,盖睹鸟迹以兴思也。因而遂滋,则谓之字,有六义焉。一曰指事,上、下是也。二曰象形,日、月是也。三曰形声,江、河是也。四曰会意,武、信是也。五曰转注,老、考是也。六曰假借,令、长是也。夫指事者,在上为上,在下为下。象形者,日满月亏,效其形也。形声者,以类为形,配以声也。会意者,止戈为武,人言为信。转注者,以老寿考也。假借者,数言同字,其声虽异,文意一也。自黄帝至三代,其文不改。及秦用篆书,焚烧先典,而古文绝矣。汉武时,鲁恭王坏孔子宅,得《尚书》《春秋》《论语》《孝经》。时人以不复知有古文,谓之科斗书。汉

---

① (清)言如泗修,吕滋纂修《解州安邑县志》,清乾隆二十八年刊本,第343页。

世秘藏,希得见之。魏初传古文者,出于邯郸淳。恒祖敬侯写淳《尚书》,后以示淳,而淳不别。至正始中,立三字石经,转失淳法,因科斗之名,遂效其形。太康元年,汲县人盗发魏襄王冢,得策书十余万言。案敬侯所书,犹有仿佛。古书亦有数种,其一卷论楚事者最为工妙。恒窃悦之,故竭愚思,以赞其美,愧不足厕前贤之作,冀以存古人之象焉。古无别名,谓之字势云。

"黄帝之史,沮诵、仓颉,眺彼鸟迹,始作书契。纪纲万事,垂法立制,帝典用宣,质文著世。爰暨暴秦,滔天作戾,大道既泯,古文亦灭。魏文好古,世传丘坟,历代莫发,真伪靡分。大晋开元,弘道敷训,天垂其象,地耀其文。其文乃耀,粲矣其章,因声会意,类物有方:日处君而盈其度,月执臣而亏其旁,云委蛇而上布,星离离以舒光;禾卉苯䔿以垂颖,山岳峨嵯而连冈;虫跂跂其若动,鸟似飞而未扬。观其错笔缀墨,用心精专。势和体均,发止无间。或守正循检,矩折规旋。或方员靡则,因事制权。其曲如弓,其直如弦。矫然特出,若龙腾于川。森尔下颓,若雨坠于天。或引笔奋力,若鸿雁高飞,邈邈翩翩。或纵肆阿那,若流苏悬羽,靡靡绵绵。是故远而望之,若翔风厉水,清波漪涟。就而察之,有若自然。信黄唐之遗迹,为六艺之范先。籀篆盖其子孙,隶草乃其曾玄。睹物象以致思,非言辞之可宣。"

昔周宣王时,史籀始著《大篆》十五篇,或与古同,或与古异,世谓之籀书者也。及平王东迁,诸侯力政,家殊国异,而文字乖形。秦始皇帝初兼天下,丞相李斯乃奏益之,罢不合秦文者,斯作《仓颉篇》,中车府令赵高作《爰历篇》,太史令胡毋敬作《博学篇》,皆取史籀大篆,或颇省改,所谓小篆者。或曰,下土人程邈为衙狱吏,得罪始皇,幽系云阳十年,从狱中作大篆,少者增益,多者损减,方者使员,员者使方,奏之始皇。始皇善之,出以为御史,使定书。或曰,邈所定乃隶字也。自秦坏古文,有八体,一曰大篆,二曰小篆,三曰刻符,四曰虫书,五曰摹印,六曰署书,七曰殳书,八曰隶书。王莽时,使司空甄丰校文字部,改定古文,复有六书。一曰古文,孔氏壁中书也。二曰奇字,即古文而异者也。三曰篆书,秦篆书也。四曰佐书,即隶书也。五曰缪篆,所以摹印也。六曰鸟书,所以书幡信也。及许慎撰《说文》,用篆书为正,以为体例,最可得而论也。秦时李斯号为工篆,诸山及铜人铭皆斯书也。汉建初中,扶风曹喜少异于斯,而亦称善。邯郸淳师焉,略究其妙,韦诞师淳而不及也。太和中,诞为武都太守,以能书,留补侍中,魏氏宝器铭题皆诞书也。汉末又有蔡邕,采斯喜之法,为古今杂形,然精密闲理不如淳也。

邕作《篆势》曰:"鸟遗迹,皇颉循。圣作则,制斯文。体有六,篆为真。形要妙,巧入神,或龟文针列,栉比龙鳞;纾体放尾,长短复身;颓若黍稷之垂颖,蕴若虫蛇之焚缊;扬波振擎,鹰峙鸟震;延颈胁翼,势似陵云。或轻笔内投,微本浓末,若绝若连;似水露缘丝,凝垂下端;从者如悬,衡者如编,杳杪邪趣,不方不圆,若行若飞,跂䟰胈胈。远而望之,象鸿鹄群游,骆驿迁延;迫而视之,端际不可得见。指撝不可胜原。研桑不能数其诘屈,离娄不能睹其郤间,般倕揖让而辞巧,籀诵拱手而韬翰。处篇籍之首目,粲斌斌其可观。摛华艳于纨素,为学艺之范先。喜文德之弘懿,愠作者之莫刊。思字体之俯仰,举大略而论旃。"

秦既用篆,奏事繁多,篆字难成,即令隶人佐书,曰隶字。汉因行之,独符、印玺、幡信、题署用篆。隶书者,篆之捷也。上谷王次仲始作楷法。至灵帝好书,时多能者,而师宜官为最,大则一字径丈,小则方寸千言,甚矜其能。或时不持钱诣酒家饮,因书其壁,顾观者以酬酒,讨钱足而灭之。每书辄削而焚其柎。梁鹄乃益为版而饮之酒,候其醉而窃其柎。鹄卒以书至选部尚书。宜官后为袁术将,今钜鹿宋子有《耿球碑》,是术所立,其书甚工,云是宜官也。梁鹄奔刘表,魏武帝破荆州,募求鹄。鹄之为选部也,魏武欲为洛阳令,而以为北部尉,故惧而自缚诣门,署军假司马;在秘书以勤书自效,是以今者多有鹄手迹。魏武帝悬著帐中,及以钉壁玩之,以为胜宜官。今宫殿题署多是鹄篆。鹄宜为大字,邯郸淳宜为小字。鹄谓淳得次仲法,然鹄之用笔尽其势矣。鹄弟子毛弘教于秘书,今八分皆弘法也。汉末有左子邑,小与淳鹄不同,然亦有名。

魏初有钟胡二家为行书法,俱学之于刘德升,而钟氏小异,然亦各有巧,今大行于世云。作《隶势》曰:"鸟迹之变,乃惟佐隶。蠲彼繁文,崇此简易。厥用既弘,体象有度。焕若星陈,郁若云布。其大径寻,细不容发。随事从宜,靡有常制。或穹隆恢廓,或栉比针列,或砥平绳直,或蜿蜒胶戾,或长邪角趣,或规旋矩折。修短相副,异体同势。奋笔轻举,离而不绝。纤波浓点,错落其间,若钟虡设张,庭燎尽烟,崭岩截嵯,高下属连。似崇台重宇,增云冠山。远而望之,若飞龙在天;近而察之,心乱目眩。奇姿谲诡,不可胜原。研桑所不能计,宰赐所不能言。何草篆之足算,而斯文之未宣。岂体大之难睹,将秘奥之不传?聊俯仰而详观,举大较而论旃。"

汉兴而有草书,不知作者姓名。至章帝时,齐相杜度号善作篇。后有崔瑗、崔寔,亦皆称工,杜氏杀字甚安,而书体微瘦。崔氏甚得笔势,而结字小疏。弘农张伯英者,因而转精甚巧。凡家之衣帛,必书而后练之。临池学书,池水尽黑。下笔必为楷则,号匆匆不暇草书,寸纸不见遗,至今世尤宝其书,韦仲将谓之草圣。伯英弟文舒者,次伯英。又有姜孟颖、梁孔达、田彦和及韦仲将之徒,皆伯英弟子,有名于世,然殊不及文舒也。罗叔景、赵元嗣者,与伯英并时,见称于西州,而矜巧自与,众颇惑之。故英自称"上比崔杜不足,下方罗赵有余"。河间张超亦有名,然虽与崔氏同州,不如伯英之得其法也。

崔瑗作《草书势》曰:"书契之兴,始自颉皇。写彼鸟迹,以定文章,爰暨末叶,典籍弥繁。时之多僻,政之多权。官事荒芜,剿其墨翰。惟作佐隶,旧字是删。草书之法,盖又简略。应时谕指,用于卒迫。兼功并用,爱日省力。纯俭之变,岂必古式。观其法象,俯仰有仪。方不中矩,员不副规;抑左扬右,望之若崎。竦企鸟跱,志大飞移。狡兽暴骇,将奔未驰。或黝黜黯黭,状似连珠,绝而不离;畜怒怫郁,放逸生奇。或凌邃惴慄,若据槁临危;旁点邪附,似蜩螗捐枝。绝笔收势,余綖纠结,若杜伯揵毒缘巇,螣蛇赴穴,头没尾垂。是故远而望之,崔焉若沮岑崩崖;就而察之,一画不可移。机微要妙,临时从宜。略举大较,仿佛若斯。"

及瓘为楚王玮所构,恒闻变,以何劭,嫂之父也,从墙孔中诣之,以问消息。劭知而不告。恒还经厨下,收人正食,因而遇害。后赠长水校尉,谥兰陵贞世子。二子:璪、玠。

卫展

卫展,字道舒,河东安邑(今山西省运城市夏县西北)人,卫恒族弟,东晋女书法家卫夫人之父。历尚书郎、南阳太守。永嘉中,为江州刺史。晋元帝初,为廷尉,上疏宜复肉刑。卒,赠光禄大夫。事迹见《晋书》卷三十六《卫瓘传附卫展传》。

据《山西通志·经籍》著录,卫展的著述有《卫展集》十二卷,注曰:"梁十五卷。"又,据《隋书·经籍志》记载:"晋光禄大夫《卫展集》十二卷,梁十五卷。"据《旧唐书·经籍志》著录曰:"《卫展集》四十卷。"《新唐书·艺文志》著录曰:"《卫展集》十四卷。"此处,《旧唐书·经籍志》著录《卫展集》四十卷,"四十"当是"十四",系传抄时之讹误。《卫展集》今天已经遗失,《全上古三代秦汉三国六朝文》之《全晋文》辑录有卫展文章三篇,依次为《陈谚言表》《上书言祖父不合从坐》《上言宜复肉刑》。

附一　(清)《解州安邑县志·人物志》

卫展,字道舒,历尚书郎、南阳太守、江州刺史。诏有考子证父,或鞭父母问子所在,展以为恐伤正教,并奏除之。元帝初,为廷尉,上疏宜复肉刑,卒,赠光禄大夫。[1]

附二　《晋书》卷三十六《卫瓘传附卫展传》

恒族弟展字道舒,历尚书郎、南阳太守。永嘉中,为江州刺史,累迁晋王大理。诏有考子证父,或鞭父母问子所在,展以为恐伤正教,并奏除之。中兴建,为廷尉,上疏宜复肉刑,语在《刑法志》。卒,赠光禄大夫。

卫铄

卫夫人,名铄,字茂漪,自署和南,河东安邑(今山西省运城市夏县西北)人。

---

[1] (清)言如泗修,吕滥纂修《解州安邑县志》,清乾隆二十八年刊本,第343页。

晋廷尉卫展之女,汝阴太守李矩之妻,为东晋著名女书法家,世称卫夫人。卫氏家族世代工书,卫铄夫李矩亦善隶书。卫夫人师承书法家钟繇,妙传其法,擅长隶书及楷书。王羲之少时曾从其学习书法,因此,卫夫人是"书圣"王羲之的启蒙老师。

据《山西通志·经籍》著录,有《卫夫人集》,今已经亡佚。署名卫夫人的书法传世作品有《淳化阁帖》中的楷书八行,《古名姬帖》《卫氏和南帖》等。旧题为晋卫铄所撰的《笔阵图》一卷,此书为著名的书法理论著作,今存。其主要版本有:《说郛》本,运城市盐湖区图书馆藏有此书;《书苑菁华》本、《佩文斋画谱》本等,流传较广的是上海书画出版社1979年出版的《历代书法论文选》本。《笔阵图》亦收录于唐代张彦远《法书要录》一书中,此书较为常见的版本有很多,详情参见上述"卫恒"条。

附一 (清)《解州安邑县志·列女志》

卫夫人,名铄,展之女,李矩妻,学书于钟繇。①

---

① (清)言如泗修,吕滋纂修《解州安邑县志》,清乾隆二十八年刊本,第401页。

猗 氏

王蔚

王蔚,河东猗氏(今山西省运城市临猗县南)人,生卒年不详。世修儒史之学,魏中领军曹羲作《至公论》,蔚善之,而著《至机论》,辞义甚美。官至夏阳侯相。事迹见《晋书》卷五十一《王接传》。

据上述史料可知,王蔚著有《至机论》。今已经亡佚。

附一 (清)《猗氏县志·人物志》

王蔚,世修儒史之学。魏中领军曹羲作《至公论》,蔚善之,而著《至机论》,辞义甚美,官至夏阳侯相。祀乡贤祠。①

附二 《晋书》卷五十一《王接传》

王接,字祖游,河东猗氏人,汉京兆尹尊十世孙也。父蔚,世修儒史之学。魏中领军曹羲作《至公论》,蔚善之,而著《至机论》,辞义甚美。官至夏阳侯相。

王接

王接,字祖游,河东猗氏(今山西省运城市临猗县南)人。父蔚,官至夏阳侯相,世修儒史之学。接幼丧父,哀毁过礼。性简率,不修俗操,乡里大族多不能善之,唯裴頠雅知焉。平阳太守柳澹、散骑侍郎裴遐、尚书仆射邓攸皆与接友善。后为郡主簿,迎太守温宇,宇奇之,转功曹史。州辟部平阳从事。时泰山羊亮为平阳

---

① (清)潘钺、宋之树纂辑《猗氏县志》,清雍正七年刊本,第390页。

太守,荐之于司隶校尉王堪,为司隶从事,永宁初举秀才,不试,除中郎,补征虏司马,转临汾公相,及东海王越率诸侯讨颙,尚书令王堪统行台,上请接补尚书殿中郎,未至而卒,年三十九。接尝更注《公羊春秋》,多有新义。又撰《列女后传》七十二人,杂论议、诗赋、碑颂、驳难十余万言,丧乱尽失。事迹见《晋书》卷五十一《王接传》。

据《山西通志·经籍》著录,王接的著述有《汲冢书论》;《公羊春秋》注,注曰:"无卷数。"《列女后传》,注曰:"无卷数。"又,据《晋书》卷五十一《王接传》记载可知,王接的著述有《公羊春秋》注、《列女后传》,杂论议、诗赋、碑颂、驳难十余万言。因此,应当有《王接集》,今无存。除此之外,据《晋书·王接传》记载:"时秘书丞卫恒考正汲冢书,未讫而遭难。佐著作郎束晳述而成之,事多证异义。时东莱太守陈留王庭坚难之,亦有证据。晳又释难,而庭坚已亡。散骑侍郎潘滔谓接曰:'卿才学理议,足解二子之纷,可试论之。'接遂详其得失。"由此可知,王接曾参与讨论汲冢书,详其得失。此书(即是《汲冢书论》)与《公羊春秋》注、《列女后传》皆已经亡佚。

附一 (清)《猗氏县志·人物志》

王接,字祖游,幼丧父,哀毁过礼。同郡冯收荐之于河东太守刘原,原即礼命,接不受。曰:"接薄祜,少孤而无兄弟,母老疾笃,故无心为吏。"及母终,柴毁骨立,居墓次积年,备览众书,多出异义。时泰山羊亮为平阳太守,荐之于司隶校尉王堪,出补都官从事。

永宁初,举秀才。友人荥阳潘滔遗接书曰:"挚虞、卞玄仁并谓足下应和鼎味,可无以应秀才行。"接报书曰:"今世道交丧,将遂剥乱,而识智之士钳口韬笔,祸败日深,如火之燎原,其可救乎? 非荣斯行,欲极陈所见,冀有觉悟耳。"是岁,惠帝复阼,以国有大庆,秀孝皆不试。接除中郎,补征虏将军司马。荡阴之役,侍中嵇绍为乱兵所害,接议曰:"荡阴之役,百官奔北,唯嵇绍守职以遇不道,可谓臣矣,又可称痛矣。今山东方欲大举,宜明高节,以号令天下。依《春秋》褒三累之义,加绍致命之赏,则遐迩向风,莫敢不肃矣。"朝廷从之。

及东海王越率诸侯讨颙,尚书令王堪统行台,上请接补尚书殿中郎,未至而卒,年三十九。接尝更注《公羊春秋》,论卫恒、王庭坚考正汲冢书,接遂详其得失。又撰《列女后传》,杂论议、诗赋、碑颂、驳难十余万言。祀乡贤祠,子愆期。[①]

---

① (清)潘钺、宋之树纂辑《猗氏县志》,清雍正七年刊本,第391—392页。

附二 《晋书》卷五十一《王接传》

王接,字祖游,河东猗氏人,汉京兆尹尊十世孙也。父蔚,世修儒史之学。魏中领军曹羲作《至公论》,蔚善之,而著《至机论》,辞义甚美。官至夏阳侯相。接幼丧父,哀毁过礼,乡亲皆叹曰:"王氏有子哉!"渤海刘原为河东太守,好奇,以旌才为务。同郡冯收试经为郎,七十余,荐接于原曰:"夫骅骝不总辔,则非造父之肆;明月不流光,则非隋侯之掌。伏惟明府苞黄中之德,耀重离之明,求贤与能,小无遗错,是以鄙老思献所知。窃见处士王接,岐嶷俊异,十三而孤,居丧尽礼,学过目而知,义触类而长,斯玉铉之妙味,经世之徽猷也。不患玄黎之不启,窃乐春英之及时。"原即礼命,接不受。原乃呼见曰:"君欲慕肥遁之高邪?"对曰:"接薄祜,少孤而无兄弟,母老疾笃,故无心为吏。"及母终,柴毁骨立,居墓次积年,备览众书,多出异义。性简率,不修俗操,乡里大族多不能善之,唯裴頠雅知焉。平阳太守柳澹、散骑侍郎裴遐、尚书仆射邓攸皆与接友善。后为郡主簿,迎太守温宇,宇奇之,转功曹史。州辟部平阳从事。时泰山羊亮为平阳太守,荐之于司隶校尉王堪,出补都官从事。

永宁初,举秀才。友人荥阳潘滔遗接书曰:"挚虞、卞玄仁并谓足下应和鼎味,可无以应秀才行。"接报书曰:"今世道交丧,将遂剥乱,而识智之士钳口韬笔,祸败日深,如火之燎原,其可救乎? 非荣斯行,欲极陈所见,冀有觉悟耳。"是岁,三王义举,惠帝复阼,以国有大庆,天下秀孝一皆不试,接以为恨。除中郎,补征虏将军司马。荡阴之役,侍中嵇绍为乱兵所害,接议曰:"夫谋人之军,军败则死之;谋人之国,国危则亡之,古之道也。荡阴之役,百官奔北,唯嵇绍守职以遇不道,可谓臣矣,又可称痛矣。今山东方欲大举,宜明高节,以号令天下。依《春秋》褒三累之义,加绍致命之赏,则遐迩向风,莫敢不肃矣。"朝廷从之。河间王颙欲迁驾长安,与关东乖异,以接成都王佐,难之,表转临汾公相国。及东海王越率诸侯讨颙,尚书令王堪统行台,上请接补尚书殿中郎,未至而卒,年三十九。

接学虽博通,特精《礼》《传》。常谓《左氏》辞义赡富,自是一家书,不主为经发。《公羊》附经立传,经所不书,传不妄起,于文为俭,通经为长。任城何休训释甚详,而黜周王鲁,大体乖硋,且志通《公羊》而往往还为《公羊》疾病。接乃更注《公羊春秋》,多有新义。时秘书丞卫恒考正汲冢书,未讫而遭难。佐著作郎束皙述而成之,事多证异义。时东莱太守陈留王庭坚难之,亦有证据。皙又释难,而庭坚已亡。散骑侍郎潘滔谓接曰:"卿才学理议,足解二子之纷,可试论之。"接遂详其得失。挚虞、谢衡皆博物多闻,咸以为允当。又撰《列女后传》七十二人,杂论议、诗赋、碑颂、驳难十余万言,丧乱尽失。

王愆期

王愆期,生卒年不详,河东猗氏(今山西省运城市临猗县南)人,征虏将军司马王接之子。咸和二年(327)十一月,豫州刺史祖约、历阳太守苏峻等反。三年春正月,平南将军温峤率师救京师,次于寻阳,遣督护王愆期、西阳太守邓岳、鄱阳太守纪睦为前锋。征西大将军陶侃遣督护龚登受峤节度。钟雅、赵胤等次慈湖,王愆期、邓岳等次直渎。咸和七年(332)六月,陶侃疾笃,又上表逊位,以后事付右司马王愆期,加督护,统领文武。侃方欲使桓宣北事中原,会侃薨。后庾亮为荆州,将谋北伐,以桓宣为都督沔北前锋征讨军事、平北将军、司州刺史、假节,镇襄阳。季龙使骑七千渡沔攻之,亮遣司马王愆期、辅国将军毛宝救桓宣。庾翼迁镇襄阳,令宣进伐石季龙将李罴,军次丹水,为贼所败。翼怒,贬宣为建威将军,使移戍岘山。宣望实俱丧,兼以老疾,时南蛮校尉王愆期守江陵,以疾求代,翼以宣为镇南将军、南郡太守,代愆期。咸康二年(336),司马王愆期议《凶礼》。建元元年(343),康帝即位,翼欲率众北伐,上疏曰,辄率南郡太守王愆期、江夏相谢尚、寻阳太守袁真、西阳太守曹据等精锐三万,风驰上道,并勒平北将军桓宣扑取黄季,欲并丹水,摇荡秦雍。王愆期官至散骑常侍,缘父本意,更注《公羊》,又集《列女后传》,事迹散见于《晋书》。

据《山西通志·经籍》著录,王愆期的著述有《公羊传》注十三卷,《公羊难论》一卷,注曰:"《难论》,答庾翼问者,亦见《隋志》注,亡。"《救襄阳上都督府事》一卷。《王愆期集》七卷,注曰:"梁十卷,录一卷。"又,据《隋书》卷三十二《经籍志》记载:"《春秋公羊经传》十三卷,晋散骑常侍王愆期注。"又据《旧唐书》卷五十《经籍志》记载:"《春秋公羊》十二卷,王愆期撰。"据《新唐书·艺文志》记载:"王愆期注《公羊》十二卷。又《难答论》一卷,庾翼难。"《隋书》卷三十五《经籍志》记载:"晋散骑常侍《王愆期集》七卷,梁十卷,录一卷。"据《旧唐书》卷五十一《经籍志》记载:"《王愆期集》十卷。"据《新唐书》卷六十六《艺文志》记载:"《王愆期集》十卷。"《王愆期集》今已经亡佚。除此之外,据《旧唐书》卷五十《经籍志》记载:"《救襄阳上都督府事》一卷,王愆期撰。"据《新唐书》卷六十四《艺文志》记载:"王愆期《救襄阳上都府事》一卷。"此书已经亡佚。又据《隋书》卷三十二《经籍志》著录《春秋公羊谥例》一卷下有注曰:"《春秋公羊论》二卷,晋车骑将军庾翼问,王愆期答。亡。"据《旧唐书·经籍志》记载:"《春秋公羊论》二卷,庾翼难,王愆期答。"据《新唐书·艺文志》记载,王愆期著有《公羊难答论》一卷,庾翼难。《公羊难答论》一卷,此书今已经亡佚。王愆期所集的《列女后传》,也已经亡佚。王愆期的著述多已经亡佚,其《公羊传》注十三卷,后世学者进行过辑佚的工作,清代学者王仁俊《玉函山房辑佚书》续编辑佚有此书一卷,名曰《春秋公羊王门子注》。

附一　（清）《猗氏县志·人物志》

王愆期,接子,流寓江南,缘父本意,更注《公羊》,又集《列女后传》,官都护。苏峻之乱,温峤遣诣荆州,要陶侃同赴国难,侃虽许而未发。愆期因谓侃曰:"峻,豺狼也。如得遂志,公宁有容足之地乎?"侃深感悟,即戎服登舟,昼夜而进。后愆期为右司马,侃卒,遗表以后事付焉。祀乡贤祠。①

附二　《晋书》卷五十一《王接传附王愆期传》

长子愆期,流寓江南,缘父本意,更注《公羊》,又集《列女后传》云。

樊深

樊深,字文深,河东猗氏(今山西省运城市临猗县南)人。弱冠好学,魏永安中,随军征讨,以功除荡寇将军,累迁伏波、征虏将军,中散大夫。魏孝武西迁,樊、王二姓举义,为东魏所诛。遂遁去,改易姓名,游学于汾、晋之间。太祖平河东,赠保周南郢州刺史,欢周仪同三司。寻而于谨引为其府参军,令在馆教授子孙。除抚军将军,银青光禄大夫,迁开府属,转从事中郎。谨拜司空,以深为谘议。大统十五年,行下邽县事。太祖置学东馆,教诸将子弟,以深为博士。后除国子博士,赐姓万纽于氏。六官建,拜大学助教,迁博士,加车骑大将军、仪同三司。天和二年,迁县伯中大夫,加开府仪同三司。建德元年,表乞骸骨,诏许之。后以疾卒。事迹见《周书》卷四十五《樊深传》《北史》卷八十二《樊深传》。

据《山西通志·经籍》著录,樊深的著述有《孝经问疑》一卷,《丧服问疑》一卷,《五经大义》十卷,《七经义纲略论》三十一卷,《七经论》三卷,《七经质疑》五卷,《七经异同说》三卷,注曰:"末一书据本传录。按,《七经义纲》唐《艺文志》《义纲》有略论字,共二十九卷,则两志相同。本传有《经义论略》并目三十一卷,当是一书。近马氏《玉函山房辑佚书》有刻本。"《中岳颍州志》五卷。

又据《隋书·经籍志》记载:"《五经大义》十卷,后周县伯中大夫樊文深撰。"《隋书·经籍志》记载:"《七经义纲》二十九卷,樊文深撰。《七经论》三卷,樊文深撰。《质疑》五卷,樊文深撰。"据《旧唐书·经籍志》记载:"《七经义纲略论》三十

---

① （清）潘铖、宋之树纂辑《猗氏县志》,清雍正七年刊本,第392页。

卷,樊文深撰。《质疑》五卷,樊文深撰。"据《新唐书·艺文志》记载:"樊文深《七经义纲略论》三十卷,又《质疑》五卷。"除此之外,还据《新唐书·艺文志》记载:"樊文深《中岳颍州志》五卷。"

又,《周书》卷四十五《樊深传》与《北史》卷八十二《樊深传》记载的有关樊深的著述略有不同,《周书》本传记载曰:"深既专经,又读诸史及苍雅、篆籀、阴阳、卜筮之书。学虽博赡,讷于辞辩,故不为当时所称。撰《孝经》《丧服问疑》各一卷,撰《七经异同说》三卷、《义纲略论》并《目录》三十一卷,并行于世。"而《北史》本传记载曰:"深既专经,又读诸史及《仓》《雅》、篆、籀、阴阳、卜筮之书。学虽博赡,讷于辞辩,故不为当时所称。撰《孝经》《丧服问疑》各一卷。又撰《七经异同》三卷。子义纲。"二书记载的区别在于"义纲"二字的含义,《周书》本传认为这是樊深的一种著述名称,而《北史》认为这是樊深之子的名字。"义纲"是否为樊深之子,只有《北史》本传记载此事,无其他史料作为旁证,只能推测是樊深著作完成之时,恰逢其子出生,于是以书名来命名其子;或者是以其子的名字来命名书名,抑或者"子"字为后人所加,以疏通文意。又根据存疑从古的原则,《周书》成书在前,《北史》成书在后,姑且认为《义纲略论》为樊深的著述,此处《义纲略论》应该是《七经义纲略论》的简称。在樊深的上述著述中,《孝经问疑》《丧服问疑》《五经大义》《七经异同说》《七经质疑》《中岳颍州志》等,皆已经亡佚。《七经义纲略论》也已经亡佚,清代学者马国翰《玉函山房辑佚书》有辑佚本,辑佚有《七经义纲》一卷,运城市盐湖区图书馆藏有此书。

附一 (清)《猗氏县志·人物志》

樊深,字文深,事继母甚谨。魏永安中,随军征讨,以功累迁中散大夫。孝武西迁,樊深父保周、叔父欢周并被害。深因避难,坠崖伤足,绝食再宿。于后遇得一箪饼,欲食之,然念继母年老患痹,或免掳掠,乃弗食。夜中匍匐寻母,偶得相见,因以馈母。还复遁去,改易姓名,游学于汾、晋之间,习天文及算历之术。后周文平河东,赠保周南郢州刺史,欢周仪同三司。深归葬其父,负土成坟。寻而于谨引为其府参军,事周文,置学东馆,教诸将子弟,以深为博士。深性好学,老而不息。朝暮还往,常据鞍读书,至马惊坠地,损折支体,终亦不改。迁县伯中大夫,加开府仪同三司。寻乞骸骨,诏许之。朝廷有疑议,常召问焉。撰《孝经》《丧服问疑》各一卷,又撰《七经异同》三卷。祀乡贤祠。①

---

① (清)潘钺、宋之树纂辑《猗氏县志》,清雍正七年刊本,第393—394页。

附二　《周书》卷四十五《樊深传》

樊深字文深,河东猗氏人也。早丧母,事继母甚谨。弱冠好学,负书从师于三河,讲习五经,昼夜不倦。魏永安中,随军征讨,以功除荡寇将军,累迁伏波、征虏将军,中散大夫。尝读书见吾丘子,遂归侍养。

魏孝武西迁,樊、王二姓举义,为东魏所诛。深父保周、叔父欢周并被害。深因避难,坠崖伤足,绝食再宿。于后遇得一箪饼,欲食之,然念继母年老患痹,或免虏掠,乃弗食。夜中匍匐寻母,偶得相见,因以馈母。还复遁去,改易姓名,游学于汾、晋之间,习天文及算历之术。后为人所告,囚送河东。

属魏将韩轨长史张曜重其儒学,延深至家,因是更得逃隐。太祖平河东,赠保周南郢州刺史,欢周仪同三司。深归葬其父,负土成坟。寻而于谨引为其府参军,令在馆教授子孙。除抚军将军、银青光禄大夫,迁开府属,转从事中郎。谨拜司空,以深为谘议。大统十五年,行下邽县事。

太祖置学东馆,教诸将子弟,以深为博士。深经学通赡,每解书,尝多引汉、魏以来诸家义而说之。故后生听其言者,不能晓悟。皆背而讥之曰:"樊生讲书多门户,不可解。"然儒者推其博物。性好学,老而不息。朝暮还往,常据鞍读书,至马惊坠地,损折支体,终亦不改。后除国子博士,赐姓万纽于氏。六官建,拜大学助教,迁博士,加车骑大将军、仪同三司。天和二年,迁县伯中大夫,加开府仪同三司。建德元年,表乞骸骨,诏许之。朝廷有疑议,常召问焉。后以疾卒。

深既专经,又读诸史及苍雅、篆籀、阴阳、卜筮之书。学虽博赡,讷于辞辩,故不为当时所称。撰孝经、丧服问疑各一卷,撰七经异同说三卷、义纲略论并目录三十一卷,并行于世。

乐逊

乐逊,字遵贤,河东猗氏(今山西省运城市临猗县南)人。弱冠,为郡主簿。魏正光中,师从大儒徐遵明。永安中,释褐安西府长流参军。大统七年,除子都督。既而太祖盛选贤良,授以守令。十六年,加授建忠将军、左中郎将,迁辅国将军、中散大夫、都督,历弼府西合祭酒、功曹谘议参军。魏废帝二年,太祖召逊教授诸子。魏恭帝二年,授太学助教。孝闵帝践阼,除秋官府上士。其年,治太学博士,转治小师氏下大夫。及卫公直镇蒲州,以逊为直府主簿,加车骑将军、左光禄大夫。保定二年,迁遂伯中大夫,授骠骑将军、大都督。四年,进车骑大将军、仪同三司。天和元年,岐州刺史、陈公纯举逊为贤良。五年,上表致仕,优诏不许。于是赐以粟帛及钱等,授湖州刺史,封安邑县子。秩满还朝,拜皇太子谏议。宣政元年,进位上仪同大将军。大象初,进爵崇业郡公,又为露门博士。二年,进位开府仪同三司大将军,出为汾阴郡守。逊以老病固辞,诏许之,乃改授东扬州刺史。隋开皇元年,卒于家,年八十二。赠本官,加蒲、陕二州刺史。事迹见《周书》卷四十五《乐逊传》《北史》卷八十二《乐逊传》。

据《山西通志·经籍》著录,乐逊的著述有《孝经》《论语》《毛诗》《左氏春秋》序论十余篇。又,据《周书》卷四十五《乐逊传》记载云"所著《孝经》《论语》《毛诗》《左氏春秋序论》十余篇。又著《春秋序义》,通贾、服说,发杜氏违,辞理并可观"可知,乐逊的著述有《孝经》《论语》《毛诗》《左氏春秋》序论十余篇。除此之外,乐逊还著有《春秋序义》。其中,《毛诗》序论、《孝经》序论、《论语》序论、《左氏春秋》序论以及《春秋序义》,《隋书·经籍志》《旧唐书·经籍志》《新唐书·艺文志》以及私家书目均没有著录,可见早已经亡佚。

附一 (清)《猗氏县志·人物志》

乐逊,字遵贤,幼有成人之操。从徐遵明受孝经、丧服、论语、诗、书、礼、易、左氏春秋大义。周文召逊教授诸子。闵帝践阼,以逊有理务材,除秋官府上士。转治小师氏下大夫。自谯王俭以下,并束脩行弟子之礼。武成元年六月,以霖雨经时,逊陈时宜十四条,切于政要。保定二年,以训导有方,迁遂伯中大夫,诏鲁公赟、毕公贤等,俱以束脩之礼,同受业焉。逊以年在悬车,上表致仕,优诏不许。授湖州刺史,封安邑县子。民多蛮左,未习儒风。逊劝励生徒,加以课试,数年之间,化洽州境。秩满,拜皇太子谏议,进爵崇业郡公,进位开府仪同大将军。逊以老病固辞,诏许之。仍赐安车、衣服。逊性柔谨,寡于交游。立身以忠信为本,不自矜尚。每在众中,言论未尝为人之先。学者以此称之。所著《孝经》《论语》《毛诗》《左氏春秋》序论十余篇。祀乡贤祠。①

附二 《周书》卷四十五《乐逊传》

乐逊字遵贤,河东猗氏人也。年在幼童,便有成人之操。弱冠,为郡主簿。魏正光中,闻硕儒徐遵明领徒赵、魏,乃就学孝经、丧服、论语、诗、书、礼、易、左氏春秋大义。寻而山东寇乱,学者散逸,逊于扰攘之中,犹志道不倦。永安中,释褐安西府长流参军。大统七年,除子都督。九年,太尉李弼请逊教授诸子。既而太祖盛选贤良,授以守令。相府

---

① (清)潘钺、宋之树纂辑《猗氏县志》,清雍正七年刊本,第394页。

户曹柳敏、行台郎中卢光、河东郡丞辛粲相继举逊,称有牧民之才。弼请留不遣。十六年,加授建忠将军、左中郎将,迁辅国将军、中散大夫、都督,历弼府西合祭酒、功曹谘议参军。

魏废帝二年,太祖召逊教授诸子。在馆六年,与诸儒分授经业。逊讲孝经、论语、毛诗及服虔所注春秋左氏传。魏恭帝二年,授太学助教。孝闵帝践阼,以逊有理务材,除秋官府上士。其年,治太学博士,转治小师氏下大夫。自谯王俭以下,并束脩行弟子之礼。逊以经术教授,甚有训导之方。及卫公直镇蒲州,以逊为直府主簿,加车骑将军、左光禄大夫。

武成元年六月,以霖雨经时,诏百官上封事。逊陈时宜一十四条,其五条切于政要。

其一,崇治方,曰:窃惟今之在官者,多求清身克济,不至惠民爱物。何者?比来守令年期既促,岁责有成。盖谓猛济为贤,未甚优养。此政既代,后者复然。夫政之于民,过急则刻薄,伤缓则弛慢。是以周失舒缓,秦败急酷。民非赤子,当以赤子遇之。宜在舒疾得衷,不使劳扰。顷承魏之衰政,人习逋违。先王朝宪备行,民咸识法。但宜宣风正俗,纳民轨训而已。自非军旅之中,何用过为迫切。至于兴邦致治,事由德教,渐以成之,非在仓促。窃谓姬周盛德,治兴文、武,政穆成、康。自斯厥后,不能无事。昔申侯将奔,楚子诲之曰"无适小国"。言以政狭法峻,将不汝容。敬仲入齐,称曰"幸若获宥,及于宽政"。然关东诸州,沦陷日久,人在涂炭,当慕息肩。若不布政优优,闻诸境外,将何以使彼劳民,归就乐土。

其二,省造作,曰:顷者魏都洛阳,一时殷盛,贵势之家,各营第宅,车服器玩,皆尚奢靡。世逐浮竞,人习浇薄,终使祸乱交兴,天下丧败。比来朝贡,器服稍华,百工造作,务尽奇巧。臣诚恐物逐好移,有损政俗。如此等事,颇宜禁省。记言"无作淫巧,以荡上心"。传称"宫室崇侈,民力雕敝"。汉景有云:"黄金珠玉,饥不可食,寒不可衣。""雕文刻镂,伤农事者也。锦绣纂组,害女功者也。"以二者为饥寒之本源矣。然国家非为军戎器用、时事要须而造者,皆徒费功力,损国害民。未如广劝农桑,以衣食为务,使国储丰积,大功易举。

其三,明选举,曰:选曹赏录勋贤,补拟官爵,必宜与众共之,有明扬之授。使人得尽心,如睹白日。其材有升降,其功有厚薄,禄秩所加,无容不审。即如州郡选置,犹集乡闾,况天下选曹,不取物望。若方州列郡,自可内除。此外付曹铨者,既非机事,何足可密。人生处世,以荣禄为重,修身履行,以纂身为名。然逢时既难,失时为易。其选置之日,宜令众心明白,然后呈奏。使功勤见知,品物称悦。

其四,重战伐,曰:魏祚告终,天睠在德。而高洋称僭,先迷未败,拥逼山东,事切肘腋。譬犹棋劫相持,争行先后。若一行非当,或成彼利。诚应舍小营大,先保封域,不宜贪利在边,轻为兴动。捷则劳兵分守,败则所损已多。国家虽强,洋不受弱。诗云:"德则不竞,何惮于病!"唯德可以庇民,非恃强也。夫力均势敌,则进德者胜。君子道长,则小人道消。故昔之善战者,先为不可胜,以待敌之可胜。彼行暴戾,我则宽仁。彼为刻薄,我必惠化。使德泽旁流,人思有道。然后观衅而作,可以集事。

其五,禁奢侈,曰:按礼,人有贵贱,物有等差,使用之有节,品类之有度。马后为天下母,而身服大练,所以率下也。季孙相三君矣,家无衣帛之妾,所以励俗也。比来富贵之家,为意稍广,无不资装婢隶,作车后容仪,服饰华美,炫耀街衢。仍使行者辍足,路人倾盖。论其输力公家,未若介胄之士;然其坐受优赏,自踰攻战之人。纵令不惜功费,岂不有亏厥德。必有储蓄之余,孰与务恤军士。鲁庄公有云:"衣食所安,不敢爱也,必以分人。"诗言:"岂曰无衣,与子同袍。"皆所以取人力也。

又陈事上议之徒,亦应不少,当有上彻天听者。未闻是非。陛下虽念存物议,欲尽天下之情,而天下之情犹为未尽。何者?取人受言,贵在显用。若纳而不显,是而不用,则言之者或寡矣。

保定二年,以训导有方,频加赏赐。迁遂伯中大夫,授骠骑将军、大都督。四年,进车骑大将军、仪同三司。五年,诏鲁公赟、毕公贤等,俱以束脩之礼,同受业焉。天和元年,岐州刺史、陈公纯举逊为贤良。五年,逊以年在悬车,上表致仕,优诏不许。于是赐以粟帛及钱等,授湖州刺史,封安邑县子,邑四百户。民多蛮左,未习儒风。逊劝励生徒,加以课试,数年之间,化洽州境。蛮俗生子,长大多与父母别居。逊每加劝导,多革前弊。在任数载,频被褒锡。秩满还朝,拜皇太子谏议,复在露门教授皇子,增邑一百户。宣政元年,进位上仪同大将军。大象初,进爵崇业郡公,增邑通前二千户,又为露门博士。二年,进位开府仪同(三司)大将军,出为汾阴郡守。逊以老病固辞,诏许之。乃改授东扬州刺史,仍赐安车、衣服及奴婢等。又于本郡赐田十顷。儒者以为荣。隋开皇元年,卒于家,年八十二。赠本官,加蒲、陕二州刺史。逊性柔谨,寡于交游。立身以忠信为本,不自矜尚。每在众中,言论未尝为人之先。学者以此称之。所著《孝经》《论语》《毛诗》《左氏春秋序论》十余篇。又著《春秋序义》,通贾、服说,发杜氏违,辞理并可观。

樊逊

樊逊,字孝谦,河东北猗氏(今山西省运城市临猗县)人。属本州岛沦陷,寓居邺中,为临漳小史。县令裴鉴莅官清苦,致白雀等瑞,逊上《清德颂》十首。鉴大加赏重,擢为主簿,仍荐之于右仆射崔暹,为暹宾客。北齐武定七年(549),世宗崩,暹徙于边裔,宾客咸散,逊遂往陈留而居之。梁州刺史刘杀鬼以逊兼录事参军,仍举秀才,未果。八年,转兼长史,从军南讨。军还,杀鬼移任颍川,又引逊兼颍州长史。天保四年五月,梁州重表举逊为秀才。五年正月制诏问升中纪号,尚书擢第,以逊为当时第一。十二月,清河王岳为大行台率众南讨,以逊从军。明年,显祖纳贞阳侯为梁主,岳假逊大行台郎中,使于南,与萧修、侯瑱和解。八年,诏尚书开东西二省官选,所司策问,逊为当时第一。左仆射杨愔辟逊为其府佐。九年,有诏超除员外将军。后世祖镇邺,召入司徒府管书记。及登祚,转授主书,迁员外散骑侍郎。北齐天统初,病卒。事迹见《北齐书》卷四十五《樊逊传》《北史》卷八十三《樊逊传》。

樊逊为北齐文学家,应当有作品集《樊逊集》传世,只是其作品多亡佚。据《北齐书》卷四十五《樊逊传》记载可知,其作品有《清德颂》十首,《客诲》等。又据《北史》卷八十三《樊逊传》记载曰:"于时魏收作《库狄干碑序》,令孝谦为之铭,陆仰不知,以为收合作也。"据此可知,樊逊还作有《库狄干碑序》的铭文。樊逊今存作品六篇(其中四篇有目无辞),收录于《全上古三代秦汉三国六朝文》之《全北齐文》中。

附一 (清)《猗氏县志·人物志》

樊逊,字孝谦,祖琰,父衡,并无官宦。逊少学,兄仲以造艖为业,常侵扰之。逊自责曰:"名为人弟,独受安逸,可不愧于心乎?"欲同勤事业。母冯氏谓之曰:"汝欲谨小行耶?"逊感母言,遂专心典籍,恒书壁作"见贤思齐"四字,以自劝勉。属本州沦陷,寓居邺中。渠监擢为主簿。仍荐之于右仆射崔暹,为宾客。人有讥其静默不能趋时者,逊常服东方朔之言"陆沈世俗",遂借陆沈公子为主人,拟《客难》制《客诲》以自广。后逊徙居陈留。梁州重举逊为秀才。尚书擢第,以逊为当时第一。清河王岳率众南讨,以逊从军。假逊大行台郎中,使于江南,与萧修、侯瑱和解。逊往来五日,得报书,修盟于江上。诏令校定群书,逊议请牒借本参校得失,殆无遗阙。杨愔常使孝谦代己作书以告晋阳朝士,令魏收润色之,收不能改一字。杨愔言于众曰:"后生清俊,莫过卢思道;文章成就,莫过樊孝谦;几案断割,莫过崔成之。"遂以三人并员外将军。孝谦辞曰:"门族寒陋,访第必不成,乞补员外司马督。"愔曰:"才高不依常例。"特奏用之。祀乡贤祠。①

附二 《北齐书》卷四十五《樊逊传》

樊逊,字孝谦,河东北猗氏人也。祖琰,父衡,并无官宦。而衡性至孝,丧父,负土成坟,植柏方数十亩,朝夕号慕。逊少学,常为兄仲优饶。既而自责曰:"名为人弟,独受安逸,可不愧于心乎?"欲同勤事业。母冯氏谓之曰:"汝欲谨小行耶?"逊感母言,遂专心典籍,恒书壁作"见贤思齐"四字,以自劝勉。属本州沦陷,寓居邺中,为临漳小史。县令裴

---

① (清)潘钺、宋之树纂辑《猗氏县志》,清雍正七年刊本,第392—393页。

鉴莅官清苦，致白雀等瑞，逊上《清德颂》十首。鉴大加赏重，擢为主簿，仍荐之于右仆射崔暹，与辽东李广、渤海封孝琰等为暹宾客。人有讥其靖默不能趣时者，逊常服东方朔之言，陆沉世俗，避世金马，何必深山蒿庐之下，遂借陆沉公子为主人，拟客难，制客诲以自广。后崔暹大会宾客，大司马、襄城王元旭时亦在坐，论欲命府僚。暹指逊曰："此人学富才高，佳行参军也。"旭目之曰："岂能就耶？"逊曰："家无荫第，不敢当此。"武定七年，世宗崩，暹徙于边裔，宾客咸散，逊遂往陈留而居之。

梁州刺史刘杀鬼以逊兼录事参军，仍举秀才。尚书案旧令，下州三载一举秀才，为五年已贡开封人郑祖献。计至此年未合。兼别驾王聪抗议，右丞阳斐不能却。尚书令高隆之曰："虽逊才学优异，待明年仕非远。"逊竟还本州岛。八年，转兼长史，从军南讨。军还，杀鬼移任颍川，又引逊兼颍州长史。天保元年，本州岛复召举秀才。二年春，会朝堂对策罢，中书郎张子融奏入。至四年五月，逊与定州秀才李子宣等以对策三年不调，被付外，上书请从闻罢，诏不报。

梁州重表举逊为秀才。五年正月制诏问升中纪号，逊对曰：

臣闻巡岳之礼，勒在虞书，省方之义，着于易象。往帝前王，匪唯一姓，封金刊玉，亿有余人。仲尼之观梁甫，不能尽识；夷吾之对齐桓，所存未几。然盛德之事，必待太平，苟非其人，更贻灵谴。秦皇无道，致雨风之灾；汉武奢淫，有奉车之害。及文叔受命，炎精更辉，四海安流，天下辑睦，剑赐骑士，马驾鼓车，乃用张纯之文，始从伯阳之说。至于魏、晋，虽各有君，量德而处，莫能拟议。蒋济上言于前，徒秽纸墨；袁准发论于后，终未施行。世历三朝，年将十祀，启圣之期，兹为昌会。然自水德不竞，函谷封涂，天马息歌，苞茅绝贡。我太祖收宝鸡之瑞，握凤凰之书，体一德以匡朝，屈三分而事主，荡此妖寇，易如沃雪。但昌既受命，发乃行诛，虽太白出高，中国宜战，置之度外，望其迁善。伏惟陛下以神武之姿，天然之略，马多冀北，将异山西，凉风至，白露下，北上太行，东临碣石，方欲吞巴蜀而扫崤函，苑长洲而池江汉。复恐迎风纵火，芝艾共焚，按此六军，未申九伐。夫周发牙璋，汉驰竹使，义在济民，非闻好战。至如投鼠忌器之说，盖是常谈；文德怀远之言，岂识权道。今三台令子，六郡良家，蓄锐须时，裹粮待诏。未若龙驾虎服，先收陇右之民，电转雷惊，因取荆南之地。昔秦举长平，金精食昴，楚攻巨鹿，枉矢霄流，况我威灵，能无协赞。但使彼之百姓一睹六军，似见周王，若逢司隶。然后除其苛令，与其约法，振旅而还，止戈为武，标金南海，勒石东山，纪天地之奇功，被风声于千载。若令马儿不死，子阳尚在，便欲案明堂之图，草射牛之礼，比德论功，多惭往列，升中告禅，臣用有疑。

又问求才审官，逊对曰：臣闻雕兽画龙，徒有风云之势；金舟玉马，终无水陆之功，三驾礼贤，将收实用，一毛不拔，复何足取。是以尧作虞宾，遂全箕山之操；周移商鼎，不纳孤竹之言。但处士盗名，虽云久矣；朝臣窃位，盖亦实多。汉拜丞相，便有钟鼓之妖；魏用三公，乃致孙权之笑。故山林之与朝廷，得容非毁。肥遁之与宾王，翻有优劣。至于时非蹈海，而曰羞作秦民；事异出关，而言耻从卫乱。虽复星干帝座，不易高尚之心；月犯少微,终存耿介之志。自我太岳之后,克广洪业,禹至神宗,舜格文祖。陛下受天之明命,光华日月,爰自纳麓,乃格文祖,仪天地以设官,象星辰而布职。汉家神凤,惭用纪年;魏氏青龙,羞将改号。上膺列宿,咸是异人;下法山川,莫非奇士。所以画堂甲观,修德日新,庙鼎歌钟,王勋岁委。循名责实,选众举能,朝无铜臭之公,世绝钱神之论。昔百里相秦,名存雀箓;萧、张辅沛,姓在河书。今日公卿,抑亦天授,与之为治,何欲不从。未必稽首天师,方闻牧马之术;膝行山上,始得治身之道。但使帝德休明,自强不息,甲夜观书,支日通奏。周昌桀、纣之论,欣然开纳;刘毅桓、灵之比,终自含弘。高悬王爵,唯能是与,管库靡遗,渔盐毕录。无令桓谭非谶,官止于郡丞;赵壹负才,位终于计掾。则天下宅心,幽明知感,岁精仕汉,风伯朝周,真人去而复归,台星坼而还敛,诗称多士,易载群龙,从此而言,可以无愧。

又问释道两教,逊对曰:臣闻天道性命,圣人所不言,盖以理绝涉求,难为称谓。伯阳道德之论,庄周逍遥之旨,遗言取意,犹有可寻。至若玉简金书,神经秘录,三尺九转之奇,绛雪玄霜之异,淮南成道,犬吠云中,子乔得仙,剑飞天上,皆是凭虚之说,海枣之谈,求之如系风,学之如捕影。而燕君、齐后、秦皇、汉帝,信彼方士,冀遇其真,徐福去而不归,栾大往而无获。犹谓升遐倒影,抵掌可期;祭鬼求神,庶或不死。江璧既返,还入骊山之墓;龙媒已至,终下茂陵之坟。方知刘向之信洪宝,没有余责;王充之非黄帝,比为不相。又末叶以来,大存佛教,写经西土,画像南宫。昆池地黑,以为劫烧之灰;春秋夜明,谓是降神之日。法王自在,变化无穷,置世界于微尘,纳须弥于黍米。盖理本虚无,示诸方便。而妖妄之辈,苟求出家,药王燔躯,波论洒血,假未能然,犹当克命。宁有改形易貌,有异生人,恣意放情,还同俗物。龙宫余论,鹿野前言,此而得容,道风前坠。

伏惟陛下受天明命,屈己济民,山鬼效灵,海神率职。湘中石燕,沐时雨而群飞;台上铜乌,憩和风而杓转。以周都洛邑,治在镐京,汉宅咸阳,魂归丰、沛,汾、晋之地,王迹维始,眷言巡幸,且劳经略。犹复降情文苑,斟酌百家,想执玉于瑶池,念求珠于赤水。窃以王母献环,由感周德;上天锡佩,实报禹功。二班勒史,两马制书,未见三世之辞,无闻一乘之旨。帝乐王礼,尚有时而沿革;左道怪民,亦何疑于沙汰。

又问刑罚宽猛,逊对曰:臣闻惟王建国,刑以助礼,犹寒暑之赞阴阳,山川之通天地。爰自末叶,法令稍滋,秦篆无以穷书,楚竹不能尽载。有司因此,开以二门,高下在心,寒热随意。周官三典,弃之若吹毛;汉律九章,违之如覆手。遂使长平狱气,得酒而后消;东海孝妇,因灾而方雪。诏书挂壁,有善而莫遵;奸吏到门,无求而不可。皆由上失其道,民不见德。而议者守迷,不寻其本。钟繇、王朗追怨张苍,祖讷、梅陶共尤文帝。便谓化尸起偃,在复肉刑;致治兴邦,无关周礼。伏惟陛下昧旦坐朝,留心政术,明罚以纠诸侯,申恩以孩百姓。黄旗紫盖,已绝东南;白马素车,将降轵道。若复峻典深文,臣实未悟。何则?人肖天地,俱禀阴阳,安则愿存,扰则图死。故王者之治,务先礼乐,如有未从,刑书乃用,宽猛兼设,水火俱陈,未有专任商、韩而能长久。昔秦归士会,晋盗来奔;舜举皋陶,不仁自远。但令释之、定国迭作理官，龚遂、文翁继为郡守，科闲律令，一此宪章，欣闻汲黯之言，泣断昭平之罪。则天下自治，大道公行，乳兽含牙，苍鹰垂翅，楚王钱府，不复须封，汉狱冤囚，自然蒙理。后服之徒，既承风而慕化；有截之内，皆蹈德而咏仁。号以成、康，何难之有？

又问祸福报应，逊对曰：臣闻五方易辨，尚待指南；百世可知，犹须吹律。况复天道秘远，神迹难源，不有通灵，孰能尽悟。乘查至于河汉，唯睹牵牛；假寐游于上玄，止逢翟犬。造化之理，既寂寞而无传；报应之来，固难得而妄说。但秦穆有道，勾芒锡年，虢公凉德，蓐收降祸。高明在上，定自有知，不可谓神冥昧难信。若夫仲尼厄于陈、蔡，孟轲困于齐、梁，自是不遇其时，宁关性命之理。子胥无君，马迁附下，受诛取辱，何可尤人。至如协律见亲，棹船得幸，从此而言，更不足怪。周王漂杵，致天之罚；白起诛降，行己之意。是以七百之祚，仍加姬氏；杜邮之戮，还属武安。昔汉问上计，不过日蚀；晋策秀才，止于寒火。前贤往士，咸用为难。推古比今，臣见其易。然草莱百姓，过荷恩私，三折寒胶，再游金马，王言昭贲，思若有神，占对失图，伏深悚惧。

尚书擢第，以逊为当时第一。

十二月，清河王岳为大行台率众南讨，以逊从军。明年，显祖纳贞阳侯为梁主，岳假逊大行台郎中，使于南，与萧修、侯瑱和解。逊往来五日，得修等报书，岳因与修盟于江上。大军还邺，逊仍被都官尚书崔昂举荐。诏付尚书，考为清平勤干，送吏部。

七年，诏令校定群书，供皇太子。逊与冀州秀才高干和、瀛州秀才马敬德、许散愁、韩同宝、洛州秀才傅怀德、怀州秀才古道子、广平郡孝廉李汉子、渤海郡孝廉鲍长暄、阳平郡孝廉景孙、前梁州府主簿王九元、前开府水曹参军周子深等十一人同被尚书召共刊定。时秘府书籍纰缪者多，逊乃议曰："按汉中垒校尉刘向受诏校书，每一书竟，表上，辄言：臣向书、长水校尉臣参书、太史公、太常博士书、中外书合若干本以相比校，然后杀青。今所雠校，供拟极重，出自兰台，御诸甲馆。向之故事，见存府合，即欲刊定，必藉众本。太常卿邢子才、太子少傅魏收、吏部尚书辛术、司农少卿穆子容、前黄门郎司马子瑞、故国子祭酒李业兴并是多书之家，请牒借本参校得失。"秘书监尉瑾移尚书都坐，凡得别本三千余卷，五经诸史，殆无遗阙。

八年，诏尚书开东西二省官选，所司策问，逊为当时第一。左仆射杨愔辟逊为其府佐。逊辞曰："门族寒陋，访第必不成，乞补员外司马督。"愔曰："才高不依常例。"特奏用之。九年，有诏超除员外将军。后世祖镇邺，召入司徒府管书记。及登祚，转授主书，迁员外散骑侍郎。天统初，病卒。

解　县

风　后

风后,海隅人(今山西省运城市解县人),为黄帝时期的宰相,辅佐黄帝征战并平定天下。卒于风陵乡。事迹见《史记》卷一《五帝本纪》。

据《汉书·艺文志》记载云:"风后兵法十三篇,图二卷,孤虚二十卷,力牧兵法十五篇。"郑玄注云:"风后,黄帝之三公也。"风后,中国古代传说人物,据说为黄帝的宰相,辅助黄帝平定天下。于诸臣中位居首席,与黄帝是亦师亦臣的关系,精通天文历法及兵法,一说亦为指南车的发明者。传说风后亦精通兵法战阵之学,后人托名风后的作品,在《汉书·艺文志》中列入兵书类,之后在《隋书》与《宋史》等正史之艺文志的兵书类,皆可见及风后之名。另外,成书于唐代的《握奇经》,开宗明义便道出《八阵图》乃是风后所发明。三国曹植的文学作品《陈审举表》,有"撮风后之奇,接孙吴之要"的句子,便将风后与孙武、吴起并列。古籍中有托名风后撰著或以风后为名的作品,已知全为伪作,如今除《握奇经》与唐代独孤及之《风后八阵图记》外,余皆亡佚,只剩下书名可供后人参考。《风后握奇经》一卷(附《握奇经续图》一卷)、《八阵总述》一卷,今存,有子书百家本(清光绪元年湖北崇文书局刻本),运城市临猗县图书馆藏有此书。

附一　(民国)《解县志·名贤传》

风后,海隅人(即解之盈海),为黄帝相。《帝王世纪》:黄帝梦大风吹天下之尘垢,皆去,帝寤而叹曰:"风为号令,执政者也。垢去土,后在也。天下岂有姓风名后者哉?"于是依占求之,得风后于海隅,登以为相。与力牧共政天地,治神明,至帝因著《占梦经》十一卷。今风陵在风陵乡,以风后冢名。[①]

---

① (民国)曲乃锐等编辑《解县志》,民国九年石印本,第312页。

附二　《史记》卷一《五帝本纪·黄帝》注

《帝王世纪》云："黄帝梦大风吹天下之尘垢皆去，又梦人执千钧之弩，驱羊万群。帝寤而叹曰：'风为号令，执政者也。垢去土，后在也。天下岂有姓风名后者哉？夫千钧之弩，异力者也。驱羊数万群，能牧民为善者也，天下岂有姓力名牧者哉？'于是依二占而求之，得风后于海隅，登以为相。得力牧于大泽，进以为将。黄帝因著占梦经十一卷。"艺文志云："风后兵法十三篇，图二卷，孤虚二十卷，力牧兵法十五篇。"郑玄云："风后，黄帝之三公也。"

柳世隆

柳世隆，字彦绪，河东解（今山西省运城市）人，宋尚书令元景弟之子。海陵王休茂为雍州，辟世隆为迎主簿。除西阳王抚军法曹行参军，出为虎威将军、上庸太守。还为尚书仪曹郎，明帝嘉其义心，发诏擢为太子洗马，出为宁远将军、巴西梓潼太守。还为越骑校尉，转建平王镇北谘议参军，领南泰山太守，转司马、东海太守，入为通直散骑常侍。寻为晋熙王安西司马，加宁朔将军。转为武陵王前军长史、江夏内史、行郢州事。仍迁尚书右仆射，封贞阳县侯，邑二千户。出为左将军、吴郡太守，加秩中二千石。太祖践阼，起为使持节、都督南豫司二州诸军事、平南将军、南豫州刺史，进爵为公。三年，出为使持节、督南兖兖徐青冀五州军事、安北将军、南兖州刺史。世祖即位，加散骑常侍。入为侍中、护军将军，迁尚书右仆射，领太子右率，雍州大中正，不拜，改授散骑常侍，尚书左仆射，中正如故。湘州蛮动，遣世隆以本官总督伐蛮众军，仍为使持节、都督湘州诸军事、镇南将军、湘州刺史，常侍如故。世隆至镇，以方略讨平之。在州立邸治生，为中丞庾杲之所奏，诏原不问。复入为尚书左仆射，领卫尉，不拜。仍转尚书令。以疾逊位，改授侍中，卫将军，不拜，转左光禄大夫，侍中如故。永明九年，卒，时年五十，赠司空，谥曰忠武。事迹见《南齐书》卷二十四《柳世隆传》《南史》卷三十八《柳元景传附柳世隆传》。

据《山西通志·经籍》著录，柳世隆的著述有《龟经》三卷，《龟经秘要》三卷。又，《新唐书·艺文志》记载："柳世隆《龟经》三卷。"此二书今已经亡佚。《全上古三代秦汉三国六朝文》之《全齐文》辑录柳世隆奏折一篇，书信一篇（残句）。

附一 (民国)《解县志·名贤传》

柳世隆,字彦绪,元景弟子也。世隆幼孤,自立,虽世胄,独修布衣之业。长好读书,音吐温润。元景爱赏之,为西阳王抚军法曹行参军,出为武威将军、上庸太守。上谓元景曰:"卿昔以武威之号为随郡,今复以授世隆,使卿门世不乏公也。"后为太子洗马,与张绪、王延之、沈琛为君子交。累迁晋熙王安西司马,加宁朔将军。时世祖为长史,与世隆相遇甚欢。武帝将下都,高帝书曰:"汝既入朝,当须文武兼资人与汝意合者,委以后事,世隆其人也。"世祖举世隆自代。转为武陵王前军长史、江夏内史、行郢州事。升明元年冬,沈攸之遣孙同、刘攘兵、王灵秀等分兵出夏口,据鲁山。昼夜攻战,世隆随宜拒应,众皆披却。刘攘兵射书与世隆许降,世隆开门纳之。攸之军旅大散。遣军副刘僧驎道追之。

攸之已死,征为侍中。仍迁尚书右仆射,封贞阳县侯,出为吴郡太守。居母忧,寒不衣絮。褚渊尝称之曰:"世隆在危尽忠,丧亲居忧,杖而后起,立人之本,二理同极。加荣增宠,足以厉俗敦风。"建元二年,授右仆射,不拜。启借秘阁书,上给二千卷。三年,出为南兖州刺史,加都督。武帝初,加散骑常侍,迁护军。世隆性清廉介,盛事坟典。张绪问曰:"观君举措,当以清名遗子孙邪?"答曰:"一身之外,亦复何须。子孙不才,将为争府;如其才也,不如一经。"光禄大夫韦祖征州里宿德,世隆虽已贵重,每为之拜。人或劝祖征止之,答曰:"司马公所为,后生楷法,吾岂能止之哉。"后授尚书左仆射。以本官总督伐蛮众军,仍为湘州刺史,加都督。至镇,以方略讨平之。后入为尚书左仆射,不拜,乃转尚书令。

世隆少立功名,晚专以谈义自业。不干世务,垂帘鼓琴,风韵清远,世称柳公双璈,为士品第一。以疾逊位,拜左光禄大夫、侍中。永明九年卒,诏给东园秘器,赠司空,班剑二十人,谥曰忠武。长子悦,字文殊,少有清致,位中书郎,早卒,谥曰恭。①

附二 《南齐书》卷二十四《柳世隆传》

柳世隆,字彦绪,河东解人也。祖凭,冯翊太守。父叔宗,早卒。世隆少有风器。伯父元景,宋大明中为尚书令,独赏爱之,异于诸子。言于孝武帝,得召见。帝曰:"三公一人,是将来事也。"海陵王休茂为雍州,辟世隆为迎主簿。除西阳王抚军法曹行参军,出为虎威将军、上庸太守。帝谓元景曰:"卿昔以虎威之号为随郡,今复以授世隆,使卿门世不绝公也。"元景为景和所杀,世隆以在远得免。

泰始初,诸州反叛,世隆以门祸获申,事由明帝,乃据郡起兵,遣使应朝廷。弘农人刘

① (民国)曲乃锐等编辑《解县志》,民国九年石印本,第325—328页。

僧骥亦聚众应之。收合万人，奄至襄阳万山，为孔道存所破，众皆奔散，仅以身免，逃藏民间，事平乃出。还为尚书仪曹郎，明帝嘉其义心，发诏擢为太子洗马，出为宁远将军、巴西梓潼太守。还为越骑校尉，转建平王镇北谘议参军，领南泰山太守，转司马、东海太守，入为通直散骑常侍。寻为晋熙王安西司马，加宁朔将军。时世祖为长史，与世隆相遇甚欢。太祖之谋渡广陵也，令世祖率众下，同会京邑，世隆与长流萧景先等戒严待期，事不行。是时朝廷疑惮沈攸之，密为之防，府州器械，皆有素蓄。世祖将下都，刘怀珍白太祖曰："夏口是兵冲要地，宜得其人。"太祖纳之，与世祖书曰："汝既入朝，当须文武兼资人与汝意合者，委以后事，世隆其人也。"世祖举世隆自代。转为武陵王前军长史、江夏内史、行郢州事。

升明元年冬，攸之反，遣辅国将军中兵参军孙同、宁朔将军中兵参军武宝、龙骧将军骑兵参军朱君拔、宁朔将军沈惠真、龙骧将军骑兵参军王道起三万人为前驱，又遣司马冠军刘攘兵领宁朔将军外兵参军公孙方平、龙骧将军骑兵参军朱灵真、沈僧敬、龙骧将军高茂两万人次之，又遣辅国将军王灵秀、丁珍东、宁朔将军中兵参军王弥之、宁朔将军外兵参军杨景穆两千匹骑分兵出夏口，据鲁山。攸之乘轻舸从数百人先大军下住白螺洲，坐胡床以望其军，有自骄色。既至郢，以郢城弱小不足攻，遣人告世隆曰："被太后令，当暂还都。卿既相与奉国，想得此意。"世隆使人答曰："东下之师，久承声问。郢城小镇，自守而已。"攸之将去，世隆遣军于西渚挑战，攸之果怒，令诸军登岸烧郭邑，筑长围攻道，顾谓人曰："以此攻城，何城不克！"昼夜攻战，世隆随宜拒应，众皆披却。世祖初下，与世隆别，曰："攸之一旦为变，焚夏口舟舰沿流而东，则坐守空城，不可制也。虽留攻城，不可卒拔。卿为其内，我为其外，乃无忧耳。"至是，世祖遣军主桓敬、陈胤叔、苟元宾等八军据西塞，令坚壁以待贼疲。虑世隆危急，遣腹心胡元直潜使入郢城通援军消息，内外并喜。

尚书符曰：

沈攸之出自垄亩，寂寥累世，故司空沈公以从父宗荫，爱之若子，羽翼吹嘘，得升官次。景和昏悖，猜畏柱臣，而攸之凶忍，趣利乐祸，请衔诏旨，躬行反噬。又攸之与谭金、童泰壹等暴宠狂朝，并为心膂，同功共体，世号"三侯"，当时亲昵，情过管、鲍。仰遭革运，凶党惧戮，攸之反善图全，用得自免。既杀从父，又虐良朋，虽吕布贩君，郦寄卖友，方之斯人，未足为酷。泰始开辟，网漏吞舟，略其凶险，取其搏噬，故阶乱获全，因祸兴福。

攸之禀性空浅，躁而无谋。浓湖土崩，本非己力；彭城、下邳，望旗宵遁，再弃王师，久应肆法。值先帝宥其回溪之耻，冀有封崤之捷，故得幸会推迁，频繁显授，内端戎禁，外绥万里。圣去鼎湖，远颁顾命，托received崇深，义感金石。而攸之始奉国讳，喜形于颜，普天同哀，己以为庆。累登蕃岳，自郢迁荆。晋熙王以皇弟代镇，地尊望重，攸之断割候迎，肆意陵略。料择士马，简算器械，权拨精锐，并取自随。郢城所留，十不遗一。专恣卤夺，罔顾国典。践荆已来，恒用奸数，既怀异志，兴造无端。乃蹙迫群蛮，骚扰山谷，扬声讨伐，尽户上丁；蚁聚郭邑，伺国衰盛，从来积年，求不解甲。遂四野百县，路无男人，耕田载租，皆驱女弱。自古酷虐，未闻于此。

昔岁桂阳内乱，宗庙阽危。攸之任官上流，兵强地广，勤王之举，实宜悉行；裁遣赢弱，不满三千，至郢州禀受节度，欲令判否之日，委罪晋熙。招诱剑客，羁绊行侣，窜叛入境，辄加拥护，逋亡出界，必遣穷追。视吏若雠，遇民如草，峻太半之赋，暴参夷之刑，鞭棰国士，全用房法。一人逃亡，阖宗捕逮。皇朝赦令，初不遵奉，旷荡之泽，长隔彼州，人怀怨望，十室而九。今乃举兵内侮，奸回外炽，斯实恶熟罪成之辰，决痈溃疽之日。幕府过荷朝寄，义百常愤，董御元戎，龚行天罚。

今遣新除使持节督郢州司州之义阳诸军事平西将军郢州刺史闻喜县开国侯黄回、员外散骑常侍辅国将军骁骑将军重安县开国子军主王敬则、屯骑校尉长寿县开国男军主王宜与、屯骑校尉陈承叔、右军将军葛阳县开国男彭文之、骠骑行参军振武将军邵宰，精甲二万，冲其首旆。又遣散骑常侍游击将军湘南县开国男吕安国、持节宁朔将军越州刺史孙昙瓘、屯骑校尉宁朔将军崔慧景、宁朔将军左军将军新亭侯任候伯、龙骧将军虎贲中郎将尹略、屯骑校尉南城令曹虎头、辅国将军骁骑将军萧顺之、新除宁朔将军游击将军下邳县开国子垣崇祖等，舳舻二万，骆驿继迈。又遣屯骑校尉苟元宾、抚军参军郭文考、抚军中兵参军程隐俊、奉朝请诸袭光等，轻艓一万，截其津要。骁骑将军周盘龙、后将军成买、辅国将军王敕勤、屯骑校尉王洪范等，铁骑五千，步道继进，先据陆路，断其走伏。持节、督雍梁二州郢州之竟陵司州之随郡诸军事、征虏将军、宁蛮校尉、雍州刺史、襄阳县开国侯、新除镇军将军张敬儿，志节慷慨，卷甲樊、邓，水步俱驰，破其巢窟。持节、督司州诸军事、征虏将军、司州刺史、领义阳太守、范阳县侯姚道和，义烈梗概，投袂方隅，风驰电掩，袭其辎重。万里建旍，四方飞旆，莫不总率众师，云翔雷动。人神同愤，远迩并心。

今皇上圣明，将相仁爱，约法三章，宽刑缓赋，年登岁阜，家给人足，上有惠民之泽，下无乐乱之心。攸之不识天时，妄图大逆，举无名之师，驱雠怨之众，是以朝野审其易取，含识判其成禽。彼土士民，罹毒日久，今复相逼迫，投赴锋刃。交战之日，兰艾难分，去就在机，望思先晓。无使一人迷疑，而九族就祸也。弘宥之典，有如皎日。

郢城既不可攻，而平西将军黄回军至西阳，乘三层舰，作羌胡伎，溯流而进。攸之素失人情，本逼以威力，初发江陵，已有叛者，至是稍多。攸之日夕乘马历营抚慰，而去者不息。攸之大怒，召诸军主曰："我被太后令，建义下都，大事若克，白纱帽共著耳；如其不振，朝廷自诛我百口，不关余人。比军人叛散，皆卿等不以为意。我亦不能问叛身，自今军中有叛者，军主任其罪。"于是一人叛，遣十人追，并去不反。莫敢发觉，咸有异计。刘攘兵射书与世隆许降，世隆开门纳之。攘兵烧营而去，火起乃觉。攸之怒，衔须咀之。收攘兵兄子天赐、女婿张平虏斩之。军旅大散。攸之渡鲁山岸，犹有数十匹骑自随。宣令军中曰："荆州城中大有钱，可相与还取，以为资粮。"郢城未有追军，而散军畏蛮抄，更相聚结，可二万人，随攸之，将至江陵，乃散。世隆乃遣军副刘僧驎道追之。

攸之已死，征为侍中。仍迁尚书右仆射，封贞阳县侯，邑二千户。出为左将军、吴郡太守,加秩中二千石。丁母忧。太祖践阼,起为使持节、都督南豫司二州诸军事、平南将军、南豫州刺史,进爵为公。上手诏与司徒褚渊曰:"向见世隆毁瘠过甚,殆欲不可复识,非直使人恻然,实亦世珍国宝也。"渊答曰:"世隆至性纯深,哀过乎礼。事陛下在危尽忠,丧亲居忧,杖而后起,立人之本,二理同极。加荣增宠,足以厉俗敦风。"

建元二年,进号安南将军。是时虏寇寿阳,上敕世隆曰:"历阳城大,恐不可卒治,正宜断隔之,深为保固。处分百姓,若不将家守城,单身亦难可委信也。"寻又敕:"吾更历阳外城,若有贼至,即勒百姓守之,故应胜割弃也。"垣崇祖既破虏,上欲罢并二豫,敕世隆曰:"比思江西萧索,二豫两办为难。议者多云省一足一于事为便。吾谓非乃乖谬。卿以为云何? 可具以闻。"寻授后将军、尚书右仆射,不拜。

世隆性爱涉猎,启太祖借秘阁书,上给二千卷。三年,出为使持节、督南兖兖徐青冀五州军事、安北将军、南兖州刺史。江北畏虏寇,骚动不安。上敕世隆曰:"比有北信,贼犹治兵在彭城,年已垂尽,或当未必送死。然豺狼不可以理推,为备或不可懈。彼郭既无关要,用宜开除,使去金城三十丈政佳耳。发民治之,无嫌。若作三千人食者,已有几米? 可指牒付信还。民间若有丁多而细口少者,悉令戍,非疑也。"又敕曰:"昨夜得北使启,钟离间贼已渡淮,既审送死,便当制加剿扑。卿好参候之,有急令诸小戍还镇,不可贼至不觉也。贼既过淮,不容迩退散,要应有处送死者,定攻寿阳,吾当遣援军也。"又遣军助世隆,并给军粮。虏退,上欲土断江北,又敕世隆曰:"吕安国近在西,土断郢、司二境上杂民,大佳,民始无惊恐。近又令垣豫州断其州内,商得崇祖启事,已行竟,近无云云,殊称前代旧意。卿视兖部中可行此事不? 若无所扰,春便就手也。"其见亲委如此。

世祖即位,加散骑常侍。世隆善卜,别龟甲,价至一万。永明建号,世隆题州斋壁曰"永明十一年",谓典签李当曰:"我不见也。"入为侍中、护军将军,迁尚书右仆射,领太子右率,雍州大中正,不拜,改授散骑常侍,尚书左仆射,中正如故。湘州蛮动,遣世隆以本官总督伐蛮众军,仍为使持节、都督湘州诸军事、镇南将军、湘州刺史,常侍如故。世隆至镇,以方略讨平之。在州立邸治生,为中丞庾杲之所奏,诏原不问。复入为尚书左仆射,领卫尉,不拜。仍转尚书令。世隆少立功名,晚专以谈义自业。善弹琴,世称柳公双璅,为士品第一。常自云马槊第一,清谈第二,弹琴第三。在朝不干世务,垂帘鼓琴,风韵清远,甚获世誉。以疾逊位,改授侍中,卫将军,不拜,转左光禄大夫,侍中如故。

九年,卒,时年五十。诏给东园秘器,朝服一具,衣一袭,钱一十万,布三百匹,蜡三百斤。又诏曰:"故侍中左光禄大夫贞阳公世隆,秉德居业,才兼经纬。少播清微,长弘美誉。入参内禁,出赞西牧,专寄郢郊,克挫巨猾,超越前勋,功著一代。及总任方州,民颂宽德,翼教崇闱,朝称元正。忠谟嘉猷,简于朕心,雅志素履,邈不可逾。将登铉味,用燮鸿化,奄至薨殒,震恸良深。赠司空,班剑三十人,鼓吹一部,侍中如故。谥曰忠武。"上又敕吏部尚书王晏曰:"世隆虽抱疾积岁,志气未衰,冀医药有效,痊差可期。不谓一旦便为异世,痛怛之深,此何可言。其昔在郢,诚心夙惬,全保一蕃,勋业克著。寻准契阔,增泣悲咽。卿同在情,亦当无已已耶!"

世隆晓数术,于倪塘创墓,与宾客践履,十往五往,常坐一处。及卒,墓正取其坐处焉。著《龟经秘要》二卷行于世。

柳恽

柳恽,字文通,河东解(今山西省运城市)人。齐司空柳世隆之子。恽年十七,齐武帝为中军,命为参军,转主簿。齐初,入为尚书三公郎,累迁太子中舍人。王子响为荆州,恽随之镇。子响昵近小人,恽知将为祸,称疾还京。及难作,恽以先归得免。历中书侍郎,中护军长史。出为新安太守,居郡,以无政绩,免归。久之,为右军谘议参军事。建武末,为西戎校尉、梁、南秦二州刺史。及高祖起兵,恽举汉中应义。和帝即位,以为侍中,领前军将军。高祖践阼,征为护军将军,未拜,仍迁太子詹事,加散骑常侍。论功封曲江县侯,邑千户。寻迁尚书右仆射。天监四年,大举北伐,临川王宏都督众军,以恽为副。军还,复为仆射。以久疾,转金紫光禄大夫,加散骑常侍。未拜,出为使持节、安南将军、湘州刺史。天监六年十月,卒于州,时年四十六。赠侍中、抚军将军,给鼓吹一部,谥曰穆。事迹见《梁书》卷十二《柳恽传》《南史》卷三十八《柳元景传附柳恽传》。

据《山西通志·经籍》著录,有《柳恽集》二十卷。又,柳恽是颇具文学之士,善于写诗作文,据《梁书》卷十二《柳恽传》以及《南史》卷三十八《柳元景传附柳恽传》记载云"恽著《仁政传》及诸诗赋,粗有辞义",因此可知,应当有《柳恽集》流传,此集今亡佚。据《隋书·经籍志》记载:"梁太常卿《任昉集》三十四卷,梁有晋安太守《谢纂集》十卷,抚军将军《柳恽集》二十卷,亡。"《隋书·经籍志》著录《柳恽集》,云其已亡,而《旧唐书·经籍志》以及《新唐书·艺文志》等史志目录均没有著录《柳恽集》,由此可见,《柳恽集》大概于唐代之前已经亡佚了。

又考,据民国《解县志·文儒传》记载,柳恽"年六十,卒于湘州刺史,谥曰穆",而据《梁书》卷十二《柳恽传》记载,柳恽"卒于州,时年四十六",有关柳恽的享年,二者相差甚远,何者为是?

考《梁书·柳恽传》记载曰:"恽年十七,齐武帝为中军,命为参军,转主簿。"又考《南齐书》卷三《武帝本纪》记载:"升明二年,事平,转散骑常侍,都督江州、豫州之新蔡、晋熙二郡军事,征虏将军,江州刺史,持节如故。封闻喜县侯,邑二千户。其年,徵侍中、领军将军。给鼓吹一部。府置佐史。领石头戍军事。寻又加持节、督京畿诸军事。三年,转散骑常侍、尚书仆射、中军大将军、开府仪同三司,进爵为公,持节、都督、领军如故。给班剑二十人。"据此可知,齐武帝萧赜为中军大将军,其事在升明三年(479),而"恽年十七,齐武帝为中军",则由此可以推知,柳恽出生于宋孝武帝大明六年(462)。柳恽卒于湘州刺史任上,其时为天监六年(507),则可以推知柳恽享年四十六岁。因此,有关柳恽的生卒年月,《梁书·柳恽传》记载准确,而民国《解县志·文儒传》记载有误。除此之外,《南史》卷三十八《柳元景传附柳恽传》亦记载曰:"寻迁尚书左仆射,年四十六,卒于湘州刺史,谥曰穆。"

附一 (民国)《解县志·文儒传》

柳恽,字文通,世隆子。好学工制文,尤晓音律,少与长兄悦齐名。王俭谓人曰:"柳氏二龙,可谓一日千里。"俭尝造世隆宅,世隆谓为诣己,徘徊久之。及至门,唯求悦及恽。遗语曰:"贤子俱有盛才,一日见顾,今故报人。若仍相造,似非本意。"尝预齐武烽火楼宴,上善其诗,曰:"恽非徒风韵清爽,亦属文遒丽。"后为巴东王子响友,随之镇荆州。称疾还都,获免。累迁新安太守,免。建武末,为梁、南秦二州刺史。举汉中以应梁武。

梁武初,为太子詹事,加散骑常侍。先是,武帝镇襄阳,恽祖道,帝解茅土玉环赠之。天监二年元会,上曰:"玉环新亭所赠邪?"对曰:"既而瑞感神衷,臣谨服之无斁。"上因劝之酒,恽时未卒爵,帝曰:"吾常比卿刘越石,近辞卮酒邪。"罢会,封曲江县侯。上为诗贻恽曰:"尔实冠群后,惟余实念功。"上尝谓:"朕放徐元瑜诸子,何如?"恽曰:"罚不及嗣,赏延于后,今复见之圣朝。"时以为知言。寻迁尚书左仆射,年六十,卒于湘州刺史,谥曰穆。恽度量宽博,家人未尝见其喜愠。子昭,位中书郎,袭爵曲江侯。①

附二 《梁书》卷十二《柳恽传》

柳恽,字文通,河东解人也。父世隆,齐司空。恽年十七,齐武帝为中军,命为参军,转主簿。齐初,入为尚书三公郎,累迁太子中舍人,巴东王子响友。子响为荆州,恽随之镇。子响昵近小人,恽知将为祸,称疾还京。及难作,恽以先归得免。历中书侍郎,中护军长史。出为新安太守,居郡,以无政绩,免归。久之,为右军谘议参军事。

建武末,为西戎校尉、梁、南秦二州刺史。及高祖起兵,恽举汉中应义。和帝即位,以为侍中,领前军将军。高祖践阼,征为护军将军,未拜,仍迁太子詹事,加散骑常侍。论功封曲江县侯,邑千户。高祖因宴为诗以贻恽曰:"尔实冠群后,惟余实念功。"又尝侍座,高祖曰:"徐元瑜违命岭南,《周书》罪不相及,朕已宥其诸子,何如?"恽对曰:"罚不及嗣,赏

---

① (民国)曲乃锐等编辑《解县志》,民国九年石印本,第418—419页。

延于世,今复见之圣朝。"时以为知言。寻迁尚书右仆射。

天监四年,大举北伐,临川王宏都督众军,以惔为副。军还,复为仆射。以久疾,转金紫光禄大夫,加散骑常侍,给亲信二十人。未拜,出为使持节、安南将军、湘州刺史。六年十月,卒于州,时年四十六。高祖为素服举哀。赠侍中、抚军将军,给鼓吹一部。谥曰穆。惔著《仁政传》及诸诗赋,粗有辞义。子照嗣。

柳忱

柳忱,字文若,河东解(今山西省运城市)人,齐司空柳世隆之第五子。起家为司徒行参军,累迁太子中舍人、西中郎主簿,功曹史。和帝即位,为尚书吏部郎,进号辅国将军、南平太守。寻迁侍中、冠军将军,太守如故。转吏部尚书,不拜。梁受禅,以忱为五兵尚书,领骁骑将军。论建义功,封州陵伯。天监二年,出为安西长史、冠军将军、南郡太守。六年,征为员外散骑常侍、太子右卫率。未发,迁持节、督湘州诸军事、辅国将军、湘州刺史。八年,坐辄放从军丁免。俄入为秘书监,迁散骑常侍,转祠部尚书,未拜遇疾,诏改授给事中、光禄大夫,疾笃不拜。天监十年,卒于家,时年四十一。追赠中书令,谥曰穆。事迹见《梁书》卷十二《柳惔传附柳忱传》《南史》卷三十八《柳元景传附柳忱传》。

据《山西通志·经籍》著录,有《柳忱集》十二卷。又,据《隋书·经籍志》记载:"梁太常卿《任昉集》三十四卷,梁有晋安太守《谢纂集》十卷,抚军将军《柳惔集》二十卷,中护军《柳恽集》十二卷,豫州刺史《柳憕集》六卷,尚书令《柳忱集》十三卷,亡。"《隋书·经籍志》著录《柳忱集》,云其已亡,而《旧唐书·经籍志》与《新唐书·艺文志》均没有著录《柳忱集》,由此可见,《柳忱集》已经于唐朝前亡佚。

附一 (民国)《解县志·名贤传》

柳忱字文若,世隆子。年数岁,父及母阎氏并疾,忱不解带者经年。及居丧,以毁闻。仕齐西中郎主簿,劝长史萧颖胄同武帝,为宁朔将军,累迁侍中。

郢州平,颖胄议迁都夏口,忱以巴硖未宾,不宜轻舍根本,动摇人心。俄而巴东兵至硖口,迁都之议乃息。论者以为见机。梁初,封州陵伯。历五兵尚书、秘书监、散骑常侍,改给事中、光禄大夫,卒,谥穆。忱与兄惔、恽、憕三两年间四人迭为侍中,复居方伯,当世罕比。子范嗣。①

附二 《梁书》卷十二《柳忱传》

忱字文若，惔第五弟也。年数岁，父世隆及母阎氏时寝疾，忱不解带经年。及居丧，以毁闻。起家为司徒行参军，累迁太子中舍人、西中郎主簿，功曹史。

齐东昏遣巴西太守刘山阳由荆袭高祖，西中郎长史萧颖胄计未有定，召忱及其所亲席阐文等夜入议之。忱曰："朝廷狂悖，为恶日滋。顷闻京师长者，莫不重足累息；今幸在远，得假日自安。雍州之事，且藉以相毙耳。独不见萧令君乎？以精兵数千，破崔氏十万众，竟为群邪所陷，祸酷相寻。前事之不忘，后事之师也。若使彼凶心已逞，岂知使君不系踵而及？且雍州士锐粮多，萧使君雄姿冠世，必非山阳所能拟；若破山阳，荆州复受失律之责。进退无可，且深虑之。"阐文亦深劝同高祖。颖胄乃诱斩山阳，以忱为宁朔将军。

和帝即位，为尚书吏部郎，进号辅国将军、南平太守。寻迁侍中、冠军将军，太守如故。转吏部尚书，不拜。郢州平，颖胄议迁都夏口，忱复固谏，以为巴硖未宾，不宜轻舍根本，摇动民志。颖胄不从。俄而巴东兵至硖口，迁都之议乃息。论者以为见机。

高祖践阼，以忱为五兵尚书，领骁骑将军。论建义功，封州陵伯，邑七百户。天监二年，出为安西长史、冠军将军、南郡太守。六年，征为员外散骑常侍、太子右卫率。未发，迁持节、督湘州诸军事、辅国将军、湘州刺史。八年，坐辄放从军丁免。俄入为秘书监，迁散骑常侍，转祠部尚书，未拜遇疾，诏改授给事中、光禄大夫，疾笃不拜。十年，卒于家，时年四十一。追赠中书令，谥曰穆。子范嗣。

柳惔

柳惔，字文深，河东解（今山西省运城市）人，齐司空柳世隆之第四子。少好玄言，通老、易，历位给事黄门侍郎。与琅邪王峻齐名，俱为中庶子，时人号为方王。为镇北始兴王长史。后以为镇西长史、蜀郡太守。天监十二年，卒，赠宁远将军、豫州刺史。事迹见《梁书》卷十二《柳惔传附柳惔传》《南史》卷三十八《柳元景传附柳惔传》。

据《山西通志·经籍》著录，有《柳惔集》六卷。又，据《隋书·经籍志》记载："梁太常卿《任昉集》三十四卷，梁有晋安太守《谢纂集》十卷，抚军将军《柳惔集》二十卷，中护军《柳恽集》十二卷，豫州刺史《柳惔集》六卷，尚书令《柳忱集》十三

---

① （民国）曲乃锐等编辑《解县志》，民国九年石印本，第331—332页。

卷,亡。"《隋书·经籍志》著录《柳惔集》,云其已亡,而《旧唐书·经籍志》与《新唐书·艺文志》均没有著录《柳惔集》,由此可见,《柳惔集》已经于唐朝前亡佚。柳惔今存有文章两篇,收录于《全上古三代秦汉三国六朝文》之《全梁文》中。

附一 (民国)《解县志·名贤传》

柳惔字文深,世隆子。少好元言,通老、易。梁武帝至姑孰,候接小郊。与诸人同憩逆旅食,俱去行里余,命左右烧逆旅舍,以绝后追。当时服其善断。

历位给事黄门侍郎。与琅邪王峻齐名,俱为中庶子,时人号为方王。后为镇北始兴王长史。王移镇益州,复请惔。上曰:"柳惔才气,恐不能为少王臣。"王坚请,为镇西长史、蜀郡太守。为政廉恪,益部怀之。①

附二 《南史》卷三十八《柳元景传附柳惔传》

惔字文深,少有大意,好玄言,通老、易。梁武帝举兵至姑孰,惔与兄悦及诸友朋于小郊候接。时道路犹梗,惔与诸人同憩逆旅食,俱去行里余,惔曰:"宁我负人,不人负我。若复有追,堪憩此客。"命左右烧逆旅舍,以绝后追。当时服其善断。

历位给事黄门侍郎。与琅邪王峻齐名,俱为中庶子,时人号为方王。后为镇北始兴王长史。王移镇益州,复请惔。帝曰:"柳惔风标才气,恐不能久为少王臣。"王祈请数四,不得已,以为镇西长史、蜀郡太守。在蜀廉恪为政,益部怀之。

柳悦

柳悦,字文畅,河东解(今山西省运城市)人,齐司空柳世隆之子。少有志行,好学,善尺牍。齐竟陵王闻而引之,以为法曹行参军。累迁太子洗马,父忧去官。服阕,试守鄱阳相,还除骠骑从事中郎。

梁武帝至建邺,悦候谒石头,以为冠军将军、征东府司马。后悦西上迎和帝,仍除给事黄门侍郎,领步兵校尉,迁相国右司马。天监元年,除长史、兼侍中,与仆射沈约等共定新律。二年,出为吴兴太守。六年。征为散骑常侍,迁左民尚书。八年,除持节、都督广、交、桂、越四州诸军事、仁武将军、平越中郎将、广州刺史。征为秘书监,领左军将军。复为吴兴太守六年,为政清静,民吏怀之。天监十六

---

① (民国)曲乃锐等编辑《解县志》,民国九年石印本,第330—331页。

年,卒,时年五十三。赠侍中、中护军。事迹见《梁书》卷二十一《柳恽传》《南史》卷三十八《柳元景传附柳恽传》。

据《山西通志·经籍》著录,柳恽的著述有《卜杖龟经》,注曰:"无卷数。"《柳恽集》十二卷。又,据《南史》卷三十八《柳元景传附柳恽传》记载可知,柳恽的著述有《清调论》、《棋品》三卷、《卜杖龟经》。据《隋书·经籍志》记载:"天监《棋品》一卷,梁尚书仆射柳恽撰。亡。"又,据《隋书·经籍志》记载:"梁太常卿《任昉集》三十四卷,梁有晋安太守《谢纂集》十卷,抚军将军《柳惔集》二十卷,中护军《柳恽集》十二卷,亡。"《隋书·经籍志》著录《柳恽集》,云其已亡,而《旧唐书·经籍志》《新唐书·艺文志》均没有著录《柳恽集》,由此可知《柳恽集》大概于唐代之前已经佚失。柳恽的《清调论》《棋品》三卷、《卜杖龟经》今皆已经亡佚。柳恽的诗文收在《柳吴兴集》中,共十二卷,南宋末尚存一卷,此集已经亡佚。他的少量诗文散见于《艺文类聚》《初学记》《玉台新咏》等典籍中。清代学者严可均《全上古三代秦汉三国六朝文》辑录其文一篇,逯钦立《先秦汉魏晋南北朝诗》辑录其诗歌十八首。

附一 (民国)《解县志·文儒传》

柳恽,字文畅,世隆子。少有志行,好学,善尺牍。与陈郡谢沦友善,齐竟陵王子良引为法曹行参军。尝置酒后园,有晋相谢安鸣琴在侧,援以授恽,恽弹为雅弄。子良曰:"卿巧越嵇心,妙臻羊体,良质美手,信在今夜。"为太子洗马,试守鄱阳,除骠骑从事中郎。梁武帝至建业,以为征东府司马。

上笺请先收图籍,及遵汉祖宽大之义,从之。徙相国、右司马。天监元年,除长史、兼侍中,与仆射沈约等共定新律。恽性正素,以贵公子早有令名,少工篇什。为诗曰:"亭皋本叶下,陇首秋云飞。"琅邪王元长见而嗟赏,因书斋壁及所执白团扇。武帝宴,必诏赋诗。尝奉和《登景阳楼》篇云:"太液沧波起,长杨高树秋。翠华承汉远,雕辇逐风游。"深见赏美,当时咸共称传。历平越中郎将、广州刺史,秘书监,右卫将军。再为吴兴太守,为政清静,人吏怀之。恽善弹琴,好医术,棋品在第二。帝谓周舍曰:"吾闻君子不可求备,至如柳恽可谓具美。分其才艺,足了十人。"少子偃字彦游,年十二,梁武帝问读何书,对曰:"尚书。"又问有何美句,对曰:"德惟善政,政在养人。"众咸异之。诏尚武帝女长城公主,拜驸马都尉、都亭侯,位鄱阳内史,卒。子盼尚陈文帝女富阳公主,拜驸马都尉。后主即位,以帝舅加散骑常侍。劾免,卒。赠侍中、中护军。后从祖弟庄清警有鉴识,深被恩礼。位度支尚书。入隋,为岐州司马。①

---

① (民国)曲乃锐等编辑《解县志》,民国九年石印本,第419—421页。

附二　《南史》卷三十八《柳元景传附柳恽传》

（柳）恽字文畅，少有志行。好学，善尺牍。与陈郡谢沦邻居，深见友爱。沦曰："宅南柳郎，可为仪表。"

初，宋时有嵇元荣、羊盖者，并善琴，云传戴安道法。恽从之学。恽特穷其妙。齐竟陵王子良闻而引为法曹行参军，唯与王瞕、陆杲善。每叹曰："瞕虽名家，犹恐累我也。"雅被子良赏狎。子良尝置酒后园，有晋太傅谢安鸣琴在侧，援以授恽，恽弹为雅弄。子良曰："卿巧越嵇心，妙臻羊体，良质美手，信在今夜。岂止当今称奇，亦可追踪古烈。"

为太子洗马，父忧去官，着述先颂，申其罔极之心，文甚哀丽。后试守鄱阳相，听吏属得尽三年丧礼，署之文教，百姓称焉。还除骠骑从事中郎。梁武帝至建邺，恽候谒石头，以为征东府司马。上笺请城平之日，先收图籍，及遵汉高宽大之义。帝从之。徙为相国右司马。天监元年，除长兼侍中，与仆射沈约等共定新律。

恽立性贞素，以贵公子早有令名，少工篇什，为诗云："亭皋木叶下，陇首秋云飞。"琅邪王融见而嗟赏，因书斋壁及所执白团扇。武帝与宴，必诏恽赋诗。尝和武帝登景阳楼篇云："太液沧波起，长杨高树秋，翠华承汉远，雕辇逐风游。"深见赏美。当时咸共称传。

历平越中郎将、广州刺史，秘书监，右卫将军。再为吴兴太守，为政清静，人吏怀之。于郡感疾，自陈解任。父老千余人拜表陈请，事未施行，卒。

初，恽父世隆弹琴，为士流第一，恽每奏其父曲，常感思。复变体备写古曲。尝赋诗未就，以笔捶琴，坐客过，以箸扣之，恽惊其哀韵，乃制为雅音。后传击琴自于此。恽常以今声转弃古法，乃着清调论，具有条流。齐竟陵王尝宿晏，明旦将朝见，恽投壶枭不绝，停舆久之，进见遂晚。齐武帝迟之，王以实对。武帝复使为之，赐绢二十匹。尝与琅邪王瞻博射，嫌其皮阔，乃摘梅帖乌珠之上，发必命中，观者惊骇。

梁武帝好弈棋，使恽品定棋谱，登格者二百七十八人，第其优劣，为棋品三卷。恽为第二焉。帝谓周舍曰："吾闻君子不可求备，至如柳恽可谓具美。分其才艺，足于十人。"恽着《卜杖龟经》，性好医术，尽其精妙。

少子偃字彦游，年十二，梁武帝引见，诏问读何书，对曰："尚书。"又问有何美句，对曰："德惟善政，政在养人。"众咸异之。诏尚武帝女长城公主，拜驸马都尉、都亭侯，位鄱阳内史，卒。

子盼尚陈文帝女富阳公主，拜驸马都尉。后主即位，以帝舅加散骑常侍。盼性愚戆，使酒，因醉乘马入殿门，为有司劾免，卒于家。赠侍中、中护军。

后从祖弟庄清警有鉴识，自盼卒后，太后宗属唯庄为近，兼素有名望，深被恩礼。位度支尚书。陈亡入隋，为岐州司马。恽弟憕。

柳崇

柳崇,字僧生,河东解(今山西省运城市)人。方雅有器量,美须明目,兼有学行。举秀才,射策高第。解褐太尉主簿、尚书右外兵郎中。解决河东、河北二郡争境问题。属荆郢新附,诏崇持节与州郡经略,兼加慰喻。还,迁太子洗马、本郡邑中正。转中垒将军、散骑侍郎。迁司空司马、兼卫尉少卿,又领邑中正。出为河北太守。卒于官,时年五十六。赠辅国将军、岐州刺史,谥曰穆。崇所制文章,寇乱遗失。事迹见《魏书》卷四十五《柳崇传》《北史》卷二十七《柳崇传》。

据《魏书》卷四十五《柳崇传》以及《北史》卷二十七《柳崇传》记载云"崇所制文章,寇乱遗失",可知柳崇应当有很多文学作品,因此应有《柳崇集》传世,可惜没有流传下来。

附一 (民国)《解县志·文儒传》

柳崇,字僧生。七世祖轨,晋廷尉卿。崇方雅有器量,身长八尺,美须明目,兼有学行。举秀才,射策高第。为本郡邑中正。累迁河中太守。卒于官,年五十六。赠岐州刺史,谥曰穆。崇所制文章,寇乱遗失。长子庆和,性沉静,不竞于时,位给事中。庆和弟楷,字上则,身长八尺,善草书,颇涉文史,抚军司马。①

附二 《魏书》卷四十五《柳崇传》

柳崇,字僧生,河东解人也。七世祖轨,晋廷尉卿。崇方雅有器量,身长八尺,美须明目,兼有学行。举秀才,射策高第。解褐太尉主簿、尚书右外兵郎中。于时河东、河北二郡争境,其间有盐池之饶,虞坂之便,守宰及民皆恐外割。公私朋竞,纷嚣台府。高祖乃遣崇检断,民官息讼。属荆郢新附,南寇窥扰,又诏崇持节与州郡经略,兼加慰喻。还,迁太子洗马、本郡邑中正。转中垒将军、散骑侍郎。迁司空司马、兼卫尉少卿,又领邑中正。出为河北太守。崇初赴郡,郡民张明失马,疑十余人。崇见之,不问贼事,人人别借以温颜,更问其亲老存不,农桑多少,而微察其辞色。即获真贼吕穆等二人,余皆放遣。郡中畏服,境内帖然。卒于官,年五十六。赠辅国将军、岐州刺史,谥曰穆。崇所制文章,寇乱遗失。

---

① (民国)曲乃锐等编辑《解县志》,民国九年石印本,第422页。

柳楷

柳楷,字孝则,河东解(今山西省运城市)人。身长八尺,善草书,颇涉文史。解褐员外散骑侍郎。萧宝夤西征,引为车骑主簿,仍为行台郎中。征还,以员外郎领殿中侍御史。转太尉记室参军,迁宁远将军、通直散骑侍郎、本郡邑中正。普泰初,简定集书省官,出除征虏将军、司徒从事、中书郎,转仪同开府长史。天平中,为肆州骠骑府长史,颇有声誉。又加中军将军。兴和中,抚军司马,遇病卒。事迹见《魏书》卷四十五《柳崇传附柳楷传》《北史》卷二十七《柳崇传附柳楷传》。

据《魏书》卷四十五《柳崇传附柳楷传》记载云柳楷"善草书,颇涉文史",因此可知柳楷应当有作品流传后世,其作品今皆亡佚。

附一 《魏书》卷四十五《柳崇传附柳楷传》

庆和弟楷,字孝则。身长八尺,善草书,颇涉文史。解褐员外散骑侍郎。萧宝夤西征,引为车骑主簿,仍为行台郎中。征还,以员外郎领殿中侍御史。转太尉记室参军,迁宁远将军、通直散骑侍郎、本郡邑中正。普泰初,简定集书省官,出除征虏将军、司徒从事、中书郎,转仪同开府长史。天平中,为肆州骠骑府长史,颇有声誉。又加中军将军。兴和中,抚军司马,遇病卒。

裴侠

裴侠,字嵩和,河东解(今山西省运城市)人。祖思齐,举秀才,拜议郎。父欣,博涉经史,魏昌乐王府司马、西河郡守,赠晋州刺史。侠幼而聪慧,有异常童。州辟主簿,举秀才。魏正光中,解巾奉朝请。稍迁员外散骑侍郎、义阳郡守。魏孝庄时,授轻车将军、东郡太守,带防城别将。及魏孝武与齐神武有隙,征河南兵以备之,侠率所部赴洛阳。授建威将军,左中郎将。俄而孝武西迁,遂从入关。赐爵清河县伯,除丞相府士曹参军。

大统三年,领乡兵从战沙苑,先锋陷阵。以功进爵为侯,邑八百户,拜行台郎中。王思政镇玉壁,以侠为长史。后除河北郡守。侠又撰九世伯祖贞侯潜传,以为裴氏清公,自此始也,欲使后生奉而行之,宗室中知名者,咸付一通。九年,入为大行台郎中。居数载,出为郢州刺史,加仪同三司,寻转拓州刺史,征拜雍州别驾。孝闵帝践阼,除司邑下大夫,加骠骑大将军、开府仪同三司,进爵为公。迁民部中大夫。转工部中大夫。武成元年,卒于位。赠太子少师、蒲州刺史,谥曰贞。事迹见《周书》卷三十五《裴侠传》《北史》卷三十八《裴侠传》。

据《周书》卷三十五《裴侠传》以及《北史》卷三十八《裴侠传》记载云"又撰九世伯祖《贞侯潜传》"可知,裴侠撰有《贞侯潜传》。此书已经亡佚。

附一 (民国)《解县志·文儒传》

裴侠,字嵩和,祖思齐,举秀才。父欣,西河郡守。侠幼而聪慧,举秀才。从孝武入关,王思政镇玉壁,以侠为长史。未几为齐神武所攻。神武以书招思政,思政令侠草报,辞甚壮烈。太祖嘉之,曰:"虽鲁连无以加也。"除河北郡守。功绩尤著,周武成元年卒。①

附二 《周书》卷三十五《裴侠传》

裴侠字嵩和,河东解人也。祖思齐,举秀才,拜议郎。父欣,博涉经史,魏昌乐王府司马、西河郡守,赠晋州刺史。侠幼而聪慧,有异常童。年十三,遭父忧,哀毁有若成人。州辟主簿,举秀才。魏正光中,解巾奉朝请。稍迁员外散骑侍郎、义阳郡守。元颢入洛,侠执其使人,焚其赦书。魏孝庄嘉之,授轻车将军、东郡太守,带防城别将。及魏孝武与齐神武有隙,征河南兵以备之,侠率所部赴洛阳。授建威将军,左中郎将。俄而孝武西迁,侠将行而妻子犹在东郡。荥阳郑伟谓侠曰:"天下方乱,未知乌之所集。何如东就妻子,徐择木焉。"侠曰:"忠义之道,庸可忽乎!吾既食人之禄,宁以妻子易图也。"遂从入关。赐爵清河县伯,除丞相府士曹参军。

大统三年,领乡兵从战沙苑,先锋陷阵。侠本名协,至是,太祖嘉其勇决,乃曰"仁者必有勇",因命改焉。以功进爵为侯,邑八百户,拜行台郎中。王思政镇玉壁,以侠为长史。未几为齐神武所攻。神武以书招思政,思政令侠草报,辞甚壮烈。太祖善之,曰:"虽鲁连无以加也。"

除河北郡守。侠躬履俭素,爱民如子,所食唯菽麦盐菜而已。吏民莫不怀之。此郡旧制,有渔猎夫三十人以供郡守。侠曰:"以口腹役人,吾所不为也。"乃悉罢之。又有丁三十人,供郡守役使。侠亦不以入私,并收庸直,为官市马。岁月既积,马遂成群。去职之日,一无所取。民歌之曰:"肥鲜不食,丁庸不取,裴公贞惠,为世规矩。"侠尝与诸牧守俱谒太祖。太祖命侠别立,谓诸牧守曰:"裴侠清慎奉公,为天下之最,今众中有如侠者,可与之俱立。"众皆默然,无敢应者。太祖乃厚赐侠。朝野叹服,号为独立君。

① (民国)曲乃锐等编辑《解县志》,民国九年石印本,第423页。

侠又撰九世伯祖贞侯潜传，以为裴氏清公，自此始也，欲使后生奉而行之，宗室中知名者，咸付一通。从弟伯凤、世彦，时并为丞相府佐，笑曰："人生仕进，须身名并裕。清苦若此，竟欲何为？"侠曰："夫清者莅职之本，俭者持身之基。况我大宗，世济其美，故能：存，见称于朝廷；没，流芳于典策。今吾幸以凡庸，滥蒙殊遇，固其穷困，非慕名也。志在自修，惧辱先也。反被嗤笑，知复何言。"伯凤等惭而退。九年，入为大行台郎中。居数载，出为郢州刺史，加仪同三司，寻转拓州刺史，征拜雍州别驾。孝闵帝践阼，除司邑下大夫，加骠骑大将军、开府仪同三司，进爵为公，增邑通前一千六百户。迁民部中大夫。时有奸吏，主守仓储，积年隐没至千万者，及侠在官，励精发摘，数旬之内，奸盗略尽。转工部中大夫。有大司空掌钱物典李贵乃于府中悲泣。或问其故。对曰："所掌官物，多有费用，裴公清严有名，惧遭罪责，所以泣耳。"侠闻之，许其自首。贵言隐费钱五百万。侠之肃遏奸伏，皆此类也。

初，侠尝遇疾沉顿，大司空许国公宇文贵、小司空北海公申徽并来伺候侠。侠所居第屋，不免风霜，贵等还，言之于帝。帝矜其贫苦，乃为起宅，并赐良田十顷，奴隶、耕牛、粮粟，莫不备足。搢绅咸以为荣。武成元年，卒于位。赠太子少师、蒲州刺史，谥曰贞。河北郡前功曹张回及吏民等，感侠遗爱，乃作颂纪其清德焉。

柳虬

柳虬，字仲蟠（一作仲盘），河东解（今山西省运城市）人。父柳僧习，善隶书，敏于当世。与豫州刺史裴叔业据州归魏，历北地颍川二郡守、扬州大中正。虬年十三，便专精好学。遍受五经，略通大义，兼涉子史，雅好属文。孝昌中，扬州刺史李宪举虬秀才，兖州刺史冯俊引虬为府主簿。既而樊子鹄为吏部尚书，其兄义为扬州刺史，乃以虬为扬州中从事，加镇远将军。非其好也，并弃官还洛阳。属天下丧乱，乃退耕于阳城，有终焉之志。大统三年，冯翊王元季海、领军独孤信镇洛阳，以虬为行台郎中，掌文翰。后又为独孤信开府从事中郎。信出镇陇右，因为秦州刺史，以虬为二府司马。因使见周文，被留为丞相府记室。追论归朝功，封美阳县男。十四年，除秘书丞，领著作。十六年，迁中书侍郎，修起居注，仍领丞事。时人论文体者，有今古之异。虬又以为时有古今，非文有古今，乃为《文质论》。废帝初，迁秘书监，加车骑大将军、仪同三司。恭帝元年冬卒，时年五十四。赠兖州刺史，谥曰孝。有文章数十篇，行于世。事迹见《周书》卷三十八《柳虬传》《北史》卷六十四《柳虬传》。

据《山西通志·经籍》著录，柳虬的著述有《柳虬集》，此集已经亡佚。除此之外,据《周书》卷三十八《柳虬传》以及《北史》卷六十四《柳虬传》记载可知,柳虬还撰写有《文质论》《西魏文帝起居注》。这些著述也已经亡佚。

附一　(民国)《解县志·文儒传》

柳虬,字仲盘,年十三,便专精好学,遍受五经,兼涉子史,雅好属文。孝昌中,扬州刺史李宪举虬秀才,兖州刺史冯俊引虬为府主簿。扬州刺史樊义又以为扬州从事,加镇远将军。弃官还洛阳。

大统三年,冯翊王元季海、领军独孤信镇洛阳。时旧京人物唯虬在阳城,裴诹在颍川。信等乃俱征之,以虬为行台郎中,诹为北府属,并掌文翰。虬励精从事,通夜不寝。季海常云:"柳郎中判事,我不复重看。"四年入朝,为独孤信开府从事中郎。信出镇陇右,为二府司马。不综府事,唯在信左右谈论而已。因使见周文,留为丞相府记室。封美阳县男。请史官记事者,当朝显言其状,庶令是非得失无隐,事遂施行。时人论古今文体之异。虬谓时有古今,文无古今。十四年,除秘书丞,迁中书侍郎,修起居注。废帝初,迁秘书监,加车骑大将军、仪同三司。

虬脱常弊衣蔬食,曰:"衣不过适体,食不过充饥,孜孜营求,徒劳思虑耳。"恭帝元年卒,年五十四。赠兖州刺史,谥曰孝。子鸿渐嗣。①

附二　《北史》卷六十四《柳虬传》

柳虬,字仲盘,河东解人也。五世祖恭,仕后赵为河东郡守。后以秦、赵丧乱,率人南徙,居汝、颍间,遂仕江表。祖缉,宋司州别驾、宋安郡守。父僧习,善隶书,敏于当世。与豫州刺史裴叔业据州归魏,历北地颍川二郡守、扬州大中正。虬年十三,便专精好学。时贵游子弟就学者,并车服华盛,唯虬不事容饰。遍受五经,略通大义,兼涉子史,雅好属文。孝昌中,扬州刺史李宪举虬秀才,兖州刺史冯俊引虬为府主簿。既而樊子鹄为吏部尚书,其兄义为扬州刺史,乃以虬为扬州中从事,加镇远将军。非其好也,并弃官还洛阳。属天下丧乱,乃退耕于阳城,有终焉之志。

大统三年,冯翊王元季海、领军独孤信镇洛阳。于时旧京荒废,人物罕存,唯有虬在阳城,裴诹在颍川。信等乃俱征之,以虬为行台郎中,诹为北府属,并掌文翰。时人为之语曰:"北府裴诹,南府柳虬。"时军旅务殷,虬励精从事,或通夜不寝。季海常云:"柳郎中判事,我不复重看。"四年入朝,周文帝欲官之,虬辞母老,乞侍医药。周文许焉。又为独孤信开府从事中郎。信出镇陇右,因为秦州刺史,以虬为二府司马。虽处元僚,不综府事,唯在信左右谈论而已。因使见周文,被留为丞相府记室。追论归朝功,封美阳县男。

---

① (民国)曲乃锐等编辑《解县志》,民国九年石印本,第423—425页。

虬以史官密书善恶,未足惩劝,乃上疏曰:"古者人君立史官,非但记事而已,盖所为鉴诫也。动则左史书之,言则右史书之,彰善瘅恶,以树风声。故南史抗节,表崔杼之罪;董狐书法,明赵盾之愆。是知执笔于朝,其来久矣。而汉、魏已还,密为记注,徒闻后世,无益当时。非所谓将顺其美,匡救其恶者。且著述之人,密书纵能直笔,人莫知之。何止物生横议,亦自异端互起。故班固致受金之名,陈寿有求米之论。著汉、魏者非一氏,造晋史者至数家。后代纷纭,莫知准的。伏惟陛下则天稽古,劳心庶政,开诽谤之路,纳忠谠之言。诸史官记事者,请皆当朝显言其状,然后付之史阁。庶令是非明著,得失无隐,使闻善者日修,有过者知惧。"事遂施行。十四年,除秘书丞,领著作。旧丞不参史事,自虬为丞,始令监掌焉。迁中书侍郎,修起居注,仍领丞事。时人论文体者,有今古之异。虬又以为时有古今,非文有古今,乃为文质论。文多不载。废帝初,迁秘书监,加车骑大将军、仪同三司。

虬脱略人间,不事小节,弊衣蔬食,未尝改操。人或讥之。虬曰:"衣不过适体,食不过充饥,孜孜营求,徒劳思虑耳。"恭帝元年冬卒,时年五十四。赠兖州刺史,谥曰孝。有文章数十篇,行于世。子鸿渐嗣。虬弟桧。

柳鸳

柳鸳,河东解(今山西省运城市)人,西魏秘书监柳虬之弟。好学善属文,卒于魏临淮王记室参军事。事迹见《北史》卷六十四《柳虬传附柳鸳传》。

据《北史》卷六十四《柳虬传附柳鸳传》记载云"好学善属文"可知,柳鸳当有文学作品流传后世,其作品今皆亡佚。

附一 《北史》卷六十四《柳虬传附柳鸳传》

(柳)桧弟鸳,好学善属文,卒于魏临淮王记室参军事。

柳庆

柳庆,字更兴,河东解(今山西省运城市)人。父柳僧习,齐奉朝请。魏景明中,与豫州刺史裴叔业据州归魏。历北地、颍川二郡守、扬州大中正。庆幼聪敏,有器量。博涉群书,不治章句。起家奉朝请。庆出后第四叔,遭父忧。服阕,除中坚将军。魏孝武将西迁,除庆散骑侍郎,驰传入关。独孤信之镇洛阳,乃得入关。

除相府东合祭酒，领记室，转户曹参军。大统八年，迁大行台郎中，领北华州长史。十年，除尚书都兵，郎中如故，并领记室。时北雍州献白鹿，群臣欲草表陈贺。庆操笔立成，辞兼文质。寻以本官兼雍州别驾。十二年，改三十六曹为十二部，诏以庆为计部郎中，别驾如故。十三年，封清河县男，邑二百户，兼尚书右丞，摄计部。十四年，正右丞。寻进爵为子，增邑三百户。十五年，加平南将军。十六年，太祖东讨，以庆为大行台右丞，加抚军将军。还转尚书右丞，加通直散骑常侍。魏废帝初，除民部尚书。二年，授车骑大将军、仪同三司。魏恭帝初，进位骠骑大将军、开府仪同三司、尚书右仆射，转左仆射，领著作。六官建，拜司会中大夫。孝闵帝践阼，赐姓宇文氏，进爵平齐县公。晋公护初摄政，欲引为腹心。庆辞之，遂见疏忌，出为万州刺史。世宗寻悟，留为雍州别驾，领京兆尹。武成二年，除宜州刺史。保定三年，又入为司会。天和元年十二月薨。时年五十，赠鄜绥丹三州刺史，谥曰景。事迹见《周书》卷二十二《柳庆传》《北史》卷六十四《柳虬传附柳庆传》。

据《周书》卷二十二《柳庆传》记载云"庆操笔立成，辞兼文质"可知，柳庆亦博览群书，下笔成文。因此应当有诗文传世，可惜没有作品流传下来。

附一 （民国）《解县志·文儒传》

柳庆，字更兴，虬弟。幼聪敏有器量，博涉群书，不为章句。尝为父僧习作书草，僧习叹曰："此儿有意气，丈夫理当如是。"庆出后第四叔，及遭父忧，议者不许为服重。庆泣曰："礼者盖缘人情，若于出后之家，更有苴斩之服，可夺此从彼。今四叔薨背已久，情事不追，岂容夺礼？"遂以苦块终丧。负土成坟。孝武将西迁，庆以散骑侍郎驰传入关。至高平，见周文，共论时事。周文请迎舆驾，令庆复命。时贺拔胜在荆州，帝欲往荆州，庆曰："关中金城千里，天下之强国也。荆州地无要害，宁足以固鸿基？"帝纳之。及西迁，以母老不从。独孤信之镇洛阳，乃得入关。除相府东阁祭酒。

大统十年，除尚书都兵郎中，并领记室。时北雍州献白鹿，庆操笔立成，辞兼文质。寻领雍州别驾。笞杀豪强，屡决疑狱。每叹曰："昔于公断狱无私，辟高门可以待封。傥斯言有验，吾其庶几乎？"封清河县男，寻进爵为子。庆威仪端肃，枢机明辩。周文每发号令，常使庆宣之。天性抗直，无所回避。周孝闵帝赐姓宇文氏，进爵平齐县公。兄子雄亮刃仇人黄宝，晋公护让庆擅杀人，对曰："庆闻父母之雠不同天，昆弟之雠不同国。明公以孝治天下，何乃责于此乎？"护愈怒，庆辞色无所屈，竟免。卒，赠鄜绥丹三州刺史，谥曰景。子机嗣。①

---

① （民国）曲乃锐等编辑《解县志》，民国九年石印本，第348—350页。

附二　《周书》卷二十二《柳庆传》

柳庆字更兴，解人也。五世祖恭，仕后赵，为河东郡守。后以秦、赵丧乱，乃率民南徙，居于汝、颍之间，故世仕江表。祖缙，宋同州别驾，宋安郡守。父僧习，齐奉朝请。魏景明中，与豫州刺史裴叔业据州归魏。历北地、颍川二郡守、扬州大中正。

庆幼聪敏，有器量。博涉群书，不治章句。好饮酒，闲于占对。年十三，因曝书，僧习谓庆曰："汝虽聪敏，吾未经特试。"乃令庆于杂赋集中取赋一篇，千有余言，庆立读三遍，便即诵之，无所遗漏。时僧习为颍川郡，地接都畿，民多豪右。将选乡官，皆依倚贵势，竞来请托。选用未定。僧习谓诸子曰："权贵请托，吾并不用。其使欲还，皆须有答。汝等各以意为吾作书也。"庆乃具书草云："下官受委大邦，选吏之日，有能者进，不肖者退。此乃朝廷恒典。"僧习读书，叹曰："此儿有意气，丈夫理当如是。"即依庆所草以报。起家奉朝请。庆出后第四叔，及遭父忧，议者不许为服重。庆泣而言曰："礼者盖缘人情，若于出后之家，更有苴斩之服，可夺此从彼。今四叔薨背已久，情事不追。岂容夺礼，乖违天性！"时论不能抑，遂以苫块终丧。既葬，乃与诸兄负土成坟。服阕，除中坚将军。魏孝武将西迁，除庆散骑侍郎，驰传入关。庆至高平见太祖，共论时事。太祖即请奉迎舆驾，仍命庆先还复命。时贺拔胜在荆州，帝屏左右谓庆曰："高欢已屯河北，关中兵既未至，朕欲往荆州，卿意何如？"庆对曰："关中金城千里，天下之强国也。宇文泰忠诚奋发，朝廷之良臣也。以陛下之圣明，仗宇文泰之力用，进可以东向而制群雄，退可以闭关而固天府。此万全之计也。荆州地非要害，众又寡弱，外迫梁寇，内拒欢党，斯乃危亡是惧，宁足以固鸿基？以臣断之，未见其可。"帝深纳之。

及帝西迁，庆以母老不从。独孤信之镇洛阳，乃得入关。除相府东合祭酒，领记室，转户曹参军。八年，迁大行台郎中，领北华州长史。十年，除尚书都兵，郎中如故，并领记室。

时北雍州献白鹿，群臣欲草表陈贺。尚书苏绰谓庆曰："近代以来，文章华靡，逮于江左，弥复轻薄。洛阳后进，祖述不已。相公柄民轨物，君职典文房，宜制此表，以革前弊。"庆操笔立成，辞兼文质。绰读而笑曰："枳橘犹自可移，况才子也。"寻以本官兼雍州别驾。

广陵王元欣，魏之懿亲。其甥孟氏，屡为匃横。或有告其盗牛。庆捕推得实，趣令就禁。孟氏殊无惧容，乃谓庆曰："今若加以桎梏，后复何以脱之？"欣亦遣使辨其无罪。孟氏由此益骄。庆于是大集僚吏，盛言孟氏依倚权戚，侵虐之状。言毕，便令笞杀之。此后贵戚敛手，不敢侵暴。

有贾人持金二十斤，诣京师交易，寄人停止。每欲出行，常自执管钥。无何，缄闭不异而失之。谓主人所窃，郡县讯问，主人遂自诬服。庆闻而叹之，乃召问贾人曰："卿钥恒置何处？"对曰："恒自带之。"庆曰："颇与人同宿乎？"曰："无。""与人同饮乎？"曰："日者曾与一沙门再度酣宴，醉而昼寝。"庆曰："主人特以痛自诬，非盗也。彼沙门乃真盗耳。"

即遣吏逮捕沙门,乃怀金逃匿。后捕得,尽获所失之金。十二年,改三十六曹为十二部,诏以庆为计部郎中,别驾如故。

有胡家被劫,郡县按察,莫知贼所,邻近被囚系者甚多。庆以贼徒既众,似是乌合,既非旧交,必相疑阻,可以诈求之。乃作匿名书多牓官门曰:"我等共劫胡家,徒侣混杂,终恐泄露。今欲首,惧不免诛。若听先首免罪,便欲来告。"庆乃复施免罪之榜。居二日,广陵王欣家奴面缚自告榜下。因此推穷,尽获党与。庆之守正明察,皆此类也。每叹曰:"昔于公断狱无私,辟高门可以待封。倪斯言有验,吾其庶几乎。"十三年,封清河县男,邑二百户,兼尚书右丞,摄计部。十四年,正右丞。

太祖尝怒安定国臣王茂,将杀之,而非其罪。朝臣咸知,而莫敢谏。庆乃进曰:"王茂无罪,奈何杀之?"太祖愈怒,声色甚厉,谓庆曰:"王茂当死,卿若明其无罪,亦须坐之。"乃执庆于前。庆辞气不挠,抗声曰:"窃闻君有不达者为不明,臣有不争者为不忠。庆谨竭愚诚,实不敢爱死,但惧公为不明之君耳。愿深察之。"太祖乃悟而赦茂,已不及矣。太祖默然。明日,谓庆曰:"吾不用卿言,遂令王茂冤死。可赐茂家钱帛,以旌吾过。"寻进爵为子,增邑三百户。十五年,加平南将军。十六年,太祖东讨,以庆为大行台右丞,加抚军将军。还转尚书右丞,加通直散骑常侍。魏废帝初,除民部尚书。

庆威仪端肃,枢机明辨。太祖每发号令,常使庆宣之。天性抗直,无所回避。太祖亦以此深委仗焉。二年,授车骑大将军、仪同三司。魏恭帝初,进位骠骑大将军、开府仪同三司、尚书右仆射,转左仆射,领著作。六官建,拜司会中大夫。孝闵帝践阼,赐姓宇文氏,进爵平齐县公,增邑通前一千五百户。晋公护初摄政,欲引为腹心。庆辞之,颇忤旨。又与杨宽有隙,及宽参知政事,庆遂见疏忌,出为万州刺史。世宗寻悟,留为雍州别驾,领京兆尹。武成二年,除宜州刺史。庆自为郎,迄于司会,府库仓储,并其职也。及在宜州,宽为小冢宰,乃因庆故吏,求其罪失。按验积六十余日,吏或有死于狱者,终无所言,唯得剩锦数匹。时人服其廉慎。保定三年,又入为司会。

先是,庆兄桧为魏兴郡守,为贼黄宝所害。桧子三人,皆幼弱,庆抚养甚笃。后宝率众归朝,朝廷待以优礼。居数年,桧次子雄亮白日手刃宝于长安城中。晋公护闻而大怒,执庆及诸子侄皆囚之。让庆曰:"国家宪纲,皆君等所为。虽有私怨,宁得擅杀人也!"对曰:"庆闻父母之雠不同天,昆弟之雠不同国。明公以孝治天下,何乃责于此乎?"护愈怒,庆辞色无所屈,卒以此免。天和元年十二月薨。时年五十,赠鄜绥丹三州刺史,谥曰景。子机嗣。

柳弘

柳弘,字匡道,河东解(今山西省运城市)人。少聪颖,亦善草隶,博涉群书,辞彩雅赡。与弘农杨素为莫逆之交。解巾中外府记室参军。建德初,除内史上士,历小宫尹、御正上士。陈遣王偃民来聘,高祖令弘劳之。仍令报聘,占对详敏,见称于时。使还,拜内史都上士,迁御正下大夫。寻卒于官,时年三十一,赠晋州刺史。有文集行于世。事迹见《周书》卷二十二《柳庆传附柳弘传》《北史》卷六十四《柳虬传附柳弘传》。

据《山西通志·经籍》著录,柳弘的著述有《柳弘集》,注曰:"无卷数。"又,据《周书》卷二十二《柳庆传附柳弘传》以及《北史》卷六十四《柳虬传附柳弘传》记载,云其"有文集行于世",由此可知,柳弘有文集流传后世,然而《隋书·经籍志》没有著录《柳弘集》,《旧唐书·经籍志》《新唐书·艺文志》等史志以及私家书目也没有著录,大概隋朝以前《柳弘集》已经亡佚。

附一 （民国）《解县志·名贤传》

柳弘,字匡道。少聪颖,亦善草隶,博涉群书,辞彩雅赡。与弘农杨素为莫逆之交。解巾中外府记室参军。建德初,除内史上士,历小宫尹、御正上士。陈遣王偃人来聘,令弘劳之。偃人至蓝田,滋水暴长,所赍国信,胥溺,假从吏物进之。弘曰:"昔淳于之献空笼,前史称以为美。足下假物而进,讵是陈君之命乎?"偃人惭不能对。高祖闻而嘉之,尽以所进之物赐弘,仍令报聘。占对详敏,见称于时。使还,拜内史都上士,后卒于御正下大夫,赠晋州刺史。杨素诔之曰:"山阳王弼,风流长逝。颍川荀粲,零落无时。修竹夹池,永绝梁园之赋;长杨映沼,无复洛川之文。"其为士友所痛惜如此。有文集行于世。①

附二 《周书》卷二十二《柳庆传附柳弘传》

机弟弘,字匡道,少聪颖,亦善草隶,博涉群书,辞彩雅赡。与弘农杨素为莫逆之交。解巾中外府记室参军。建德初,除内史上士,历小宫尹、御正上士。陈遣王偃民来聘,高祖令弘劳之。偃民谓弘曰:"来日,至于蓝田,正逢滋水暴长,所赍国信,溺而从流。今所进者,假之从吏。请勒下流人,见为追寻此物也。"弘曰:"昔淳于之献空笼,前史称以为美。足下假物而进,讵是陈君之命乎?"偃民惭不能对。高祖闻而嘉之,尽以偃民所进之物赐弘,仍令报聘。占对详敏,见称于时。使还,拜内史都上士,迁御正下大夫。寻卒于官,时年三十一。高祖甚惜之。赠晋州刺史。杨素诔之曰:"山阳王弼,风流长逝。颍川荀粲,零落无时。修竹夹池,永绝梁园之赋;长杨映沼,无复洛川之文。"其为士友所痛惜如此。有文集行于世。

---

① （民国）曲乃锐等编辑《解县志》,民国九年石印本,第350—351页。

柳敏

柳敏,字白泽,河东解县(今山西省运城市)人。父懿,魏车骑大将军、仪同三司、汾州刺史。敏九岁而孤,事母以孝闻。性好学,涉猎经史,阴阳卜筮之术,靡不习焉。年未弱冠,起家员外散骑侍郎。累迁河东郡丞。及文帝克复河东,见而器异之,即拜丞相府参军事。俄转户曹参军,兼记室。与苏绰等修撰新制,为朝廷政典。迁礼部郎中,封武城县子,加帅都督,领本乡兵。俄进大都督。遭母忧,寻起为吏部郎中。及尉迟迥伐蜀,以敏为行军司马。军中筹略,并以委之。益州平,进骠骑大将军、开府仪同三司,加侍中,迁尚书,赐姓宇文氏。六官建,拜礼部中大夫。孝闵帝践阼,进爵为公,又除河东郡守,寻复征拜礼部。出为郢州刺史,甚得物情。及还朝,复拜礼部。后改礼部为司宗,仍以敏为之。迁小宗伯,监修国史。转小司马,又监修律令。进位大将军,出为鄜州刺史,以疾不之部。武帝平齐,进爵武德郡公。开皇元年,进位上大将军、太子太保。其年卒。赠五州诸军事、晋州刺史。事迹见《周书》卷三十二《柳敏传》《北史》卷六十七《柳敏传》。

据《周书·柳敏传》记载可知,柳敏参与撰写《周国史》《周五礼》。又,据《北史·崔仲方传》记载:"(仲方)后以明经为晋公宇文护参军事,寻转记室,迁司玉大夫,与斛斯徵、柳敏等同修礼律。"由此可知,柳敏还参与修订《周保定新律》。另,柳敏还撰写有《西魏中兴永式》五卷。其作品今皆亡佚。

附一　(民国)《解县志·名贤传》

柳敏,字白泽,少孤,以孝闻。周文克复河东,见而器异之,乃谓之曰:"今日不喜得河东,喜得卿也。"即拜丞相府参军事,转户曹参军,兼记室,与苏绰等修撰新制。迁礼部郎中,封武城县子,益州平,进骠骑大将军、开府仪同三司,加侍中,迁尚书,赐姓宇文氏。周初,进爵为公,又除河东郡守,又为郢州刺史,甚得物情。及将还朝,夷夏士人感其惠政,并赍酒肴及土产候之于路。敏乃从他道而还。复拜礼部。武帝平齐,进爵武德郡公。武帝及宣帝并亲幸其第问疾。开皇元年,进位上大将军、太子太保。卒,赠五州诸军事、晋州刺史。①

---

① (民国)曲乃锐等编辑《解县志》,民国九年石印本,第352—353页。

附二　《周书》卷三十二《柳敏传》

柳敏字白泽,河东解县人,晋太常纯之七世孙也。父懿,魏车骑大将军、仪同三司、汾州刺史。

敏九岁而孤,事母以孝闻。性好学,涉猎经史,阴阳卜筮之术,靡不习焉。年未弱冠,起家员外散骑侍郎。累迁河东郡丞。朝议以敏之本邑,故有此授。敏虽统御乡里,而处物平允,甚得时誉。

及文帝克复河东,见而器异之,乃谓之曰:"今日不喜得河东,喜得卿也。"即拜丞相府参军事。俄转户曹参军,兼记室。每有四方宾客,恒令接之,爰及吉凶礼仪,亦令监综。又与苏绰等修撰新制,为朝廷政典。迁礼部郎中,封武城县子,加帅都督,领本乡兵。俄进大都督。遭母忧,居丧旬日之间,鬓发半白。寻起为吏部郎中。毁瘠过礼,杖而后起。文帝见而叹异之,特加廪赐。及尉迟迥伐蜀,以敏为行军司马。军中筹略,并以委之。益州平,进骠骑大将军、开府仪同三司,加侍中,迁尚书,赐姓宇文氏。六官建,拜礼部中大夫。孝闵帝践阼,进爵为公,又除河东郡守,寻复征拜礼部。出为郢州刺史,甚得物情。及将还朝,夷夏士人感其惠政,并赍酒肴及土产候之于路。敏乃从他道而还。复拜礼部。后改礼部为司宗,仍以敏为之。

敏操履方正,性又恭勤,每日将朝,必夙兴待旦。又久处台阁,明练故事,近仪或乖先典者,皆按据旧章,刊正取中。迁小宗伯,监修国史。转小司马,又监修律令。进位大将军,出为鄜州刺史,以疾不之部。武帝平齐,进爵武德郡公。敏自建德以后,寝疾积年,武帝及宣帝并亲幸其第问疾焉。

开皇元年,进位上大将军、太子太保。其年卒。赠五州诸军事、晋州刺史。临终诫其子等,丧事所须,务从简约。其子等并涕泣奉行。少子昂。

柳玄达

柳玄达,河东南解(今山西省运城市)人。颇涉经史。仕萧鸾,历诸王参军。裴叔业之镇寿春,委以管记。景明初,除辅国将军、司徒谘议参军,封南顿县开国子。二年秋卒,时年四十三,后改封夏阳县。事迹见《魏书》卷七十一《裴叔业传附柳玄达传》《北史》卷四十五《裴叔业传附柳玄达传》。

柳玄达的著述有《大夫论》《丧服论》。今皆亡佚。

附一　《魏书》卷七十一《裴叔业传附柳玄达传》

时河东南解人柳玄达,颇涉经史。仕萧鸾,历诸王参军。与叔业姻娅周旋,叔业之镇寿春,委以管记。及叔业之被猜疑,将谋献款,玄达赞成其计,前后表启皆玄达之词。景明初,除辅国将军、司徒谘议参军,封南顿县开国子,邑二百户。二年秋卒,时年四十三。后改封夏阳县,邑户如先。玄达曾著《大夫论》,备陈叔业背逆归顺、契阔危难之旨,又著《丧服论》,约而易寻。文多不录。

关朗

关朗,字子明,河东解(今山西省运城市)人。有经济大器,妙极占算。北魏太和末,晋阳穆公王虬,署朗为公府记室。穆公与谈《易》,各相叹服。因言于孝文帝,诏见之,帝问《老》《易》,朗寄发玄宗,实陈王道,讽帝慈俭为本,饰之以刑政礼乐。帝嘉叹,会帝有乌丸之役,敕子明随穆公出镇并州,军国大议驰驿而闻。俄帝崩,穆公归洛,逾年而薨,朗遂不仕。同州府君王彦师之,受《春秋》及《易》,共隐临汾山。盖王氏《易道》,宗于朗焉。子明既卒,河东往往立祠祭之,所著文集行于世。事迹见《全唐文》卷一百六十一《录关子明事》(唐代王福畤撰)、《全唐文》卷一百五十四《关朗传》(唐代李延寿撰)、《关氏易传序》(唐代赵蕤撰)。

据《山西通志·经籍》著录,关朗的著述有《关氏易传》一卷(唐代赵蕤注),《洞极元经传》五卷,注曰:"一作《洞极真经》,玉函山房有辑本。"又,据《宋史·艺文志一》记载:"关朗《易传》一卷。"又据《宋史·艺文志四》记载:"关朗《洞极元经传》五卷。"由此可知,关朗的著述有《易传》一卷,《洞极元经传》五卷。署名关朗的《易传》,后世学者多认为是伪作,《四库全书总目提要》云:"《关氏易传》,一卷(内府藏本)。旧本题北魏关朗撰,唐赵蕤注。朗字子明,河东人。蕤字大宾,梓州盐亭人(详见《子部·杂家类》《长短经》条)。是书《隋志》《唐志》皆不著录。晁公武《读书志》谓李淑《邯郸图书志》始有之。《中兴书目》亦载其名,云'阮逸诠次刊正'。陈师道《后山谈丛》、何薳《春渚纪闻》及邵博《闻见后录》皆云,阮逸尝以伪撰之稿示苏洵,则出自逸手,更无疑义。逸与李淑同为神宗时人,故李氏书目始有也。《吴莱集》有此书《后序》,乃据《文中子》之说力辨其真。文士好奇,未之深考耳。"此书今存,此书较为常见的版本主要有:明崇祯年间毛氏汲古阁刻本;《学津讨原》本;《范氏奇书》本;《津逮秘书》本,运城市河津市图书馆藏有此书;清乾隆五十六年(1791)王谟刻本;《续修四库全书》本(上海古籍出版社1995年版)。《洞极元经传》收录于影印文渊阁《四库全书》经部易类第二十二册。清代学者马国翰《玉函山房辑佚书》子编道家类辑佚有《洞极真经》一卷,运城市盐湖区图书馆藏有此书。

附一　(民国)《解县志·名贤传》

关郎,字子明。有经济大器,妙极古算,浮沉乡里,不求宦达。魏太和末,王虬署朗为公府记室。虬与谈《易》,叹曰:"足下奇才也。"言于孝文,诏见,问《老》《易》,朗寄发元宗,实陈王道,讽帝慈俭为本,饰之以刑政礼乐。帝嘉叹,谓虬曰:"先生知人矣。昨见子明,管、乐之器。"既而频日引见,会帝有乌丸之役,敕子明随穆公出镇并州,军国大议驰驿而问朗,终不仕。子彦事朗,受《春秋》及《易》,共隐临汾。嗣乡贤。①

附二　《全唐文》卷一百六十一《录关子明事》

关朗字子明,河东解人也。有经济大器,妙极占算,浮沈乡里,不求官达。太和末,余五代祖穆公封晋阳,尚书署朗为公府记室。穆公与谈《易》,各相叹服。穆公谓曰:"足下奇才也,不可使天子不识。"入言于孝文帝,帝曰:"张彝、郭祚尝言之,朕以卜算小道,不之见尔。"穆公曰:"此人道微言深,殆非彝、祚能尽识也。"诏见之,帝问《老》《易》,朗寄发明玄宗,实陈王道,讽帝慈俭为本,饰之以刑政礼乐。帝嘉叹,谓穆公曰:"先生知人矣。昨见子明,管、乐之器,岂占算而已!"穆公再拜对曰:"昔伊尹负鼎干成汤,今子明假占算以谒陛下,臣主感遇,自有所因,后宜任之。"帝曰:"且与卿就成筮论。"既而频日引见,际暮而出。会帝有乌丸之役,敕子明随穆公出镇并州,军国大议驰驿而闻,故穆公《易》筮,往往如神。

先是穆公之在江左也,不平袁粲之死,耻食齐粟,故萧氏受禅而穆公北奔,即齐建元元年,魏太和三年也,时穆公春秋五十二矣。奏事曰:"大安四载,微臣始生。"盖宋大明二年也。既北游河东,人莫之知,惟卢阳乌深奇之,曰:"王佐才也。"太和八年,征为秘书郎,迁给事黄门侍郎,以谓孝文有康世之意,而经制不立,从容闲宴,多所奏议,帝虚心纳之。迁都雒邑,进用王萧,由穆公之潜策也。又荐关子明,帝亦敬服,谓穆公曰:"嘉谋长策,勿虑不行,朕南征还日,当共论道,以究治体。"穆公与朗欣然相贺曰:"千载一时也。"俄帝崩,穆公归洛,逾年而薨,朗遂不仕。同州府君师之,受《春秋》及《易》,共隐临汾山。

景明四年,同州府君服阕援琴,切切然有忧时之思,子明闻之曰:"何声之悲乎?"府君曰:"彦诚悲先君与先生有志不就也。"子明曰:"乐则行之,忧则违之。"府君曰:"彦闻:治乱损益,各以数至,苟推其运,百世可知,愿先生以筮一为决,何如?"子明曰:"占算幽微,多则有惑,请命蓍,卦以百年为断。"府君曰:"诺。"

---

① (民国)曲乃锐等编辑《解县志》,民国九年石印本,第344页。

于是揲蓍布卦，遇《夬》之《革》（兑上乾下）（兑上离下），舍蓍而叹曰："当今大运，不过二再传尔。从今甲申，二十四岁戊申，大乱而祸始，宫掖有蕃臣秉政，世伏其强，若用之以道，则桓文之举也；如不以道，臣主俱屠地。"府君曰："其人安出？"朗曰："参代之墟，有异气焉，若出，其在并之郊乎？"府君曰："此人不振，苍生何属？"子曰："当有二雄举而中原分。"府君曰："各能成乎？"朗曰："我隙彼动，能无成乎？若无贤人扶之，恐不能成。"府君曰："请刻其岁。"朗曰："始于甲寅，卒于庚子，天之数也。"府君曰："何国先亡？"朗曰："不战德而用诈权，则旧者先亡也。"府君曰："其后如何？"朗曰："辛丑之岁，有恭俭之主，起布衣而并六合。"府君曰："其东南乎？"朗曰："必在西北。平大乱者未可以文治，必须武定。且西北用武之国也。东南之俗，其弊也剽；西北之俗，其兴也勃。又况东南，中国之旧主也？中国之废久矣。天之所废，孰能兴之？"府君曰："东南之岁可刻乎？"朗曰："东南运历，不出三百，大贤大圣，不可卒遇，能终其运，所幸多矣。且辛丑，明王当兴，定天下者不出九载。已酉，江东其危乎？"府君曰："明王既兴，其道若何？"朗曰："设有始有卒，五帝三王之化复矣。若非其道，则终骄亢，而晚节末路，有桀、纣之主出焉。先王之道坠地久矣，苛化虐政，其穷必酷。故曰：大军之后，必有凶年；积乱之后，必有凶主。理当然也。"府君曰："先王之道竟亡乎？"朗曰："何谓亡也？夫明王久旷，必有达者生焉。行其典礼，此三才五常之所系也。孔子曰：文王既没，文不在兹乎？故王道不能亡也。"府君曰："请推其数。"朗曰："乾坤之策，阴阳之数，推而行之，不过三百六十六，引而伸之，不过三百八十四，天之道也。噫，朗闻之，先圣与卦象相契，自魏已降，天下无真主，故黄初元年庚子，至今八十四年，更八十二年丙午，三百六十六矣，达者当生。更十八年甲子，其与王者合乎？用之则王道振，不用，洙泗之教修矣。"府君曰："其人安出？"朗曰："其唐晋之郊乎？昔殷后不王而仲尼生周，周后不王，则斯人生晋。夫生于周者，周公之余烈也；生于晋者，陶唐之遗风也。天地冥契，其数自然。"府君曰："厥后何如？"朗曰："自甲申至甲子，正百年矣。过此未或知也。"

府君曰："先生说卦，皆持二端。"朗曰："何谓也？"府君曰："先生每及兴亡之际，必曰'用之以道，辅之以贤，未可量也'，是非二端乎？"朗曰："夫象生有定数，吉凶有前期，变而能通，故治乱有可易之理。是以君子之于《易》，动则观其变而玷其占，问之而后行，考之而后举，欲令天下顺时而进，知难而退，此占算所以见重于先王也。故曰：危者使平，易者使颂，善人少恶人多，暗主众明君寡。尧舜继禅，历代不逢；伊周复辟，近古亦绝，非运之不可变也，化之不可行也？道悠世促，求才实难。或有臣而无君，或有君而无臣，故全之者鲜矣。仲尼曰：如有用我者，吾其为东周乎？此有臣而无君也。章帝曰：尧作《大章》，一夔足矣。此有君而无臣也。是以文武之业，遂沦于仲尼；礼乐之美，不行于章帝。治乱之渐必有厥由，而兴废之成终罕所遇。《易》曰：功业见乎变。此之谓也。何谓无二端！"府君曰："周公定鼎于郏、鄏，卜世三十，卜年八百，岂亦二端乎？"朗曰："圣人辅相天地，准绳阴阳，恢皇纲，立人极，修策迥驭，长罗远羁，昭治乱于未然，算成败于无兆，固有不易之数,不定之期。假使庸主守之,贼臣犯之,终不促已成之期,干未衰之运。故曰:周德虽衰,天命未改。圣人知明王贤相不可必遇,圣谋睿策有时而弊,故考之典礼,稽之龟策,即人事以申天命,悬历数以示将来。或有已盛而更衰,或过算而不及,是故圣人之法所可贵也。向使明王继及,良佐踵武,则当亿万斯年与天无极,岂止三十世八百年而已哉?过算余年者,非先王之功,即桓、文之力也。天意人事,岂徒然哉?"府君曰:"龟策不出圣谋乎?"朗曰:"圣谋定将来之基,龟策告未来之事,递相表里,安有异同?"府君曰:"大哉人谟!"朗曰:"人谋所以安天下也。夫天下大器也,置之安地则安,置之危地则危,是以平路安车,狂夫审乎难覆;乘奔驭朽,童子知其必危,岂有《周礼》既行,历数不延乎八百;秦法既立,宗祧能逾乎二世?噫!天命人事,其同归乎?"

府君曰:"先生所刻治乱兴废果何道也?"朗曰:"文质递用,势运相乘。稽损益以验其时,百代无隐;考龟策而研其虑,千载可知。未之思欤?夫何远之有?"

府君蹶然惊起,因书策而藏之,退而学《易》。盖王氏《易》道,宗于朗焉。其后,宣武正始元年岁次甲申,至孝文永安元年二十四岁戊申,而胡后作乱,尔朱荣起并州,君臣相残,继踵屠地。及周齐分霸,卒并于西,始于甲寅,终于庚子,皆如其言。明年辛丑岁,隋高祖受禅,果以恭俭定天下。开皇元年,安康献公老于家,谓铜川府君曰:"关生殆圣矣,其言未来,若合符契。"

开皇四年,铜川夫人经山梁,履巨石而有娠,既而生文中子,先丙午之期者二载尔。献公筮之曰:"此子当知矣。"开皇六年丙午,文中子知《书》矣,厥声载路。九年己酉,江东平,高祖之政始迨。仁寿四年甲子,文中子谒见高祖,而道不行,大业之政甚于桀、纣。于是文中子曰:"不可以有为矣。"遂退居汾阳,续《诗》《书》,论礼乐。江都失守,文中寝疾,叹曰:"天将启尧舜之运,而吾不遇焉,呜呼!此关先生所言皆验也。"

柳庄

柳庄,字思敬,河东解(今山西省运城市)人。父柳遐,霍州刺史。庄少有远量,博览坟籍,兼善辞令。岳阳王萧詧辟为参军,后转法曹。及萧詧称帝,还署中书舍人,历给事黄门侍郎、吏部郎中、鸿胪卿。及隋文帝辅政,萧岿令庄奉书入关。隋文帝践阼,庄又入朝,文帝深慰勉之。萧琮嗣位,迁太府卿。及梁国废,授开府仪同三司,寻除给事黄门侍郎。庄明习旧章,雅达政事,凡所驳正,帝莫不称善。十一年,徐璒等反于江南,以行军总管长史随军讨之。璒平,即授饶州刺史,甚有治名。后数载卒于官,时年六十二。事迹见《周书》卷四十二《柳遐传附柳庄传》《隋书》卷六十六《柳庄传》《北史》卷七十《柳遐传附柳庄传》。

据《隋书》卷六十六《柳庄传》以及《北史》卷七十《柳遐传附柳庄传》记载云"少有远量,博览坟籍,兼善辞令"可知,柳庄应当有作品集流传,今亡佚。其今存文章一篇,收录于《全上古三代秦汉三国六朝文》之《全隋文》中;今存诗歌一首,收录于《先秦汉魏晋南北朝诗》之《全隋诗》中。

附一　（民国）《解县志·名贤传》

柳庄,字思敬。遐子。少有远量,博览坟籍,兼善辞令。济阳蔡大宝有重名,见庄叹曰:"襄阳水镜,复在于兹矣。"遂以女妻之。仕梁,为鸿胪卿。入隋,为开府仪同三司,除黄门侍郎。庄明习旧章,雅达政事,凡所驳正,帝莫不称善。苏威重庄器识,常奏云:"江南人有学业者,多不习世务,习世务者,又无学业。能兼之者,不过于柳庄。"后以行军总管长史随军讨平徐璒,授饶州刺史,甚有能名。卒于官。①

附二　《隋书》卷六十六《柳庄传》

柳庄,字思敬,河东解人也。祖季远,梁司徒从事中郎。父遐,霍州刺史。庄少有远量,博览坟籍,兼善辞令。济阳蔡大宝有重名于江左,时为岳阳王萧詧咨议,见庄便叹曰:"襄阳水镜,复在于兹矣。"大宝遂以女妻之,俄而詧辟为参军,转法曹。及詧称帝,还署中书舍人,历给事黄门侍郎、吏部郎中、鸿胪卿。及高祖辅政,萧岿令庄奉书入关。时三方构难,高祖惧岿有异志,及庄还,谓庄曰:"孤昔以开府从役江陵,深蒙梁主殊眷。今主幼时艰,猥蒙顾托,中夜自省,实怀惭惧。梁主奕叶重光,委诚朝廷,而今以后,方见松筠之节。君还本国,幸申孤此意于梁主也。"遂执庄手而别。时梁之将帅咸潜请兴师,与尉迥等为连衡之势,进可以尽节于周氏,退可以席卷山南。唯岿疑为不可。会庄至自长安,具申高祖结托之意,遂言于岿曰:"昔袁绍、刘表、王凌、诸葛诞之徒,并一时之雄杰也。及据要害之地,拥哮阚之群,功业莫建,而祸不旋踵者,良由魏武、晋氏挟天子,保京都,仗大义以为名,故能取威定霸。今尉迥虽曰旧将,昏耄已甚,消难、王谦,常人之下者,非有匡合之才。况山东、庸蜀从化日近,周室之恩未洽,在朝将相,多为身计,竞效节于杨氏。以臣料之,迥等终当覆灭,隋公必移周国。未若保境息民,以观其变。"岿深以为然,众议遂止。未几,消难奔陈,迥及谦相次就戮,岿谓庄曰:"近者若从众人之言,社稷已不守矣。"

高祖践阼,庄又入朝,高祖深慰勉之。及为晋王广纳妃于梁,庄因是往来四五反,前后赐物数千段。萧琮嗣位,迁太府卿。及梁国废,授开府仪同三司,寻除给事黄门侍郎,并赐以田宅。庄明习旧章,雅达政事,凡所驳正,帝莫不称善。苏威为纳言,重庄器识,常奏帝云:"江南人有学业者,多不习世务,习世务者,又无学业。能兼之者,不过于柳庄。"

---

①　（民国）曲乃锐等编辑《解县志》,民国九年石印本,第354页。

高颎亦与庄甚厚。庄与陈茂同官,不能降意,茂见上及朝臣多属意于庄,心每不平,常谓庄为轻己。帝与茂有旧,曲被引召,数陈庄短。经历数载,潜酝颇行。尚书省尝奏犯罪人依法合流,而上处以大辟。庄奏曰:"臣闻张释之有言,法者天子所与天下共也。今法如是,更重之,是法不信于民心。方今海内无事,正是示信之时,伏愿陛下思释之之言,则天下幸甚。"帝不从,由是忤旨。俄属尚药进丸药不称旨,茂因密奏庄不亲监临,帝遂怒。十一年,徐璔等反于江南,以行军总管长史随军讨之。璔平,即授饶州刺史,甚有治名。后数载卒官,年六十二。

荣 河

薛憕

薛憕,字景猷,河东汾阴(今山西省运城市万荣县)人。憕早丧父,家贫,躬耕以养祖母,有暇则览文籍。孝昌中,杖策还洛阳。普泰中,拜给事中,加伏波将军。及齐神武起兵,憕乃东游陈、梁间,与孝通俱游长安。侯莫陈悦闻之,召为行台郎中,除镇远将军、步兵校尉。寻而太祖平悦,引憕为记室参军。魏孝武西迁,授征虏将军、中散大夫,封夏阳县男,邑二百户。魏文帝即位,拜中书侍郎,加安东将军,增邑百户,进爵为伯。大统四年,宣光、清徽殿初成,憕为之颂。魏文帝又造二欹器。憕各为作颂。大统初,仪制多阙。太祖令憕与卢辩、檀翥等参定之。自以流离世故,不听音乐。虽幽室独处,尝有戚容。后坐事死。事迹见《周书》卷三十八《薛憕传》《北史》卷三十六《薛憕传》。

据《周书》卷三十八《薛憕传》以及《北史》卷三十六《薛憕传》记载云"大统初,仪制多阙。太祖令憕与卢辩、檀翥等参定之"可知,薛憕撰写有《西魏文帝朝仪》以及文章多篇,其著述今皆亡佚。

附一　(清)《荣河县志·人物志》

薛憕,字景猷。曾祖弘敞,值赫连之乱,率宗人避地襄阳。憕早丧父,家贫,躬耕以养祖母,有暇则览文籍。疏宕不拘,时人未之奇也。江表取人,多以世族。憕世无贵仕,解褐不过侍郎。既羁旅,不被擢用。常叹曰:"岂能五十年戴帻,死一校尉,低头倾首,俯仰而向人也!"常郁郁不得志,左中郎将京兆韦潜度谓憕曰:"君门地非下,身材不劣,何不憕据数参吏部?"憕曰:"'世胄蹑高位,英俊沉下僚',古人以为叹息。窃所未能也。"潜度告人曰:"此年少极慷慨,但不遭时耳。"

孝昌中,杖策还洛阳。先是,憕从祖真度与族祖安都拥徐、兖归魏,其子怀雋见憕,甚相亲善。属尔朱荣废立,憕遂还河东,止怀隽家。不交人物,终日读书,手自抄略,将二百卷。唯郡守元袭,时相要屈,与之抗礼。怀隽每曰:"汝还乡里,不营产业,不肯娶妻,岂复欲南乎?"憕亦不介意。普泰中,拜给事中,加伏波将军。及齐神武起兵,憕乃东游陈、梁间,谓族人孝通曰:"高欢阻兵陵上,丧乱方始。关中形胜之地,必有霸王居之。"乃与孝通俱游长安。侯莫陈悦闻之,召为行台郎中,除镇远将军、步兵校尉。及悦害贺拔岳,军人咸相庆慰。憕独谓所亲曰:"悦才略本寡,辄害良将,败亡之事,其则不远。吾属今即为人所虏,何庆慰之有乎!"寻而周文平悦,引憕为记室参军。武帝西迁,授征虏将军、中散大夫,封夏阳县男,邑二百户。文帝即位,拜中书侍郎,加安东将军,增邑百户,进爵为伯。

大统四年,宣光、清徽殿初成,憕为之颂。魏文帝又造二欹器。皆置清徽殿前。器形似觚而方,满则平,溢则倾。憕各为作颂。大统初,仪制多阙。太祖令憕与卢辩、檀翥等参定之。以流离世故,不听音乐。虽幽室独处,尝有戚容。后坐事死。子舒嗣,官至礼部下大夫、仪同大将军、聘陈使副。①

附二 《周书》卷三十八《薛憕传》

薛憕字景猷,河东汾阴人也。曾祖弘敞,值赫连之乱,率宗人避地襄阳。憕早丧父,家贫,躬耕以养祖母,有暇则览文籍。时人未之奇也。江表取人,多以世族。憕既羁旅,不被擢用。然负才使气,未尝趣世禄之门。左中郎将京兆韦潜度谓憕曰:"君门地非下,身材不劣,何不裾数参吏部?"憕曰:"'世胄蹑高位,英俊沉下僚',古人以为叹息。窃所未能也。"潜度告人曰:"此年少极慷慨,但不遭时耳。"

孝昌中,杖策还洛阳。先是,憕从祖真度与族祖安都拥徐、兖归魏,其子怀隽见憕,甚相亲善。属尔朱荣废立,遂还河东,止怀隽家。不交人物,终日读书,手自抄略,将二百卷。唯郡守元袭,时相要屈,与之抗礼。怀隽每曰:"汝还乡里,不营产业,不肯娶妻,岂复欲南乎?"憕亦恬然自处,不改其旧。普泰中,拜给事中,加伏波将军。及齐神武起兵,憕乃东游陈、梁间,谓族人孝通曰:"高欢阻兵陵上,丧乱方始。关中形胜之地,必有霸王居之。"乃与孝通俱游长安。侯莫陈悦闻之,召为行台郎中,除镇远将军、步兵校尉。及悦害贺拔岳,军人咸相庆慰。憕独谓所亲曰:"悦才略本寡,辄害良将,败亡之事,其则不远。吾属今即为人所虏,何庆慰之有乎!"闻者以憕言为然,乃有忧色。寻而太祖平悦,引憕为记室参军。魏孝武西迁,授征虏将军、中散大夫,封夏阳县男,邑二百户。魏文帝即位,拜中书侍郎,加安东将军,增邑百户,进爵为伯。

大统四年,宣光、清徽殿初成,憕为之颂。魏文帝又造二欹器。一为二仙人共持一钵,同处一盘,钵盖有山,山有香气,一仙人又持金瓶以临器上,以水灌山,则出于瓶而注

① (清)马鉴等修,寻銮炜纂《荣河县志》,清光绪七年刊本,第308—311页。

乎器,烟气通发山中,谓之仙人欹器。一为二荷同处一盘,相去盈尺,中有莲下垂器上,以水注荷,则出于莲而盈乎器,为凫雁蟾蜍以饰之,谓之水芝欹器。二盘各处一床,钵圆而床方,中有人,言三才之象也。皆置清徽殿前。器形似觥而方,满则平,溢则倾。憕各为作颂。

大统初,仪制多阙。太祖令憕与卢辩、檀翥等参定之。自以流离世故,不听音乐。虽幽室独处,尝有戚容。后坐事死。子舒嗣,官至礼部下大夫、仪同大将军、聘陈使副。

薛慎

薛慎,字佛护(一作伯护),河东汾阴(今山西省运城市万荣县)人。好学,能属文,善草书。起家丞相府墨曹参军,周文帝于行台省置学,取丞郎及府佐德行明敏者充生,慎入其选。数年,复以慎为宜都公侍读。转丞相府记室。魏东宫建,除太子舍人。迁庶子,仍领舍人。加通直散骑常侍,兼中书舍人,转礼部郎中。六官建,拜膳部下大夫。慎兄善又任工部。周孝闵帝践阼,除御正下大夫,进车骑大将军、仪同三司,封淮南县子,邑八百户。历师氏、御伯中大夫。保定初,出为湖州刺史。寻入为蕃部中大夫。以疾去职,卒于家。有文集,颇为世所传。事迹见《周书》卷三十五《薛善传附薛慎传》《北史》卷三十六《薛辩传附薛慎传》。

据《周书》卷三十五《薛善传附薛慎传》以及《北史》卷三十六《薛辩传附薛慎传》记载云"有文集,颇为世所传",可知当有《薛慎集》,可惜没有流传下来。《隋书·经籍志》没有著录《薛慎集》,《旧唐书·经籍志》以及《新唐书·艺文志》均没有著录《薛慎集》,大概隋朝时《薛慎集》已经亡佚。

附一　(清)《荣河县志·人物志》

薛慎,字伯护。好学,能属文,善草书。与同郡裴叔逸、裴诹之、柳虬、范阳卢柔、陇西李璨并友善。起家丞相府墨曹参军。周文于行台省置学,取丞郎及府佐德行明敏者充生。悉令旦理公务,晚就讲习,先《六经》,后子史。又于诸生中简德行淳懿者侍读书。慎与李璨及陇西李伯良、辛韶、武功苏衡、谯郡夏侯裕、安定梁旷、梁礼、河南长孙璋、河东裴举、薛同、荥阳郑朝等十二人,并应其选。又以慎为学师,以知诸生课业。周文雅好谈论,并简名僧深识玄宗者一百人,于第内讲说。又命慎等十二人兼学佛义,使内外俱通。由是四方竞为大乘学。在学数年,复以慎为宜都公侍读。累迁礼部郎中。六官建,拜膳部下大夫。慎兄善又任工部,并居清显,时人荣之。周孝闵帝践阼,除御正下大夫,封淮南县子。历师氏、御伯中大夫。保定初,出为湖州刺史。界既杂蛮夷,恒以劫掠为务。慎乃集诸豪帅,具宣朝旨,仍令首领每月一参,或须言事者,不限时节。慎每见,必殷勤劝诫,及赐酒食。一年之间,翕然从化。诸蛮乃相谓曰:"今日始知刺史真人父母也。"莫不欣悦。自是襁负而至者千余户。蛮俗,婚娶之后,父母虽在,即与别居。慎谓守令曰:"牧守令长是化人者也,岂有其子娶妻,便与父母离析?非唯萌俗之失,亦是牧守之罪。"慎乃亲自诱导,示以孝慈。并遣守令,各喻所部。有数户蛮,别居数年,遂还侍养,及行得果膳,归奉父母。慎以其从善之速,具以状闻,有诏蠲其赋役。于是风化大行,有同华俗。寻为蕃部中大夫。以疾去职,卒于家。有文集,颇为所传。①

附二 《北史》卷三十六《薛慎传》

(薛)善弟慎,字伯护。好学,能属文,善草书。与同郡裴叔逸、裴诹之、柳虬、范阳卢柔、陇西李璨并友善。起家丞相府墨曹参军。周文于行台省置学,取丞郎及府佐德行明敏者充生。悉令旦理公务,晚就讲习,先《六经》,后子史。又于诸生中简德行淳懿者侍读书。慎与李璨及陇西李伯良、辛韶、武功苏衡、谯郡夏侯裕、安定梁旷、梁礼、河南长孙璋、河东裴举、薛同、荥阳郑朝等十二人,并应其选。又以慎为学师,以知诸生课业。周文雅好谈论,并简名僧深识玄宗者一百人,于第内讲说。又命慎等十二人兼学佛义,使内外俱通。由是四方竞为大乘学。在学数年,复以慎为宜都公侍读。累迁礼部郎中。六官建,拜膳部下大夫。慎兄善又任工部,并居清显,时人荣之。

周孝闵帝践阼,除御正下大夫,封淮南县子。历师氏、御伯中大夫。保定初,出为湖州刺史。界既杂蛮夷,恒以劫掠为务。慎乃集诸豪帅,具宣朝旨,仍令首领每月一参,或须言事者,不限时节。慎每见,必殷勤劝诫,及赐酒食。一年之间,翕然从化。诸蛮乃相谓曰:"今日始知刺史真人父母也。"莫不欣悦。自是襁负而至者千余户。蛮俗,婚娶之后,父母虽在,即与别居。慎谓守令曰:"牧守令长是化人者也,岂有其子娶妻,便与父母离析?非唯萌俗之失,亦是牧守之罪。"慎乃亲自诱导,示以孝慈。并遣守令,各喻所部。有数户蛮,别居数年,遂还侍养,及行得果膳,归奉父母。慎以其从善之速,具以状闻,有诏蠲其赋役。于是风化大行,有同华俗。寻为蕃部中大夫。以疾去职,卒于家。有文集,颇为世所传。

薛寘

薛寘,河东汾阴(今山西省运城市万荣县)人。尚书吏部郎、清河广平二郡守

---

① (清)马鉴等修,寻銮炜纂《荣河县志》,清光绪七年刊本,第317—319页。

薛义之子。幼览篇籍，好属文。年未弱冠，为州主簿、郡功曹。起家奉朝请。稍迁左将军、太中大夫。从魏孝武西迁，封合阳县子，进号中军将军。魏废帝元年，领著作佐郎，修国史。寻拜中书侍郎，修起居注。迁中书令、车骑大将军、仪同三司。燕公于谨征江陵，以寘为司录。江陵平，进爵为伯。六官建，授内史下大夫。孝闵帝践阼，进爵为侯，转御正中大夫。久之，进位骠骑大将军、开府仪同三司，出为淅州刺史。卒于位。赠虞州刺史，谥曰理。事迹见《周书》卷三十八《薛寘传》《北史》卷三十六《薛寘传》。

据《山西通志·经籍》著录可知，薛寘的著述有《西京记》三卷，《薛寘文笔三十余卷》。除此之外，薛寘的著述还有《西魏废帝起居注》。据《隋书·经籍志》记载："《西京记》三卷。"但没有注明作者。又据《旧唐书·经籍志》记载："《西京记》三卷，薛冥志。"《新唐书·艺文志》记载："薛冥《西京记》三卷。"按，薛冥应当为薛寘。此书已经亡佚。《西魏废帝起居注》，此书也已经亡佚。又按，据《周书》卷三十八《薛寘传》以及《北史》卷三十六《薛寘传》记载云其"所著文笔二十余卷，行于世"语句可知，应当有《薛寘集》传世，可惜没有流传下来。

附一 （清）《荣河县志·人物志》

薛寘，祖遵彦，魏河东郡守、安邑侯。父义，清河广平二郡守。寘幼览篇籍，好属文。起家奉朝请，从魏孝武西迁，封合阳县子。废帝元年，领著作佐郎，修国史。寻拜中书侍郎，修起居注。迁中书令，燕公于谨征江陵，以寘为司录。军中谋略，寘并参之。江陵平，进爵为伯。朝廷方改物创制，欲行《周礼》，乃令寘与小宗伯卢辩斟酌古今，共详定之。六官建，授内史下大夫。周孝闵帝践阼，进爵为侯，转御正中大夫。时前中书监卢柔，学业优深，文藻华赡，而寘与之方驾，故世号曰卢、薛焉。久之，进位骠骑大将军、开府仪同三司，出为淅州刺史。卒于位。吏民哀惜之。赠虞州刺史，谥曰理。所著文笔三十余卷，行于世。又撰《西京记》三卷，引据该洽，世称其博闻焉。寘性至孝，虽年齿已衰，职务繁广，至于温清之礼，朝夕无违。当时以此称之。子明嗣。大象末，仪同大将军、清水郡守。①

附二 《周书》卷三十八《薛寘传》

薛寘，河东汾阴人也。祖遵彦，魏平远将军、河东郡守、安邑侯。父义，尚书吏部郎、清河广平二郡守。寘幼览篇籍，好属文。年未弱冠，为州主簿、郡功曹。起家奉朝请。稍迁左将军、太中大夫。从魏孝武西迁，封合阳县子，邑四百户，进号中军将军。魏废帝元

---

① （清）马鉴等修，寻銮炜纂《荣河县志》，清光绪七年刊本，第319—321页。

年,领著作佐郎,修国史。寻拜中书侍郎,修起居注。迁中书令、车骑大将军、仪同三司。燕公于谨征江陵,以寔为司录。军中谋略,寔并参之。江陵平,进爵为伯,增邑五百户。朝廷方改物创制,欲行周礼,乃令寔与小宗伯卢辩斟酌古今,共详定之。六官建,授内史下大夫。孝闵帝践阼,进爵为侯,增邑五百户,转御正中大夫。时前中书监卢柔,学业优深,文藻华赡,而寔与之方驾,故世号曰卢、薛焉。久之,进位骠骑大将军、开府仪同三司,出为淅州刺史。卒于位。吏民哀惜之。赠虞州刺史,谥曰理。所著文笔二十余卷,行于世。又撰西京记三卷,引据该洽,世称其博闻焉。寔性至孝,虽年齿已衰,职务繁广,至于温清之礼,朝夕无违。当时以此称之。子明嗣。

薛聪

薛聪,字延智,河东汾阴(今山西省运城市万荣县)人,河东太守薛湖之子。方正有理识,善自标致,不妄游处。词辩占对,尤是所长。未弱冠,州辟主簿。太和十五年,释褐著作佐郎。后迁书侍卸史,累迁直阁将军,兼给事黄门侍郎、散骑常侍,直阁如故。又除羽林监。二十三年,从驾南征,兼御史中尉。及宣武即位,除都督、齐州刺史,卒于州。赠征虏将军、华州刺史,谥曰简懿侯。魏前二年,重赠车骑大将军、仪同三司、延州刺史。事迹见《魏书》卷四十二《薛辩传附薛聪传》《北史》卷三十六《薛辩传附薛聪传》。

据《北史》卷三十六《薛辩传附薛聪传》记载云"词辩占对,尤是所长"可知,薛聪乃是擅长诗文之人,可惜没有作品流传后世。

附一 (清)《荣河县志·人物志》

薛聪,字延智。方正有理识,善自标致,不妄游处。虽在暗室,终日矜庄,见者莫不懔然加敬。博览坟籍,精力过人,至于前言往行,多所究悉。词辩占对,尤是所长。遭父忧,庐于墓侧,哭泣之声,酸感行路。友于笃睦,而家教甚严;诸弟虽昏宦,恒不免杖罚,对之肃如也。未弱冠,州辟主簿。太和十五年,释褐著作佐郎。于时,孝文留心氏族,正定官品。士大夫解巾,优者不过奉朝请。聪起家便佐著作,时论美之。后迁书侍卸史,凡所弹劾,不避强御;孝文或欲宽贷者,聪辄争之。帝每云:"朕见薛聪,不能不惮,何况诸人也?"自是贵戚敛手。累迁直阁将军,兼给事黄门侍郎、散骑常侍,直阁如故。聪深为孝文所知,外以德器遇之,内以心膂为寄。亲卫禁兵,委总管领。故终太和之世,恒带直阁将军。群臣罢朝之后,聪恒陪侍帷幄,言兼昼夜。时政得失,预以谋谟;动辄匡谏,事多听允。而重厚沈密,外莫窥其际。帝欲进以名位,辄苦让不受。帝亦雅相体悉,谓之曰:"卿天爵自高,固非人爵之所荣也。"又除羽林监。

帝曾与朝臣论海内姓地人物,戏谓聪曰:"世人谓卿诸薛是蜀人,定是蜀人不?"聪对曰:"臣远祖广德,世仕汉朝,时人呼为汉。臣九世祖永,随刘备入蜀,时人呼为蜀。臣今事陛下,是虏非蜀也。"帝抚掌笑曰:"卿幸可自明非蜀,何乃遂复苦朕。"聪因投戟而出。帝曰:"薛监醉耳。"其见知如此。二十三年,从驾南征,兼御史中尉。及宣武即位,除都督、齐州刺史,政存简静。卒于州,吏人追思,留其所坐榻以存遗爱。赠征虏将军、华州刺史,谥曰简懿侯。魏前二年,重赠车骑大将军、仪同三司、延州刺史。子孝通最知名。①

附二 《北史》卷三十六《薛辩传附薛聪传》

聪字延智。方正有理识,善自标致,不妄游处。虽在暗室,终日矜庄,见者莫不懔然加敬。博览坟籍,精力过人,至于前言往行,多所究悉。词辩占对,尤是所长。遭父忧,庐于墓侧,哭泣之声,酸感行路。友于笃睦,而家教甚严;诸弟虽昏宦,恒不免杖罚,对之肃如也。未弱冠,州辟主簿。

太和十五年,释褐著作佐郎。于时,孝文留心氏族,正定官品。士大夫解巾,优者不过奉朝请。聪起家便佐著作,时论美之。后迁书侍御史,凡所弹劾,不避强御;孝文或欲宽贷者,聪辄争之。帝每云:"朕见薛聪,不能不惮,何况诸人也?"自是贵戚敛手。累迁直阁将军,兼给事黄门侍郎、散骑常侍,直阁如故。聪深为孝文所知,外以德器遇之,内以心膂为寄。亲卫禁兵,委总管领。故终太和之世,恒带直阁将军,群臣罢朝之后,聪恒陪侍帷幄,言兼昼夜。时政得失,预以谋谟;动辄匡谏,事多听允。而重厚沈密,外莫窥其际。帝欲进以名位,辄苦让不受。帝亦雅相体悉,谓之曰:"卿天爵自高,固非人爵之所荣也。"又除羽林监。帝曾与朝臣论海内姓地人物,戏谓聪曰:"世人谓卿诸薛是蜀人,定是蜀人不?"聪对曰:"臣远祖广德,世仕汉朝,时人呼为汉。臣九世祖永,随刘备入蜀,时人呼为蜀。臣今事陛下,是虏非蜀也。"帝抚掌笑曰:"卿幸可自明非蜀,何乃遂复苦朕。"聪因投戟而出。帝曰:"薛监醉耳。"其见知如此。二十三年,从驾南征,兼御史中尉。及宣武即位,除都督、齐州刺史,政存简静。卒于州,吏人追思,留其所坐榻以存遗爱。赠征虏将军、华州刺史,谥曰简懿侯。魏前二年,重赠车骑大将军、仪同三司、延州刺史。子孝通最知名。

薛孝通

薛孝通,字士达,河东汾阴(今山西省运城市万荣县)人。北魏齐州刺史薛聪

---

① (清)马鉴等修,寻銮炜纂《荣河县志》,清光绪七年刊本,第298—301页。

之子。博学有俊才。萧宝夤征关中,引参骠骑大将军府事,礼遇甚隆。入洛,除员外散骑侍郎。尔朱天光镇关右,表为关西大行台郎中,深见任遇。关中平定,预有其力,以功赐爵汾阴侯。节闵帝即位,以首创大议,拜银青光禄大夫、散骑常侍,兼中书舍人,封蓝田县子。寻迁中书郎,深为节闵所知重。太昌元年,孝通因使入朝,仍被留京师,重除中书侍郎。北魏孝武帝永熙三年三月,出为常山太守。东魏孝敬帝兴和二年,卒于邺。魏前二年,周文帝追轸旧好,奏赠车骑将军、仪同三司、青州刺史。齐神武武平初,又赠郑州刺史。事迹见《魏书》卷四十二《薛辩传附薛孝通传》《北史》卷三十六《薛辩传附薛孝通传》。

据《山西通志·经籍》著录,有《薛孝通集》八十卷。另,《隋书·经籍志》没有著录《薛孝通集》,《旧唐书·经籍志》记载:"《薛孝通集》六卷。"《新唐书·艺文志》亦记载:"《薛孝通集》六卷。"由此可见,薛孝通的作品在后世流传的过程中出现大量佚失。《薛孝通集》,今已经亡佚。薛孝通今存文章《博谱》(残篇),载于《全上古三代秦汉三国六朝文》之《全后魏文》,除此之外,《北史》本传还载有其联句三联六句。

附一　(清)《荣河县志·人物志》

薛孝通,字士达,聪子。博学有俊才。萧宝夤征关中,引参骠骑大将军府事,礼遇甚隆。及宝夤将有异志,孝通悟其萌,托以拜扫求归,乃见许。同僚咸怪,止之;但笑而不答,遽还乡里。宝夤后果逆命。

北海王元颢入洛,宗人薛永宗、修义等又聚徒作乱,欲以应之。孝通与所亲计曰:"北海乘虚远入,吴兵不能久住,事必无成。今若与永宗等举,灭族道也。"乃率其近亲,与河东太守元袭婴城固守。及宝夤平定,元颢退走,预其事者咸罹祸,唯同孝通者皆免。事宁,入洛,除员外散骑侍郎。尔朱天光镇关右,表为关西大行台郎中,深见任遇。关中平定,预有其功,以功赐爵汾阴侯。庄帝既幽崩,元晔地又疏远,更议主社稷。孝通以广陵王恭,高祖犹子,又在茂亲,凤有令望。不言多载,理必阳瘖。奉以为主,天人允叶。于是定册,即节闵帝也。以首创大议,拜银青光禄大夫、散骑常侍,兼中书舍人,封蓝田县子。孝通求以官赠亡兄景懋,又言己有侯爵,请转授兄息子舒。节闵览启伤感,以侯爵既重,不容转授,乃下诏褒美。特赠景懋抚军、北雍州刺史。孝通寻迁中书郎,深为节闵所知重。

普泰二年正月乙酉,中书舍人元翙献酒肴,帝因与元翌及孝通等宴,兼奏弦管,命翙吹笛;帝亦亲以和之。因使元翌等赋诗,以酒为韵。孝通曰:"既逢尧舜君,愿上万年寿。"帝曰:"平生好玄默,惭为万国首。"帝曰:"卿所谓寿,岂容徒然!"便命酌酒赐孝通,仍命更韵。孝通即竖忠为韵,帝曰:"卿不忘忠臣之心。"翙曰:"圣主临万机,享世永无穷。"孝通曰:"岂唯被草木,方亦及昆虫。"翌曰:"朝贤既济济,野苗又芃芃。"帝曰:"君臣体鱼水,书轨一华戎。"孝通曰:"微臣信庆渥,何以答华嵩?"于时,孝通内典机密,外参朝政,汲引人物,知名之士,多见推荐。

外兄裴伯茂性豪俊,多所轻忽。唯钦赏孝通,每有著述,共参同异。孝通以裴宏放过甚,每谓之曰:"兄以阮籍、嵇康何如管仲、乐毅?"盖自许经纶,抑裴傲也。

属齐神武起兵河朔,攻陷相州刺史刘诞。尔朱天光自关中讨之。孝通以关中险固,秦汉旧都,须预谋镇遏,以为后计。纵河北失利,犹足据之。节闵深以为然,问谁可任者。孝通与贺拔岳同事天光,又与周文帝有旧;二人并先在关右,因并推荐之。乃超授岳岐、华、秦、雍诸军事,关西大行台,雍州牧。周文帝为左丞,孝通为右丞。赍诏书驰驿入关授岳等,同镇长安。岳深相器重,待以师友之礼。与周文帝结为兄弟,情寄特隆。后天光败于韩陵,节闵遂不得入关,为齐神武幽废。

孝武帝即位后,神武方得志,征贺拔岳为冀州刺史。岳惧,欲单马入朝。孝通乃谓岳曰:"高王以数千鲜卑破尔朱百万之众,其锋诚亦难敌。然公两兄太师、领军,宿在其上。侯深、樊子鹄、贾知、斛斯椿、大野胡也杖、吒吕延庆之徒,于尔朱之世,皆其夷等。韩陵之役,此辈前后降附,皆由事势危逼,非其本心。在于高王,曹操之孔融,马懿之葛诞。今或在京师,或据州镇,除之又失人望,留之腹心之疾。虽令孙腾在阙下,娄昭处钧陈,必不能如建安之时,明矣。以今观之,隙难未已。吐万仁虽复退逸,犹在并州,高王之计,先须平殄。今方绥抚群雄,安置内外,何能去其巢穴,与公事关中地也?且六郡良家之子,三辅礼义之人,逾幽、并之骁骑,胜汝、颖之奇士,皆系仰于公,效其智力。据华山以为城雉,因黄河而为池堑;退守不失封泥,进兵同于建水。乃欲束手受制于人,不亦鄙乎?"言未卒,岳执孝通手曰:"君言是也。"乃逊辞为启,而不就征。

太昌元年,孝通因使入朝,仍被留京师,重除中书侍郎。永熙三年三月,出为常山太守,仍以经节闵任遇故也。及孝武西迁,或称孝通与周文友密,及树置贺拔岳镇关中之计,遂见拘执,将赴晋阳。及引见,咸为之忧。孝通神气从容,辞理切正,齐神武更相钦叹,即日原免。然犹致疑忌,不加位秩,但引为坐客,时访文典大事而已。齐神武让剑履上殿表,犹使为文。曾与诸人同诣晋祠,皆屈膝尽礼。孝通独捧手不拜,顾而言曰:"此乃诸侯之国,去吾何远,恭而非礼,将为神笑。"拜者渐焉。兴和二年,卒于邺。魏前二年,周文帝追轸旧好,奏赠车骑将军、仪同三司、青州刺史。齐神武武平初,又赠郑州刺史。文集八十卷,行于时。①

附二 《北史》卷三十六《薛孝通传》

孝通字士达。博学有俊才。萧宝夤征关中,引参骠骑大将军府事,礼遇甚隆。及宝

---

① (清)马鉴等修,寻銮炜纂《荣河县志》,清光绪七年刊本,第301—308页。

宝夤将有异志，孝通悟其萌，托以拜扫求归，乃见许。同僚咸怪，止之；但笑而不答，遽还乡里。宝夤后果逆命。

北海王元颢入洛，宗人薛永宗、修义等又聚徒作乱，欲以应之。孝通与所亲计曰："北海乘虚远入，吴兵不能久住，事必无成。今若与永宗等举，灭族道也。"乃率其近亲，与河东太守元袭婴城固守。及宝夤平定，元颢退走，预其事者咸罹祸，唯同孝通者皆免。事宁，入洛，除员外散骑侍郎。尔朱天光镇关右，表为关西大行台郎中，深见任遇。关中平定，预有其力，以功赐爵汾阴侯。庄帝既幽崩，元晔地又疏远，更议主社稷。孝通以广陵王恭，高祖犹子，又在茂亲，夙有令望。不言多载，理必阳瘖。奉以为主，天人允叶。世隆等并以为疑。孝通密赞天光察之。广陵王曰："天何言哉？"于是定册，即节闵帝也。以首创大议，拜银青光禄大夫、散骑常侍，兼中书舍人，封蓝田县子。孝通求以官赠亡兄景懋，又言已有侯爵，请转授兄息子舒。节闵览启伤感，以侯爵既重，不容转授，乃下诏褒美。特赠景懋抚军、北雍州刺史。孝通寻迁中书郎，深为节闵所知重。

普泰二年正月乙酉，中书舍人元翙献酒肴，帝因与元翌及孝通等宴，兼奏弦管，命翙吹笛；帝亦亲以和之。因使元翌等嘲，以酒为韵。孝通曰："既逢尧舜君，愿上万年寿。"帝曰："平生好玄默，惭为万国首。"帝曰："卿所谓寿，岂容徒然！"便命酌酒赐孝通，仍命更嘲，不得中绝。孝通即竖忠为韵。帝曰："卿不忘忠臣之心。"翙曰："圣主临万机，享世永无穷。"孝通曰："岂唯被草木，方亦及昆虫。"翌曰："朝贤既济济，野苗又芃芃。"帝曰："君臣体鱼水，书轨一华戎。"孝通曰："微臣信庆渥，何以答华嵩？"于时，孝通内典机密，外参朝政，军国动静，预о谋谟。加以汲引人物，知名之士，多见推荐。

外兄裴伯茂性豪俊，多所轻忽。唯钦赏孝通，每有著述，共参同异。孝通以裴宏放过甚，每谓之曰："兄以阮籍、嵇康何如管仲、乐毅？"盖自许经纶，抑裴傲也。裴笑而不答，宏放自若。

属齐神武起兵河朔，攻陷相州刺史刘诞。尔朱天光自关中讨之。孝通以关中险固，秦汉旧都，须预谋镇遏，以为后计。纵河北失利，犹足据之。节闵深以为然，问谁可任者。孝通与贺拔岳同事天光，又与周文帝有旧；二人并先在关右，因并推荐之。乃超授岳岐、华、秦、雍诸军事，关西大行台，雍州牧。周文帝为左丞，孝通为右丞。赍诏书驰驿入关授岳等，同镇长安。岳深相器重，待以师友之礼。与周文帝结为兄弟，情寄特隆。后天光败于韩陵，节闵遂不得入关，为齐神武幽废。孝武帝即位后，神武方得志，征贺拔岳为冀州刺史。岳惧，欲单马入朝。孝通乃谓岳曰："高王以数千鲜卑破尔朱百万之众，其锋诚亦难敌。然公两兄太师、领军，宿在其上。侯深、樊子鹄、贾知、斛斯椿、大野胡也杖、叱吕延庆之徒，于尔朱之世，皆其夷等。韩陵之役，此辈前后降附，皆由事势危逼，非其本心。在于高王，曹操之孔融，马懿之葛诞。今或在京师，或据州镇，除之又失人望，留之腹心之疾。虽令孙腾在阙下，娄昭处钩陈，不能如建安之时，明矣。以今观之，隙难未已。吐万仁虽复退逸，犹在并州，高王之计，先须平殄。今方绥抚群雄，安置内外，何能去其巢穴,与公事关中地也?且六郡良家之子,三辅礼义之人,逾幽、并之骁骑,胜汝、颖之奇士,皆系仰于公,效其智力。据华山以为城雉,因黄河而为池堑;退守不失封泥,进兵同于建水。乃欲束手受制于人,不亦鄙乎?"言未卒,岳执孝通手曰:"君言是也。"乃逊辞为启,而不就征。

太昌元年,孝通因使入朝,仍被留京师,重除中书侍郎。永熙三年三月,出为常山太守,仍以经节闵任遇故也。及孝武西迁,或称孝通与周文友密,及树置贺拔岳镇关中之计,遂见拘执,将赴晋阳。及引见,咸为之忧。孝通神气从容,辞理切正,齐神武更相钦叹,即日原免。然犹致疑忌,不加位秩,但引为坐客,时访文典大事而已。齐神武让剑履上殿表,犹使为文。曾与诸人同诣晋祠,皆屈膝尽礼。孝通独捧手不拜,顾而言曰:"此乃诸侯之国,去吾何远,恭而非礼,将为神笑。"拜者渐焉。兴和二年,卒于邺。魏前二年,周文帝追轸旧好,奏赠车骑将军、仪同三司、青州刺史。齐神武武平初,又赠郑州刺史。文集八十卷,行于时。

薛道衡

薛道衡,字玄卿,河东汾阴(今山西省运城市万荣县)人。北魏常山太守薛孝通之子。年十三,作《国侨赞》,颇有词致,其后才名益著,齐司州牧、彭城王浟引为兵曹从事。武成作相,召为记室,及即位,累迁太尉府主簿。岁余,兼散骑常侍。武平初,除尚书左外兵郎。复以本官直中书省,寻拜中书侍郎,仍参太子侍读。及齐亡,周武引为御史二命士。后归乡里,自州主簿入为司禄上士。高祖作相,从元帅梁睿击王谦,摄陵州刺史。大定中,授仪同,摄邛州刺史。高祖受禅,坐事除名。河间王弘北征突厥,召典军书,还除内史舍人。其年,兼散骑常侍,聘陈主使。及八年伐陈,授淮南道行台尚书吏部郎,兼掌文翰。还除吏部侍郎。后坐事,除名,配防岭表。后数岁,授内史侍郎,加上仪同三司,进位上开府。仁寿中,杨素专掌朝政,因出检校襄州总管。隋炀帝嗣位,转番州刺史。岁余,拜司隶大夫。大业三年,因忤隋炀帝被杀。时年七十。事迹见《隋书》卷五十七《薛道衡传》《北史》卷三十六《薛辩传附薛道衡传》。

据《山西通志·经籍》著录,有《薛道衡集》三十卷。又,据《隋书·经籍志》记载:"司隶大夫《薛道衡集》三卷。"《旧唐书·经籍志》记载:"《薛道衡集》三十卷。"《新唐书·艺文志》亦记载:"《薛道衡集》三十卷。"由此可知,《隋书·经籍志》记载的《薛道衡集》的卷数少于《旧唐书·经籍志》和《新唐书·艺文志》所记载的,可能是唐朝开元年间广征天下典籍时复得古本。《薛道衡集》,今已经亡佚。后世有多种辑佚本,主要版本有:明代张燮辑佚有《薛司隶集》二卷,收录在《七十二家集》,有明代天启崇祯间刻本,国家图书馆藏有此书。明代张溥辑录有《薛司隶集》一卷,收入《汉魏六朝百三家集》,有明代娄东张氏刻本。另,薛道衡还撰写有《齐五礼》,已经亡佚。《先秦汉魏晋南北朝诗》录存其诗二十余首,《全上古三代秦汉三国六朝文》之《全隋文》录存其文八篇。

附一 （清）《荣河县志·人物志》

薛道衡,字元卿。祖聪,父孝通。道衡六岁而孤,专精好学。年十三,讲《左氏传》,见子产相郑之功,作《国侨赞》,颇有词致,见者奇之。其后才名益著,齐司州牧、彭城王浟引为兵曹从事。尚书左仆射弘农杨遵彦,见而嗟赏。授奉朝请。吏部尚书陇西辛术与语,叹曰:"郑公业不亡矣。"河东裴讞目之曰:"鼎迁河朔,吾谓关西孔子罕值其人,今复遇薛君矣。"北齐武平初,诏与诸儒修定《五礼》,除尚书左外兵郎。陈使傅縡聘齐,以道衡兼主客郎接对之。縡赠诗五十韵,道衡和之,南北称美。待诏文林馆,与范阳卢思道、安平李德林齐名友善。复以本官直中书省,寻拜中书侍郎,仍参太子侍读。渐见亲用,与侍中斛律孝卿参预政事,道衡具陈备周之策,孝卿不能用。及齐亡,周武引为御史二命士。后归乡里,自州主簿入为司禄上士。

隋文作相,从元帅梁睿击王谦,摄陵州刺史。大定中,授仪同,摄邛州刺史。文帝受禅,坐事除名。河间王弘北征突厥,召典军书,还除内史舍人。其年,兼散骑常侍,聘陈主使。道衡因奏曰:"陛下比隆三代,平一九州,岂容使区区之陈,久在天网之外?臣今奉使,请责以称藩。"帝曰:"朕且含养,置之度外,勿以言辞相折。"江东雅好篇什,陈主尤爱雕虫,道衡每有所作,南人无不吟诵焉。

及八年伐陈,授淮南道行台尚书吏部郎,兼掌文翰。王师临江,高颎夜坐幕下,谓曰:"今日之举,克定江东否?"道衡答曰:"凡论大事成败,先须以至理断之。《禹贡》所载九州,本是王者封域。后汉之季,郭璞有云:'江东偏王三百年,还与中国合。'今数将满矣。以运数而言,其必克一也。有德者昌,无德者亡,自古兴灭,皆由此道。主上躬履恭俭,忧劳庶政,叔宝峻宇雕墙,酗酒荒色。其必克二也。为国之体,在于任寄,彼之公卿,备员而已。拔小人施文庆委以政事,尚书令江总唯事诗酒,本非经略之才,萧摩诃、任蛮奴是其大将,一夫之用耳。其必克三也。我有道而大,彼无德而小,量其甲士,不过十万。西自巫峡,东至沧海,分之则势悬而力弱,聚之则守此而失彼。其必克四也。席卷之势,其在不疑。"颎忻然曰:"君言成败,事理分明,吾今豁然矣。本以才学相期,不意筹略乃尔。"还除吏部侍郎。后有言其党苏威,任人有意,除名,配防岭表。晋王广时在扬州,阴令人讽道衡从扬州路,将奏留之。道衡不乐王府,用汉王谅之计,遂出江陵道而去。寻有诏征还,直内史省。晋王由是衔之,然爱其才,犹颇见礼。后数岁,授内史侍郎,加上仪同三司。

道衡每至构文,必隐坐空斋,蹋壁而卧,闻户外有人便怒,其沉思如此。帝每曰:"薛道衡作文书称我意。但老矣,驱使勤劳,宜使其朱门陈戟。"于是进位上开府,赐物百段。道衡辞以无功,帝曰:"尔久劳阶陛,国家大事,皆尔宣行,岂非尔功也?"道衡久当枢要,才名益显,太子诸王争相与交,高颎、杨素雅相推重,声名籍甚,无竞一时。

仁寿中,杨素专掌朝政,道衡既与素善,上不欲道衡久知机密,因出检校襄州总管。道衡一旦见出,不胜悲恋,言之哽咽。高祖怆然改容曰:"尔光阴晚暮,侍奉诚劳。朕欲令尔将摄,兼抚萌俗。今尔之去,朕如断一臂。"于是赉物三百段,九环金带,并时服一袭,马十匹,慰勉遣之。在任清简,吏民怀其惠。

炀帝嗣位,转番州刺史。岁余,上表求致仕。帝谓内史侍郎虞世基曰:"道衡将至,当以秘书监待之。"道衡既至,上《高祖文皇帝颂》,帝览之不悦,顾谓苏威曰:"道衡致美先朝,此《鱼藻》之义也。"于是拜司隶大夫,将置之罪。道衡不悟。司隶刺史素与相善,知必及祸,劝之杜绝宾客,卑辞下气,而道衡不能用。会议新令,久不能决,道衡谓朝士曰:"向使高颎不死,令决当久行。"有人奏白,帝怒曰:"汝忆高颎邪?"付执法者推之。道衡自以非大过,促宪司早解。奏日,冀帝赦之,敕家人具馔,以备宾客来候者。及奏,帝令自尽。道衡殊不意,未能引诀。宪司重奏,缢而杀之,妻子徙且末。时年七十。天下冤之。有集七十卷,行于世。祀乡贤。有子五,收最知名。①

附二 《隋书》卷五十七《薛道衡传》

薛道衡,字玄卿,河东汾阴人也。祖聪,魏济州刺史。父孝通,常山太守。道衡六岁而孤,专精好学。年十三,讲《左氏传》,见子产相郑之功,作《国侨赞》,颇有词致,见者奇之。其后才名益著,齐司州牧、彭城王浟引为兵曹从事。尚书左仆射弘农杨遵彦,一代伟人,见而嗟赏。授奉朝请。吏部尚书陇西辛术与语,叹曰:"郑公业不亡矣。"河东裴谳目之曰:"自鼎迁河朔,吾谓关西孔子罕值其人,今复遇薛君矣。"武成作相,召为记室,及即位,累迁太尉府主簿。岁余,兼散骑常侍,接对周、陈二使。武平初,诏与诸儒修定《五礼》,除尚书左外兵郎。陈使傅縡聘齐,以道衡兼主客郎接对之。縡赠诗五十韵,道衡和之,南北称美。魏收曰:"傅縡所谓以蚓投鱼耳。"待诏文林馆,与范阳卢思道、安平李德林齐名友善。复以本官直中书省,寻拜中书侍郎,仍参太子侍读。后主之时,渐见亲用,于时颇有附会之讥。后与侍中斛律孝卿参预政事,道衡具陈备周之策,孝卿不能用。及齐亡,周武引为御史二命士。后归乡里,自州主簿入为司禄上士。

---

① (清)马鉴等修,寻銮炜纂《荣河县志》,清光绪七年刊本,第329—335页。

高祖作相，从元帅梁睿击王谦，摄陵州刺史。大定中，授仪同，摄邛州刺史。高祖受禅，坐事除名。河间王弘北征突厥，召典军书，还除内史舍人。其年，兼散骑常侍，聘陈主使。道衡因奏曰："江东蕞尔一隅，僭擅遂久，实由永嘉以后，华夏分崩。刘、石、苻、姚、慕容、赫连之辈，妄窃名号，寻亦灭亡。魏氏自北徂南，未遑远略。周、齐两立，务在兼并，所以江表逋诛，积有年祀。陛下圣德天挺，光膺宝祚，比隆三代，平一九州，岂容使区区之陈，久在天网之外？臣今奉使，请责以称藩。"高祖曰："朕且含养，置之度外，勿以言辞相折，识朕意焉。"江东雅好篇什，陈主尤爱雕虫，道衡每有所作，南人无不吟诵焉。及八年伐陈，授淮南道行台尚书吏部郎，兼掌文翰。王师临江，高颎夜坐幕下，谓之曰："今段之举，克定江东已不？君试言之。"道衡答曰："凡论大事成败，先须以至理断之。《禹贡》所载九州，本是王者封域。后汉之季，群雄竞起，孙权兄弟遂有吴、楚之地。晋武受命，寻即吞并，永嘉南迁，重此分割。自尔已来，战争不息，否终斯泰，天道之恒。郭璞有云：'江东偏王三百年，还与中国合。'今数将满矣。以运数而言，其必克一也。有德者昌，无德者亡，自古兴灭，皆由此道。主上躬履恭俭，忧劳庶政，叔宝峻宇雕墙，酣酒荒色。上下离心，人神同愤，其必克二也。为国之体，在于任寄，彼之公卿，备员而已。拔小人施文庆委以政事，尚书令江总唯事诗酒，本非经略之才，萧摩诃、任蛮奴是其大将，一夫之用耳。其必克三也。我有道而大，彼无德而小，量其甲士，不过十万。西自巫峡，东至沧海，分之则势悬而力弱，聚之则守此而失彼。其必克四也。席卷之势，其在不疑。"颎忻然曰："君言成败，事理分明，吾今豁然矣。本以才学相期，不意筹略乃尔。"还除吏部侍郎。后坐抽擢人物，有言其党苏威，任人有意故者，除名，配防岭表。晋王广时在扬州，阴令人讽道衡从扬州路，将奏留之。道衡不乐王府，用汉王谅之计，遂出江陵道而去。寻有诏征还，直内史省。晋王由是衔之，然爱其才，犹颇见礼。后数岁，授内史侍郎，加上仪同三司。

道衡每至构文，必隐坐空斋，蹋壁而卧，闻户外有人便怒，其沉思如此。高祖每曰："薛道衡作文书称我意。"然诫之以迂诞。后高祖善其称职，谓杨素、牛弘曰："道衡老矣，驱使勤劳，宜使其硃门陈戟。"于是进位上开府，赐物百段。道衡辞以无功，高祖曰："尔久劳阶陛，国家大事，皆尔宣行，岂非尔功也？"道衡久当枢要，才名益显，太子诸王争相与交，高颎、杨素雅相推重，声名籍甚，无竞一时。仁寿中，杨素专掌朝政，道衡既与素善，上不欲道衡久知机密，因出检校襄州总管。道衡久蒙驱策，一旦违离，不胜悲恋，言之哽咽。高祖怆然改容曰："尔光阴晚暮，侍奉诚劳。朕欲令尔将摄，兼抚萌俗。今尔之去，朕如断一臂。"于是赉物三百段，九环金带，并时服一袭，马十匹，慰勉遣之。在任清简，吏民怀其惠。

炀帝嗣位，转番州刺史。岁余，上表求致仕。帝谓内史侍郎虞世基曰："道衡将至，当以秘书监待之。"道衡既至，上《高祖文皇帝颂》，其词曰：

太始太素，荒茫造化之初；天皇地皇，杳冥书契之外。其道绝，其迹远，言谈所不诣，耳目所不追。至于入穴登巢，鹑居鷇饮，不殊于羽族，取类于毛群，亦何贵于人灵，何用于心识？羲、轩已降,爰暨唐、虞,则乾象而施法度,观人文而化天下,然后帝王之位可重,圣哲之道为尊。夏后、殷、周之国,禹、汤、文、武之主,功济生民,声流《雅颂》,然陵替于三五,惭德于干戈。秦居闰位,任刑名为政本,汉执灵图,杂霸道而为业。当涂兴而三方峙,典午末而四海乱。九州封域,窟穴鲸鲵之群；五都遗黎,蹴踏戎马之足。虽玄行定嵩、洛,木运据崤、函,未正沧海之流,讵息昆山之燎！协千龄之旦暮,当万叶之一朝者,其在大隋乎？

粤若高祖文皇帝,诞圣降灵,则赤光照室,韬神晦迹,则紫气腾天。龙颜日角之奇,玉理珠衡之异,著在图箓,彰乎仪表。而帝系灵长,神基崇峻,类邰、岐之累德,异丰、沛之勃起。俯膺历试,纳揆宾门,位长六卿,望高百辟,犹重华之为太尉,若文命之任司空。苍历将尽,率土糜沸,玉弩惊天,金芒照野。奸雄挺祸,据河朔而连海岱；猾长纵恶,杜白马而塞成皋。庸、蜀逆命,凭铜梁之险；郧、黄背诞,引金陵之寇。三川已震,九鼎将飞。高祖龙跃凤翔,濡足授手,应赤伏之符,受玄狐之箓,命百下百胜之将,动九天九地之师,平共工而殄蚩尤,翦猰㺄而戮凿齿。不烦二十八将,无假五十二征,曾未逾时,妖逆咸殄,廓氛雾于区宇,出黎元于涂炭。天柱倾而还正,地维绝而更纽。殊方稽颡,识牛马之内向；乐师伏地,惧钟石之变声。万姓所以乐推,三灵于是改卜。坛场已备,犹弘五让之心；亿兆难违,方从四海之请。光临宝祚,展礼郊丘,舞六代而降天神,陈四圭而飨上帝,乾坤交泰,品物咸亨。酌前王之令典,改易徽号；因庶萌之子来,移创都邑。天文上当朱鸟,地理下据黑龙,正位辨方,揆影于日月,内宫外座,取法于辰象。悬政教于魏阙,朝群后于明堂,除旧布新,移风易俗。天街之表,地脉之外,獯猃孔炽,其来自久,横行十万,樊哙于是失辞,提步五千,李陵所以陷没。周、齐两盛,竞结旄头,娉狄后于漠北,未足息其侵扰,倾珍藏于山东,不能止其贪暴。炎灵启祚,圣皇驭宇,运天策于帷扆,播神威于沙朔,柳室、毡裘之长,皆为臣隶,瀚海、蹛林之地,尽充池苑。三吴、百越,九江五湖,地分南北,天隔内外,谈黄旗紫盖之气,恃龙蟠兽据之险,恒有僭伪之君,妄窃帝王之号。时经五代,年移三百,爰降皇情,永怀大道,愍彼黎献,独为匪人。今上利建在唐,则哲居代,地凭宸极,天纵神武,受脤出车,一举平定。于是八荒无外,九服大同,四海为家,万里为宅。乃休牛散马,偃武修文。

自华夏乱离,绵积年代,人造战争之具,家习浇伪之风,圣人之遗训莫存,先王之旧典咸坠。爰命秩宗,刊定《五礼》,申饬太子,改正六乐。玉帛樽俎之仪,节文乃备；金石匏革之奏,雅俗始分。而留心政术,垂神听览,早朝晏罢,废寝忘食,忧百姓之未安,惧一物之失所。行先王之道,夜思待旦,革百王之弊,朝不及夕。见一善事,喜彰于容旨；闻一愆犯,叹深于在予。薄赋轻徭,务农重谷,仓廪有红腐之积,黎萌无阻饥之虑。天性弘慈,圣心恻隐,恩加禽兽,胎卵于是获全,仁沾草木,牛羊所以勿践。至于宪章典典,刑名大辟,申法而屈情,决断于俄顷,故能彝伦攸叙,上下齐肃。左右绝诏谀之路,缙绅无势力之门。小心翼翼,敬事于天地；终日乾乾,诚慎于亢极。陶黎萌于德化,致风俗于太康,公卿庶尹，遐迩岳牧，佥以天平地成，千载之嘉会，登封降禅，百王之盛典，宜其金泥玉检，展礼介丘，飞声腾实，常为称首。天子为而不恃，成而不居，冲旨凝邈，固辞弗许。而虽休勿休，上德不德，更乃洁诚岱岳，逊谢愆咎。方知六十四卦，谦抰之道为尊，七十二君，告成之义为小，巍巍荡荡，无得以称焉。而深诚至德，感达于穹壤，和气薰风，充溢于宇宙。二仪降福，百灵荐祉，日月星象，风云草树之祥，山川玉石，鳞介羽毛之瑞，岁见月彰，不可胜纪。至于振古所未有，图籍所不载，目所不见，耳所未闻。古语称圣人作，万物睹，神灵滋，百宝用，此其效矣。

既而游心姑射，脱屣之志已深；铸鼎荆山，升天之驾遂远。凡在黎献，具惟帝臣，慕深考妣，哀缠弓剑，涂山幽峻，无复玉帛之礼，长陵寂寞，空见衣冠之游。若乃降精熛怒，飞名帝箓，开运握图，创业垂统，圣德也；拨乱反正，济国宁人，六合八纮，同文共轨，神功也；玄酒陶匏，云和孤竹，禋祀上帝，尊极配天，大孝也；偃伯戢戈，正礼裁乐，纳民寿域，驱俗福林，至政也。张四维而临万宇，侔三皇而并五帝，岂直锱铢周、汉，么麽魏、晋而已。虽五行之舞，每陈于清庙，九德之歌，无绝于乐府，而玄功畅洽，不局于形器，懿业远大，岂尽于揄扬。

臣轻生多幸，命偶兴运，趋事紫宸，驱驰丹陛，一辞天阙，奄隔鼎湖，空有攀龙之心，徒怀薨蚁之意。庶凭毫翰，敢希赞述！昔堙海之禽不增于大地，泣河之士非益于洪流，尽其心之所存，望其力之所及，辄缘斯义，不觉斐然。乃作颂曰：

悠哉邃古，邈矣季世，四海九州，万王千帝。三代之后，其道逾替，爰逮金行，不胜其弊。戎狄猾夏，群凶纵慝，窃号淫名，十有余国。怙威逞暴，悖礼乱德，五岳尘飞，三象雾塞。玄精启历，发迹幽方，并吞寇伪，独擅雄强。载祀二百，比祚前王，江湖尚阻，区域未康。句吴闽越，河朔渭涘，九县瓜分，三方鼎跱。狙诈不息，干戈竞起，东夏虽平，乱离瘼矣。五运叶期，千年肇旦，赫矣高祖，人灵攸赞。圣德迥生，神谋独断，瘅恶彰善，夷凶静难。宗伯撰仪，太史练日，孤竹之管，云和之瑟。展礼上玄，飞烟太一，珪璧朝会，山川望秩。占揆星景，移建邦畿，下凭赤壤，上叶紫微。布政衢室，悬法象魏，帝宅天府，固本崇威。匈河瀚海，龙荒狼望，种落陆梁，时犯亭障。皇威远慑，帝德遐畅，稽颡归诚，称臣内向。吴越提封，斗牛星象，积有年代，自称君长。大风未缴，长鲸漏网，授钺天人，豁然清荡。戴日戴斗，太平太蒙，礼教周被，书轨大同。复禹之迹，成舜之功，礼以安上，乐以移风。忧劳庶绩，矜育黔首，三面解罗，万方引咎。纳民轨物，驱时仁寿，神化隆平，生灵熙阜。虔心恭己，奉天事地，协气横流，休徵绍至。坛场望幸，云亭虚位，推而不居，圣道弥粹。齐迹姬文，登发嗣圣，道类汉光，传庄宝命。知来藏往，玄览幽镜，鼎业灵长，洪基隆盛。崆峒问道，汾射窅然，御辩遐逝，乘云上仙。哀缠率土，痛感穹玄，流泽万叶，用教百年。尚想睿图，永惟圣则，道洽幽显，仁沾动植。爻象不陈，乾坤将息，微臣作颂，用申罔极。

帝览之不悦，顾谓苏威曰："道衡致美先朝，此《鱼藻》之义也。"于是拜司隶大夫，将置之罪。道衡不悟。司隶刺史房彦谦素相善,知必及祸,劝之杜绝宾客,卑辞下气,而道衡不能用。会议新令,久不能决,道衡谓朝士曰:"向使高颎不死,令决当久行。"有人奏之,帝怒曰:"汝忆高颎邪?"付执法者勘之。道衡自以非大过,促宪司早断。暨于奏日,冀帝赦之,敕家人具馔,以备宾客来候者。及奏,帝令自尽。道衡殊不意,未能引诀。宪司重奏,缢而杀之,妻子徙且末。时年七十。天下冤之。有集七十卷,行于世。

薛庆之

薛庆之,字庆集,河东汾阴(今山西省运城市万荣县)人。颇有学业,解褐奉朝请。领侍御史,迁廷尉丞。转尚书郎、兼尚书左丞,为并肆行台,赐爵龙丘子,行并州事。迁征虏将军、沧州刺史。为葛荣攻围,城陷。寻患卒。后赠右将军、华州刺史。事迹见《魏书》卷四十二《薛辩传附薛庆之传》《北史》卷三十六《薛辩传附薛庆之传》。

据《魏书》卷四十二《薛辩传附薛庆之传》以及《北史》卷三十六《薛辩传附薛庆之传》记载可知,薛庆之尝与廷尉正崔纂戏判城狐,词义可观,因此当有《戏判城狐词》,其文今已经亡佚。

附一 《魏书》卷四十二《薛辩传附薛庆之传》

长子庆之,字庆集,颇以学业闻。解褐奉朝请。领侍御史,迁廷尉丞。廷尉寺邻接北城,曾夏日于寺旁执得一狐。庆之与廷尉正博陵崔纂,或以城狐狡害,宜速杀之,或以长育之致,宜待秋分。二卿裴延俊、袁悉互有同异。虽曰戏谑,词义可观,事传于世。转尚书郎、兼尚书左丞,为并肆行台,赐爵龙丘子,行并州事。迁征虏将军、沧州刺史。为葛荣攻围,城陷。寻患卒。后赠右将军、华州刺史。

薛孺

薛孺,河东汾阴(今山西省运城市万荣县)人。清贞孤介,涉历经史。开皇中,为侍御史、扬州总管司功参军。及满,转清阳令、襄城郡掾,所经并有惠政,卒于官。事迹见《隋书》卷五十七《薛道衡传附薛孺传》《北史》卷三十六《薛辩传附薛孺传》。

据《隋书》卷五十七《薛道衡传附薛孺传》以及《北史》卷三十六《薛辩传附薛孺传》记载云"涉历经史,有才思,虽不为大文,所有诗咏,大致清远",可知薛孺能够写诗、作文,因此当有作品流传后世,其作品今皆亡佚。

附一　（清）《荣河县志·人物志》

薛孺清贞孤介,不交流俗。涉历经史,有才思,虽不为大文,所有诗咏,大致清远。开皇中,为侍御史、扬州总管司功参军。每以方直自处,府僚多不便之。卒于襄城郡掾。所莅官皆有能名。道衡偏相友爱,收初生,即与孺为后。养于孺宅,至于成长,殆不识本生。太常丞胡仲操曾在朝堂就孺借刀子割爪甲。孺以仲操非雅士,竟不与之。其不肯妄交,清介独行,类如此。①

附二　《隋书》卷五十七《薛道衡传附薛孺传》

孺清贞孤介,不交流俗,涉历经史,有才思,虽不为大文,所有诗咏,词致清远。开皇中,为侍御史、扬州总管司功参军。每以方直自处,府僚多不便之。及满,转清阳令、襄城郡掾,卒官。所经并有惠政。与道衡偏相友爱,收初生,即与孺为后,养于孺宅。至于成长,殆不识本生。太常丞胡仲操曾在朝堂,就孺借刀子割爪甲。孺以仲操非雅士,竟不与之。其不肯妄交,清介独行,皆此类也。

薛迈

薛迈,字弘仁,河东汾阴（今山西省运城市万荣县）人。开皇初,袭爵齐安子,改封钟山。历位太子舍人。大业中,为刑部、选部二侍郎。事迹见《隋书》卷五十七《薛道衡传附薛迈传》《北史》卷三十六《薛辩传附薛迈传》。

据《北史》卷三十六《薛辩传附薛迈传》记载云"性寡言,长于词辩"可知,薛迈应当有作品流传后世,今皆亡佚。

附一　（清）《荣河县志·人物志》

薛迈,字弘仁,性寡言,长于词辩。开皇初,袭爵齐安子,改封钟山。历位太子舍人。大业中,为刑部、选部二侍郎。②

---

① （清）马鉴等修,寻銮炜纂《荣河县志》,清光绪七年刊本,第335页。
② （清）马鉴等修,寻銮炜纂《荣河县志》,清光绪七年刊本,第336页。

附二　《北史》卷三十六《薛辩传附薛迈传》

迈字弘仁,性寡言,长于词辩。开皇初,袭爵齐安子,改封钟山。历位太子舍人。大业中,为刑部、选部二侍郎。

薛德音

薛德音,薛道衡从子,河东汾阴(今山西省运城市万荣县)人。有俊才,起家游骑尉。佐魏澹修《魏史》,史成,迁著作佐郎。及越王侗称制东都,王世充之僭号,官至黄门侍郎。军书羽檄,皆出其手。世充平,以罪诛。事迹见《隋书》卷五十七《薛道衡传附薛德音传》《北史》卷三十六《薛辩传附薛德音传》。

据《隋书》卷五十七《薛道衡传附薛德音传》以及《北史》卷三十六《薛辩传附薛德音传》记载云"佐魏澹修《魏史》,史成,迁著作佐郎。……所有文笔,多行于时"可知,薛德音曾佐魏澹修《魏史》,其"文笔多行于世",因此应该有作品流传,今多亡佚。薛德音今存文章两篇,收录于《全上古三代秦汉三国六朝文》之《全隋文》中。今存诗歌一首,收录于《先秦汉魏晋南北朝诗》之《全隋诗》中。

附一　《隋书》卷五十七《薛道衡传附薛德音传》

从子德音,有隽才,起家为游骑尉。佐魏澹修《魏史》,史成,迁著作佐郎。及越王侗称制东都,王世充之僭号也,军书羽檄,皆出其手。世充平,以罪伏诛。所有文笔,多行于时。

夏 县

巫咸

巫咸,今运城市夏县人,殷商时期为太戊相,辅佐帝太戊,使得商朝中兴。事迹见《史记》卷三《殷本纪》。

巫咸是商代巫师,权力甚大,在帝太戊时期,巫咸与儿子巫贤复兴商朝,其后儿子巫贤继续任职于祖乙王廷。巫咸留下两份著作:《咸乂》,可能是他在朝的治术;《太戊》,可能是太戊时期的纪事。战国时有托名星占著作《巫咸占》,佚文收录在唐代瞿昙悉达所编的《开元占经》中。《吕氏春秋·勿躬》记载曰:"巫彭作医,巫咸作筮。"在古代,巫是一个很崇高的职业,黄帝要出战时,还要请巫咸作筮。相传巫峡的名称就来源于巫师巫咸。《尚书·商书·咸有一德》记载曰:"伊陟赞于巫咸,作《咸乂》四篇。"《尚书·周书·君奭》记载曰:"我闻在昔成汤既受命,时则有若伊尹,格于皇天。在太甲,时则有若保衡。在太戊,时则有若伊陟、臣扈,格于上帝;巫咸乂王家。在祖乙,时则有若巫贤。"《晋书·天文志》记载曰:"(晋)武帝时,太史令陈卓总甘、石、巫咸三家所著星图,大凡二百八十三官,一千四百六十四星,以为定纪。"《韩非子·说林下》记载曰:"巫咸虽善祝,不能自祓也。"另外,甲骨文卜辞中还有"咸戊"。《尚书·咸乂序》记载曰:"伊陟相大戊,亳有祥桑谷共生于朝,伊陟赞于巫咸,作《咸乂》《太戊》等四篇。"据上述材料,可知巫咸的著述有《咸乂》《太戊》等四篇。今皆亡佚。

附一 (清)光绪《夏县志·人物志》

巫咸,大戊书相。子,巫贤,祖乙时相。父子继相,商道中兴。其所居里,旧号巫咸里。后更名商相坊。今为南商里。①

附二 《史记》卷三《殷本纪》

帝雍己崩,弟太戊立,是为帝太戊。帝太戊立伊陟为相。亳有祥桑穀共生于朝,一暮大拱。帝太戊惧,问伊陟。伊陟曰:"臣闻妖不胜德,帝之政其有阙与?帝其修德。"太戊从之,而祥桑枯死而去。伊陟赞言于巫咸。巫咸治王家有成,作咸艾,作太戊。帝太戊赞伊陟于庙,言弗臣,伊陟让,作原命。殷复兴,诸侯归之,故称中宗。

杜挚

杜挚,字德鲁,河东(今山西省运城市夏县西北)人,生卒年不详。初上《笳赋》,魏明帝太和初年,署司徒军谋吏。后举孝廉,除郎中,转补校书郎。与毌丘俭乡里相亲,有诗赠答。寻求毌丘俭汲引,不允。挚竟不得迁,寻卒于秘书。作有文集二卷,颇传于世。事迹见《三国志》卷二十一《魏书·王卫二刘传》注引《文章叙录》。

《隋书·经籍志》记载:"魏校书郎《杜挚集》二卷。"《旧唐书·经籍志》记载:"《杜挚集》一卷。"《新唐书·艺文志》记载:"《杜挚集》二卷。"《杜挚集》,今已经亡佚。杜挚存世作品有三:《全上古三代秦汉三国六朝文》之《全三国文》收录其赋一篇;《先秦汉魏晋南北朝诗》收录其诗二首,其中一首为残句。

附一 《三国志》卷二十一《魏书·王卫二刘传》注引

文章叙录曰:挚字德鲁。初上笳赋,署司徒军谋吏。后举孝廉,除郎中,转补校书。挚与毌丘俭乡里相亲,故为诗与俭,求仙人药一丸,欲以感切俭求助也。其诗曰:"骐骥马不试,婆娑槽枥间。壮士志未伸,坎坷多辛酸。伊挚为媵臣,吕望身操竿;夷吾困商贩,甯戚对牛叹;食其处监门,淮阴饥不餐;买臣老负薪,妻畔呼不还,释之宦十年,位不增故官。才非八子伦,而与齐其患。无知不在此,袁盎未有言。被此笃病久,荣卫动不安,闻有韩众药,信来给一丸。"俭答曰:"凤鸟翔京邑,哀鸣有所思。才为圣世出,德音何不怡!八子未遭遇,今者遭明时。胡康出垄亩,杨伟无根基,飞腾冲云天,奋迅协光熙。骏骥骨法异,伯乐观知之,但当养羽翮,鸿举必有期。体无纤微疾,安用问良医?联翩轻栖集,还为燕雀嗤。韩众药虽良,或更不能治。悠悠千里情,薄言答嘉诗。信心感诸中,中实不在辞。"挚竟不得迁,卒于秘书。

---

① (清)黄缙荣、万启钧修,(清)张承熊纂光绪《夏县志》卷七《人物志》,据清光绪六年(1880)刻本影印。

永 济

张华

张华,字茂先,范阳方城人,其裔为蒲阪(今山西省运城市永济市)人。魏渔阳郡守张平之子。华少孤贫,学业优博,辞藻温丽。郡守鲜于嗣荐华为太常博士。卢钦言之于文帝,转河南尹丞,未拜,除佐著作郎。顷之,迁长史,兼中书郎。晋受禅,拜黄门侍郎,封关内侯。数岁,拜中书令,后加散骑常侍。太康年间,力主伐吴,以功进封为广武县侯。后微为忤旨,乃出华为持节、都督幽州诸军事、领护乌桓校尉、安北将军。顷之,征华为太常。以太庙屋栋折,免官。惠帝即位,以华为太子少傅。及楚王玮作乱被诛,华以首谋有功,拜右光禄大夫、开府仪同三司、侍中、中书监,金章紫绶。久之,论前后勋,进封壮武郡公。数年,代下邳王晃为司空,领著作。赵王伦作乱,被害,时年六十九。事迹见《晋书》卷三十六《张华传》。

张华乃是西晋著名的作家,其工于诗赋,词藻华丽。编纂有中国第一部博物学著作《博物志》。据《隋书·经籍志》记载:"《博物志》十卷,张华撰。《张公杂记》一卷,张华撰。梁有五卷,与《博物志》相似,小小不同。又有《杂记》十卷,何氏撰,亡。《杂记》十一卷,张华撰。梁有《子林》二十卷,孟仪撰。亡。"《旧唐书·经籍志》记载:"《博物志》十卷,张华撰。"《新唐书·艺文志》记载:"张华《博物志》十卷。又《列异传》一卷。"《博物志》原书已经亡佚,后人有辑佚本,大多是由宋代周日用、卢氏注释的。较为常见的版本有:明代何允中辑《广汉魏丛书》本,运城市盐湖区图书馆藏有此书;明代吴琯辑《古今逸史》本;清代王谟辑《增订汉魏丛书》本;《四库全书》本;明代商濬辑《稗海》本,运城市闻喜县博物馆藏有此书;清代黄丕烈辑《土礼居黄氏丛书》本;《四部备要》本;子书百家本(清光绪元年湖北崇文书局刻本),运城市临猗县图书馆藏有此书;近代学者郑国勋辑《龙溪精舍丛书》本。目前较为完备的本子是范宁先生的《博物志校证》,此书由中华书局于1980年出版。《隋书·经籍志》记载:"晋司空《张华集》十卷,录一卷。"《旧唐书

·经籍志》记载:"《张华集》十卷。"《新唐书·艺文志》记载:"《张华集》十卷。"《宋史·艺文志》记载:"《张华集》二卷,又《诗》一卷。"由此可见,宋代时《张华集》已经出现散佚的情况了。《张华集》,今已经亡佚,明代以后的辑佚本较多,较为常见的有:明代张溥《汉魏六朝百三家集》本辑佚有《张茂先集》一卷。清代姚莹、顾沅、潘锡恩辑《乾坤正气集》本辑佚有《张司空集》一卷。除此之外,张华雅爱书籍,精通目录学,曾与荀勖等人依照刘向《别录》整理典籍。《宣和书谱》载有其草书《得书帖》以及行书《闻时帖》。除了《张茂先集》之外,张华今存有文章三十篇(包括残句),收录于《全上古三代秦汉三国六朝文》之《全晋文》中。今存有诗歌四十五首(包括残句),收录于《先秦汉魏晋南北朝诗》之《全晋诗》中。

附一 (清)光绪《永济县志·人物志》

张华,字茂先。其裔为蒲阪人。累迁司空,博物洽闻,世无与比。①

附二 《晋书》卷三十六《张华传》

张华,字茂先,范阳方城人也。父平,魏渔阳郡守。华少孤贫,自牧羊,同郡卢钦见而器之。乡人刘放亦奇其才,以女妻焉。华学业优博,辞藻温丽,朗赡多通,图纬方伎之书莫不详览。少自修谨,造次必以礼度。勇于赴义,笃于周急。器识弘旷,时人罕能测之。初未知名,著《鹪鹩赋》以自寄。其词曰:

何造化之多端,播群形于万类。惟鹪鹩之微禽,亦摄生而受气,育翮翾之陋体,无玄黄以自贵;毛无施于器用,肉不登乎俎味。鹰鹯过犹戢翼,尚何惧于罿罻!翳荟蒙笼,是焉游集。飞不飘扬,翔不翕集。其居易容,其求易给;巢林不过一枝,每食不过数粒。栖无所滞。游无所盘;匪陋荆棘,匪荣茞兰。动翼而逸,投足而安。委命顺理,与物无患。伊兹禽之无知,而处身之似智。不怀宝以贾害,不饰表以招累。静守性而不矜,动因循而简易。任自然以为资,无诱慕于世伪。雕鹖介其觜距,鹄鹭轶于云际,鹳鸡窜于幽险,孔翠生乎遐裔,彼晨凫与归雁,又矫翼而增逝,咸美羽而丰肌,故无罪而皆毙;徒衔芦以避缴,终为戮于此世。苍鹰鸷而受绁,鹦鹉慧而入笼,屈猛志以服养,块幽絷于九重;变音声以顺旨,思摧翮而为庸。恋钟岱之林野,慕陇坻之高松。虽蒙幸于今日,未若畴昔之从容。海鸟爱居,避风而至;条支巨爵,逾岭自致;提挈万里,飘飖逼畏。夫惟体大妨物,而形瑰足伟也。阴阳陶烝,万品一区。巨细舛错,种繁类殊。鹪冥巢于蚊睫,大鹏弥乎天隅,将以上方不足而下比有余。普天壤而遐观,吾又安知大小之所如。

陈留阮籍见之,叹曰:"王佐之才也!"由是声名始著。郡守鲜于嗣荐华为太常博士。

---

① (清)李荣和、刘钟麟修,(清)张元懋纂光绪《永济县志》卷七《人物志》,据光绪十二年(1886)刻本影印。

卢钦言之于文帝,转河南尹丞,未拜,除佐著作郎。顷之,迁长史,兼中书郎。朝议表奏,多见施用,遂即真。晋受禅,拜黄门侍郎,封关内侯。华强记默识,四海之内,若指诸掌。武帝尝问汉宫室制度及建章千门万户,华应对如流,听者忘倦,画地成图,左右属目。帝甚异之,时人比之子产。数岁,拜中书令,后加散骑常侍。遭母忧,哀毁过礼,中诏勉励,逼令摄事。

初,帝潜与羊祜谋伐吴,而群臣多以为不可,唯华赞成其计。其后,祜疾笃,帝遣华诣祜,问以伐吴之计,语在《祜传》。及将大举,以华为度支尚书,乃量计运漕,决定庙算。众军既进,而未有克获,贾充等奏诛华以谢天下。帝曰:"此是吾意,华但与吾同耳。"时大臣皆以为未可轻进,华独坚执,以为必克。及吴灭,诏曰:"尚书、关内侯张华,前与故太傅羊祜共创大计,遂典掌军事,部分诸方,算定权略,运筹决胜,有谋谟之勋。其进封为广武县侯,增邑万户,封子一人为亭侯,千五百户,赐绢万匹。"

华名重一世,众所推服,晋史及仪礼宪章并属于华,多所损益。当时诏诰皆所草定,声誉益盛,有台辅之望焉。而荀勖自以大族,恃帝恩深,憎疾之,每伺间隙,欲出华外镇。会帝问华:"谁可托寄后事者?"对曰:"明德至亲,莫如齐王攸。"既非上意所在,微为忤旨,间言遂行。乃出华为持节、都督幽州诸军事、领护乌桓校尉、安北将军。抚纳新旧,戎夏怀之。东夷马韩、新弥诸国依山带海,去州四千余里,历世未附者二十余国,并遣使朝献。于是远夷宾服,四境无虞,频岁丰稔,士马强盛。

朝议欲征华入相,又欲进号仪同。初,华毁征士冯恢于帝,紞即恢之弟也,深有宠于帝。紞尝侍帝,从容论魏晋事,因曰:"臣窃谓钟会之畔,颇由太祖。"帝变色曰:"卿何言邪!"紞免冠谢曰:"臣愚冗瞽言,罪应万死。然臣微意,犹有可申。"帝曰:"何以言之?"紞曰:"臣以为善御者必识六辔盈缩之势,善政者必审官方控带之宜,故仲由以兼人被抑,冉求以退弱被进,汉高八王以宠过夷灭,光武诸将由抑损克终。非上有仁暴之殊,下有愚智之异,盖抑扬与夺使之然耳。钟会才见有限,而太祖夸奖太过,嘉其谋猷,盛其名器,居以重势,委以大兵,故使会自谓算无遗策,功在不赏,辀张跋扈,遂构凶逆耳。向令太祖录其小能,节以大礼,抑之以权势,纳之以轨则,则乱心无由而生,乱事无由而成矣。"帝曰:"然。"紞稽首曰:"陛下既已然微臣之言,宜思坚冰之渐,无使如会之徒复致覆丧。"帝曰:"当今岂有如会者乎?"紞曰:"东方朔有言'谈何容易',《易》曰:'臣不密则失身'。"帝乃屏左右曰:"卿极言之。"紞曰:"陛下谋谟之臣,著大功于天下,海内莫不闻知,据方镇总戎马之任者,皆在陛下圣虑矣。"帝默然。顷之,征华为太常。以太庙屋栋折,免官。遂终帝之世,以列侯朝见。

惠帝即位,以华为太子少傅,与王戎、裴楷、和峤俱以德望为杨骏所忌,皆不与朝政。及骏诛后,将废皇太后,会群臣于朝堂,议者皆承望风旨,以为《春秋》绝文姜,今太后自绝于宗庙,亦宜废黜。惟华议以为"夫妇之道,父不能得之于子,子不能得之于父,皇太后非得罪于先帝者也。今党其所亲,为不母于圣世,宜依汉废赵太后为孝成后故事,贬太后之号,还称武皇后,居异宫,以全贵终之恩"。不从,遂废太后为庶人。

楚王玮受密诏杀太宰汝南王亮、太保卫瓘等,内外兵扰,朝廷大恐,计无所出。华白帝以"玮矫诏擅害二公,将士仓促,谓是国家意,故从之耳。今可遣驺虞幡使外军解严,理必风靡"。上从之,玮果败。及玮诛,华以首谋有功,拜右光禄大夫、开府仪同三司、侍中、中书监,金章紫绶。固辞开府。

贾谧与后共谋,以华庶族,儒雅有筹略,进无逼上之嫌,退为众望所依,欲倚以朝纲,访以政事。疑而未决,以问裴頠,頠素重华,深赞其事。华遂尽忠匡辅,弥缝补阙,虽当暗主虐后之朝,而海内晏然,华之功也。华惧后族之盛,作《女史箴》以为讽。贾后虽凶妒,而知敬重华。久之,论前后忠勋,进封壮武郡公。华十余让,中诏敦譬,乃受。数年,代下邳王晃为司空,领著作。

及贾后谋废太子,左卫率刘卞甚为太子所信遇,每会宴,卞必预焉。屡见贾谧骄傲,太子恨之,形于言色,谧亦不能平。卞以贾后谋问华,华曰:"不闻。"卞曰:"卞以寒悴,自须昌小吏受公成拔,以至今日。士感知己,是以尽言,而公更有疑于卞邪!"华曰:"假令有此,君欲如何?"卞曰:"东宫俊乂如林,四率精兵万人。公居阿衡之任,若得公命,皇太子因朝入录尚书事,废贾后于金墉城,两黄门力耳。"华曰:"今天子当阳,太子,人子也,吾又不受阿衡之命,忽相与行此,是无其君父,而以不孝示天下也。虽能有成,犹不免罪,况权戚满朝,威柄不一,而可以安乎!"及帝会群臣于式乾殿,出太子手书,遍示群臣,莫敢有言者。惟华谏曰:"此国之大祸。自汉武以来,每废黜正嫡,恒至丧乱。且国家有天下日浅,愿陛下详之。"尚书左仆射裴頠以为宜先检校传书者,又请比校太子手书,不然,恐有诈妄。贾后乃内出太子素启事十余纸,众人比视,亦无敢言非者,议至日西不决,后知华等意坚,因表乞免为庶人,帝乃可其奏。

初,赵王伦为镇西将军,挠乱关中,氐羌反叛,乃以梁王肜代之。或说华曰:"赵王贪昧,信用孙秀,所在为乱,而秀变诈,奸人之雄。今可遣梁王斩秀,刈赵之半,以谢关右,不亦可乎!"华从之,肜许诺。秀友人辛冉从西来,言于肜曰:"氐羌自反,非秀之为。"故得免死。伦既还,谄事贾后,因求录尚书事,后又求尚书令。华与裴頠皆固执不可,由是致怨,伦、秀疾华如仇。武库火,华惧因此变作,列兵固守,然后救之,故累代之宝及汉高斩蛇剑、王莽头、孔子屐等尽焚焉。时华见剑穿屋而飞,莫知所向。

初,华所封壮武郡有桑化为柏,识者以为不详。又华第舍及监省数有妖怪。少子韪以中台星坼,劝华逊位。华不从,曰:"天道玄远,惟修德以应之耳。不如静以待之,以俟天命。"及伦、秀将废贾后,秀使司马雅夜告华曰:"今社稷将危,赵王欲与公共匡朝廷,为霸者之事。"华知秀等必成篡夺,乃距之。雅怒曰:"刃将加颈,而吐言如此!"不顾而出。华方昼卧,忽梦见屋坏,觉而恶之。是夜难作,诈称诏召华,遂与裴頠俱被收。华将死,谓张林曰:"卿欲害忠臣耶?"林称诏诘曰:"卿为宰相,任天下事,太子之废,不能死节,何也?"华曰:"式乾之议,臣谏事具存,非不谏也。"林曰:"谏若不从,何不去位?"华不能答。

须臾，使者至曰："诏斩公。"华曰："臣先帝老臣，中心如丹。臣不爱死，惧王室之难，祸不可测也。"遂害之于前殿马道南，夷三族，朝野莫不悲痛之。时年六十九。

华性好人物，诱进不倦，至于穷贱侯门之士有一介之善者，便咨嗟称咏，为之延誉。雅爱书籍，身死之日，家无余财，惟有文史溢于机箧。尝徙居，载书三十乘。秘书监挚虞撰定官书，皆资华之本以取正焉。天下奇秘，世所希有者，悉在华所。由是博物洽闻，世无与比。

惠帝中，人有得鸟毛三丈，以示华。华见，惨然曰："此谓海凫毛也，出则天下乱矣。"陆机尝饷华鲊，于时宾客满座，华发器，便曰："此龙肉也。"众未之信，华曰："试以苦酒濯之，必有异。"既而五色光起。机还问鲊主，果云："园中茅积下得一白鱼，质状殊常，以作鲊，过美，故以相献。"武库封闭甚密，其中忽有雉雏。华曰："此必蛇化为雉也。"开视，雉侧果有蛇蜕焉。吴郡临平岸崩，出一石鼓，椎之无声。帝以问华，华曰："可取蜀中桐材，刻为鱼形，扣之则鸣矣。"于是如其言，果声闻数里。

初，吴之未灭也，斗牛之间常有紫气，道术者皆以吴方强盛，未可图也，惟华以为不然。及吴平之后，紫气愈明。华闻豫章人雷焕妙达纬象，乃要焕宿，屏人曰："可共寻天文，知将来吉凶。"因登楼仰观，焕曰："仆察之久矣，惟斗牛之间颇有异气。"华曰："是何祥也？"焕曰："宝剑之精，上彻于天耳。"华曰："君言得之。吾少时有相者言，吾年出六十，位登三事，当得宝剑佩之。斯言岂效与！"因问曰："在何郡？"焕曰："在豫章丰城。"华曰："欲屈君为宰，密共寻之，可乎？"焕许之。华大喜，即补焕为丰城令。焕到县，掘狱屋基，入地四丈余，得一石函，光气非常，中有双剑，并刻题，一曰龙泉，一曰太阿。其夕，斗牛间气不复见焉。焕以南昌西山北岩下土以拭剑，光芒艳发。大盆盛水，置剑其上，视之者精芒炫目。遣使送一剑并土与华，留一自佩。或谓焕曰："得两送一，张公岂可欺乎？"焕曰："本朝将乱，张公当受其祸。此剑当系徐君墓树耳。灵异之物，终当化去，不永为人服也。"华得剑，宝爱之，常置坐侧。华以南昌土不如华阴赤土，报焕书："详观剑文，乃干将也，莫邪何复不至？虽然，天生神物，终当合耳。"因以华阴土一斤致焕。焕更以拭剑，倍益精明。华诛，失剑所在。焕卒，子华为州从事，持剑行经延平津，剑忽于腰间跃出堕水，使人没水取之，不见剑，但见两龙各长数丈，蟠萦有文章，没者惧而反。须臾光彩照水，波浪惊沸，于是失剑。华叹曰："先君化去之言，张公终合之论，此其验乎！"华之博物多此类，不可详载焉。

后伦、秀伏诛，齐王冏辅政，挚虞致笺于冏曰："间于张华没后入中书省，得华先帝时答诏本草。先帝问华可以辅政持重付以后事者，华答：'明德至亲，莫如先王，宜留以为社稷之镇。'其忠良之谋，款诚之言，信于幽冥，没而后彰，与苟且随时者不可同世而论也。议者有责华以愍怀太子之事不抗节廷争。当此之时，谏者必得违命之死。先圣之教，死而无益者，不以责人。故晏婴，齐之正卿，不死崔杼之难；季札，吴之宗臣，不争逆顺之理。理尽而无所施者，固圣教之所不责也。"冏于是奏曰："臣闻兴微继绝，圣王之高政；贬恶嘉善，《春秋》之美义。是以武王封比干之墓，表商容之闾，诚幽明之故有以相通也。孙秀逆乱，灭佐命之国，诛骨鲠之臣，以斫丧王室；肆其虐戾，功臣之后，多见泯灭。张华、裴頠各以见惮取诛于时，解系、解结同以羔羊并被其害，欧阳建等无罪而死，百姓怜之。今陛下更日月之光，布维新之命，然此等诸族未蒙恩理。昔栾郤降在皁隶，而《春秋》传其违；幽王绝功臣之后，弃贤者子孙，而诗人以为刺。臣备忝在职，思纳愚诚。若合圣意，可令群官通议。"议者各有所执，而多称其冤。壮武国臣竺道又诣长沙王，求复华爵位，依违者久之。

太安二年，诏曰："夫爱恶相攻，佞邪丑正，自古而有。故司空、壮武公华竭其忠贞，思翼朝政，谋谟之勋，每事赖之。前以华弼济之功，宜同封建，而华固让至于八九，深陈大制不可得尔，终有颠败危辱之虑，辞义恳诚，足劝远近。华之至心，誓于神明。华以伐吴之勋，受爵于先帝。后封既非国体，又不宜以小功逾前大赏，华之见害，俱以奸逆图乱，滥被枉贼。其复华侍中、中书监、司空、公、广武侯及所没财物与印绶符策，遣使吊祭之。"

初，陆机兄弟志气高爽，自以吴之名家，初入洛，不推中国人士，见华一面如旧，钦华德范，如师资之礼焉。华诛后，作诔，又为《咏德赋》以悼之。

华著《博物志》十篇，及文章并行于世。二子：祎、韪。

乐详

乐详，字文载，并州河东（今山西省运城市永济市）人。年少好学，从大儒公车司马令南郡谢该学习《左氏春秋》。杜畿为河东太守时，署详为文学祭酒，使教后进，于是河东学业大兴。黄初年间，征拜太学博士，受诏与太史典定律历。太和年间，拜骑都尉。至正始中，以年老罢归还乡。至甘露二年，上书颂扬杜畿之遗绩，朝廷感焉，时年九十余。卒于家。事迹见《三国志》卷十六《魏书·杜畿传》注。

据《山西通志·经籍》著录，乐详的著述有《左氏问七十二事》，今已经亡佚。乐详今存文章两篇（疑为残句），收录于《全上古三代秦汉三国六朝文》之《全三国文》中。

附一　《三国志》卷十六《魏书·杜畿传》注

乐详字文载。少好学，建安初，详闻公车司马令南郡谢该善《左氏传》，乃从南阳步诣该，问疑难诸要，今《左氏乐氏问七十二事》，详所撰也。所问既了而归乡里，时杜畿为太守，亦甚好学，署详文学祭酒，使教后进，于是河东学业大兴。至黄初中，徵拜博士。于时太学初立，有博士十余人，学多褊狭，又不熟悉，略不亲教，备员而已。惟详五业并授，其或难解,质而不解,详无愠色,以杖画地,牵譬引类,至忘寝食,以是独擅名于远近。详学既精悉,又善推步三五,别受诏与太史典定律历。太和中,转拜骑都尉。详学优能少,故历三世,竟不出为宰守。至正始中,以年老罢归于舍,本国宗族归之,门徒数千人。①

裴瑜

裴瑜,蒲州桑泉(今山西省运城市永济市)人,北周司录大夫裴融之子。隋朝时任绛州刺史,生卒年不详。事迹见《旧唐书》卷五十七《裴寂传》。

据《山西通志·经籍》著录,裴瑜的著述有《尔雅》注五卷,《尔雅音》一卷,注曰:"宋《艺文志》作五卷,《中兴书目》有音一卷,《玉函山房辑佚书》有刻本。"又,《宋史》卷一百五十五《艺文志》记载云:"裴瑜《尔雅注》五卷。"裴瑜的《尔雅音》一卷已经亡佚;其《尔雅》注五卷在流传过程中也出现大量佚失,清代学者马国翰《玉函山房辑佚书》辑佚有裴瑜的《尔雅》注一卷,运城市盐湖区图书馆藏有此书。

附一 《旧唐书》卷五十七《裴寂传》

裴寂,字玄真,蒲州桑泉人也。祖融,司本大夫。父瑜,绛州刺史。

柳䛒

柳䛒,字顾言,河东(今山西省运城市永济市)人,南朝梁都官尚书柳晖之子。永嘉之乱,徙家襄阳。䛒少聪敏,解属文,好读书。仕梁,释褐著作佐郎。后萧詧据荆州,以为侍中,领国子祭酒、吏部尚书。及梁国废,拜开府、通直散骑常侍,寻迁内史侍郎。以无吏干去职,转晋王谘议参军。仁寿初,引䛒为东宫学士,加通直散骑常侍,检校洗马,甚见亲待。隋炀帝嗣位,拜秘书监,封汉南县公。从幸扬州,遇疾卒,年六十九。帝伤惜者久之,赠大将军,谥曰康。事迹见《隋书》卷五十八《柳䛒传》。

据《山西通志·经籍》著录,柳䛒的著述有《法华玄宗》二十卷、《晋王北伐记》十五卷、《柳顾言集》十卷。又,据《隋书·经籍志》记载:"秘书监《柳䛒集》五卷。"

---

① 《三国志·魏书·杜畿传》注引《魏略》。

《法华玄宗》《晋王北伐记》《柳䛒集》皆已经亡佚。柳䛒今存文章五篇(其中一篇有目无辞),载于《全上古三代秦汉三国六朝文》之《全隋文》中;其今存诗歌五首,载于《先秦汉魏晋南北朝诗》之《全隋诗》中。

附一 《隋书》卷五十八《柳䛒传》

柳䛒,字顾言,本河东人也,永嘉之乱,徙家襄阳。祖悛,梁侍中。父晖,都官尚书。䛒少聪敏,解属文,好读书,所览将万卷。仕梁,释褐著作佐郎。后萧詧据荆州,以为侍中,领国子祭酒、吏部尚书。及梁国废,拜开府、通直散骑常侍,寻迁内史侍郎。以无吏干去职,转晋王谘议参军。王好文雅,招引才学之士诸葛颍、虞世南、王胄、朱瑒等百余人以充学士,而䛒为之冠。王以师友处之,每有文什,必令其润色,然后示人。尝朝京师还,作《归藩赋》,命䛒为序,词甚典丽。初,王属文,为庾信体,及见䛒以后,文体遂变。仁寿初,引䛒为东宫学士,加通直散骑常侍,检校洗马,甚见亲待。每召入卧内,与之宴谑。䛒尤俊辩,多在侍从,有所顾问,应答如响。性又嗜酒,言杂诽谐,由是弥为太子之所亲狎。以其好内典,令撰《法华玄宗》,为二十卷,奏之。太子览而大悦,赏赐优洽,侪辈莫与为比。炀帝嗣位,拜秘书监,封汉南县公。帝退朝之后,便命入阁,言宴讽读,终日而罢。帝每与嫔后对酒,时逢兴会,辄遣命之至,与同榻共席,恩若友朋。帝犹恨不能夜召,于是命匠刻木偶人,施机关,能坐起拜伏,以像于䛒。帝每在月下对酒,辄令宫人置之于座,与相酬酢,而为欢笑。从幸扬州,遇疾卒,年六十九。帝伤惜者久之,赠大将军,谥曰康。撰《晋王北伐记》十五卷,有集十卷,行于世。

芮 城

芮良夫

芮良夫，西周时期周朝的卿士，芮国国君（今山西省运城市芮城县人），周厉王时为芮伯。厉王即位三十年，好利，近荣夷公。芮良夫谏厉王，厉王不听，卒以荣公为卿士，用事。三年后，国人暴动，周厉王出奔。事迹见《史记》卷四《周本纪》。

芮良夫作有《桑渠》之诗。据《毛诗序》云："《桑柔》，芮伯刺厉王也。"据此可知，该诗歌即是《诗经·大雅·桑柔》。

附一 （民国）《芮城县志·名贤传》

芮良夫，厉王时为芮伯。王悦荣夷公，良夫曰："王室其将卑乎？夫荣夷公好专利而不备大难。夫利，百物之所生也，天地之所载也，而或专之，其害多矣。所怨甚多，而不备大难。以是教王，王其能久乎？"作桑渠之诗以刺之。按，良夫故城在县治东四十里。①

附二 《史记》卷四《周本纪》

夷王崩，子厉王胡立。厉王即位三十年，好利，近荣夷公。大夫芮良夫谏厉王曰："王室其将卑乎？夫荣公好专利而不知大难。夫利，百物之所生也，天地之所载也，而有专之，其害多矣。天地百物皆将取焉，何可专也？所怒甚多，不备大难。以是教王，王其能久乎？夫王人者，将导利而布之上下者也。使神人百物无不得极，犹日怵惕惧怨之来也。故颂曰'思文后稷，克配彼天，立我蒸民，莫匪尔极'。大雅曰'陈锡载周'。是不布利而惧难乎，故能载周以至于今。今王学专利，其可乎？匹夫专利，犹谓之盗，王而行之，其归鲜矣。荣公若用，周必败也。"厉王不听，卒以荣公为卿士，用事。

---

① （民国）张亘、萧光汉等纂修《芮城县志》，民国十二年铅印本，第533页。

李悝

李悝(一作克),战国时魏国(今山西南部运城一带)人,战国时期著名的政治家,法家的代表人物。李悝为魏文侯到武侯时人,曾受业于子夏弟子曾申门下,做过中山相和上地守。上地在河西,故李悝经常和秦人交锋作战。桓谭以为李悝为文侯师,班固、高诱以为是文侯之相。李悝的生平事迹,已难确知其详,使他在历史上留下永久名声的,是他任魏文侯相时在魏国的变法改革。李悝变法使魏国经济得以迅速发展,国力日益强大,成为战国初期的一个强盛的国家。事迹见《史记》卷四十四《魏世家》《汉书》卷二十四《食货志》。

据《汉书·艺文志》记载:"《李子》三十二篇。名悝,相魏文侯,富国强兵。"《汉书·艺文志》又记载:"《李克》七篇。子夏弟子,为魏文侯相。"由此可知,李悝的著作著录于《汉书·艺文志》者有法家类《李子》三十二篇,儒家类《李克》七篇;兵权谋家《李子》十篇,也可能是李悝所作。以上三种著作早已亡佚,但在魏晋或隋唐时尚有零简残篇传世。另,据《晋书·刑法志》记载:"是时承用秦汉旧律,其文起自魏文侯师李悝。悝撰次诸国法,著《法经》。以为王者之政,莫急于盗贼,故其律始于《盗贼》。盗贼须劾捕,故著《网捕》二篇。其轻狡、越城、博戏、借假不廉、淫侈逾制以为《杂律》一篇,又以《具律》具其加减。是故所著六篇而已,然皆罪名之制也。"据此可知,李悝还著有《法经》六篇,已经亡佚。清代学者马国翰《玉函山房辑佚书》辑佚有《法经》一卷,运城市盐湖区图书馆藏有此书。

附一 (民国)《芮城县志·名贤传》

李悝,皋陶之后。为魏文侯行平籴法,作尽地力之教,以为地方百里,除山泽、居邑三分去一,为田六百万亩,治田勤谨则亩益三斗,不勤则损亦如之。地方百里之增减,辄为粟百八十万石。又曰:籴甚贵伤民,甚贱伤农。民伤则离散,农伤则国贫。善平籴者,必谨观岁有上、中、下孰。上孰其收自四,余四百石;中孰自三,余三百石;下孰自倍,余百石。小饥则收百石,中饥七十石,大饥三十石,故大孰则上籴三而舍一,中孰则籴二,下孰则籴一,使民适足,贾平则止。小饥则发小孰之所敛、中饥则发中孰之所敛、大饥则发上孰之所敛而粜之。故虽遇饥馑、水旱,籴粜不贵而民不散。①

---

① (民国)张亘、萧光汉等纂修《芮城县志》,民国十二年铅印本,第537—538页。

附二 《史记》卷四十四《魏世家》

魏文侯谓李克曰:"先生尝教寡人曰'家贫则思良妻,国乱则思良相'。今所置非成则璜,二子何如?"李克对曰:"臣闻之,卑不谋尊,疏不谋戚。臣在阙门之外,不敢当命。"文侯曰:"先生临事勿让。"李克曰:"君不察故也。居视其所亲,富视其所与,达视其所举,穷视其所不为,贫视其所不取,五者足以定之矣,何待克哉!"文侯曰:"先生就舍,寡人之相定矣。"李克趋而出,过翟璜之家。翟璜曰:"今者闻君召先生而卜相,果谁为之?"李克曰:"魏成子为相矣。"翟璜忿然作色曰:"以耳目之所睹记,臣何负于魏成子?西河之守,臣之所进也。君内以邺为忧,臣进西门豹。君谋欲伐中山,臣进乐羊。中山以拔,无使守之,臣进先生。君之子无傅,臣进屈侯鲋。臣何以负于魏成子!"李克曰:"且子之言克于子之君者,岂将比周以求大官哉?君问而置相'非成则璜,二子何如'?克对曰:'君不察故也。居视其所亲,富视其所与,达视其所举,穷视其所不为,贫视其所不取,五者足以定之矣,何待克哉!'是以知魏成子之为相也。且子安得与魏成子比乎?魏成子以食禄千钟,什九在外,什一在内,是以东得卜子夏、田子方、段干木。此三人者,君皆师之。子之所进五人者,君皆臣之。子恶得与魏成子比也?"翟璜逡巡再拜曰:"璜,鄙人也,失对,原卒为弟子。"

附三 《汉书》卷二十四《食货志》

陵夷至于战国,贵诈力而贱仁谊,先富有而后礼让。是时,李悝为魏文侯作尽地力之教,以为地方百里,提封九百顷,除山泽、邑居参分去一,为田六百万亩,治田勤谨则亩益三升,不勤则损亦如之。地方百里之增减,辄为粟百八十万石矣。又曰:籴甚贵伤民,甚贱伤农。民伤则离散,农伤则国贫,故甚贵与甚贱,其伤一也。善为国者,使民毋伤而农益劝。今一夫挟五口,治田百亩,岁收亩一石半,为粟百五十石,除十一之税十五石,余百三十五石。食,人月一石半,五人终岁为粟九十石,余有四十五石。石三十,为钱千三百五十,除社闾尝新、春秋之祠,用钱三百,余千五十。衣,人率用钱三百,五人终岁用千五百,不足四百五十。不幸疾病死丧之费,及上赋敛,又未与此。此农夫所以常困,有不劝耕之心,而令籴至于甚贵者也。是故善平籴者,必谨观岁有上、中、下孰。上孰其收自四,余四百石;中孰自三,余三百石;下孰自倍,余百石。小饥则收百石,中饥七十石,大饥三十石,故大孰则上籴三而舍一,中孰则籴二,下孰则籴一,使民适足,贾平则止。小饥则发小孰之所敛,中饥则发中孰之所敛,大饥则发大孰之所敛而粜之。故虽遇饥馑、水旱,籴不贵而民不散,取有余以补不足也。行之魏国,国以富强。

陈奇

陈奇,字脩奇,河北(今山西省运城市芮城县)人。少孤,家贫,而奉母至孝。韶龀聪识,有凤成之美。性气刚亮,与俗不群。爱玩经典,博通坟籍。始注《孝经》《论语》,颇传于世,为搢绅所称。与河间邢祐同召赴京。时秘书监游雅素闻其名,始颇好之,引入秘省,欲授以史职。后与论典诰,奇屡屈雅,雅遂恶之而不用。有人为谤书,多怨时之言,颇称奇不得志。雅乃讽在事云此书是奇假人为之,依律文,造谤书者皆及孥戮,遂抵奇罪。执以狱成,竟致大戮,遂及其家。奇妹适常氏,有子曰矫之。奇所注《论语》,矫之传掌,未能行于世,其义多异郑玄,往往与司徒崔浩同。事迹见《魏书》卷八十四《陈奇传》《北史》卷八十一《陈奇传》。

据《山西通志·经籍》著录,陈奇的著述有《孝经》注,注曰:"无卷数。"有《论语》注,注曰:"无卷数。"《孝经》注、《论语》注,《隋书·经籍志》《旧唐书·经籍志》《新唐书·艺文志》均没有著录,由此可知,此二书在隋朝之前皆已经亡佚。

附一 (民国)《芮城县志·名贤传》

陈奇,字脩奇。少孤,贫,而奉母至孝。韶龀聪识,有凤成之美。爱玩经典,常非马融、郑玄解经失旨,志在著述《五经》。始注《孝经》《论语》,颇传于世,为搢绅所称。与河间邢祐同召赴京。时秘书监游雅素闻其名,始颇好之,引入秘省,欲授以史职。后与奇论典诰,至《易讼卦》天与水违行,雅曰:"自葱岭以西,水皆西流,推此而言,自葱领以西,岂东向望天哉?"雅性护短,因以为嫌。尝众辱奇,或尔汝之,或指为小人。奇曰:"公身为君子,奇身且小人耳。"雅曰:"君言身且小人,君祖父是何人也?"奇曰:"祖,燕东部侯釐。"雅质奇曰:"侯釐何官也?"奇曰:"昔有云师、火正、鸟师之名。以斯而言,世革则官异,时易则礼变。公为皇魏东宫内侍长,侍长竟何职也?"先是敕以奇付雅,令铨补秘书,雅既恶之,遂不复叙用焉。

奇冗散数年,高允每嘉其远致,称奇通识。非凡学所窥。允微劝雅曰:"君朝望具瞻,何为与野儒办简牍章句?"雅谓允有私于奇,曰:"君宁党小人也!"乃取奇所注《论语》《孝经》烧于庭内。奇曰:"公贵人,不乏樵薪,何乃燃奇《论语》?"雅愈怒,因告京师后生不听传授。而奇无降志,亦评雅之失。雅制昭皇太后碑文,论后名字之美,比谕前魏之甄后。奇刺发其非,遂闻于上。诏下司徒检对碑史事,乃郭后,雅有屈焉。有人为谤书,多怨时之言,颇称奇不得志。雅乃讽在事云:"此书言奇不遂,当是奇假人为之。如依律文,造谤书者皆及孥戮。"遂抵奇罪。时司徒、平原王陆丽知奇见枉,惜其才学,故得迁延经年,冀有宽宥。狱成，竟致大戮，遂及其家。奇于《易》尤长。在狱尝自筮卦，未及成，乃揽破而叹曰："吾不度来年冬季！"及奇受害，如其所占。奇初被召，夜梦星坠压脚，明而告人曰："星则好风，星则好雨，梦星厌脚，必无善征。但时命峻切，不敢不赴耳。"奇妹适常氏，甥矫之。仕历郡守。所注《论语》，矫之传掌，未能行于世，其义多异郑玄，往往与司徒崔浩同。北魏史立传。①

附二　《魏书》卷八十二《陈奇传》

陈奇，字脩奇，河北人也，自云晋凉州刺史骧之八世孙。祖刃，仕慕容垂。奇少孤，家贫，而奉母至孝。龆龀聪识，有夙成之美。性气刚亮，与俗不群。爱玩经典，博通坟籍，常非马融、郑玄解经失旨，志在著述《五经》。始注《孝经》《论语》，颇传于世，为搢绅所称。

与河间邢祐同召赴京。时秘书监游雅素闻其名，始颇好之，引入秘省，欲授以史职。后与奇论典诰及《诗书》，雅赞扶马郑。至于《易讼卦》天与水违行，雅曰："自葱岭以西，水皆西流，推此而言，《易》之所及自葱岭以东耳。"奇曰："《易》理绵广，包含宇宙。若如公言，自葱岭以西，岂东向望天哉？"奇执义非雅，每如此类，终不苟从。雅性护短，因以为嫌。尝众辱奇，或尔汝之，或指为小人。奇曰："公身为君子，奇身且小人耳。"雅曰："君言身且小人，君祖父是何人也？"奇曰："祖，燕东部侯釐。"雅质奇曰："侯釐何官也？"奇曰："三皇不传礼，官名岂同哉？故昔有云师、火正、鸟师之名。以斯而言，世革则官异，时易则礼变。公为皇魏东宫内侍长，侍长竟何职也？"由是雅深憾之。先是敕以奇付雅，令铨补秘书，雅既恶之，遂不复叙用焉。

奇冗散数年，高允与奇仇温古籍，嘉其远致，称奇通识。非凡学所窥。允微劝雅曰："君朝望具瞻，何为与野儒办简牍章句？"雅谓允有私于奇，曰："君宁党小人也！"乃取奇所注《论语》《孝经》焚于坑内。奇曰："公贵人，不乏樵薪，何乃燃奇《论语》？"雅愈怒，因告京师后生不听传授。而奇无降志，亦评雅之失。雅制昭皇太后碑文，论后名字之美，比谕前魏之甄后。奇刺发其非，遂闻于上。诏下司徒检对碑史事，乃郭后，雅有屈焉。有人为谤书，多怨时之言，颇称奇不得志。雅乃讽在事云："此书言奇不遂，当是奇假人为之。如依律文，造谤书者皆及孥戮。"遂抵奇罪。时司徒、平原王陆丽知奇见枉，惜其才学，故得迁延经年，冀有宽宥。但执以狱成，竟致大戮，遂及其家。奇于《易》尤长。在狱尝自筮卦，未及成，乃揽破而叹曰："吾不度来年冬季！"及奇受害，如其所占。

奇初被召，夜梦星坠压脚，明而告人曰："星则好风，星则好雨，梦星厌脚，必无善征。但时命峻切，不敢不赴耳。"奇妹适常氏，有子曰矫之。仕历郡守。神龟中，上书陈时政所宜，言颇忠至，清河王怿称美之。奇所注《论语》，矫之传掌，未能行于世，其义多异郑玄，往往与司徒崔浩同。

---

① （民国）张亘、萧光汉等纂修《芮城县志》，民国十二年铅印本，第539—542页。

万　泉

皇甫谧

皇甫谧,字士安,安定朝那人,汉太尉嵩之曾孙。居贫,躬自稼穑,带经而农,遂博综典籍百家之言。沈静寡欲,始有高尚之志,以著述为务,自号玄晏先生。著《礼乐》《圣真》之论。时魏郡召上计掾,举孝廉;景元初,相国辟,皆不行。咸宁初,又诏曰以谧为太子中庶子,谧固辞笃疾。帝初虽不夺其志,寻复发诏征为议郎,又召补著作郎。司隶校尉刘毅请为功曹,竟不仕。太康三年卒,时年六十八。事迹见《晋书》卷五十一《皇甫谧传》。

根据《晋书·皇甫谧传》等史料记载可知,皇甫谧的著述主要有《礼乐》《圣真》之论,《玄守论》《释劝论》《笃终》《帝王世纪》《年历》《高士》《逸士》《列女》等传、《玄晏春秋》,除此之外,他还著有《郡国志》《国都城记》《针灸甲乙经》《皇甫谧集》《鬼谷子注》《寒食散方》《三都赋序》《元晏先生集》等。据《隋书·经籍志》记载:"《帝王世纪》十卷,皇甫谧撰。起三皇,尽汉、魏。"《隋书·经籍志三》子部类又记载:"《鬼谷子》三卷,皇甫谧注。鬼谷子,周世隐于鬼谷。梁有《补阙子》十卷,《湘东鸿烈》十卷,并元帝撰。亡。"《隋书·经籍志四》集部类记载:"晋徵士《皇甫谧集》二卷,录一卷。"《旧唐书·经籍志》记载:"《帝王世纪》十卷,皇甫谧撰。《年历》六卷,皇甫谧撰。"《旧唐书·经籍志》又记载:"《黄帝三部针经》十三卷,皇甫谧撰。"《新唐书·艺文志》记载:"皇甫谧《帝王世纪》十卷,又《年历》六卷。"《帝王世纪》,此书今存,运城市临猗县图书馆藏有此书。《高士传》,此书今存。有(清)康熙六年(1667)版,运城市临猗县图书馆藏有此书。《新唐书·艺文志》又记载:"皇甫谧《皇帝三部针经》十二卷。"《新唐书·艺文志》记载:"《皇甫谧集》二卷。"《皇甫谧集》已经亡佚,其著述《年历》《逸士传》《列女传》等部分佚文散见于《史记》等典籍引文中。皇甫谧今存文章十三篇(其中一篇缺题目),收录于《全上古三代秦汉三国六朝文》之《全晋文》中。

附一　（民国）《万泉县志·人物志》

皇甫谧，字士安，嵩之曾孙。带经而锄，以著书为务，学者称元宴先生。①

附二　《晋书》卷五十一《皇甫谧传》

皇甫谧，字士安，幼名静，安定朝那人，汉太尉嵩之曾孙也。出后叔父，徙居新安。年二十，不好学，游荡无度，或以为痴。尝得瓜果，辄进所后叔母任氏。任氏曰："《孝经》云：'三牲之养，犹为不孝。'汝今年余二十，目不存教，心不入道，无以慰我。"因叹曰："昔孟母三徙以成仁，曾父烹豕以存教，岂我居不卜邻，教有所阙，何尔鲁钝之甚也！修身笃学，自汝得之，于我何有！"因对之流涕。谧乃感激，就乡人席坦受书，勤力不怠。居贫，躬自稼穑，带经而农，遂博综典籍百家之言。沈静寡欲，始有高尚之志，以著述为务，自号玄晏先生。著《礼乐》《圣真》之论。后得风痹疾，犹手不辍卷。

或劝谧修名广交，谧以为"非圣人孰能兼存出处，居田里之中亦可以乐尧、舜之道，何必崇接世利，事官鞅掌，然后为名乎"。作《玄守论》以答之，曰：

或谓谧曰："富贵人之所欲，贫贱人之所恶，何故委形待于穷而不变乎？且道之所贵者，理世也；人之所美者，及时也。先生年迈齿变，饥寒不赡，转死沟壑，其谁知乎？"

谧曰："人之所至惜者，命也；道之所必全者，形也；性形所不可犯者，疾病也。若扰全道以损性命，安得去贫贱存所欲哉？吾闻食人之禄者怀人之忧，形强犹不堪，况吾之弱疾乎！且贫者士之常，贱者道之实，处常得实，没齿不忧，孰与富贵扰神耗精者乎！又生为人所不知，死为人所不惜，至矣！喑聋之徒，天下之有道者也。夫一人死而天下号者，以为损也；一人生而四海笑者，以为益也。然则号笑非益死损生也。是以至道不损，至德不益。何哉？体足也。如回天下之念以追损生之祸，运四海之心以广非益之病，岂道德之至乎！夫唯无损，则至坚矣；夫唯无益，则至厚矣。坚故终不损，厚故终不薄。苟能体坚厚之实，居不薄之真，立乎损益之外，游乎形骸之表，则我道全矣。"

遂不仕。耽玩典籍，忘寝与食，时人谓之"书淫"。或有箴其过笃，将损耗精神。谧曰："朝闻道，夕死可矣，况命之修短分定悬天乎！"叔父有子既冠，谧年四十丧所生后母，遂还本宗。城阳太守梁柳，谧从姑子也，当之官，人劝谧饯之。谧曰："柳为布衣时过吾，吾送迎不出门，食不过盐菜，贫者不以酒肉为礼。今作郡而送之，是贵城阳太守而贱梁柳，岂中古人之道，是非吾心所安也。"时魏郡召上计掾，举孝廉；景元初，相国辟，皆不行。其后乡亲劝令应命，谧为《释劝论》以通志焉。其辞曰：

相国晋王辟余等三十七人，及泰始登禅，同命之士莫不毕至，皆拜骑都尉，或赐爵关

---

① （民国）何燊修，冯文瑞纂《万泉县志》，民国六年石印本，第342页。

内侯,进奉朝请,礼如侍臣。唯余疾困,不及国宠。宗人父兄及我僚类,咸以为天下大庆,万姓赖之,虽未成礼,不宜安寝,纵其疾笃,犹当致身。余唯古今明王之制,事无巨细,断之以情,实力不堪,岂慢也哉!乃伏枕而叹曰:"夫进者,身之荣也;退者,命之实也。设余不疾,执高箕山,尚当容之,况余实笃!故尧、舜之世,士或收迹林泽,或过门不敢入。咎繇之徒两遂其愿者,遇时也。故朝贵致功之臣,野美全志之士。彼独何人哉!今圣帝龙兴,配名前哲,仁道不远,斯亦然乎!客或以常言见逼,或以逆世为虑。余谓上有宽明之主,下必有听意之人,天网恢恢,至否一也,何尤于出处哉!"遂究宾主之论,以解难者,名曰《释劝》。

客曰:"盖闻天以悬象致明,地以含通吐灵。故黄钟次序,律吕分形。是以春华发萼,夏繁其实,秋风逐暑,冬冰乃结。人道以之,应机乃发。三材连利,明若符契。故士或同升于唐朝,或先觉于有莘,或通梦以感主,或释钓于渭滨,或叩角以干齐,或解褐以相秦,或冒谤以安郑,或乘驷以救屯,或班荆以求友,或借术于黄神。故能电飞景拔,超次迈伦,腾高声以奋远,抗宇宙之清音。由此观之,进德贵乎及时,何故屈此而不伸?今子以英茂之才,游精于六艺之府,散意于众妙之门者有年矣。既遭皇禅之朝,又投禄利之际,委圣明之主,偶知己之会,时清道真,可以冲迈,此真吾生濯发云汉、鸿渐之秋也。韬光逐薮,含章未曜,龙潜九泉,坚焉执高,弃通道之远由,守介人之局操,无乃乖于道之趣乎?

且吾闻招摇昏回则天位正,五教班叙则人理定。如今王命切至,委虑有司,上招迕主之累,下致骇众之疑。达者贵同,何必独异?群贤可从,何必守意?方今同命并臻,饥不待餐,振藻皇涂,咸秩天官。子独栖迟衡门,放形世表,逊遁丘园,不睨华好,惠不加人,行不合道,身婴大疢,性命难保。若其羲和促辔,大火西颓,临川恨晚,将复何阶!夫贵阴贱璧,圣所约也;颠倒衣裳,明所箴也。子其鉴先哲之洪范,副圣朝之虚心,冲灵翼于云路,浴天池以濯鳞,排阊阖,步玉岑,登紫闼,侍北辰,翻然景曜,杂沓英尘。辅唐、虞之主,化尧舜之人,宣刑错之政,配殷、周之臣,铭功景钟,参叙彝伦,存则鼎食,亡为贵臣,不亦茂哉!而忽金白之辉曜,忘青紫之班瞵,辞容服之光粲,抱弊褐之终年,无乃勤乎!"

主人笑而应之曰:"吁!若宾可谓习外观之晖晖,未睹幽人之仿佛也;见俗人之不容,未喻圣皇之兼爱也;循方圆于规矩,未知大形之无外也。故曰,天玄而清,地静而宁,含罗万类,旁薄群生,寄身圣世,托道之灵。若夫春以阳散,冬以阴凝,泰液含光,元气混蒸,众品仰化,诞制殊征。故进者享天禄,处者安丘陵。是以寒暑相推,四宿代中,阴阳不治,运化无穷,自然分定,两克厥中。二物俱灵,是谓大同;彼此无怨,是谓至通。若乃衰周之末,贵诈贱诚,牵于权力,以利要荣。故苏子出而六主合,张仪入而横势成,廉颇存而赵重,乐毅去而燕轻,公叔没而魏败,孙膑刖而齐宁,蠡种亲而越霸,屈子疏而楚倾。是以君无常籍,臣无定名,损义放诚,一虚一盈。故冯以弹剑感主,女有反赐之说,项奋拔山之力,蒯陈鼎足之势,东郭劫于田荣,颜阖耻于见逼。斯皆弃礼丧真,苟荣朝夕之急者也,岂道化之本与!

若乃圣帝之创化也,参德乎三皇,齐风乎虞、夏,欲温温而和畅,不欲察察而明切也;欲混混若玄流,不欲荡荡而名发也;欲索索而条解,不欲契契而绳结也;欲芒芒而无垠际,不欲区区而分别也;欲暗然而内章,不欲示白若冰雪也;欲醇醇而任德,不欲琐琐而执法也。是以见机者以动成,好道者无所迫。故曰,一明一昧,得道之概;一弛一张,合礼之方;一浮一沈,兼得其真。故上有劳谦之爱,下有不名之臣;朝有聘贤之礼,野有遁窜之人。是以支伯以幽疾距唐,李老寄迹于西邻,颜氏安陋以成名,原思娱道于至贫,荣期以三乐感尼父,黔娄定谥于布衾,干木偃息以存魏,荆、莱志迈于江岑,君平因蓍以道著,四皓潜德于洛滨,郑真躬耕以致誉,幼安发令乎今人。皆持难夺之节,执不回之意,遭拔俗之主,全彼人之志。故有独定之计者,不借谋于众人;守不动之安者,不假虑于群宾。故能弃外亲之华,通内道之真,去显显之明路,入昧昧之埃尘,宛转万情之形表,排托虚寂以寄身,居无事之宅,交释利之人。轻若鸿毛,重若泥沈,损之不得,测之愈深。真吾徒之师表,余迫疾而不能及者也。子议吾失宿而骇众,吾亦怪子较论而不折中也。夫才不周用,众所斥也;寝疾弥年,朝所弃也。是以胥克之废,丘明列焉;伯牛有疾,孔子斯叹。若黄帝创制于九经,岐伯剖腹以蠲肠,扁鹊造难而尸起,文挚徇命于齐王,医和显术于秦、晋,仓公发秘于汉皇,华佗存精于独识,仲景垂妙于定方。徒恨生不逢乎若人,故乞命诉乎明王。求绝编于天录,亮我躬之辛苦,冀微诚之降霜,故俟罪而穷处。

其后武帝频下诏敦逼不已,谧上疏自称草莽臣曰:"臣以尪弊,迷于道趣,因疾抽簪,散发林阜,人纲不闲,鸟兽为群。陛下披榛采兰,并收蒿艾。是以皋陶振褐,不仁者远。臣惟顽蒙,备食晋粟,犹识唐人击壤之乐,宜赴京城,称寿阙外。而小人无良,致灾速祸,久婴笃疾,躯半不仁,右脚偏小,十有九载。又服寒食药,违错节度,辛苦荼毒,于今七年。隆冬裸袒食冰,当暑烦闷,加以咳逆,或若温虐,或类伤寒,浮气流肿,四肢酸重。于今困劣,救命呼喻,父兄见出,妻息长诀。仰迫天威,扶舆就道,所苦加焉,不任进路,委身待罪,伏枕叹息。臣闻《韶》《卫》不并奏,《雅》《郑》不兼御,故郤子入周,祸延王叔;虞丘称贤,樊姬掩口。君子小人,礼不同器,况臣糠麷,糅之彫胡?庸夫锦衣,不称其服也。窃闻同命之士,咸以毕到,唯臣疾痪,抱衅床蓐,虽贪明时,惧毙命路隅。设臣不疾,已遭尧、舜之世,执志箕山,犹当容之。臣闻上有明圣之主,下有输实之臣;上有在宽之政,下有委情之人。唯陛下留神垂恕,更旌瓌俊,索隐于傅岩,收钓于渭滨,无令泥滓久浊清流。"谧辞切言至,遂见听许。

岁余,又举贤良方正,并不起。自表就帝借书,帝送一车书与之。谧虽羸疾,而披阅不怠。初服寒食散,而性与之忤,每委顿不伦,尝悲恚,叩刃欲自杀,叔母谏之而止。济阴太守蜀人文立,表以命士有贽为烦,请绝其礼币,诏从之。谧闻而叹曰:"亡国之大夫不可与图存,而以革历代之制,其可乎!夫'束帛戋戋',《易》之明义,玄纁之贽,自古之旧也。

故孔子称夙夜强学以待问,席上之珍以待聘。士于是乎三揖乃进,明致之难也;一让而退,明去之易也。若殷汤之于伊尹,文王之于太公,或身即莘野,或就载以归,唯恐礼之不重,岂吝其烦费哉!且一礼不备,贞女耻之,况命士乎!孔子曰:'赐也,尔爱其羊,我爱其礼。'弃之如何?政之失贤,于此乎在矣。"咸宁初,又诏曰:"男子皇甫谧沈静履素,守学好古,与流俗异趣,其以谧为太子中庶子。"谧固辞笃疾。帝初虽不夺其志,寻复发诏征为议郎,又召补著作郎。司隶校尉刘毅请为功曹,并不应。著论为葬送之制,名曰《笃终》,曰:

玄晏先生以为存亡天地之定制,人理之必至也。故礼六十而制寿,至于九十,各有等差,防终以素,岂流俗之多忌者哉!吾年虽未制寿,然婴疢弥纪,仍遭丧难,神气损劣,困顿数矣。常惧夭陨不期,虑终无素,是以略陈至怀。

夫人之所贪者,生也;所恶者,死也。虽贪,不得越期;虽恶,不可逃遁。人之死也,精歇形散,魂无不之,故气属于天;寄命终尽,穷体反真,故尸藏于地。是以神不存体,则与气升降;尸不久寄,与地合形。形神不隔,天地之性也;尸与土并,反真之理也。今生不能保七尺之躯,死何故隔一棺之土?然则衣衾所以秽尸,棺椁所以隔真,故桓司马石椁不如速朽;季孙玙璠比之暴骸;文公厚葬,《春秋》以为华元不臣;杨王孙亲土,《汉书》以为贤于秦始皇。如今魂必有知,则人鬼异制,黄泉之亲,死多于生,必将备其器物,用待亡者。今若以存况终,非即灵之意也。如其无知,则空夺生用,损之无益,而启奸心,是招露形之祸,增亡者之毒。夫葬者,藏也,藏也者,欲人之不得见也。而大为棺椁,备赠存物,无异于埋金路隅而书表于上也。虽甚愚之人,必将笑之。丰财厚葬以启奸心,或剖破棺椁,或牵曳形骸,或剥臂捋金环,或扪肠求珠玉。焚如之形,不痛于是?自古及今,未有不死之人,又无不发之墓也。故张释之曰:"使其中有欲,虽固南山犹有隙;使其中无欲,虽无石椁,又何戚焉!"斯言达矣,吾之师也。夫赠终加厚,非厚死也,生者自为也。遂生意于无益,弃死者之所属,知者所不行也。《易》称"古之葬者,衣之以薪,葬之中野,不封不树"。是以死得归真,亡不损生。

故吾欲朝死夕葬,夕死朝葬,不设棺椁,不加缠敛,不修沐浴,不造新服,殡含之物,一皆绝之。吾本欲露形入坑,以身亲土,或恐人情染俗来久,顿革理难,今故粗为之制,奢不石椁,俭不露形。气绝之后,便即时服,幅巾故衣,以蘧除裹尸,麻约二头,置尸床上。择不毛之地,穿坑深十尺,长一丈五尺,广六尺,坑讫,举床就坑,去床下尸。平生之物,皆无自随,唯赍《孝经》一卷,示不忘孝道。蘧除之外,便以亲土。土与地平,还其故草,使生其上,无种树木、削除,使生迹无处,自求不知。不见可欲,则奸不生心,终始无怵惕,千载不虑患。形骸与后土同体,魂爽与元气合灵,真笃爱之至也。若亡有前后,不得移祔。祔葬自周公来,非古制也。舜葬苍梧,二妃不从,以为一定,何必周礼。无问师工,无信卜筮,无拘俗言,无张神坐,无十五日朝夕上食。礼不墓祭,但月朔于家设席以祭,百日而止。临必昏明,不得以夜。制服常居,不得墓次。夫古不崇墓,智也。今之封树,愚也。若不从此,是戮尸地下,死而重伤。魂而有灵,则冤悲没世,长为恨鬼。王孙之子,可以为诫。死誓难违,幸无改焉!

而竟不仕。太康三年卒,时年六十八。子童灵、方回等遵其遗命。谧所著诗赋诔颂论难甚多,又撰《帝王世纪》《年历》《高士》《逸士》《列女》等传、《玄晏春秋》,并重于世。门人挚虞、张轨、牛综、席纯,皆为晋名臣。

河 津

王通

　　王通,字仲淹,河东龙门(今山西省运城市河津市)人。隋朝铜川令王隆之子。开皇四年,王通始生。通幼明悟好学,受《书》于东海李育,受《诗》于会稽夏王典,受《礼》于河东关朗,受《乐》于北平霍汲,受《易》于族父仲华。仁寿三年,通始冠,西入长安,上隋文帝《太平十二策》。帝召见,欢美之,然为朝臣所疑忌,竟不能用。罢归,寻复征之,不至。遂还乡,以讲学著书为业,其仿照《春秋》作《元经》,但不被诸儒认同。隋炀帝即位,又征之。皆称疾不至,专以教授为事。隋季,王通之教兴于河汾,雍雍如也。大业十年,尚书召署蜀郡司户,不就。十一年以著作郎、国子博士征,并不至。十四年病终于家,为隋末大儒,门人私谥曰"文中子"。王通去世后,其子福郊、福畤以及众多弟子为了纪念他,弘扬他在儒学发展过程中所作出的杰出贡献,仿照孔子门徒作《论语》而编《中说》。事迹见司马光《文中子补传》《全唐文》卷一百三十五《文中子世家》《旧唐书》卷一百九十八《王勃传》《新唐书》卷二百一十四《王勃传》。

　　据《山西通志·经籍》著录,王通的著述有《续书》二十五卷,《续诗》十卷,《礼论》十卷,《乐论》十卷,《元经》十卷(唐·薛收传,宋·阮逸注),注曰:"《文献通考》《宋志》并作《元经薛氏传》十五卷。"《中说》十卷,注曰:"《唐志》五卷,《通考》《玉海》皆作十卷,旧《通志》并《太平策》十四卷。"王通为隋末大儒,其主要著作有《中说》十卷,由其子及弟子于王通死后纂录其遗言而成。又著有《礼论》《乐论》《续诗》《续书》《元经》《赞易》,合称《王氏六经》,《太平十二策》《东征之歌》。另,一说王通的著述没有《元经》,司马光在《文中子补传》中就王通的著述考证甚是详细,并且提出质疑,亦涉及《元经》,因此,《元经》是否为王通所作存在争议,姑且存疑。纪昀等《钦定四库全书总目》亦认为《元经》一书为伪作,并非是王通的原作,四库馆臣云:"《元经》,十卷(江苏巡抚采进本)。旧本题隋王通撰。唐薛收续,并作传。宋阮逸注。其书始晋太熙元年,终隋开皇九年,凡九卷,称为通之原书。末一卷自隋开皇十年迄唐武德元年,称收所续。晁公武《读书志》曰:'案《崇文》无其目,疑阮逸依托为之。'陈振孙《书录解题》曰:'河汾王氏诸书,自中说以外,皆唐《艺文志》所无。其传出阮逸,或云皆逸伪作也。'唐神尧讳渊,其祖景皇讳虎,故《晋书》戴渊、石虎皆以字行。薛收唐人,于传称戴若思、石季龙宜也。《元经》作于隋世大业四年,亦书曰若思何哉? 今考是书,晋成帝咸和八年书张公庭为镇西大将军,康帝建元元年,书石虎侵张骏。公庭即骏之字,犹可曰书名书字,例本互通。至于康宁三年书'神虎门'为'神兽门',则显袭《晋书》,更无所置辨矣。且于周大定元年直书杨坚辅政。通生隋世,虽妄以圣人自居,亦何敢于悖乱如是哉? 陈师道《后山谈丛》、何薳《春渚纪闻》、邵博《闻见后录》并称逸作是书,尝以稿本示苏洵。薳与博语未可知,师道则笃行君子,断无妄语,所记谅不诬矣。逸,字天隐,建阳人,天圣五年进士,官至尚书屯田员外郎。《宋史·胡瑗传》,景祐初,更定雅乐,与镇东军节度推官阮逸同校钟律者,即其人也。王巩《甲申杂记》又载其所作诗,有'易立太山石,难芳上林柳'句,为怨家所告,流窜以终,生平喜作伪书,此特其一耳。《文献通考》载是书十五卷,此本止十卷,自魏太和以后,往往数十年不书一事,盖又非阮逸伪本之全矣。至明邓伯羔《艺彀》,称是书为关朗作。朗,北魏孝文帝时人,何由书开皇九年之事。或因宋人记《关朗易传》与此书同出阮逸,偶然误记耶。其书本无可取,以自宋以来,流传已久,姑录存之。而参考诸说,附纠其依托如右。"《元经》此书今存,主要版本有:明代万历年间《汉魏丛书》本,运城市河津市图书馆藏有此书;清《四库全书》本。中华书局于1991年出版有此书(据《汉魏丛书》本影印)。以中华书局影印本,较为通行。另,据清《河津县志》卷十四《著述》著录可知,文中子王通的著述有《易斗图》一卷、《赞易》十卷、《续书》二十五卷、《元经》十卷、《薛氏传》十五卷、《续诗》十卷、《礼论》十卷、《乐论》十卷、《中说》十卷、《十二策》四卷。

文中子王通的著述今仅存《中说》十卷(阮逸注),余皆亡佚。据《旧唐书·经籍志》记载:"《中说》五卷,王通撰。"《新唐书·艺文志》亦记载:"王通《中说》五卷。"大多的学者认为此书是阮逸伪作,纪昀等《钦定四库全书总目》认为《中说》一书内容虽不足信,但亦有可取之处,四库馆臣云:"《中说》,十卷(副都御史黄登贤家藏本)。旧本题隋王通撰。《唐志》文中子《中说》五卷、《通考》及《玉海》则作十卷,与今本合。凡十篇。末附序文一篇及杜淹所撰《文中子·世家》一篇,通子福畤录唐太宗与房、魏论礼乐事一篇,通弟绩与陈叔达书一篇。又录关子明事一篇,卷末有阮逸序,又有福畤贞观二十三年序。晁公武《郡斋读书志》尝辨通以开皇四年生,李德林以开皇十一年卒,通方八岁。而有德林请见,归援琴鼓荡之什,门人皆沾襟事。关朗以太和丁巳见魏孝文帝,至开皇四年通生已相隔一百七年,而有问礼于朗事。薛道衡以仁寿二年出为襄州总管,至炀帝即位始召还。又《隋书》载道衡子收,初生即出继族父儒,及长不识本生,而有仁寿四年通在长安见道衡,道衡语其子收事。洪迈《容斋随笔》又辨《唐书》载薛收以大业十三年归唐,而世家有江都难作,通有疾,召薛收共语事。王应麟《困学纪闻》亦辨《唐会要》载武德元年五月始改隋太兴殿为太极殿,而书中有隋文帝召见太极殿事。皆证以史传,牴牾显然。今考通以仁寿四年自长安东归河汾,即不复出,故世家亦云大业元年一征又不至。而周公篇内乃云子游太乐,闻龙舟五更之曲。阮逸注曰:太乐之署,炀帝将游江都,作此曲。《隋书·职官志》曰:太常寺有太乐署,是通于大业末年复至长安矣。其依托谬妄,亦一明证。考《杨炯集》有《王勃集序》,称祖父通,隋秀才高第,蜀郡司户书佐,蜀王侍读。大业末,退,讲艺于龙门。其卒也,门人谥之曰文中子。炯为其孙作序,则记其祖事必不误。杜牧《樊川集》首有其甥裴延翰序,亦引《文中子》曰,言文而不及理,王道何从而兴乎二语。亦与今本相合。知所谓文中子者实有其人。所谓《中说》者其子福郊、福畤等纂述遗言,虚相夸饰,亦实有其书。第当有唐开国之初,明君硕辅不可以虚名动。又陆德明、孔颖达、贾公彦诸人老师宿儒,布列馆阁,亦不可以空谈惑。故其人其书皆不著于当时,而当时亦无斥其妄者。至中唐以后,渐远无徵,乃稍稍得售其欺耳。宋咸必以为实无其人,洪迈必以为其书出阮逸所撰,诚为过当。讲学家或竟以为接孔、颜之传,则惧之甚矣。据其伪迹炳然,诚不足采,然大旨要不甚悖于理。且摹拟圣人之语言自扬雄始,犹未敢冒其名。摹拟圣人之事迹则自通始,乃并其名而僭之。后来聚徒讲学,酿为朋党,以致祸延宗社者,通实为之先驱。坤之初六,履霜坚冰。姤之初六,系于金柅。录而存之,亦足见儒风变古,其所由来者渐也。"《中说》此书今存,较为常见的版本有:宋刻阮逸注本,国家图书馆藏有此书;清道光二年(1822)刻本,山西省图书馆藏有此书;清光绪二年浙江书局斠刻本(据明世德堂本斠刻),运城学院图书馆藏有此书;商务印书馆影印宋代刻本(1923年出版),山西省图书馆藏有此书;《说郛》本,上海涵芬楼1925年刻本(据明抄本刻),运城市盐湖区图书馆藏有此书;《四库全书》本;《新编诸子集成》本。

附一 (清)光绪六年《河津县志·人物志》

王通,字仲淹。隆子,开皇元年始生。隆筮之,遇《坤》之《师》,祖一曰:"是子必能通天下之志。"遂名之曰通。九年,江东平。年十岁,隆告以《元经》之事,通再拜受之。

十八年,隆告曰:"在三之义,师居一焉,道丧已来,师废久矣,小子勉旃,翔而后集。"通乃有四方之志。受《书》于东海李育,学《诗》于会稽夏琠,问《礼》于河东关子明,正《乐》于北平霍汲,考《易》于族父仲华,不解衣者六岁。

仁寿三年,通既冠,慨然有济苍生之心,西游长安,见隋文帝。帝坐太极殿召见,因奏太平十二策,尊王道,推霸略,稽今验古,帝大悦,曰:"得生几晚矣,天以生赐朕也。"下其议于公卿,公卿不悦。通知谋之不用也,作《东征之歌》而归,曰:"我思国家兮,远游京畿。忽逢帝王兮,降礼布衣。遂怀古人之心乎,将兴太平之基。时异事变兮,志乖愿违。吁嗟!道之不行兮,垂翅东归。皇之不断兮,劳身西飞。"帝闻而再征之,不至。大业元年,征又不至,辞以疾。谓所亲曰:"道之不行,欲安之乎?退志其道而已。"乃续《诗》《书》《礼》《乐》,修《元经》,赞《易》道,九年而六经大就。门人自远而至。河南董常,太山姚义,京兆杜淹,赵郡李靖,南阳程元,扶风窦威,河东薛收,中山贾琼,清河房玄龄,巨鹿魏徵,太原温大雅,颍川陈叔达等,咸称师北面,受王佐之道焉。他往来受业者千余人。其教兴于河汾,雍雍如也。

大业十年,尚书召署蜀郡司户,不就。十一年以著作郎、国子博士征,并不至。十三年,有疾,召薛收,谓曰:"吾梦颜回称孔子之命曰:归休乎?殆夫子召我也。何必永厥龄?吾不起矣。"寝疾七日而终。门弟子数百人会议曰:"吾师其至人乎?续《诗》《书》,正《礼》《乐》,修《元经》,赞《易》道,圣人之大旨,天下之能事毕矣。仲尼既没,文不在兹乎?《易》曰:'黄裳元吉,文在中也。'请谥曰文中子。"丝麻设位,哀以送之。祀乡贤。子二,长曰福郊,少曰福畤。①

附二　司马光《文中子补传》(节选)

文中子王通,字仲淹,河东龙门人。六代祖玄则,仕宋,历太仆国子博士。兄玄谟,以将略显,而玄则用儒术进。玄则生焕,焕生虬。齐高帝将受宋禅,诛袁粲,虬由是北奔魏。魏孝文帝甚重之,累官至并州刺史,封晋阳公,谥曰穆。始家河汾之间,虬生彦,官至同州刺史。彦生杰,官至济州刺史,封安康公,谥曰献。杰生隆,字伯高。隋开皇初,以国子博士,待诏云龙门。隋文帝尝从容谓隆曰:"朕何如主?"隆曰:"陛下聪明神武,得之于天。发号施令,不尽稽古。虽负尧舜之资,终以不学为累。"帝默然,有间曰:"先生朕之陆贾也,何以教朕?"隆乃著《兴衰要论》七篇奏之。帝虽称善,亦不甚达也。历昌乐、猗氏、铜川令,弃官归,教授卒于家。隆生通。自玄则以来,世传儒业。通幼明悟好学,受《书》于东海李育,受《诗》于会稽夏王典,受《礼》于河东关朗,受《乐》于北平霍汲,受《易》于族父仲华。仁寿三年,通始冠,西入长安,献《太平十二策》。帝召见,欢美之,然不能用。罢

---

① (清)茅丕熙、杨汉章修,程象濂、韩秉钧纂《河津县志》卷七《人物志》,(清)光绪六年刻本。

归,寻复征之。炀帝即位,又征之。皆称疾不至,专以教授为事,弟子自远方至者甚众。乃著《礼论》二十五篇,《乐论》二十篇,《续书》百有五十篇,《续诗》三百六十篇,《元经》五十篇,《赞易》七十篇,谓之《王氏六经》。司徒杨素重其才行,劝之仕。通曰,汾水之曲,有先人之弊庐,足以庇风雨,薄田足以具饘食粥。愿明公正身以治天下,使时和年丰,通也受赐多矣,不愿仕矣。或潜通于素,彼实慢公,公何敬焉?素以问通,通曰:"使公可慢,则仆得矣;不可慢,则仆失矣。得失在仆,公何预焉?"素待之如初。右武侯大将军贺若弼,尝示之射,发无不中。通曰:"美哉艺也。君子志道,据德依仁。然后游于艺也。"弼不悦而去。通谓门人曰,夫子矜而复,难乎免于今之世矣。纳言苏威好蓄古器,通曰:"昔之好古者聚道,今之好古者聚物。"太学博士刘炫问《易》,通曰:"圣人之于《易》也,没身而已矣。况吾侪乎?"有仲长子光者,隐于河渚。尝曰:"在险而运奇,不若宅平而无为。"通以为知言,曰:"名愈消,德愈长。身愈退,道愈进。"若人知之矣,通见刘孝标《绝交论》曰,惜乎举任公而毁也。任公不可谓知人也。见《辩命论》,人事废矣。弟子薛收问恩不害义,俭不伤礼,何如? 通曰,是汉文之所难也。废肉刑,害于义,省之可也。衣弋绨,伤于礼,中焉可也。王孝逸曰:"天下皆争利而弃义,若之何?"通曰:"舍其所争,取其所弃。不亦君子乎?"或问人善,通曰:"知其善则称之,不善则对曰,未尝与久也。"贾琼问息谤,通曰:"无辩问。"止怨,曰不争。故其乡人皆化之,无争者。贾琼问群居之道。通曰:"同不害正。异不伤物。古之有道者,内不失真,外不殊俗,故全也。"贾琼请绝人事,通曰:"不可。"琼曰:"然则奚若?"通曰:"庄以待之,信以应之。来者勿拒,去者勿追。汎如也,则可。"通谓姚义能交,或曰简。通曰:"兹所以能也。"又曰广,通曰广而不滥,兹又所以为能。又谓薛收善接,小心远而不疏,近而不狎,颓如也。通尝曰:"对禅非古也。其秦汉之侈心乎?"又曰:"美哉,周公之志深矣乎。宁家所以安天下,存我所以厚苍生也。"又曰:"易《乐》者必多哀,轻施者必好夺。"又曰:"无赦之国,其刑必平。重敛之国,其财必贫。"又曰:"廉者常乐无求,贪者常忧不足。"又曰:"我未见得谤而喜,闻誉而惧者。"又曰:"昏而论财,夷虏之道也。"又曰:"居近而识远,处今而知古,其唯学乎?"又曰:"轻誉苟毁,好憎尚怒,小人哉。"又曰:"闻谤而怒者,谗之阶也。见誉而喜者,佞之媒也。绝阶去媒,谗佞远矣。"

通谓北山黄公善医,先饮食起居而后针药。谓汾阴侯生善筮,先人事而后爻象。大业十年,尚书召通蜀郡司户,十一年,以著作郎,国子博士,征皆不至。十四年病终于家,门人谥曰"文中子"。二子,福郊,福畤。二弟,疑绩评曰,此皆通之世家。及《中说》云尔。玄谟仕宋,至开府仪同三司。绩及福畤之子,勔,剧,勃,皆以能文著于唐世,各有列传。

附三 《文中子世家·王通》

文中子,王氏,讳通,字仲淹。其先汉征君霸,洁身不仕。十八代祖殷,云中太守,家

170

于祁，以《春秋》《周易》训乡里，为子孙资。十四代祖述，克播前烈，著《春秋义统》，公府辟不就。九代祖寓，遭愍、怀之难，遂东迁焉。寓生罕，罕生秀，皆以文学显。秀生二子，长曰玄谟，次曰玄则；玄谟以将略升，玄则以儒术进。

玄则字彦法，即文中子六代祖也，仕宋，历太仆、国子博士，常叹曰："先君所贵者礼乐，不学者军旅，兄何为哉？"遂究道德，考经籍，谓功业不可以小成也，故卒为洪儒；卿相不可以苟处也，故终为博士，曰先师之职也，不可坠，故江左号王先生，受其道曰王先生业。于是大称儒门，世济厥美。先生生江州府君焕，焕生虬。虬始北事魏，太和中为并州刺史，家河汾，曰晋阳穆公。穆公生同州刺史彦，曰同州府君。彦生济州刺史，一曰安康献公。安康献公生铜川府君，讳隆，字伯高，文中子之父也，传先生之业，教授门人千余。隋开皇初，以国子博士待诏云龙门。时国家新有揖让之事，方以恭俭定天下。帝从容谓府君曰："朕何如主也？"府君曰："陛下聪明神武，得之于天，发号施令，不尽稽古，虽负尧、舜之姿，终以不学为累。"帝默然曰："先生朕之陆贾也，何以教朕？"府君承诏著《兴衰要论》七篇。每奏，帝称善，然未甚达也。府君出为昌乐令，迁猗氏、铜川，所治著称，秩满退归，遂不仕。

开皇四年，文中子始生。铜川府君筮之，遇《坤》之《师》，献兆于安康献公，献公曰："素王之卦也、何为而来？地二化为天一，上德而居下位，能以众正，可以王矣。虽有君德，非其时乎？是子必能通天下之志。"遂名之曰通。

开皇九年，江东平。铜川府君叹曰："王道无叙，天下何为而一乎？"文中子侍侧十岁矣，有忧色曰："通闻，古之为邦，有长久之策，故夏、殷以下数百年，四海常一统也。后之为邦，行苟且之政，故魏、晋以下数百年，九州无定主也。上失其道，民散久矣。一彼一此，何常之有？夫子之叹，盖忧皇纲不振，生人劳于聚敛而天下将乱乎？"铜川府君异之曰："其然乎？"遂告以《元经》之事，文中子再拜受之。

十八年，铜川府君宴居，歌《伐木》，而召文中子。子矍然再拜："敢问夫子之志何谓也？"铜川府君曰："尔来！自天子至庶人，未有不资友而成者也。在三之义，师居一焉，道丧已来，斯废久矣，然何常之有？小子勉旃，翔而后集。"文中子于是有四方之志。盖受《书》于东海李育，学《诗》于会稽夏琠，问《礼》于河东关子明，正《乐》于北平霍汲，考《易》于族父仲华，不解衣者六岁，其精志如此。

仁寿三年，文中子冠矣，慨然有济苍生之心，西游长安，见隋文帝。帝坐太极殿召见，因奏《太平策》十有二，策尊王道，推霸略，稽今验古，恢恢乎运天下于指掌矣。帝大悦曰："得生几晚矣，天以生赐朕也。"下其议于公卿，公卿不悦。时将有萧墙之衅，文中子知谋之不用也，作《东征之歌》而归，曰："我思国家兮，远游京畿。忽逢帝王兮，降礼布衣。遂怀古人之心乎，将兴太平之基。时异事变兮，志乖愿违。吁嗟！道之不行兮，垂翅东归。皇之不断兮，劳身西飞。"帝闻而再征之，不至。四年，帝崩。

大业元年，一征又不至，辞以疾。谓所亲曰："我周人也，家于祁。永嘉之乱，盖东迁焉，高祖穆公始事魏。魏、周之际，有大功于生人，天子锡之地，始家于河汾，故有坟陇于兹四代矣。兹土也，其人忧深思远，乃有陶唐氏之遗风，先君之所怀也。有敝庐在茅檐，土阶撮如也。道之不行，欲安之乎？退志其道而已。"乃续《诗》《书》，正《礼》《乐》，修《元经》，赞《易》道，九年而六经大就。门人自远而至。河南董常，太山姚义，京兆杜淹，赵郡李靖，南阳程元，扶风窦威，河东薛收，中山贾琼，清河房玄龄，巨鹿魏征，太原温大雅，颍川陈叔达等，咸称师北面，受王佐之道焉。如往来受业者，不可胜数，盖千余人。隋季，文中子之教兴于河汾，雍雍如也。

大业十年，尚书召署蜀郡司户，不就。十一年以著作郎、国子博士征，并不至。

十三年，江都难作。子有疾，召薛收，谓曰："吾梦颜回称孔子之命曰：归休乎？殆夫子召我也。何必永厥龄？吾不起矣。"寝疾七日而终。门弟子数百人会议曰："吾师其至人乎？自仲尼已来，未之有也。《礼》：男子生有字，所以昭德；死有谥，所以易名。夫子生当天下乱，莫予宗之，故续《诗》《书》，正《礼》《乐》，修《元经》，赞《易》道，圣人之大旨，天下之能事毕矣。仲尼既没，文不在兹乎？《易》曰：'黄裳元吉，文在中也。'请谥曰文中子。"丝麻设位，哀以送之。礼毕，悉以文中子之书还于王氏。《礼论》二十五篇，列为十卷。《乐论》二十篇，列为十卷。《续书》一百五十篇，列为二十五卷。《续诗》三百六十篇，列为十卷。《元经》五十篇，列为十五卷。《赞易》七十篇，列为十卷。并未及行。遭时丧乱，先夫人藏其书于箧笥，东西南北，未尝离身。大唐武德四年，天下大定，先夫人返于故居，又以书授予其弟凝。

文中子二子，长曰福郊，少曰福畤。①

王绩

王绩，字无功，绛州龙门（今山西省运城市河津市）人。隋末大儒王通之弟。隋大业中，举孝廉高第，除秘书正字。不乐在朝，辞疾，复授扬州六合县丞。以嗜酒不任事，时天下亦乱，因劾，遂解去。唐高祖武德初，以前官待诏门下省。贞观初，以疾罢。复调有司，固求太乐丞，自是太乐丞为清职。贞观十八年卒。事迹见《旧唐书》卷一百九十二《列传第一百四十二·隐逸·王绩》《新唐书》卷一百九十六《列传第一百二十一·隐逸·王绩》。

据《山西通志·经籍》著录，有《王绩集》三卷，注曰："《唐志》五卷，又陆淳《东皋子集略》二卷。"又，根据《旧唐书·王绩传》和《新唐书·王绩传》的记载可知，

---

① 《全唐文》卷一百三十五《文中子世家》。

王绩的著述有《北山赋》,文集五卷。但《旧唐书》有关王绩的记载较为简单,没有《新唐书》详细。除此之外,据《唐才子传·王绩传》记载,王绩还撰有《酒经》一卷、《酒谱》一卷,可惜未流传下来。另,王绩还撰有《会心高士传》五卷,《隋书》(未成),注《老子》,别称一家。今皆亡佚。今存作品有诗歌《野望》《秋夜喜遇王处士》《醉后》《独酌》《过酒家》等,散文有《醉乡记》《自撰墓志铭》《五斗先生传》等,有《东皋子集》存世。《王绩集》今存的版本有:《东皋子集》三卷明刻本;《王无功文集》(五卷清抄本)。运城市临猗县图书馆藏有《东皋子集》二卷,清抄本,董文焕校并跋。今人韩理洲先生校点的《王无功文集》(五卷本会校)较为通行,此书由上海古籍出版社于1987年出版。

附一 (清)光绪六年《河津县志·人物志》

王绩,字无功。性简放,不喜拜揖。兄通,隋末大儒也,知绩诞纵,不婴以家事,乡族庆吊冠昏,不与也。与李播、吕才善。大业中,举孝悌廉洁,授秘书省正字。求为六合丞,以嗜酒不任事,因劾,解去。叹曰:"网罗在天,吾且安之!"乃还乡里。有田十六顷在河渚间。奴婢数人,种黍,春秋酿酒,养凫雁,莳药草自供。以《周易》《老子》《庄子》置床头,他书罕读也。欲见兄弟,辄渡河还家。游北山东皋,著书自号东皋子。乘牛经酒肆,留或数日。

高祖武德初,以前官待诏门下省。贞观初,以疾罢。复调有司,固求太乐丞,自是太乐丞为清职。刺史崔悦之请相见,答曰:"奈何坐召严君平邪?"卒不诣。杜之松,故人也,为刺史,请绩讲礼,答曰:"吾不能揖让邦君门,谈糟粕,弃醇醪也。"初,兄凝为隋著作郎,撰《隋书》未成,死,绩续余功,亦不能成。豫知终日,命薄葬,自志其墓。

绩之仕,以醉失职,乡人靳之,托无心子以见趣曰:"无心子居越,越王不知其大人也,拘之仕,无喜色。越国法曰:'秽行者不齿。'俄而无心子以秽行闻,王黜之,无愠色。退而适茫荡之野,过动之邑而见机士,机士抚髀曰:'嘻!子贤者而以罪废邪?'无心子不应。机士曰:'愿见教。'曰:'子闻蚩廉氏马乎?一者朱鬣白毳,龙骼凤臆,骤驰如舞,终日不释辔而以热死;一者重头昂尾,驼颈貉膝,跬啮善蹶,弃诸野,终年而肥。夫凤不憎山栖,龙不羞泥蟠,君子不苟洁以罹患,不避秽而养清也。'"其自处如此。祀乡贤。①

附二 《旧唐书·王绩传》

王绩,字无功,绛州龙门人。少与李播、吕才为莫逆之交。隋大业中,应孝悌廉洁举,授扬州六合县丞。非其所好,弃官还乡里。绩河渚中先有田数顷,邻渚有隐士仲长子光,

---

① (清)茅丕熙、杨汉章修,程象濂、韩秉钧纂《河津县志》卷七《人物志》,(清)光绪六年刻本。

服食养性,绩重其真素,愿与相近,乃结庐河渚,以琴酒自乐。尝游北山,因为《北山赋》以见志,词多不载。

绩尝躬耕于东皋,故时人号东皋子。或经过酒肆,动经数日,往往题壁作诗,多为好事者讽咏。贞观十八年卒。临终自克死日,遗命薄葬,兼预自为墓志。有文集五卷。又撰《隋书》,未就而卒。①

附三　《新唐书·王绩传》

王绩,字无功,绛州龙门人。性简放,不喜拜揖。兄通,隋末大儒也,聚徒河、汾间,仿古作《六经》,又为《中说》以拟《论语》。不为诸儒称道,故书不显,惟《中说》独传。通知绩诞纵,不婴以家事,乡族庆吊冠昏,不与也。与李播、吕才善。

大业中,举孝悌廉洁,授秘书省正字。不乐在朝,求为六合丞,以嗜酒不任事,时天下亦乱,因劾,遂解去。叹曰:"网罗在天,吾且安之!"乃还乡里。有田十六顷在河渚间。仲长子光者,亦隐者也,无妻子,结庐北渚,凡三十年,非其力不食。绩爱其真,徙与相近。子光喑,未尝交语,与对酌酒欢甚。绩有奴婢数人,种黍,春秋酿酒,养凫雁,莳药草自供。以《周易》《老子》《庄子》置床头,他书罕读也。欲见兄弟,辄渡河还家。游北山东皋,著书自号东皋子。乘牛经酒肆,留或数日。

高祖武德初,以前官待诏门下省。故事,官给酒日三升,或问:"待诏何乐邪?"答曰:"良酝可恋耳!"侍中陈叔达闻之,日给一斗,时称"斗酒学士"。贞观初,以疾罢。复调有司,时太乐署史焦革家善酿,绩求为丞,吏部以非流不许,绩固请曰:"有深意。"竟除之。革死,妻送酒不绝,岁余,又死。绩曰:"天不使我酣美酒邪?"弃官去。自是太乐丞为清职。追述革酒法为经,又采杜康、仪狄以来善酒者为谱。李淳风曰:"君,酒家南、董也。"所居东南有磐石,立杜康祠祭之,尊为师,以革配。著《醉乡记》以次刘伶《酒德颂》。其饮至五斗不乱,人有以酒邀者,无贵贱辄往,著《五斗先生传》。刺史崔喜悦之,请相见,答曰:"奈何坐召严君平邪?"卒不诣。杜之松,故人也,为刺史,请绩讲礼,答曰:"吾不能揖让邦君门,谈糟粕,弃醇醪也。"之松岁时赠以酒脯。初,兄凝为隋著作郎,撰《隋书》未成,死,绩续余功,亦不能成。豫知终日,命薄葬,自志其墓。

绩之仕,以醉失职,乡人靳之,托无心子以见趣曰:"无心子居越,越王不知其大人也,拘之仕,无喜色。越国法曰:'秽行者不齿。'俄而无心子以秽行闻,王黜之,无愠色。退而适茫荡之野,过动之邑而见机士,机士抚髀曰:'嘻!子贤者而以罪废邪?'无心子不应。机士曰:'愿见教。'曰:'子闻蛩蠊氏马乎?一者朱鬣白毳,龙骼凤臆,骤驰如舞,终日不释辔而以热死;一者重头昂尾,驼颈貉膝,踶啮善蹶,弃诸野,终年而肥。夫凤不憎山栖,

---

① 《旧唐书》卷一百九十二《列传第一百四十二·隐逸》。

龙不羞泥蟠,君子不苟洁以罹患,不避秽而养精也。'"其自处如此。①

附四 《唐才子传·王绩传》

绩,字无功,绛州龙门人,文中子通之弟也。年十五游长安,谒杨素,一坐服其英敏,目为神仙童子。隋大业末,举孝廉高第,除秘书正字。不乐在朝,辞疾,复授扬州六合县丞。以嗜酒妨政,时天下亦乱,遂托病风,轻舟夜遁。叹曰:"网罗在天,吾将安之!"乃还故乡。至唐武德中,诏征以前朝官待诏门下省,绩弟静谓绩曰:"待诏可乐否?"曰:"待诏俸薄,况萧瑟,但良酝三升,差可恋耳。"(待诏)江国公闻之曰:"三升良酝,未足以绊王先生。"特判日给一斗。时人呼为"斗酒学士"。贞观初,以疾罢归。河渚间有仲长子光者,亦隐士也,无妻子。绩爱其真,遂相近结庐,日与对酌。君有奴婢数人,多种黍,春秋酿酒,养凫雁,莳药草自供。以《周易》《庄》《老》置床头,无他用心也。自号"东皋子"。虽刺史谒见,皆不答。终于家。性简傲,好饮酒,能尽五斗,自著《五斗先生传》。弹琴、为诗、著文,高情胜气,独步当时。撰《酒经》一卷、《酒谱》一卷。李淳风见之曰:"君酒家南、董也。"及诗赋等传世。

王隆

王隆,字伯高,绛州龙门(今山西省运城市河津市)人,北周济州刺史王杰之子,隋末大儒王通之父。隋开皇初,以国子博士待诏云龙门。出为昌乐令,迁猗氏、铜川,所治著称。秩满退归,遂不仕。卒。事迹见司马光《文中子补传》《全唐文》卷一百三十五《文中子世家》、王通《中说·王道篇》。

据《山西通志·经籍》著录,王隆的著述有《兴衰要论》七篇,今已经亡佚。

附一 (清)《河津县志·人物志》

王隆,字伯高,汉征君霸之裔。其先太原祁人,晋永嘉东迁。五世祖元则仕宋,历太仆、国子博士,究道德,考经籍,江左号王先生。先生生江州焕,焕生并州虬,虬始家河汾,生同州彦,彦生济州一,一生隆。隆传先生之业,教授门人千余。隋开皇初,以国子博士待诏云龙门。隋文帝尝从容问之,隆对深切。上默然曰:"先生,朕之陆、贾也,何以教朕?"隆承诏,著《兴衰要论》七篇,每奏,上称善。文中子《铜川府君之述》曰:"《兴衰要论》七篇,其言六代之得失明矣。"隆出为昌乐令,迁猗氏、铜川,所治著称。秩满退归,遂

---

① 《新唐书》卷一百九十六《列传第一百二十一·隐逸》。

不仕。卒。薛道衡尝与杨素论王通曰："乡人也,是其家传七世矣,皆有经济之道,而位不逢。"故河汾王氏,儒林推之。①

王伯华

王伯华,绛州龙门(今山西省运城市河津市)人,隋末大儒文中子王通之族父也,生卒年不详。深于《易》学,为当时宗,可惜无作品流传后世。

附一　(清)《河津县志·人物志》
王伯华,文中子之族父也,深于《易》学,为当时宗。

王度

王度,绛州龙门(今山西省运城市河津市)人,隋末大儒文中子王通之兄。隋大业初,起家为御史,大业七年(611)罢归河东,八年四月在台,冬兼著作郎,奉诏撰国史,在此期间,曾撰写《春秋》,记北魏、北周历史,并已草成,被陈叔达誉为"良史",可惜未能最后成书传世。又曾撰写《隋书》,因逢丧乱,也没有结果。大业九年秋出任芮城县令,其年冬,持节河北,运粮赈给陕东,王氏家书称芮城府君。约于唐武德初年去世。

据《旧唐书》卷五十《经籍志》记载:"《二石伪事》六卷,王度、隋翙等撰。"据《新唐书》卷六十四《艺文志》记载:"王度、随翙《二石伪事》六卷。"此书已经亡佚,《太平御览》引有数则。王度的著述还有《春秋》,此书亦已经亡佚。据《隋书》卷三十五《经籍志》记载:"晋尚书仆射《王述集》八卷,梁又有《王度集》五卷,录一卷。亡。"据《旧唐书》卷五十一《经籍志》记载:"《王度集》五卷。"《新唐书》卷六十六《艺文志》记载:"《王度集》五卷。"《王度集》,今已经亡佚。除此之外,王度还写有传奇小说《古镜记》,被视为唐人小说之开端,其上承六朝志怪小说之余风,下启唐代藻丽之新体,在我国小说史上具有重要地位,是唐传奇的开山之作,今存。

---

① (清)茅丕熙、杨汉章修,程象濂、韩秉钧纂《河津县志》卷七《人物志》,(清)光绪六年刻本。

《古镜记》较早收录于(唐)陈翰所编的《异闻集》一书中,此书已经亡佚。(宋)李昉等编的《太平广记》也收录了此文,此书通行的版本是经过汪绍楹先生校点的排印本,1959年由人民文学出版社出版,1961年中华书局重印新一版。除此之外,鲁迅先生所编的《唐宋传奇集》所选唐人传奇小说作品,亦收录了《古镜记》一文,《唐宋传奇集》于1927年编定,由北新书局出版,1956年由文学古籍刊行社重印出版。

附一　(清)《河津县志·人物志》

王度,文中子兄也。尝读《说苑》,文中子见之,曰:"美哉!兄之志也。于以进物,不亦可乎。"起家为御史,将行,谓文中子曰:"何以赠我?"文中子曰:"清而无介,直而无执。"曰:"何以加乎?"文中子曰:"太和为之表,至心为之内,守之以恭,行之以道。"退而谓董常曰:"大厦将倾,非一木所支也。"常为芮城令,重阴阳,文中子常因之著历日书,王氏家书称"芮城府君"。①

王述

王述,绛州龙门(今山西省运城市河津市)人,隋末大儒文中子王通十四代祖,克播前烈,著《春秋义统》,公府辟,不就。事迹见(唐)杜淹《文中子世家》。

王述的著述有《春秋义统》,今已经亡佚。

王宇

王宇,绛州龙门(今山西省运城市河津市)人。隋末大儒文中子王通九代祖。晋人,遭愍、怀之难,遂东迁焉,作有《游北山赋序》。宇生罕,罕生秀,皆以文学显。事迹见(唐)杜淹《文中子世家》。

王宇的著述有《游北山赋序》,今已经亡佚。

---

① (清)茅丕熙、杨汉章修,程象濂、韩秉钧纂《河津县志》卷七《人物志》,(清)光绪六年刻本。

王玄则

王玄则,字彦法,绛州龙门(今山西省运城市河津市)人,隋末大儒文中子王通之六代祖。仕南朝宋,历太仆、国子博士,作《时变论》六篇,言化俗推移之理。江左号"王先生",受其道曰"王先生业",于是大称儒门,世济厥美,以儒述进。事迹见(唐)杜淹撰《文中子世家》、王通《中说·王道篇》。

王玄则的著述有《时变论》六篇,今已经亡佚。

王焕

王焕,玄则子,绛州龙门(今山西省运城市河津市)人,隋末大儒文中子王通五代祖,为江州刺史,家族称江州府君,著《五经决录》五篇。事迹见(唐)杜淹《文中子世家》记载、王通《中说·王道篇》。

王焕的著述有《五经决录》五篇,今已经亡佚。

王虬

王虬,江州刺史王焕之子,绛州龙门(今山西省运城市河津市)人。齐高帝受宋禅,诛袁粲,虬于是北奔魏。魏孝文帝太和八年,征为秘书郎,迁给事黄门侍郎,历并州(今太原)刺史,封晋阳公,有大功。宣武帝景明元年庚辰卒,享年四十三,谥曰穆。始家河汾之间,家族称"晋阳穆公"。事迹见(唐)杜淹《文中子世家》、王通《中说·王道篇》。

王虬的著述有《政大论》八篇,今已经亡佚。

王彦

王彦,并州刺史王虬之子,绛州龙门(今山西省运城市河津市)人。隋末大儒文中子王通二代祖,官至同州刺史,家族称"同州府君"。事迹见(唐)杜淹《文中子世家》、王通《中说·王道篇》。

王彦的著述有《政小论》八篇,今已经亡佚。

王杰

王杰(一作王一),同州刺史王彦之子,绛州龙门(今山西省运城市河津市)人。官至济州刺史,封安康公,谥曰献。家族称"安康献公"。事迹见(唐)杜淹《文中子世家》、王通《中说·王道篇》。

王杰的著述有《皇极谠义》九篇,除此之外,他还写有《禹庙碑》,今皆亡佚。

王亥

王亥,字子渊,绛州龙门(今山西省运城市河津市)人。抱经不仕,征召不就,躬耕于乡里,著书立说,教授乡里,深为当世(地)所推敬。娶令狐氏之女,子一:岱。

王亥"著书立说,教授乡里",应当有作品流传后世,今皆亡佚。

卜商

卜商,字子夏,春秋末年魏国西河(今山西省运城市河津一带)人,一说为晋国温(今河南省温县)人①,"孔门十哲"之一,七十二贤之一,人称卜子。孔子殁后,子夏长期寓居河东,居西河为教授。魏文侯尝师事之。晚年,因哭子丧明,为曾子所责。孔门弟子之有著作传世者,以子夏为最多。《毛诗》传自子夏,《诗序》即为子夏作,《仪礼·丧服篇》亦传自子夏。《易传》二卷,亦子夏所撰(四库全书总目则认为此书可能为后人伪撰,而托附于子夏名下,但具有重要价值)。汉人徐昉又

---

① 有关卜商的国籍问题,众说纷纭,详参考如飞《子夏及其学派研究》,山东大学博士学位论文,2007。

有"《诗》《书》《礼》《乐》,定自孔子;发明章句,始于子夏"之说,更可见他在孔门诸子中地位之重要。梁萧统曾将《诗序》编入他的文学选集《文选》中,取中间论诗的起源及作用一段,后世文学家都视为千古之论而乐为称引。事迹见《史记》卷六十七《仲尼弟子列传》。

《隋书·经籍志》记载曰:"周文王作卦辞,谓之《周易》。周公又作《爻辞》,孔子为《彖》《象》《系辞》《文言》《序卦》《说卦》《杂卦》,而子夏为之传。"《隋书·经籍志》记载:"《周易》二卷,魏文侯师卜子夏传,残缺。梁六卷。"《隋书·经籍志》记载曰:"汉初,又有赵人毛苌善《诗》,自云子夏所传,作《诂训传》,是为《毛诗》古学,而未得立。后汉有九江谢曼卿,善《毛诗》,又为之训。东海卫敬仲,受学于曼卿。先儒相承,谓之《毛诗》。序,子夏所创,毛公及敬仲又加润益。郑众、贾逵、马融,并作《毛诗传》,郑玄作《毛诗笺》。"据此可知,子夏撰写有《毛诗序》,今存。又,《隋书·经籍志》记载曰:"汉末,郑玄传小戴之学,后以古经校之,取其于义长者作注,为郑氏学。其《丧服》一篇,子夏先传之,诸儒多为注解,今又别行。"《仪礼·丧服》贾公彦疏曰:"'传曰'者,不知何人所作,人皆云孔子弟子卜商字子夏所为。案《公羊传》是公羊高所为,公羊高是子夏弟子,今案《公羊传》有云'者何'、'何以'、'曷为'、'孰谓'之等,今此《传》亦云'者何'、'何以'、'孰谓'、'曷为'等之问。师徒相习,语势相遵,以弟子却本前师,此传得为子夏所作,是以师师相传,盖不虚也。"唐石经《仪礼·丧服》标题亦作"丧服第十一子夏传"。综上所述,依据上述史料,可知子夏是继孔子之后系统传授儒家经典的重要人物,对儒家文献的流传和儒家学术思想的传播发展作出了重要贡献。其著述有《周易子夏传》二卷,清代学者马国翰《玉函山房辑佚书》经编易类辑佚有此书二卷,运城市盐湖区图书馆藏有此书;除此之外,《汉学堂丛书·经解·逸书考》中亦有考辑。今天较为常见版本则有《四库全书》本,为十一卷本,较为通行。《毛诗》序(今存),《仪礼·丧服传》一篇(今存)。

附一　(清)《河津县志·寓贤志》

卜商,字子夏,卫人。郑康成曰:"温国卜商。"孔子弟子,孔子既没,子夏居西河教授三百人,为魏文侯师。魏文侯问于子夏曰:"吾端冕而听古乐,则唯恐卧。听郑卫之音,则不知倦。敢问古乐之如彼,何也?新乐之如此,何也?"子夏对曰:"今夫古乐,进旅退旅,和正以广,弦匏笙簧,会守拊鼓。始奏以文,复乱以武,治乱以相,讯疾以雅。君子于是语,于是道古,修身及家,平均天下,此古乐之发也。今夫新乐,进俯退俯,奸声以滥,溺而不止。及优侏儒獶杂子女,不知父子。乐终不可以语,不可以道古。此新乐之发也。今君之所问者乐也，所好者音也。夫乐者，与音相近而不同。"文侯曰："敢问何如？"子夏对曰："夫古者天地顺而四时当，民有德而五谷昌，疾疢不作而无妖祥，此之谓大当。然后圣人作，为父子君臣以为纪纲。纪纲既正，天下大定。天下大定，然后正六律、和五声，弦歌诗颂，此之谓德音。德音之谓乐。诗云：'莫其德音，其德克明。克明克类，克长克君。王此大邦，克顺克俾。俾于文王，其德靡悔。既受帝祉，施于孙子。'此之谓也。今君之所好者，其溺音乎？"文侯曰："敢问溺音何从出也？"子夏对曰："郑音好滥淫志，宋音燕女溺志，卫音趋数烦志，齐音敖辟乔志。此四者皆淫于色而害于德，是以祭祀弗用也。《诗》云：'肃雍和鸣，先祖是听。'夫肃肃，敬也，雍雍，和也。夫敬以和，何事不行？为人君者，谨其所好恶而已矣！君好之，则臣为之；上行之，则民从之。《诗》云：'诱民孔易'，此之谓也。然后圣人作为鞉、鼓、椌、楬、埙、篪，此六者，德音之音也。然后钟磬竽瑟以和之，干戚旄狄以舞之，此所以祭先王之庙也，所以献酬酳酢也，所以官序贵贱各得其宜也，所以示后世有尊卑长幼之序也。"《仪礼》有《祭服传》一篇，郑康成谓《论语》为仲弓、子夏撰，汉徐昉曰："《诗》《书》《礼》《乐》定自孔子，发明章句始于子夏。"尝设教西河，田子方、段干木暨公羊高、谷梁赤，皆子夏门人云。《史记索隐》："子夏文学，著于四科。序《诗》传《易》。"又孔子以《春秋》属商，又传《礼》，著在《礼》志。唐贞观二年，从祀。开元，封魏侯。宋，进封河东公。度宗改封魏国公。①

附二 《史记》卷六十七《仲尼弟子列传》

卜商，字子夏。少孔子四十四岁。子夏问："'巧笑倩兮，美目盼兮，素以为绚兮'，何谓也？"子曰："绘事后素。"曰："礼后乎？"孔子曰："商始可与言诗已矣。"子贡问："师与商孰贤？"子曰："师也过，商也不及。""然则师愈与？"曰："过犹不及。"子谓子夏曰："汝为君子儒，无为小人儒。"孔子既没，子夏居西河教授，为魏文侯师。其子死，哭之失明。

毌昭裔

毌昭裔，河中龙门（今山西省运城市河津市）人，一说蒲津（今山西省运城市永济市蒲州镇）人。生活于五代十国时期，生卒年不详。博学有才名。起初投靠后唐庄宗李存勖的姐夫孟知祥部，同光三年（925），后唐发大军攻灭前蜀，随即以孟知祥为成都尹、剑南西川节度副大使，毌昭裔也一同前往，任掌书记之职。应顺元

---

① （清）茅丕熙、杨汉章修，程象濂、韩秉钧纂《河津县志》卷八《寓贤志》，（清）光绪六年刻本。

年(934)正月,孟知祥在成都称帝,建立后蜀,并于四月改元明德,以毋昭裔为御史中丞。后蜀明德二年(935),以毋昭裔为中书侍郎同平章事(宰相之职),不久改任门下侍郎。后蜀后主广政三年(940),毋昭裔受命主管盐务,旋即任左仆射(宰相)。任宰相期间,命人按雍都旧本《九经》刻于成都学宫里,又奏请后主下诏刊印此书。毋昭裔性嗜藏书,酷好古文,精经术。为官期间,主持雕刻石经,又出私财,营建学宫,使得西蜀文化事业由此大兴。后蜀后主广政十四年(951),毋昭裔年迈,以太子太师致仕。事迹见《旧五代史》卷四十三《明宗纪》注、《宋史》卷四七九《毋守素传》《十国春秋》卷五二《前蜀·毋昭裔传》。

毋昭裔的著述有《尔雅音略》三卷。此书已经亡佚。

附一 《旧五代史》卷四十三《明宗纪》注

自唐末以来,所在学校废绝,蜀毋昭裔出私财百万营学馆,且请板刻《九经》,蜀主从之。由是蜀中文学复盛。

附二 《十国春秋》卷五二《前蜀·毋昭裔传》

毋昭裔,字□,河中龙门人,博学有才名。高祖镇西川,辟掌书记。唐客省使李严来监高祖军,昭裔请止严无内,不听。高祖卒诛严,然亦奇昭裔才思,大用之,及登极擢为御史中丞。后主践阼之明年,拜中书侍郎同平章事,已又改门下侍郎。广政三年,分判盐铁。久之,以次进左仆射。时汉赵思绾据永兴、王景崇据凤翔反,密送欵后主,后主遣安思谦应之。昭裔上疏谏曰:"窃见庄宗皇帝志贪西顾,前蜀主意欲北行,凡在廷臣皆贡谏,防殊无听纳,有何所成,只此两朝可为鉴戒。"后主不用其言,竟无功。后数年,以太子太师致仕。昭裔性嗜藏书,酷好古文,精经术。常按雍都旧本《九经》,命张德钊书之刻石于成都学宫。蜀土自唐末以来,学校废绝,昭裔出私财营学宫,立黉舍,且请后主镂版印《九经》,由是文学复盛。又令门人句中正、孙逢吉书《文选》《初学记》《白氏六帖》刻版行之。【《五代史补》云:母昭裔贫贱时,常借《文选》于交防间,其人有难色,发愤:"异日若贵,当版以镂之,遗学者。"后仕蜀为宰,遂践其言刊之。】后,子守素赍至中朝,诸书遂大彰于世,所著有《尔雅音略》三卷。

临 猗

昙延

昙延俗名王聊,又名王耽子,蒲州桑泉人(今山西省运城市临猗县耽子村人),后汉猗氏侯王卓之后,生于北魏孝明帝熙平元年。曾因讲解《涅槃经》而闻名北方,后撰写一部《涅经大槃疏》(十五卷),轰动一时,被佛教界高僧大德们评价为"标举宏纲,通镜长骛",也得到周太祖宇文泰的钦敬,为他专建云居寺(今栖岩寺)。他先后做过北周僧统、隋朝大昭玄统,统管全国僧尼事务。隋开皇八年,卒于延兴寺。事迹见《续高僧传》卷第八。

王耽子的著述有《涅槃义疏》十五卷及《宝性》《胜鬘》《仁王》等疏,各有长短。其著述今皆亡佚。

附一 《续高僧传》卷第八

释昙延,俗缘王氏,蒲州桑泉人也。世家豪族,官历齐周,而性协书籍,乡邦称叙。年十六因游寺,听妙法师讲涅槃,探悟其旨,遂舍俗服膺,幽讨深致。出言清越,厉然不群。时在弱冠,便就讲说。词辩优赡,弘裕方雅。每云"佛性妙理,为涅槃宗极。足为心神之游玩也"。延形长九尺五寸,手垂过膝,目光外发,长可尺余。容止邕肃,慈诱泛博,可谓堂堂然也。视前直进,顾必转身。风骨陶融,时共传德。及进具后,器度日新。机鉴俊拔,遐迩属目。虽大观奥典,而恐理在肤寸,乃更听《华严》《大论》《十地》《地持》《佛性》《宝性》等诸部。皆超略前导,统津准的。自顾影而言曰:"与尔沉沦日久,漂泊何归?今可挟道潜形,精思出要。"遂隐于南部太行山百梯寺,即所谓中朝山是也。时山中有薛居士者,学总玄儒,多所该览。闻延年少知道,凤悟超伦,遂从而谒焉。言谑相高,未之揖谢。薛乃戏题四字,谓"方圆动静",命延体之。延应声曰:"方如方等城,圆如智慧日。动则识波浪,静类涅槃室。"薛惊异绝叹曰:"由来所未见,希世挺生,即斯人也。"尔后恒来寻造,质疑请义。

延幽居静志,欲著《涅槃大疏》,恐有滞凡情,每祈诚寤寐。夜梦有人被于白服,乘于白马,鬃尾拂地而谈授经旨,延手执马鬃与之清论。觉后惟曰:"此必马鸣大士,授我义端。执鬃知其宗旨,语事则可知矣。"便述疏说偈曰"归命如来藏,不可思议法"等。缵撰既讫,犹恐不合正理,遂持经及疏,陈于州治仁寿寺舍利塔前,烧香誓曰:"延以凡度,仰测圣心。铨释已了,具如别卷。若幽微深达,愿示明灵。如无所感,誓不传授。"言讫,涅槃卷轴并放光明,通夜呈祥,道俗称庆。塔中舍利又放神光,三日三夜辉耀不绝。上属天汉,下照山河。合境望光,皆来谒拜。其光相所照,与妙法师大同,则师资通感也。乃表以闻,帝大悦,敕延就讲。既感征瑞,便长弘演。所著文疏,详之于世。时诸英达佥议,用比远公所制。远乃文句惬当,世实罕加。而标举宏纲,通镜长骛,则延过之久矣。周太祖素揖道声,尤相钦敬。躬事讲主,亲听清言。远近驰萃,观采如市,而获供事,曾不预怀。性好恬虚,罔干时政。太祖以百梯太远,咨省路艰,遂于中朝西岭形胜之所,为之立寺。名曰"云居"。国俸给之,通于听众。有陈躬使周弘正者,博考经籍,辩逸悬河。游说三国,抗叙无拟。以周建德中,衔命入秦。帝讶其机捷,举朝恶采。敕境内能言之士,不限道俗。及搜采岩穴遁逸高世者,可与弘正对论,不得坠于国风。时蒲州刺史中山公宇文氏,夙承令范,乃表上曰:"昙延法师器识弘伟,风神爽拔。年虽未立,而英辩难继者也。"帝乃总集贤能,期日释奠。躬御礼筵,朝宰毕至。时周国僧望二人伦次登座,发言将讫,寻被正难。征据重叠,投解莫通。帝及群僚,一朝失色。延座居末第,未忍斯惭,便不次而起。帝曰:"位未至,何事辄起?"延曰:"若是他方大士,可藉大德相临。今乃远国微臣,小僧足堪支敌。"延径升高座。帝又曰:"何为不礼三宝?"答曰:"自力兼拟,未假圣贤加助。"帝大悦。正遂构情陈难,延乃引义开关。而正颇挟机调,用前疑后。延乘势挫拉,事等摧枯。因即顶拜伏膺,慨知归之晚。自陈云:"弟子三国履历,访可师之师,不言今日乃遇于此矣。"即请奉而受戒,昼夜咨问,永用宗之。及返陈之时,延所著义门并其仪貌,并录以归国。每夕北礼,以为昙延菩萨焉。

初,正辞延日,预构风、云、山、海诗四十首,并抽拔奇思,用上于延,以留后别。及一经目,竟不重寻,命笔和之,题如宿诵,酬同本韵,意寔弘通,正大服焉。更无陈对,乃跪而启曰:"愿示一言,缄诸胸臆。"延曰:"为宾设席宾不坐,离人极远热如火,规矩之用皮中裹。"正曰:"此则常存意矣。"帝以延悟发天真,五众倾则,便授为国统。使夫周壤导达,延又有功。至武帝将废二教,极谏不从,便隐于太行山,屏迹人世。后帝召延出辅,中使屡达,而确乎履操。更深岩处,累征不获。逮天元遘疾,追悔昔愆,开立尊像,且度百二十人为菩萨僧,延预在上班。仍恨犹同俗相,还藏林薮。隋文创业,未展度僧,延初闻改政,即事剃落。法服执锡,来至王庭。面伸弘理,未及敕慰,便先陈曰:"敬问皇帝四海为务,无乃劳神。"帝曰:"弟子久思此意,所恨不周。"延曰:"贫道昔闻尧世,今日始逢。"云云。帝奉闻雅度,欣泰本怀。共论开法之模,孚化之本。延以寺宇未广,教法方隆,奏请度僧以应千二百五十比丘、五百童子之数。敕遂总度一千余人以副延请,此皇隋释化之开业也,尔后遂多。凡前后别请度者,应有四千余僧。周废伽蓝,并请兴复,三宝再弘,功兼初运者,又延之力矣。移都龙首,有敕于广恩坊给地,立延法师众。

开皇四年,下敕改延众可为延兴寺,面对通衢;京城之东西二门,亦可取延名以为延兴、延平也。然其名为世重,道为帝师,而钦承若此,终古罕类。昔中天佛履之门,遂曰瞿昙之号。今国城奉延所讳,亚是其伦。又改本住云居,以为栖岩寺。敕大乐令齐树提造中朝山佛曲,见传供养。延安其寺宇,结众成业,敕赉蜡烛,未及将爇而自然发焰,延奇之,以事闻帝,因改住寺可为光明也。延曰:"弘化须广,未可自专以额。"重奏别立一所,帝然之,今光明寺是也。其幽显呈祥例率如此。至六年亢旱,朝野荒然。敕请三百僧于正殿祈雨,累日无应。帝曰:"天不降雨,有何所由?"延曰:"事由一二。"帝退与僚宰议之,不达意故,敕京兆太守苏威,问延一二所由。答曰:"陛下万机之主,群臣毗赞之官,并通治术,俱愆玄化。故雨与不雨,事由一二耳。"帝遂躬事祈雨,请延于大兴殿登御座南面授法,帝及朝宰五品以上咸席地,北面而受八戒。戒授才讫,日正中时,天有片云,须臾遍布,便降甘雨。远迩咸感,帝悦之,赐绢三百段。而延虚怀物我,不滞客主为心,凡有资财散给悲敬,故四远飘寓投告偏多,一时粮粒将尽。寺主道睦告云:"僧料可支两食。"意欲散众。延曰:"当使都尽方散耳。"明旦文帝果送米二十车,大众由是安堵。惑者谓延有先见之明,故停众待供。未几,帝又遗米五百石。于时年属饥荒,赖此僧侣无改。帝既禀为师父之重,又敕密戚懿亲咸受归戒。至于食息之际,帝躬奉饮食,手御衣裳,用敦弟子之仪,加敬情不能已。其为时君礼重,又此类也。敕又拜为平等沙门,有犯刑网者,皆对之泣泪,令彼折伏从化或投迹山林不敢容世者。以隋开皇八年八月十三日终于所住,春秋七十有三矣。临终遗启文帝曰:"延逢法王御世,偏荷深恩。往缘业浅,早相乖背。仰愿至尊,护持三宝,始终莫贰。但末代凡僧虽不如法,简善度之,自招胜福。"帝闻之哀恸,敕王公已下,并往临吊。并罢朝三日,赠物五百段,设千僧斋。

初,延康日,告门人曰:"吾亡后,以我此身且施禽狩,余骸依法焚扬,无留残骨以累看守。"弟子沙门童真、洪义、通幽、觉朗、道逊、玄琬、法常等一代名流,并文武职僚如滕王等,例咸被发徒跣而从丧至于林所。登又下敕,于终南焚地,设三千僧斋。斋讫焚之,天色清朗无云而降细雨,若阇毗如来之状也,大众惊嗟,得未曾有也。又隋文学吕叔挺,美其哀荣,碑其景行,文如别集。然延恒以西方为正任,语默之际,注想不移。侍人观之若在深定,属大渐之始。寺侧有任金宝者,父子信向,云见空中幡盖列于柩前,两行而引,从延兴寺南达于山西。斯亦幽冥协赞,谅非徒拟。自延之莅道,势总权衡,而卑牧自居,克念成治。解冠群术,行动物情,故为七众心师,岂止束形加敬。及闻薨背,无不涕零。各修铭诔,赞扬盛业。时内史薛道衡白启云:"延法师,弱龄舍俗,高蹈尘表。志度恢弘,理识精悟。灵台神宇,可仰而不可窥。智海法源,可涉而不可测。同夫明镜,瞩照不疲。譬彼洪钟,有来斯应。往逢道丧,玄维落纽。栖志幽岩,确乎不拔。高位厚礼,不能回其虑。严威峻法,未足惧其心。经行宴坐,夷险莫二。戒德律仪,始终如一。圣皇启运,像法再兴。卓尔缁衣,郁为称首。屈宸极之重,伸师资之义。三宝由其弘护,二谛藉以宣扬。信足追踪澄什,超迈安远。不意法柱忽倾,仁舟遽没。匪直悲缠四部,固亦酸感一人。师等杖锡挈瓶,承风训导。升堂入室,具体而微。在三之情,理百恒恸。往矣奈何。"其为时贤珍敬如此。所著《涅槃义疏》十五卷,《宝性》《胜鬘》《仁王》等疏各有差。其门人弟子绍绪、厥风,具见别传。

新　绛

陈叔达

陈叔达,字子聪,陈宣帝第十六子。善容止,颇有才学,在陈封义阳王。历侍中、丹阳尹、都官尚书。隋大业中,拜内史舍人,出为绛郡通守。入唐,授丞相府主簿,封汉东郡公。武德元年,授黄门侍郎。二年,兼纳言。四年,拜侍中。五年,进封江国公。贞观初,加授光禄大夫。寻坐与萧瑀对御忿争免官。未几,丁母忧。服阕,授遂州都督,以疾不行。久之,拜礼部尚书。后为宪司所劾,听以散秩归第。九年卒,谥曰缪。后赠户部尚书,改谥曰忠。事迹见《旧唐书》卷六十五《陈叔达传》。

据《旧唐书·经籍志》:"唐《陈叔达集》五卷。"《新唐书·艺文志》:"《陈叔达集》十五卷。"《陈叔达集》已经遗失。《全唐文》辑录其文章两篇,《全唐诗》辑录其诗歌八首。

附一　(民国)《新绛县志·名宦传》

陈叔达,字子聪,陈宣帝子,隋大业中为绛郡通守,受学于文中子。叔达捕贼之令,曰:"无急也,请自新者原之,以观其后。"文中子闻之曰:"陈守可与言政矣。"文中子尝在绛,出于野,遇叔达,曰:"夫子何之?"文中子曰:"将之夏。"叔达令劝吏息役。董常闻之曰:"吾知夫子行国矣。未尝虚行也。"叔达尝谓薛收曰:"吾行令于郡县而盗不止,夫子居于乡里而挣者息,何也?"收曰:"此以言化,彼以心化。"叔达曰:"吾过矣。"退而静居三月,盗贼出境。文中子闻之曰:"收善言,叔达善听。"后仕唐为黄门侍郎。判纳言王凝,尝以文中子传属之。卒,谥忠。①

---

① (民国)徐昭俭修,杨兆泰纂《新绛县志》,民国十八年石印本,第358页。

附二 《旧唐书》卷六十五《陈叔达传》

陈叔达,字子聪,陈宣帝第十六子也。善容止,颇有才学,在陈封义阳王。年十余岁,尝侍宴,赋诗十韵,援笔便就,仆射徐陵甚奇之。历侍中、丹阳尹、都官尚书。入隋,久不得调。大业中,拜内史舍人,出为绛郡通守。义师至绛郡,叔达以郡归款,授丞相府主簿,封汉东郡公。与记室温大雅同掌机密,军书、赦令及禅代文诰,多叔达所为。武德元年,授黄门侍郎。二年,兼纳言。四年,拜侍中。叔达明辩,善容止,每有敷奏,搢绅莫不属目。江南名士薄游长安者,多为荐拔。五年,进封江国公。尝赐食于御前,得葡萄,执而不食。高祖问其故,对曰:"臣母患口干,求之不能致,欲归以遗母。"高祖喟然流涕曰:"卿有母遗乎!"因赐物三百段。贞观初,加授光禄大夫。寻坐与萧瑀对御忿争免官。未几,丁母忧。叔达先有疾,太宗虑其危殆,遣使禁绝吊宾。服阕,授遂州都督,以疾不行。久之,拜礼部尚书。建成、元吉嫉害太宗,阴行谮毁,高祖惑其言,将有贬责,叔达固谏乃止。太宗劳之曰:"武德时,危难潜构,知公有谠言,今之此拜,有以相答。"叔达谢曰:"此不独为陛下,社稷计耳。"后坐闺庭不理,为宪司所劾。朝廷惜其名臣,不欲彰其罪,听以散秩归第。九年卒,谥曰缪。后赠户部尚书,改谥曰忠。有集十五卷。

平　陆

傅说

　　傅说,古虞国(今山西省运城市平陆县)人,生卒年不详,殷商时期著名贤臣,先秦史传记载其为商王武丁(约公元前1250年－前1192年在位)时期的丞相,为"三公"之一。傅说担任相国之后,辅佐武丁,大力改革政治,"嘉靖殷邦",使贵族和平民都没有怨言,史称"殷国大治","殷道复兴"。武丁一朝,成为商代后期的极盛时期。傅说从政之前,身为奴隶,在傅岩做苦役,他创造的"版筑"(俗称打墙)营造技术,是中国建筑科学史上的巨大成就,是人类建筑史上的巨大进步。事迹见《史记》卷三《殷本纪第三》。

　　傅说的著述有《说命》三篇,今存。较早出自先秦的古《尚书》中的《傅说之命》,也简称为《说命》。传本《尚书》的《说命》三篇是魏晋时期造的伪书,是辑集先秦古书中引用的《说命》原文加上伪作的文字编造的,里面有一些可信的内容,但有些内容则出于编造,不可信。2012年12月,中西书局出版了《清华大学藏战国竹简(叁)》,公布了出土文献的《傅说之命》三篇,是较为珍贵的原始文献。

　　附一　《解州全志》卷之八《平陆县志·人物志》

　　武丁即位,恭默思道,梦得圣人,名曰"说"。以梦所见视群臣百吏,皆非。乃以形求天下,说筑傅岩之野,惟肖。见于武丁,曰"是也"。与之语,果圣人,立为相,作《说命》三篇,辅佐武丁,商祚中兴。因得诸傅岩,故号"傅说"。今县有傅岩暨说祠、墓,旧志说商贤里人。①

　　附二　《史记》卷三《殷本纪第三》

　　帝小乙崩,子帝武丁立。帝武丁即位,思复兴殷,而未得其佐。三年不言,政事决定

---

① (清)言如泗总修,韩夔典纂修《平陆县志》,民国二十一年石印本,第272—273页。

于冢宰,以观国风。武丁夜梦得圣人,名曰说。以梦所见视群臣百吏,皆非也。于是乃使百工营求之野,得说于傅险中。是时说为胥靡,筑于傅险。见于武丁,武丁曰是也。得而与之语,果圣人,举以为相,殷国大治。故遂以傅险姓之,号曰傅说。

焦先

焦先,字孝然,河东人,汉末隐士。汉灵帝中平末年,避白波之乱,东客扬州。建安初来西还,留陕界。至十六年,关中乱。先失家属,独窜于河渚间,见汉室衰,乃自绝不言。及魏受禅,常结草为庐于河之湄,独止其中。太和、青龙中,尝持一杖南渡浅河水,辄独云未可也,由是人颇疑其不狂。至嘉平中,太守贾穆初之官,故过其庐。其明年,大发卒将伐吴。有窃问先:"今讨吴何如?"先不肯应,而为祝鲖歌。河东太守杜恕尝以衣服迎见,而不与语。司马景王闻而使安定太守董经因事过视,又不肯语,经以为大贤。后岁余病亡,时年八十九矣。事迹见《三国志》卷十一《管宁传》注引《魏略》《高士传》卷下、《神仙传》卷六。

焦先乃是汉末隐士,作有《祝鲖歌》,此诗歌今存,收录于《先秦汉魏晋南北朝诗》之《全魏诗》中。

附一 《解州全志》卷之十六《平陆县志·杂志》

《高士传》:焦先,字孝然,莫知所出,或言生乎汉末,自陕居大阳,无家属。见汉衰,乃自绝不言。及魏受禅,常结草为庐于河之湄。无衣履,卧不设席。或数日不食,欲食则为人客作,人以衣衣之,乃使限功受直。河东太守杜恕尝以衣服迎见,而不与语。司马景王闻而使安定太守董经因事过视,又不肯语。后野火烧其庐,遂露寝袒卧雪中,年可百岁余卒。①

附二 《三国志》卷十一《管宁传》注引

时有隐者焦先,河东人也。魏略曰:先字孝然。中平末,白波贼起。时先年二十余,与同郡侯武阳相随。武阳年小,有母,先与相扶接,避白波,东客扬州娶妇。建安初来西还,武阳诣大阳占户,先留陕界。至十六年,关中乱。先失家属,独窜于河渚间,食草饮水,无衣履。时大阳长朱南望见之,谓为亡士,欲遣船捕取。武阳语县:"此狂痴人耳!"遂

---

① (清)言如泗总修,韩奭典纂修《平陆县志》,民国二十一年石印本,第581—582页。

注其籍。给廪，日五升。后有疫病，人多死者，县常使埋藏，童儿竖子皆轻易之。然其行不践邪径，必循阡陌；及其捃拾，不取大穗；饥不苟食，寒不苟衣，结草以为裳，科头徒跣。每出，见妇人则隐翳，须去乃出。自作一瓜牛庐，净扫其中。营木为床，布草蓐其上。至天寒时，构火以自炙，呻吟独语。饥则出为人客作，饱食而已，不取其直。又出于道中，邂逅与人相遇，辄下道藏匿。或问其故，常言"草茅之人，与狐兔同群"。不肯妄语。

太和、青龙中，尝持一杖南渡浅河水，辄独云未可也，由是人颇疑其不狂。至嘉平中，太守贾穆初之官，故过其庐。先见穆再拜。穆与语，不应；与食，不食。穆谓之曰："国家使我来为卿作君，我食卿，卿不肯食，我与卿语，卿不应我，如是，我不中为卿作君，当去耳！"先乃曰："宁有是邪？"遂不复语。其明年，大发卒将伐吴。有窃问先："今讨吴何如？"先不肯应，而谬歌曰："祝钮祝钮，非鱼非肉，更相追逐，本心为当杀羘羊，更杀其豛瓥邪！"郡人不知其谓。会诸军败，好事者乃推其意，疑羘羊谓吴，豛瓥谓魏，于是后人金谓之隐者也。议郎河东董经特嘉异节，与先非故人，密往观之。经到，乃奋其白须，为如与之有旧者，谓曰："阿先阔乎！念共避白波时不？"先熟视而不言。经素知其昔受武阳恩，因复曰："念武阳不邪？"先乃曰："已报之矣。"经又复挑欲与语，遂不肯复应。后岁余病亡，时年八十九矣。

高士传曰：世莫知先所出。或言生乎汉末，自陕居大阳，无父母兄弟妻子。见汉室衰，乃自绝不言。及魏受禅，常结草为庐于河之湄，独止其中。冬夏恒不着衣，卧不设席，又无草蓐，以身亲土，其体垢污皆如泥漆，五形尽露，不行人间。或数日一食，欲食则为人赁作，人以衣衣之，乃使限功受直，足得一食辄去，人欲多与，终不肯取，亦有数日不食时。行不由邪径，目不与女子逆视。口未尝言，虽有惊急，不与人语。遗以食物皆不受。河东太守杜恕尝以衣服迎见，而不与语。司马景王闻而使安定太守董经因事过视，又不肯语，经以为大贤。其后野火烧其庐，先因露寝。遭冬雪大至，先祖卧不移，人以为死，就视如故，不以为病，人莫能审其意。度年可百岁余乃卒。

其 他

孙博

孙博,河东人。有清才,能属文,著书百余篇,诵经数十万言。晚乃好道,治墨子之术。后入林虑山,服神丹而仙去。事迹见《太平广记》卷五《神仙传》。

据《太平广记》卷五《神仙传》记载云孙博"有清才,能属文,著书百余篇",因此其应当有作品流传,今皆亡佚。

附一 《太平广记》卷五《神仙传》

孙博者,河东人也。有清才,能属文,著书百余篇,诵经数十万言。晚乃好道,治墨子之术。能令草木金石皆为火,光照数里;亦能使身成火,口中吐火,指大树生草则焦枯,更指还如故。又有人亡奴,藏匿军中者,捕之不得。博语奴主曰:"吾为卿烧其营舍,奴必走出,卿但谛伺捉之。"于是博以一赤丸子,掷军门,须臾火起烛天,奴果走出,乃得之。博乃复以一青丸子掷之,火即灭,屋舍百物,如故不损。博每作火有所烧,他人以水灌之,终不可灭,须臾自止之,方止。行水火中不沾灼,亦能使千百人从己蹈之,俱不沾灼。又与人往水上,布席而坐,饮食作乐,使众人舞于水上。又山间石壁,地上盘石,博入其中,渐见背及两耳,良久都没。又能吞刀剑数千枚,及壁中出入,如孔穴也。能引镜为刀,屈刀为镜,可积时不改,须博指之,乃复如故。后入林虑山,服神丹而仙去。

姚平

姚平,河东人,生卒年不详。为西汉著名的经学家,官至冀州刺史、谏议大夫。姚平曾向学者京房学习《易》,为郎博士,京氏《易》学由他发扬光大。

附一 《汉书》卷八十八《儒林传》

京房受《易》梁人焦延寿。延寿云尝从孟喜问《易》。会喜死,房以为延寿《易》即孟氏学,翟牧、白生不肯,皆曰非也。至成帝时,刘向校书,考《易》说,以为诸《易》家说皆祖田何、杨叔元、丁将军,大谊略同,唯京氏为异,党焦延寿独得隐士之说,托之孟氏,不相与同。房以明灾异得幸,为石显所谮诛,自有传。房授东海殷嘉、河东姚平、河南乘弘,皆为郎、博士。由是《易》有京氏之学。

关康之

关康之,字伯愉,河东杨人(一说河东解县人)。少而笃学,姿状丰伟。颜延之见而知之。晋陵顾悦之难王弼《易》义四十余条,康之申王难顾,远有情理。又为《毛诗义》,经籍疑滞,多所论释。元嘉中,太祖闻康之有学义,除武昌国中军将军,蠲除租税。江夏王义恭、广陵王诞临南徐州,辟为从事、西曹,并不就。世祖即位,遣大使陆子真巡行天下,使反,荐康之,不见省。太宗泰始初,与平原明僧绍俱征为通直郎,又辞以疾。顺帝升明元年,卒,时年六十三。事迹见《宋书》卷九十三《隐逸列传·关康之传》《南齐书》卷五十四《高逸·关康之传》《南史》卷七十五《隐逸列传·关康之传》。

关康之的著述有《毛诗义》《礼论》,皆已亡佚。另,据褚渊《荐臧荣绪启》记载:"(荣绪)与友关康之沈深典素,追古著书,撰《晋史》十帙,赞论虽无逸才,亦足弥纶一代。"由此可见,臧荣绪撰写《晋书》,关康之曾参与其事。臧荣绪《晋书》原书,今已经亡佚。后世学者有辑佚本多种,主要有清代学者汤球辑本,共十七卷,又补遗一卷,收入《广雅书局丛书》;有清代学者黄奭辑本,共二百零四条,收入《汉学堂丛书》;有清代学者王仁俊辑本一卷,见《玉函山房辑佚书补编》;又有近代学者陶栋辑本两卷。臧荣绪《晋书》,今有《九家旧晋书辑本》,(清)汤球辑、杨朝明校补,中州古籍出版社1991年出版,较为通行。

附一 《宋书》卷九十三《隐逸列传·关康之传》

关康之,字伯愉,河东杨人。世居京口,寓属南平昌。少而笃学,姿状丰伟。下邳赵绎以文义见称,康之与之友善。特进颜延之见而知之。晋陵顾悦之难王弼《易》义四十余条,康之申王难顾,远有情理。又为《毛诗义》,经籍疑滞,多所论释。尝就沙门支僧纳学,妙尽其能。竟陵王义宣自京口迁镇江陵,要康之同行,距不应命。元嘉中,太祖闻康之有学义,除武昌国中军将军,蠲除租税。江夏王义恭、广陵王诞临南徐州,辟为从事、西曹,并不就。弃绝人事,守志闲居。弟双之为臧质车骑参军,与质俱下,至赭圻病卒,瘗于水滨。康之其春得疾困笃,小差,牵以迎丧,因得虚劳病,寝顿二十余年。时有闲日,辄卧论文义。世祖即位,遣大使陆子真巡行天下,使反,荐康之"业履恒贞,操勖清固,行信闾党,誉延邦邑,栖志希古,操不可渝,宜加征聘,以洁风轨"。不见省。太宗泰始初,与平原明僧绍俱征为通直郎,又辞以疾。顺帝升明元年,卒,时年六十三。

裴景仁

裴景仁,南朝宋河东人。孝武帝时,以殿中员外将军助戍彭城。因熟悉北方少数民族史事,遂奉徐州刺史沈昙庆之命,辨正车频等所撰《秦书》(前秦国史)讹误,增广成《秦纪》十卷(一作十一卷)[①],记载苻氏僭伪本末,其书颇传于当世。事迹见《宋书》卷五十四《沈昙庆传附裴景仁传》《南史》卷三十四《沈怀文传附裴景仁传》。

据《山西通志·经籍》著录,裴景仁有《秦记》(梁席惠明注)十一卷,注曰:"《史通》:河东裴景仁正车频《秦书》讹僻,删为《秦纪》十一篇。"又,据《隋书·经籍志》记载:"《秦记》十一卷,宋殿中将军裴景仁撰,梁雍州主簿席惠明注。"《旧唐书·经籍志》记载:"《秦记》十一卷,裴景仁撰,杜惠明注。"《新唐书·艺文志》记载:"裴景仁《秦记》十一卷,杜惠明注。"《秦记》,亦被称作《前秦记》《秦书》或者《苻书》。此书已经亡佚,有辑本为广雅书局本,清人辑本收入《广雅丛书》。

附一 《宋书》卷五十四《沈昙庆传附裴景仁传》

沈昙庆,吴兴武康人,侍中怀文从父兄也。……世祖践阼,除东海王祎抚军长史,入为尚书吏部郎,江夏王义恭大司马长史,南东海太守,左卫将军。大明元年,督徐兖二州及梁郡诸军事、辅国将军、徐州刺史。时殿中员外将军裴景仁助戍彭城,本伧人,多悉戎荒事。昙庆使撰《秦记》十卷,叙苻氏僭伪本末,其书传于世。

---

① 《宋书》卷五十四《沈昙庆传》。

荀卿

荀卿,名况。战国末期赵国猗氏(今山西省运城市临猗县,一说为山西省新绛县安泽)人。齐襄王时,仕于齐,三次为祭酒,后去齐仕楚,春申君以为兰陵令。春申君死而荀卿废,最终葬于兰陵。当时著名的政治家如韩非、李斯等都是其弟子。后亦谓之孙卿子者,避汉宣帝讳改也。事迹见《史记》卷七十四《孟子荀卿列传》。

据《汉书·艺文志》记载:"《孙卿子》三十三篇。名况,赵人,为齐稷下祭酒,有《列传》。"颜师古注曰:"本曰荀卿,避宣帝讳,故曰孙。"又据刘向《孙卿书录》云:"所校雠中《孙卿书》凡三百二十二篇,以相校,除复重二百九十篇,定著三十二篇,皆以定杀青,简书可缮写。"由此可知,《孙卿子》三十二篇经过西汉学者刘向校订整理后,最终定为十二卷,被后世广泛接受。《隋书·经籍志》记载:"《孙卿子》十二卷,楚兰陵令荀况撰。"《旧唐书·经籍志》记载:"《孙卿子》十二卷,荀况撰。"

荀子的著述有《荀子》一书传世,此书今存。主要版本有:子书百家本,清光绪元年(1875)湖北崇文书局刻本,运城市临猗县图书馆藏有此书;扫叶山房本,运城市河津市图书馆藏有此书;清光绪二年(1876)浙江书局精刻本,运城市永济市图书馆藏有此书;据黎氏景宋本影印,运城市盐湖区图书馆藏有此书。该书著名的注本有唐代杨倞的《荀子注》和清代王先谦的《荀子集解》。其中,中华书局校点本《荀子集解》较为通行。今人耿芸标先生有《荀子注》校点本,上海古籍出版社于2001年出版,是目前较为完备的本子。

又,据《隋书·经籍志》记载:"楚兰陵令《荀况集》一卷,残缺。梁二卷。"《旧唐书·经籍志》记载:"赵《荀况集》二卷。"《新唐书·艺文志》亦记载:"赵《荀况集》二卷。"《荀况集》已经亡佚。荀子今存文章六篇,载于《全上古三代秦汉三国六朝文》之《全上古三代文》中;今存诗歌一首,载于《先秦汉魏晋南北朝诗》之《先秦诗》中。

附一 《史记》卷七十四《孟子荀卿列传》

荀卿,赵人。年五十始来游学于齐。驺衍之术迂大而闳辩;奭也文具难施;淳于髡久与处,时有得善言。故齐人颂曰:"谈天衍,雕龙奭,炙毂过髡。"田骈之属皆已死齐襄王时,而荀卿最为老师。齐尚修列大夫之缺,而荀卿三为祭酒焉。齐人或谗荀卿,荀卿乃适楚,而春申君以为兰陵令。春申君死而荀卿废,因家兰陵。李斯尝为弟子,已而相秦。荀卿嫉浊世之政，亡国乱君相属，不遂大道而营于巫祝，信礼祥，鄙儒小拘，如庄周等又滑稽乱俗，于是推儒、墨、道德之行事兴坏，序列著数万言而卒。因葬兰陵。

支遁

支遁，字道林。东晋高僧、诗人。东晋名士又尊称为"支公"、"林公"。本姓关，陈留人，一说河东林虑（今河南省林县）人。①（《世说新语·言语篇》刘孝标注引《高逸沙门传》曰："支遁字道林，河内林虑人，或曰陈留人，本姓关氏。少而任心独往，风期高亮，家世奉法。尝于余杭山沉思道行，泠然独畅。年二十五始释形入道。年五十三终于洛阳。"）幼聪明。初至建康，为王蒙所重。曾隐居余杭山。年二十五出家，常在白马寺，与刘恢、殷浩、许询、郗超、孙绰、袁宏等游。以佛理释《庄子·逍遥游》，为众名士所服。后欲入剡，时谢安为吴兴守，以书劝之居吴兴。后与王羲之交，遂居沃洲山。晋哀帝即位，召入建康，止洛阳东安寺。居三载，还东山。支遁作《即色游玄论》，主"即色是空"之说。支遁形貌丑异而玄谈妙美，善草书、隶书，好畜马，养马重其神骏，放鹤令其自由。孙绰比之为向秀。晋海西公太和元年（366）卒。支遁所著文翰，集有十卷，盛行于世。事迹见《高僧传》卷四《支遁传》。

有关支遁的著述，《隋书·经籍志》记载曰："晋沙门《支遁集》八卷，梁十三卷。又有《刘彧集》十六卷，亡。"梁慧皎《高僧传》作十卷。《旧唐书·经籍志》记载："沙门《支遁集》十卷。"《新唐书·艺文志》记载："《支遁集》十卷。"可是到了清初的《读书敏求记》和《述古堂书目》就都作两卷了，可见此书缺佚已久。现存的清光绪甲申年（1884）邵武徐氏刻本《支遁集》有两卷，附补遗一卷，共计收录支遁各种形式的作品（诗、铭、赞并序等）共四十四篇（上卷收录其诗歌十八首，下卷收录书、铭、赞等十五篇，补遗收录其诗歌断句一则及文章十篇），为现存支遁作品中数量最多者，也是现存最为全面的支遁文集，此版本流传甚广，中国国家图书馆藏有此书。除了清邵武徐氏刻本（两卷本系统）之外，《支遁集》还有明嘉靖十九年（1540）吴家稠刻本（一卷本系统），中国国家图书馆藏有此书。除此之外，明清抄本亦散见于各省大图书馆。今人张富春先生有《支遁集校注》，由四川巴蜀书社2014年出版。

---

① 《高僧传》卷四《支遁传》。

又,除了上述著述外,支遁还著有《释即色本无义》《道行指归》(并见《出三藏记集》卷十二)。原书已经亡佚,但由书名推测,大概也是解释《般若》的作品。此外还有《圣不辩知论》《辩三乘论》《释蒙论》等,也都亡佚。他又曾就大小品《般若》之异同,加以研讨,作《大小品对比要钞》。但原书亦不复存在。《出三藏记集》卷八还保存着这部书的序。他还注释了《安般经》《四禅经》等经文,并著《即色游玄论》《圣不辩知论》《道行旨归》《学道戒》《逍遥论》等。此外,他也曾注意过禅学,撰写过《安般经注》及《本起四禅序》。亦曾致力于《本业经》,《出三藏记集》收录他的《本业略例》《本业经注序》。还讲过《维摩诘经》和《首楞严经》。《弘明集》和《广弘明集》也收有他的诗文。支遁的作品,今存文章二十六篇,清严可均辑入《全上古三代秦汉三国六朝文》之《全晋文》中。今存诗歌十八首,逯钦立辑入《先秦汉魏晋南北朝诗》之《全晋诗》中。其诗歌创作较多为玄言诗,故为玄言诗一大家,《广弘明集》收录他的古诗二十多首,其中有些也带着浓厚的老庄韵味,然已多描写景色名句,故前人评其诗已开谢灵运之先声。

附一 《高僧传》卷四《支遁传》

支遁字道林,本姓关氏,陈留人,或云河东林虑人。幼有神理,聪明秀彻。初至京师,太原王蒙甚重之,曰:"造微之功,不减辅嗣。"陈郡殷融尝与卫玠交,谓其神情俊彻,后进莫有继之者。及见遁叹息,以为重见若人。家世事佛,早悟非常之理,隐居余杭山。深思道行之品,委曲慧印之经,卓焉独拔,得自天心。年二十五出家,每至讲肆,善标宗会,而章句或有所遗,时为守文者所陋。谢安闻而善之曰:"此乃九方埋之相马也。略其玄黄而取其骏逸。"王洽、刘恢、殷浩、许询、郗超、孙绰、桓彦表、王敬仁、何次道、王文度、谢长遐、袁彦伯等,并一代名流,皆着尘外之狎。

遁尝在白马寺,与刘系之等谈庄子《逍遥篇》,云"各适性以为逍遥"。遁曰:"不然。夫桀跖以残害为性,若适性为得者,从亦道遥矣。"于是退而注《逍遥篇》,群儒旧学莫不叹服。后还吴,立支山寺。晚欲入剡,谢安为吴兴,与遁书曰:"思君日积,计辰倾迟。知欲还剡自治,甚以怅然。人生如寄耳。顷风流得意之事,殆为都尽。终日戚戚,触事惆怅。唯迟君来,以晤言消之,一日当千载耳。此多山,县闲静,差可养疾。事不异剡,而医药不同。必思此缘,副其积想也。"王羲之时在会稽,素闻遁名,未之信。谓人曰:"一往之气,何足言。"后遁既还剡,经由于郡,王故诣遁,观其风力。既至,王谓遁曰:"《逍遥篇》可得闻乎?"遁乃作数千言。标揭新理,才藻惊绝。王遂披衿解带,流连不能已。仍请住灵嘉寺,意存相近。俄又投迹剡山,于沃洲小岭,立寺行道。僧众百余,常随禀学。时或有堕者,遁乃著座右铭以勖之,曰:"勤之勤之,至道非弥。奚为淹滞,弱丧神奇。茫茫三界,渺渺长羁。烦劳外凑,冥心内驰。殉赴钦渴,缅邈忘疲。人生一世,涓若露垂。我身非我,云云谁施。达人怀德,知安必危。寂寥清举,濯累禅池。谨守明禁,雅玩玄规。绥心神道,抗志无为。寮朗三蔽,融冶六疵。空同五阴,豁虚四支。非指喻指,绝而莫离。妙觉既陈,又玄其知。婉转平任,与物推移。过此以往,勿思勿议。敦之觉父,志在婴儿。"时论以遁才堪经赞,而洁己拔俗,有违兼济之道,遁乃作《释蒙论》:

晚移石城山,又立栖光寺。宴坐山门,游心禅苑。木餐涧饮,浪志无生。乃注《安般》《四禅》诸经及《即色游玄论》《圣不辩知论》《道行旨归》《学道诫》等。追踪马鸣,蹑影龙树。义应法本,不违实相。晚出山阴,讲维摩经。遁为法师,许询为都讲。遁通一义,众人咸谓询无以厝难。询设一难,亦谓遁不复能通。如此至竟两家不竭。凡在听者,咸谓审得遁旨。回令自说,得两三反便乱。

至晋哀帝即位,频遣两使征请出都。止东安寺,讲道行波若。白黑钦崇,朝野悦服。太原王蒙,宿构精理,撰其才词往诣遁作数百语,自谓遁莫能抗。遁乃徐曰:"贫道与君别来多年,君语了不长进。"蒙惭而退焉,乃叹曰:"实缁钵之王何也。"郗超问谢安:"林公谈何如嵇中散?"安曰:"嵇努力裁得去耳。"又问何如殷浩?安曰:"亹亹论辩,恐殷制支。超拔直上渊源,浩实有惭德。"郗超后与亲友书云:"林法师神理所通,玄拔独悟,实数百年来绍明大法,令真理不绝,一人而已。"

遁淹留京师涉将三载,乃还东山。上书告辞曰:"遁顿首言。敢以不才希风世表,未能鞭后用愆灵化。盖沙门之义法出佛圣,雕纯反朴绝欲归宗。游虚玄之肆,守内圣之则。佩五戒之贞,毗外王之化。谐无声之乐,以自得为和。笃慈爱之孝,蠕动无伤。衔抚恤之哀,永悼不仁。秉未兆之顺,远防宿命。挹无位之节,履亢不悔。是以哲王御南面之重,莫不钦其风尚,安其逸轨,探其顺心,略其形敬。故令历代弥新矣。陛下天钟圣德,雅尚不倦,道游灵模,日昃忘御,可谓钟鼓晨极,声振天下。清风既邵,莫不幸甚。上愿陛下齐龄二仪,弘敷至化。去陈信之妖诬,寻丘祷之弘议。绝小涂之致泥,奋宏辔于夷路。若然者太山不淫季氏之旅,得一以成灵。王者非圆丘而不禋,得一以永贞。若使贞灵各一,人神相忘,君君而下无亲举,神神而咒不加灵。玄德交被,民荷冥祐,恢恢六合,成吉祥之宅。洋洋大晋,为元亨之宇。常无为而万物归宗,执大象而天下自往。国典刑杀则有司存焉。若生而非惠则赏者自得,戮而非怒则罚者自刑。弘公器以厌神意,提铨衡以极冥量。所谓天何言哉,四时行焉。贫道野逸东山,与世异荣。菜蔬长阜,漱流清壑。褴褛毕世,绝窥皇阶。不悟乾光曲曜,猥被蓬荜。频奉明诏,使诣上京。进退维谷,不知所措。自到天道,屡蒙引见。优以宾礼,策以微言。每愧才不拔滞,理无拘新。不足对扬玄模,允塞视听。踧踖侍人,流汗位席。曩四翁赴汉于木蓍魏,皆出处有时默语适会。今德非昔人,动静乖哀。游魂禁省,鼓言帝侧。将困非据,何能有为?且岁月俚俯,感若斯之叹。况复同志索居,综习辽落。延首东顾,孰能无怀。上愿陛下时豪放遣,归之林薄。以鸟养鸟,所荷为优。谨露板以闻,申其愚管。裹粮望路,伏待慈诏。"诏即许焉,资给发遣,事事丰厚。一时名流,并饯离于征虏。蔡子叔前至,近遁而坐。谢万石后至,值蔡暂起,谢便移就其处。蔡还,合褥举谢掷地,谢不以介意。其为时贤所慕如此。

既而收迹剡山,毕命林泽。人尝有遗遁马者,遁爱而养之。时或有讥之者,遁曰:"爱其神骏聊复畜耳。"后有饷鹤者,遁谓鹤曰:"尔冲天之物,宁为耳目之玩乎?"遂放之。遁幼时尝与师共论物类,谓鸡卵生用,未足为杀,师不能屈。师寻亡,忽见形投卵于地,壳破鹑行,顷之俱灭,遁乃感悟,由是蔬食终身。遁先经余姚坞山中住,至于名辰犹还坞中。或问其意,答云:"谢安在昔数来见,辄移旬日。今触情举目,莫不兴想。"后病甚,移还坞中,以晋太和元年闰四月四日终于所住,春秋五十有三,即窆于坞中,厥冢存焉。或云终剡,未详。郗超为之序传,袁宏为之铭赞,周昙宝为之作诔。孙绰《道贤论》以遁方向子期,论云:"支遁、向秀雅尚庄老,二子异时,风好玄同矣。"又《喻道论》云:"支道林者,识清体顺而不对于物,玄道冲济与神情同任。此远流之所以归宗,悠悠者所以未悟也。"后高士戴逵行经遁墓,乃叹曰:"德音未远,而拱木已繁,冀神理绵绵不与气运俱尽耳。"遁有同学法虔,精理入神。先遁亡,遁叹曰:"昔匠石废斤于郢人,牙生辍弦于钟子,推己求人,良不虚矣。宝契既潜,发言莫赏;中心蕴结,余其亡矣。"乃著《切悟章》,临亡成之,落笔而卒。凡遁所著文翰,集有十卷,盛行于世。时东土复有竺法仰者,慧解致闻,为王坦之所重,亡后犹见形,诣王劝以行业焉。

京相璠

京相璠,生卒年不详。西晋时期杰出的地图学家,为西晋司空裴秀的门客,曾帮助裴秀编绘《晋舆地图》。

据《山西通志·经籍》著录,京相璠作有《春秋土地名》三卷。除此之外,京相璠还曾与裴秀共同编绘《晋舆地图》,此图已经亡佚。又,据《隋书·经籍志》记载:"《春秋土地名》三卷,晋裴秀客京相璠撰。"《旧唐书·经籍志》记载:"《春秋土地名》三卷。"没有注明撰人。《新唐书·艺文志》记载:"京相璠《春秋土地名》三卷。"北魏郦道元《水经·谷水注》云:"京相璠与裴司空彦季(乃季彦之误)修《晋舆地图》,作《春秋地名》,亦言今太仓西南池水名翟泉。"《春秋土地名》这本著作已经亡佚。后人有辑佚本,较为常见的版本有:(清)马国翰《玉函山房辑佚书》(清光绪九年琅缳仙馆本,上海古籍出版社1990年有影印本出版)辑佚此书一卷,收录于经编春秋类,运城市盐湖区图书馆藏有此书。(清)王谟《汉魏遗书钞》(嘉庆三年刻本,上海古籍出版社1996年有影印本出版)辑佚此书一卷。(清)王谟《汉唐地理书抄》(中华书局1961年有影印本出版)辑佚此书一卷。

卫隆景

卫隆景,河东人,生卒年不详。仕后秦,其曾与扶风马僧虔并著《秦史》。及姚氏之灭,残缺者多。后秦末主姚泓从弟姚和都,仕北魏为左民尚书,其在《秦史》的基础上,又追撰为《秦纪》十卷。(据《隋书·经籍志》记载:"《秦纪》十卷,记姚苌事。魏左民尚书姚和都撰。")

据《山西通志·经籍》著录,卫隆景撰写有《秦史》一书,注曰:"无卷数。"此书已经亡佚。

柳彦询

柳彦询,河东人,生卒年不详。

据《山西通志·经籍》著录,《龟经》三卷,晋河东柳彦询撰。据《旧唐书》卷五十一《经籍志》记载:"《龟经》三卷,柳彦询撰。"据《新唐书》卷六十五《艺文志》记载:"柳彦询《龟经》三卷。"柳彦询的《龟经》,此书已经亡佚。

主要参考文献

1.《毛诗正义》,[汉]毛亨传,[汉]郑玄笺,[唐]孔颖达正义,北京大学出版社1999年版

2.《尚书正义》,[汉]孔安国传,[唐]孔颖达正义,北京大学出版社1999年版

3.《礼记正义》,[汉]郑玄注,[唐]孔颖达正义,北京大学出版社1999年版

4.《仪礼注疏》,[汉]郑玄注,[唐]贾公彦疏,北京大学出版社1999年版

5.《周易正义》,[三国魏]王弼注,[唐]孔颖达正义,北京大学出版社1999年版

6.《春秋左传正义》,[晋]杜预注,[唐]孔颖达正义,北京大学出版社1999年版

7.《说文解字注》,[汉]许慎著,[清]段玉裁注,上海古籍出版社1981年版

8.《史记》,[汉]司马迁撰,[南朝宋]裴骃集解,[唐]司马贞索隐,[唐]张守节正义,中华书局1975年版

9.《汉书》,[汉]班固撰,[唐]颜师古注,中华书局1962年版

10.《后汉书》,[南朝宋]范晔撰,[唐]李贤等注,中华书局1965年版

11.《三国志》,[晋]陈寿撰,[南朝宋]裴松之注,中华书局1982年第2版

12.《晋书》,[唐]房玄龄等撰,中华书局1974年版

13.《宋书》,[南朝梁]沈约撰,中华书局1974年版

14.《南齐书》,[南朝梁]萧子显撰,中华书局1972年版

15.《梁书》,[唐]姚思廉撰,中华书局1973年版

16.《陈书》,[唐]姚思廉撰,中华书局1972年版

17.《魏书》,[北齐]魏收撰,中华书局1984年版

18.《北齐书》,[唐]李百药撰,中华书局1972年版

19.《周书》,[唐]令狐德棻等撰,中华书局1971年版

20.《隋书》,[唐]魏徵等撰,中华书局1972年版

21.《南史》,[唐]李延寿撰,中华书局1975年版

22.《北史》,[唐]李延寿撰,中华书局1974年版

23.《旧唐书》,[后晋]刘昫等撰,中华书局1975年版

24.《新唐书》,[北宋]宋祁、欧阳修等撰,中华书局1975年版

25.《宋史》,[元]脱脱等撰,中华书局1977年版

26.《补三国艺文志》,[清]侯康撰(《二十五史补编》本),中华书局1955年版

27.《补晋书艺文志》,[清]丁国钧撰(《二十五史补编》本),中华书局1955年版

28.《补晋书艺文志》,[清]文廷式撰(《二十五史补编》本),中华书局1955年版

29.《补晋书艺文志》,[清]秦荣光撰(《二十五史补编》本),中华书局1955年版

30.《补南齐书艺文志》,陈述撰(《二十五史补编》本),中华书局1955年版

31.《补南北史艺文志》,徐崇撰(《二十五史补编》本),中华书局1955年版

32.《隋书经籍志考证》,[清]姚振宗撰(《二十五史补编本》),开明书店1936年版

33.《隋书经籍志考证》,[清]章宗源撰(《二十五史补编本》),开明书店1936年版

34.《九家旧晋书辑本》,[清]汤球辑,杨朝明校补,中州古籍出版社1991年版

35.《晋阳秋》,[晋]孙盛撰,中华书局1985年版

36.《资治通鉴》,[宋]司马光等撰、[元]胡三省音注,中华书局1956年版

37.《读通鉴论》,[清]王夫之著,舒士彦点校,中华书局1975年版

38.《汉魏南北朝墓志汇编》,赵超著,天津古籍出版社1992年版

39.《新出魏晋南北朝墓志疏证》,罗新、叶炜著,中华书局2005年版

40.《建康实录》,[唐]许嵩撰,张枕石校点,中华书局1986年版

41.《通典》,[唐]杜佑撰,中华书局1984年版

42.《通志二十略》,[宋]郑樵撰,王树民点校,中华书局1995年版

43.《文献通考》,[元]马瑞临撰,中华书局1996年版

44.《郡斋读书志校证》,[宋]晁公武撰,孙猛校证,上海古籍出版社1990年版

45.《廿二史札记校证》,[清]赵翼撰,王树民校证,中华书局2001年版

46.《陔余丛考》,[清]赵翼撰,中华书局1963年版

47.《廿二史考异》,[清]钱大昕著,方诗铭、周殿杰校,上海古籍出版社2004年版
48.《十七史商榷》,[清]王鸣盛著,黄曙辉点校,上海书店出版社2005年版
49.《水经注校证》,[北魏]郦道元著,陈桥驿校证,中华书局2007年版
50.《六朝事迹编类》,[宋]张敦颐撰,中华书局1985年版
51.《四库全书总目》,[清]容瑢等撰,中华书局1997年版
52.《义门读书记》,[清]何焯著,崔高维点校,中华书局1987年版
53.《太平御览》,[宋]李昉等撰,中华书局1960年版
54.《初学记》,[唐]徐坚等著,中华书局1962年版
55.《北堂书钞》,[隋]虞世南撰,[清]孔广陶校注,中国书店1987年版
56.《艺文类聚》,[唐]欧阳询等撰,汪绍楹校,上海古籍出版社1999年新2版
57.《文苑英华》,[宋]李昉等撰,中华书局1983年版
58.《世说新语笺疏》,[南朝宋]刘义庆撰,[南朝梁]刘孝标注、余嘉锡笺疏,上海古籍出版社1993年版
59.《文选》,[南朝梁]萧统编,[唐]李善注,上海古籍出版社1986年版
60.《汉魏六朝百三家集题辞注》,[明]张溥撰,殷孟伦注,中华书局2007年版
61.《全上古三代秦汉三国六朝文》,[清]严可均辑,中华书局1958年版
62.《全上古三代秦汉三国六朝文》,[清]严可均辑,商务印书馆1999年版
63.《先秦汉魏晋南北朝诗》,逯钦立辑校,中华书局1983年版
64.《全汉三国晋南北朝诗》,丁福保辑,中华书局1959年版
65.《直斋书录解题》,[宋]陈振孙著,徐小蛮、顾美华点校,上海古籍出版社2015年版
66.《玉函山房辑佚书》,[清]马国翰辑,上海古籍出版社1990年版
67.《古小说钩沉》,鲁迅著,人民文学出版社1951年版
68.《裴启语林》,[东晋]裴启著,周楞伽辑注,文化艺术出版社1988年版
69.《中古文学史料丛考》,曹道衡、沈玉成著,中华书局2003年版
70.《中古文学系年》,陆侃如著,人民文学出版社1985年版
71.《魏晋南北朝文学史料述略》(增订本),穆克宏著,中华书局2007年版
72.《中古士人迁移与文化交流》,王永平著,社会科学文献出版社2005年版
73.《六朝作家年谱辑要》,刘跃进、范子烨著,黑龙江教育出版社1999年版
74.《中国古籍善本书目》(集部),上海古籍出版社1998年版
75.《中国古籍善本书目索引》,上海古籍出版社2009年版

76.《山西文献总目提要》,刘纬毅主编,山西人民出版社1998年版

77.《山西古籍善本书目》,山西省图书馆编印,1981年版

78.《山西文献书目》,刘纬毅等编,山西省图书馆印,1984年版

79.《河东地区现存古籍联合目录》(运城卷),韩起来、荆惠萍主编,三晋出版社2012年版

80.《河东地区书院碑刻辑考》,李文、李爽编著,山西人民出版社2014年版

81.《河东著述考》,李如冰著,人民出版社2017年版

82.《先唐别集叙录》,胡旭著,中国社会科学出版社2011年版

83.(成化)《山西通志》,(明)李侃、胡谧纂修,齐鲁书社1997年版

84.(嘉靖)《山西通志》,(明)杨宗气、周斯盛纂修,中华书局2018年版

85.(万历)《山西通志》,(明)李维桢等编纂,中华书局2012年版

86.(康熙)《山西通志》,(清)穆尔赛、刘梅纂修,中华书局2014年版

87.(光绪)《山西通志》,[清]王轩等纂修,中华书局1990年版

88.(雍正)《山西通志》,[清]觉罗石麟等纂修,《文渊阁四库全书》影印本

89.(乾隆)《闻喜县志》,[清]李遵堂纂修,《中国方志丛书》影印本

90.(民国)《闻喜县志》,[民国]余宝滋修,[民国]杨韨田等纂,《中国方志丛书》影印本

91.(乾隆)《解州安邑县志》,[清]言如泗修,[清]吕瀶纂修,《中国方志丛书》影印本

92.(雍正)《猗氏县志》,[清]潘钺、宋之树纂辑,《中国方志丛书》影印本

93.(民国)《解县志》,[民国]曲乃锐等编,《中国方志丛书》影印本

94.(光绪)《荣河县志》,[清]马鉴等修,[清]寻銮炜纂,《中国方志丛书》影印本

95.(乾隆)《荣河县志》,[清]杨令琢纂修,《中国地方志集成》影印本

96.(民国)《荣河县志》,[民国]张柳星、范茂松修,[民国]郭廷瑞纂,《中国地方志集成》影印本

97.(光绪)《夏县志》,[清]黄缙荣、万启钧修,[清]张承熊纂,《中国地方志集成》影印本

98.(乾隆)《绛县志》,[清]拉昌阿修,[清]王本智纂,《中国地方志集成》影印本

99.(光绪)《绛县志》,[清]胡延纂修,《中国地方志集成》影印本

100.(乾隆)《解州夏县志》,[清]言如泗修,[清]李遵唐纂,《中国地方志集

成》影印本

101.（同治）《稷山县志》，[清]沈凤翔纂修，《中国方志丛书》影印本

102.（光绪）《永济县志》，[清]李荣和、刘钟麟修，[清]张元楺纂，《中国地方志集成》影印本

103.（乾隆）《临晋县志》，[清]王正茂纂修，《中国方志丛书》影印本

104.（民国）《临晋县志》，[民国]俞家骧主修，[民国]赵意空纂修，《中国方志丛书》影印本

105.（民国）《芮城县志》，[民国]张亘、萧光汉等纂修，《中国方志丛书》影印本

106.（民国）《万泉县志》，[民国]何燊修，[民国]冯文瑞纂，《中国方志丛书》影印本

107.（光绪）《河津县志》，[清]茅丕熙、杨汉章修，[清]程象濂、韩秉钧纂，《中国方志丛书》影印本

108.（民国）《新绛县志》，[民国]徐昭俭修，[民国]杨兆泰纂，《中国方志丛书》影印本

109.（民国）《平陆县志》，[清]言如泗总修，[清]韩夔典纂修，《中国方志丛书》影印本

120.（民国）《平陆县续志》，[清]刘鸿逵纂修，[清]沈承恩纂辑，《中国方志丛书》影印本

著者索引

（索引词条按照笔画排序）

二画

卜商/ 179

三画

卫觊/ 70
卫瓘/ 71
卫恆/ 75
卫展/ 79
卫铄/ 79
卫隆景/ 200

四画

毋丘俭/ 45
毋昭裔/ 181
王蔚/ 81
王接/ 81
王愆期/ 83
王通/ 166
王绩/ 172
王隆/ 175
王伯华/ 176

王度/ 176
王述/ 177
王宇/ 177
王玄则/ 178
王焕/ 178
王虬/ 178
王彦/ 178
王杰/ 179
王亥/ 179
风后/ 95
支遁/ 196

五画

乐逊/ 87
乐详/ 152

六画

关康之/ 193
关郎/ 120
孙博/ 192

七画

李恺/ 156

陈奇/ 158

巫咸/ 145

张华/ 147

芮良夫/ 155

杜挚/ 146

陈叔达/ 187

八画

京相璠/ 199

九画

柳世隆/ 96

柳恢/ 101

柳恽/ 105

柳玄达/ 119

柳崇/ 108

柳虬/ 111

柳弘/ 116

柳敏/ 118

柳憕/ 104

柳忱/ 103

柳楷/ 109

柳庆/ 113

柳鷟/ 113

柳□/ 153

柳彦询/ 200

皇甫谧/ 160

姚平/ 192

荀卿/ 195

十画

郭璞/ 15

十二画

程本/ 2

焦先/ 190

智称/ 67

十四画

裴启/ 1

裴秀/ 3

裴頠/ 7

裴邈/ 12

裴楷/ 12

裴松之/ 27

裴骃/ 31

裴子野/ 32

裴夙/ 56

裴景融/ 36

裴伯茂/ 37

裴宣/ 39

裴敬宪/ 40

裴庄伯/ 41

裴藻/ 42

裴政/ 42

裴佗/ 48

裴让之/ 49

裴诹之/ 51

裴泽/ 52

裴昭明/ 53

裴延俊/ 54

裴矩 / 57

裴邃 / 62

裴之横 / 65

裴汉 / 68

樊深 / 85

樊逊 / 90

裴景仁 / 194

裴侠 / 109

裴瑜 / 153

薛慎 / 128

薛寊 / 129

薛聪 / 131

薛孝通 / 132

薛道衡 / 136

薛庆之 / 142

薛孺 / 142

薛迈 / 143

薛德音 / 144

十六画

薛憕 / 126

著述索引

（索引词条按照笔画排序）

一画

一堂之论/ 55

二画

卜杖龟经/ 106
七经义纲略论/ 85
七经异同说/ 85
七经质疑/ 85
十诵义记/ 67
二石伪事/ 176

三画

子华子/ 2
三苍注/ 16
三国志注/ 28
三命通照神白经/ 16
大唐书仪/ 58
上林赋注/ 16
子虚赋注/ 16
山海经注/ 16
山海经图/ 16

山海经图赞/ 16
山海经音/ 16
卫展集/ 79
卫夫人集/ 80

四画

毋丘俭集/ 45
王接集/ 82
王愆期集/ 84
王绩集/ 172
开业平陈记/ 57
天监棋品/ 106
艺文类聚/ 58
五经决录/ 178
方国使图/ 32
方言注/ 15
水经注/ 16
文质论/ 112
毛诗序论/ 88
公羊难答论/ 84
公羊春秋注/ 84
仁政传/ 101

209

毛诗略/ 16

毛诗拾遗/ 16

中说/ 166

中岳颖州志/ 85

元经/ 166

王度集/ 176

支遁集/ 196

五画

左氏春秋序论/ 88

玉照定真经/ 16

史记集解/ 31

四体书势/ 75

乐论(裴秀)/ 3

尔雅注(郭璞)/ 15

尔雅图/ 15

尔雅图赞/ 15

尔雅音义/ 15

礼论/ 166

乐论(王通)/ 166

左氏春秋问七十二事/ 152

尔雅注(裴瑜)/ 153

尔雅音略/ 182

北征记/ 28

平戎记/ 56

六画

汲冢书论/ 82

论语注/ 158

论语序论/ 88

关氏易传/ 120

名僧录/ 32

众僧传/ 32

列女后传/ 82

百官九品/ 32

西域图记/ 58

西征记/ 28

兴衰要论/ 175

七画

附益谥法/ 32

宋略/ 32

宋元嘉起居注/ 28

龟经秘要/ 96

龟经(柳世隆)/ 96

龟经(柳彦询)/ 200

杜挚集/ 146

陈叔达集/ 187

邺都故事/ 57

抄合后汉事/ 32

孝经固/ 70

孝经问疑/ 85

孝经注/ 158

孝经序论/ 88

张华集/ 147

时变论/ 178

八画

易论/ 3

周易髓/ 15

周易鬼眼算/ 16

周易察微经/ 15

周易新林/ 15

周易洞林解/ 15

210

周易逆刺/ 16
狐首经/ 15
青囊补注/ 15
易八卦命录斗内图/ 15
周易元义经/ 15
国史要览/ 28
周易裴氏义/ 42
丧服仪/ 72
丧服传/ 33
丧服问疑/ 85
法华玄宗/ 153
周易子夏传/ 180

九画

春秋公羊经传注/ 84
春秋序义/ 88
柳恽集/ 106
柳虬集/ 111
柳弘集/ 117
柳惔集/ 101
柳憕集/ 104
柳忱集/ 103
柳□集/ 153
荀况集/ 195
皇甫谧集/ 160
语林/ 1
冠仪/ 7
律令/ 43
禹贡地域图/ 3
皇极说议/ 179
帝王世纪/ 160
政大论/ 178

政小论/ 179
荀子/ 195
春秋义统/ 177
春秋土地名/ 199
洞极元经传/ 120

十画

郭璞集/ 16
酒谱/ 173
酒经/ 173
高丽风俗/ 57
笔阵图/ 80
晋王北伐记/ 153
晋书（裴伯茂）/ 37
晋纪/ 28
晋舆地图/ 4
秦记/ 194
秦史/ 200
高士传/ 160
涅槃义疏/ 183

十一画

续书/ 166
续诗/ 166
续裴氏家传/ 32
救襄阳上都府事/ 84

十二画

集注丧服经传/ 28
集注论语/ 72
葬书/ 15
隋书/ 173

十三画

楚辞注/ 16

十四画

裴秀集/ 3
裴頠集/ 7
裴邈集/ 12
裴楷集/ 12
裴松之集/ 28
裴骃集/ 31
裴子野集/ 32
裴氏家传(裴松之)/ 28
裴氏家记/ 28

裴氏家传(裴子野)/ 32
裴让之集/ 49
裴昭明集/ 53
裴景融集/ 36
裴敬宪集/ 40
裴庄伯集/ 41

十六画

冀州记/ 4
穆天子传/ 17
薛慎集/ 128
薛寘集/ 130
薛孝通集/ 133
薛道衡集/ 136

后 记

经过两年多的辛苦写作,这本小书终于到了即将付梓之际,回首流金岁月,颇为感慨,心中有太多的话语想说。

2014年,我参与李如冰博士的课题《历代河东著述考》,负责撰写魏晋南北朝部分,等我完成文献的搜集工作并准备写作时,她因工作调动,回到了家乡山东聊城。于是这件事情便搁置了下来。看着自己认真准备的文字材料,想要放弃,又心有不甘。我遂萌发了自己完成先唐河东作家著述及事迹的想法,由于不是文献学专业出身,心中十分忐忑,犹豫了许久。但转念一想,夫学术者,天下之公器也。窃以为尚有些许想法与发现,并且读研读博时也进行过文献的辑佚、校勘工作,于是鼓足勇气,才有了这次的尝试,几经修改,此书终于有了雏形。因此,从某种意义上说,本书是《历代河东著述考》的副产品,这也是我首次尝试参与到河东文化的研究。本书《先唐河东作家著述及事迹丛考》,是属于断代史的研究与探讨,是对先唐时期的河东作家进行著述以及事迹的梳理,力图全面辑佚先唐时期河东作家的相关著述及事迹,并对史料中记载不准确的地方进行考辨。本书侧重于河东作家著述的辑佚,虽然尽力考证,但整体看来还是比较粗糙、稚嫩,不太成熟。只是因为其他学者从事这方面的研究较少,也可能由于地域文化研究的局限性,没有引起其他研究者的重视,因此,本书的撰写作为一种尝试,以求抛砖引玉,不妥之处,敬请各位方家批评指正。

我于2012年6月从扬州大学顺利毕业,拿到了文学博士学位,走上了工作岗位,任教于山西省运城学院,成为一名高校教师。总角就学,而立之年才完成少时的梦想,求学道路之漫长,令人唏嘘不已。十年倥偬一船墨,半生踌躇五车书。已近而立之年,然却一无所成,不免惶恐。人生失意无南北,诚哉是言! 好在一切都结束了,新的生活已经开始了。仍然记得毕业后回到家乡与亲人们团聚时父母脸上欣慰的笑容,觥筹交错间,看到父母已经有了很多的皱纹与白发,时光流逝,农村少年已经求学二十年,而父母也逐渐衰老了,心中十分酸楚,好在我有能力回报他们的付出了,虽然他们或许从来就没有这么想过。在运城学院工作五年后,我本计划于2017年工作调动,回到家乡河南,开始崭新的生活。在外漂泊了十多年,其中的酸楚与无奈,只有经历过的人才能深深体会。但是天不遂人愿,因为诸多因素,几番努力无果,最终未能够成功调动。故乡,我魂牵梦萦的故乡,回不去了,只能在梦里一次次回想它的模样。多少个失眠的夜晚,我辗转反侧,泪流满面。柴门闻犬吠,风雪夜归人。十余年的流浪生活,何时才算结束呢?生存的压力与生命的尊严,哪个更为重要呢?令人纠结的二难选择,我不知道。罢了,罢了,既来之,则安之,哪里的黄土不埋人呢,就在这里继续生活吧。好在天无绝人之路,明天,也许将会是新的开始。

感谢曾经帮助我的亲朋好友,使我在艰难求学的路上尚能够努力追求梦想,也倍感人间温情,经历过世态炎凉,更觉此真情之可贵,铭感五内,没齿难忘。

感谢内子霍晓俊,她在工作之余承担了大部分的家务,无怨无悔,任劳任怨,让我可以心无旁骛地进行教学与科研。晓俊通情达理,善解人意,勤俭持家,有河东人士朴素的道德情怀。科研之路,枯燥而寂寞,加之繁重的教学任务,使得我多次想放弃这本书的写作,她一遍又一遍地安慰我,鼓励我,我终于完成了这本书的书稿,人生得一知己已足矣,有妻如此,夫复何求!漫漫人生路,让我们携手一同走过。有人陪你立黄昏,有人问你粥可温,我想这是爱情中、婚姻里再幸福不过的事情了。

感谢李如冰老师提供的研究河东文化的机缘,李老师研治文献学多年,学识渊博,是行家里手,给了我很多指点与帮助。除此之外,还要真诚感谢李燕青老师、李爽老师提供的相关资料。

感谢运城学院中文系的李文主任!李老师在繁忙的工作之余,提供给我各种河东地方志等原始文献,让我不必远途跋涉,可以近距离阅读这些文献资料,节省了很多搜集文献资料的时间。除此之外,他还对本书的写作提出了很多宝贵的修改意见。他对后学的提携与关怀,让我感激不尽。感谢中联华文编辑为本书出版所付出的辛勤劳动;感谢运城学院提供的资金支持。学海无涯,前路漫漫,我仍将奋勇前行,先贤有云:"士不可以不弘毅,任重而道远。"某虽不才,亦以此自勉!在本书撰写过程中,对前辈先贤的成果多有引用,在此深表谢意;由于本人才疏学浅,书中难免不足之处,敬请各位方家不吝赐教。

高胜利

2018年3月